Bibliothek der
phantastischen Abenteuer
Herausgegeben von
V. C. Harksen

Über dieses Buch T. Lawrence Lamb, 40 Jahre, amerikanischer Anlageberater, Pendler, wohlhabend, solide, langweilt sich. Seine Frau betrügt ihn mit dem unsäglichen Fatzken Leonard Gray, seine muntere Tochter Hebe geht ihre eigenen Wege, und nur der Anblick von Hebes Freundin Sandra, einem wohlgeformten Unterwäschemodell, bringt Lambs Blut noch in bescheidene Wallungen. Das ändert sich jedoch, als Sandra ihn energisch zu verführen versucht und ein kleiner rostroter Mann auftaucht, der schwer verständliche Reden führt und Lamb eine Wohltat erweisen möchte: Er will ihn vom Fluch der Respektabilität befreien.
Als Lamb beiläufig erwähnt, am liebsten wäre er kein Mensch mehr, erwacht er am nächsten Morgen als prachtvoller Rapphengst. Da er seine menschlichen Gefühle und seinen Verstand beibehält, tut er manches, was ein normales Roß nicht täte. Zum Beispiel liest er gründlich die Morgenzeitung und wohnt sitzend dem Sonntagsgottesdienst bei. Am nächsten Tag sucht er sich eine artgerechte ländliche Unterkunft. Als ihn der Bauer aber bei der Pferdeschau ausstellen will, betrinkt sich Lamb vor Lampenfieber mit dem Maisschnaps des Stallknechts und blamiert seinen Herrn bis auf die Knochen. Er wird billig verhökert und erwacht im Pferdetransporter als Mensch im Pyjama, der sich nur unter großen Schwierigkeiten aus seiner Lage herausreden und wieder nach Hause zurückkehren kann...
Damit beginnt eine ganze Serie irrwitziger Verwandlungen, wobei Lamb seine jeweilige Gestalt durchaus genießt und zum Entsetzen seiner Frau nur lauter Unfug stiftet. ›Das verwirrte Lamm‹ ist eines von Thorne Smiths besten Büchern, dessen Philosophie über den Rahmen der phantastischen Unterhaltung hinausreicht.

Über den Autor James Thorne Smith (1893–1934) schildert in seinen Geschichten immer wieder das spießige, puritanisch-enge Amerika der Prohibitionszeit, zumeist aus der Sicht des gutbürgerlichen Mannes in mittleren Jahren, der das erlebt, was wir heute eine phantastische Midlife-Crisis nennen würden.
In der Bibliothek der phantastischen Abenteuer sind von ihm bisher erschienen: ›Das Nachtleben der Götter‹ (Bd. 2710), ›Topper‹ (Bd. 2714), ›Topper geht auf Reisen‹ (Bd. 2715), ›Der Jungbrunnen‹ (Bd. 2729) und ›Verkehrte Welt‹ (Bd. 2732).

Thorne Smith

Das verwirrte Lamm

Aus dem Amerikanischen
von Udo Breger

Fischer Taschenbuch Verlag

Deutsche Erstausgabe
Veröffentlicht im Fischer Taschenbuch Verlag GmbH,
Frankfurt am Main, August 1988

Die amerikanische Originalausgabe erschien 1929
unter dem Titel ›The Stray Lamb‹
bei Cosmopolitan Book Corporation, New York
Für die deutsche Ausgabe:

Umschlaggestaltung: Die Titelillustration von Claus-Dietrich Hentschel, Konstanz,
zeigt einen Ausschnitt seines Acrylbildes »Das Nest« (1975; 45 × 34 cm);
die Typographie besorgte Manfred Walch, Frankfurt am Main
Gesamtherstellung: Clausen & Bosse, Leck
Printed in Germany
ISBN 3-596-22740-2

Die Hauptpersonen

T. Lawrence Lamb	amerikanischer Anlageberater, zugleich Pferd, Möwe, Hund, Löwe, Chimäre usw.
Mrs. Mary (›Tilly‹) (›Sappho‹) Lamb	seine gar nicht treuliebende Gattin
Hebe Lamb	seine wohlgeratene Tochter
Melville Long	Hebes unternehmungslustiger Freund
Sandra Rush	ein Unterwäschemodell
Leonard Gray	Mrs. Lambs Partner bei diesem und jenem
Douglas (›Dug‹) Blumby	Mrs. Lambs Bruder, ein Sangesfreund
Thomas	langjähriger Butler im Hause Lamb
Nora	junges Hausmädchen
Der kleine rostrote Mann	ein geheimnisvolles Wesen, das überraschend kommt und geht

I

Wirbelsäulen auf Achse

Mister T. Lawrence Lamb schob seine längliche, fischbäuchige Gestalt den Gang entlang und wand sich wie einer, der von Kummer schwer geplagt ist, spiralig auf eine Sitzbank. Er hoffte inständig, daß die andere Hälfte unbesetzt bliebe. Noch inständiger hoffte er, daß, wenn sich schon jemand setzte, es doch jemand wäre, den er nicht im entferntesten kannte. Jeden Abend hoffte er das, und fast jeden Abend war sein Hoffen vergebens.

Mr. Lamb zog automatisch die Knie hoch, die Zeitung hervor, und der Zug fuhr ab. Fertig. Wieder mal 'n Tag vorbei.

Er seufzte. Seufzte tief. So weit, so gut. Bis jetzt hatte noch keiner seine jupitergleiche Reserviertheit gestört. Vielleicht würde er die kurze Reise ausnahmsweise mal genießen dürfen. Schon rangierte er seine Gesichtszüge, wie er in kindlichem Eifer meinte, so, daß sie ihm eine abweisende Miene verliehen, und steuerte seine Aufmerksamkeit auf den Wirtschaftsteil seines Blattes. Sein Herz war nicht dabei. Sein Kopf ebensowenig. Lamb war unruhig, seine Stimmung menschenfeindlich, krittelsüchtig. Er war uneins mit sich selbst.

Da hocken wir nun, grübelte er und ließ einen finsteren Blick über seine Pendlerkollegen schweifen. Da hocken wir, die ganze kaputte Bande, ein vollbesetzter Zug. Wirbelsäulen auf Achse. Viele aufgereihte Wirbelknochen, mal krumm, mal verdreht, je nachdem, wie sich der individuelle Besitzer am wohlsten fühlt.

Seine Augen blieben ohne jede Begeisterung auf einem Mann haften, den er von ganzem Herzen verabscheute: Simonds, einer, der mit auserlesenen Grundstücken handelte.

Nehmen wir mal diesen Simonds, setzte er seine Reflektionen fort. Diese Ausgeburt der Hölle: ein Haufen Wirbelknochen, wei-

ter nichts. Ich selbst bin auch kaum mehr als eine Säule Wirbelknochen. Und die alte Dame da drüben: ein ganzes Wirbelknochenmuseum. Alte, abgenutzte Wirbelknochen. Zweifellos leicht zerbrechliche... Museumsstücke.
Er seufzte. Seufzte tief beim Gedanken an Alter und Brüchigkeit der Wirbelknochen jener alten Dame und arrangierte seine eigenen neu, indem er sie zwischen Sitz und Rückenlehne kräftig dehnte. Seine Knie krochen vor ihm weiter nach oben, sein Haupt sank tiefer. Nach und nach klappmesserte er in die ihm liebste Pendlerposition.
Warum, das wußte er nicht, doch schienen Wirbelsäulen für Lamb am heutigen Abend das Wichtigste von der Welt. Fast beherrschten sie ihn schon. Je mehr er über Wirbelsäulen nachsann, desto tiefer sank seine Stimmung. Es gab viel zu viele Pendler auf der Welt, und jeder einzelne versuchte, sich in die bequemste, die erholsamste Stellung zu winden. Alle darauf bedacht, nach den Anstrengungen des Tages Entspannung für den Rücken zu finden.
Zögernd blinzelte Lamb in seine Zeitung. Was Wirbelsäulen betraf, war er fest entschlossen, seine Hände in Unschuld zu waschen, und die Einzelheiten einer Finanztransaktion zu studieren.
Zeitungen, wohin man blickte. Abendzeitungen. Verlockend aufgemachte Sensationsblätter, deren Titelseiten ein Paar höchstansehnliche Beine zeigten, einen makellosen Leichnam, ein grausames Zugunglück, einen dumpf vor sich hinstierenden Faustkämpfer. Was konnte ein vernünftiger Bürger sich mehr wünschen?
Lamb studierte die in ihre Zeitungen vertieften Mitreisenden mit gleichgültiger Abneigung. Die Blätter wurden in allen möglichen Winkeln gehalten. Manche nachlässig, unordentlich; andere mit einer Verbissenheit, als lebten ihre Besitzer in fortwährender Angst, jemand könne sie ihres Trostes berauben. Es gab Leser, die überflogen ihre Blätter von weitem. Es gab andere, die zogen sie verschwörerisch dicht vors Gesicht, die Nase an der Druckerschwärze.

Zeitungen und Wirbelsäulen, philosophierte Lamb und beäugte die Gazetten mit verächtlichem Blick. Das ist der ganze Lebensinhalt. Das ist alles, wozu wir nütze sind.
Drei Reihen vor ihm saß ein würdiger, weißhaariger Gentleman. Der zermartete sich das Hirn über der Nachricht, daß rote Ameisen die Existenz pfefferminzartiger Essenz zutiefst beklagten. Sechzig Jahre lang und mehr war es ihm gelungen, sich ohne den Nutzen dieser Information durchs Leben zu plagen. Und auf einmal war's ihm dringend wichtig. Das mußte er seiner Frau erzählen! Als erstes. Rote Ameisen? Nicht mehr für sie! Und dann versuchte er sich zu erinnern, ob sie jemals von roten Ameisen belästigt worden waren.
Noch ein Stück den Gang hinab saß ein Mann, dessen Gesicht immer länger, immer trauriger wurde. Er beschäftigte sich mit einem Comic strip. Es war schon fast ergreifend, wie er sich konzentrierte. Dann hatte er wohl das eindrucksvolle Finale erreicht und saß wie überwältigt da. Hoffnungslos stierte er vor sich hin. Man hätte annehmen mögen, äußerst deprimierende Nachrichten hätten ihn getroffen.
Auf einem anderen Platz kauerte einer wie ein Hund über seinem Knochen, völlig in sich gekehrt, und schwelgte ersatzweise in den sexuellen Entgleisungen einer Flötenlehrerin und eines sportlichen Gottesmannes. Befriedigend obszöner Stoff. Schockierend. Also dieser Pendler würde die unerquickliche Affäre bestimmt nicht mit seiner Frau besprechen. So was gehörte besser nicht auf den Familientisch.
Zwischendurch: die Landschaft.
Lamb blickte aus dem Fenster und betrachtete eine rasch entschwindende Kuh. Dann blickte er wieder zurück durch den Wagen. Kein Mensch, der dieser Kuh die geringste Aufmerksamkeit schenkte. Kein Mensch, soweit er das überblicken konnte, der seine Aufmerksamkeit etwas anderem als seiner Zeitung widmete. Dabei war das eine Kuh nicht ohne Reiz gewesen... eine wohlansehnliche, gedankenverlorene, viereckige Kuh. Und da: der Bach! Lamb nahm es wunder, wohin er wohl wanderte: durch wessen

Hinterhof? durch welche Weiden und Wälder? Auch Lamb wanderte. In seinen Gedanken. Den Wirtschaftsteil hatte er weit hinter sich gelassen.
Kein Fleckchen Erde auf Gottes weiter Welt, spann er in Gedanken weiter, wurde so wenig beachtet, blieb sich so selbst überlassen wie jene Gegenden, die die Fortschrittssklaven auf ihren ratternden Galeeren durchfurchten. Bloße Verachtung für den vertrauten Umgang mit der Landschaft schied für den Pendler aus: so was gehörte für ihn in die Gefilde des Nicht-Existenten.
Könnte jener gute Mann, der sich dort draußen mit seinem Rasen quälte, doch nur begreifen, wie unbeachtet seine Anstrengungen doch blieben... er wäre weit weniger stolz und eingebildet wegen derlei Plackerei. Vielleicht gäbe er es sogar auf, dachte Lamb, mit Gartengeräten zu hantieren und würde seine Zeit der Geschmacksverbesserung schwarzgebrannten Gins widmen. Das wäre eine weitaus nützlichere und künstlerisch wertvollere Beschäftigung.
Lambs Gedanken eilten immer weiter. Besonders an diesem Abend wurde die Landschaft übergangen. Zwar ruhten Augen auf ihr, größtenteils aber gleichgültig, nichtssehend. Schuld daran waren Zeitungen. Lamb dachte an seine eigene. Pendlerzüge, überlegte er, geistig waren die immer, mehr oder weniger, eng verwandt. Schrecklich war das. Sein Gefühl der Minderwertigkeit, der Einförmigkeit vertiefte sich. Seine Stimmung? Er wurde rastloser. Empörung stieg in ihm auf.
Was war er denn selbst anderes als ein armer, gottverlassener Pendler... einer, der sich von Zügen schlucken und ausspucken ließ? Sein Schicksal richtete sich vor ihm auf, grinste ihn an. Viele, viele Jahre noch, und er würde seine verwelkte, zittrige Hand ausstrecken, die eine Wochenkarte umklammerte, um sie lochen zu lassen. Wurden denn Schaffner niemals alt? Starben die nie? Anscheinend nicht. Immer blieben sie fast gleich – geschwätzige Mumien.
Einem erstrangigen, hartgesottenen Pendler, stellte Lamb fest, würde es kaum Schwierigkeiten bereiten, seinem Seelenbruder in

einem beliebigen Teil der Welt, wo Pendlerzüge verkehrten, gegenüberzusitzen. Mühelos gelänge es ihm, sein Lieblingsthema anzuschneiden, sich seiner Lieblingssprache zu bedienen. Was die Landschaft anging, so würden beide sich einen Dreck darum scheren. Landschaft wäre für sie nichts anderes als ein Entwicklungsobjekt, ein Bebauungsprojekt und eine Gelegenheit, zu investieren. Lamb lauschte mit einem inneren Ohr, verfolgte ihre mutmaßliche Unterhaltung:

»'n hübsches Stück Wald«, bemerkt Pendler A mit lüsterner Habgier.

»Tja«, sagt B. »Land, das geradezu wartet, erschlossen zu werden...«

»Ich wollt, ich hätt das Geld, so 'ne Sache in Angriff zu nehmen«, erwidert sein Freund.

»Eins kann ich dir sagen«, übernimmt der andere. »Hätt *ich* das nötige Geld, das blieb nicht lang so liegen. Sechs Monate, und ich zieh dir 'n paar gepflasterte Straßen quer durch, 'ne Modellsiedlung in die...«

Er bricht ab, legt die Stirn gekonnt in Falten und vermißt das Gelände.

»Garagen auch«, fügt A hinzu; wer will schon hintanstehen? »Kanalisation und... eine Müllverwertungsanlage. Nur so erreichst du die richtigen Käufer.«

Das waldbestandene Hügelland ist dem Untergang geweiht. Seine Bäume schaudert es. Bäume verfügen über eine Fähigkeit, derlei Dinge zu spüren. Bald schon werden ungeratene Liebesleute anderswo suchen müssen, um ein Plätzchen für stimulierende Zweisamkeit zu finden. Eine hübsche kleine Garage wird die lauschige Zuflucht ersetzen.

»Mein Gott!« stöhnte T. Lawrence Lamb, mittlerweile in heller Aufregung ob seiner abgemessenen Tage. »Ich bin ein Teil des Systems! Ich bin vollkommen festgelegt...«

Dann, ganz plötzlich, war da ein Ding, und seine Aufmerksamkeit wie angewurzelt:

Es war ein Ohr.

II

Das Ohr drängt sich auf

Eine unwiderlegbare Tatsache. Das Ding, das Mr. Lamb mit entrückter Aufmerksamkeit fixierte, war nicht mehr und nicht weniger als ein Ohr. Ein kleines rosa Ohr. Ein freches Zipfelchen Ohr. Und dieses Ohr zierte seinerseits einen kleinen adretten Kopf. Sehr schwarzes Haar, ziemlich kurz... und mit schlichtem, gelungenem Knoten versehen, wie er schätzungsweise nur einer von tausend Frauen stand.

Das ist ja ein boshaft aussehendes Ohr, grübelte Lamb. Sieht aus, wie das eines ungebändigten Pferdes. Auch der Kopf, ziemlich verräterisch. Wahrscheinlich nichts drin als Arglist und Übel.

Lamb starrte es zwar weiterhin an, versuchte aber trotzdem, die Existenz des Ohrs zu leugnen. Eigentlich, und er war sich seiner sicher, guckte er's ja gar nicht an; ließ lediglich seine Augen drauf ruhn. Nur noch einen Augenblick, oder zwei, und er würde sich wieder seiner Zeitung widmen. Tatsächlich hielt er sie so, daß sie unverzüglich zum Einsatz gelangen konnte. Sollte der Kopf, an dem das Ohr befestigt war, es beispielsweise riskieren, seine Position zu ändern, konnte Lamb augenblicklich in Deckung gehen. Und wenn dies Ohr ganz zufällig sein Blickfeld kreuzte, war das ein bedauerlicher Umstand, der sich wohl nicht vermeiden ließ. Er jedenfalls hatte sich das nicht ausgesucht. Also schickte er sich an, mit dem Ohr zu verfahren, wie er es vorher mit den Wirbelsäulen getan hatte. Was das Ohr anging, wusch er seine Hände in Unschuld. Standhaft sah er drüber hinweg. Dieses läppische kleine Ohr! Als ob ihn das was anginge.

Doch dann ertappte sich Lamb unbewußt bei dem Gedanken, wie es sich wohl anfühlte, in dieses Ohr, so vorsichtig wie möglich, hineinzubeißen – sozusagen versuchsweise. Was würde seine Besitzerin sagen? Was würde sie tun? Aller Wahrscheinlichkeit nach: zurückbeißen. Irgendwie gingen weiße Zähne, kleine wirksame Zähne mit diesem Ohr einher. Dazu ein schamloser Charakter, dreist und zügellos. Ein durch und durch anstoßerregender Frauentyp. Schon nach dem wenigen, das Lamb gesehen hatte, betrachtete er die Besitzerin des Ohrs als einen verderblichen Einfluß.

Hätte irgendwer Lamb beobachtet, er hätte ihn nie und nimmer eines solch ausgefallenen Gedankenspaziergangs für fähig gehalten. Lamb selbst war weit davon entfernt, sich der Tatsache bewußt zu sein, daß er ein durchaus unmoralischer Mensch war. Mit den Maßstäben konventionellen sittlichen Verhaltens gemessen, war er eine Art kaum verhüllter Heide. Andernfalls hätte ihn das Ohr nicht so tief aufgewühlt, hätte ihn nicht von wirtschaftlichen und finanzpolitischen Erwägungen fortgelockt.

Als die Götter Mr. T. Lawrence Lamb konstruierten, waren sie dabei wenig zielstrebig vorgegangen. Ganz im Gegenteil! Es hatte gewisse Meinungsverschiedenheiten gegeben, einen bejammernswerten Mangel an Harmonie. Einige hatten behauptet, nicht ganz ohne Grund, es gäbe bereits zu viele planlos auf der Erde hin- und hereilende Pendler. Es gäbe zu viele starrköpfig gewissenhafte Familienväter, zu viele standfeste Ehemänner und stolze Erzeuger. Die Menschheit war im Begriff, zu stabil zu werden, zu normiert. Sie benötigte mehr scharfgewürzte und weniger orthodoxe Repräsentanten. Andere Götter waren fest davon überzeugt, es wäre weitaus klüger, die Menschheit mehr oder weniger auf einem eher leblosen Niveau zu halten, um Wünsche und Begierden so übersichtlich wie möglich zu halten und die menschliche Phantasie auf ein sicheres und gesundes Maß herabzusetzen. Das versetzte sie in die Lage, sich selbst ein paar reizvolle Freiheiten und Privilegien zu reservieren und eine ihnen günstig gewogene öffentliche Meinung zu erzeugen. Man erinnere sich, daß diese nicht übereinstimmenden Götter die größten Radaubrüder im Himmel waren und daß sie ihre Zwistigkeiten allein deshalb förderten, um ihre eigenen selbstgefälligen Ziele voranzutreiben und sich des unge-

störten Genusses ihrer eher unziemlichen Beschäftigungen zu versichern.
Waren sie auch zahlenmäßig unterlegen, so repräsentierten diese Götter unglücklicherweise eine kleine, immerhin aber aktive Minderheit und, was Lamb betraf, war das Resultat ein bitterer Kompromiß, eine nicht zueinanderpassende Mischung grundverschiedener Elemente. Äußerlich wirkte und handelte Lamb wie ein nüchtern denkendes, verantwortungsbewußtes und weithin geachtetes Glied der Gemeinde – eines seiner mehr soliden Glieder. Aber der innere Lamb, der wahre Lamb war nicht ganz so gut. Es gab wenig Übereinstimmendes in ihm, nur geringe Achtung gegenüber der etablierten Ordnung der Dinge. Folglich vereinten sich in Lamb zahlreiche seelische und geistige Konflikte sowie viele, viele streunende und verwaiste Gedanken. In seinem Innern barg er ein unergründliches Reservoir an solider, gesunder Sittenlosigkeit, die fortwährend überzufließen und alle möglichen Unannehmlichkeiten um ihn herum zu verbreiten drohte.
Lambs Gesicht glich seinem Körper: es war lang. Seine Hautfarbe war dunkel und sein Ausdruck eine Spur finster. Seine Augen streiften das Leben stets ein wenig höhnisch. Diejenigen, die mit ihm zu tun hatten, waren überzeugt, er sei ein fähiger Mann mit ernsthaften Interessen, wohingegen er in Wirklichkeit von einer Art unheimlicher, gutmütiger Ironie durchdrungen war. Aus Gründen des Selbstschutzes war er vielfach schroff und sarkastisch. Auch war es für jeden, den es anging, gut, daß er viele seiner Bemerkungen, die ihm ungeladen auf die Lippen kamen, rasch unterdrückte. Er hatte eine Frau, die sich gleichermaßen für künstlerisch und intellektuell hielt. Lamb verachtete diese Eigenschaften von ganzem Herzen, wobei er übersah, daß er sie selbst in hohem Maße in sich vereinte.
Es bereitete ihm Vergnügen, mit hochgezogenen Knien dazusitzen und, ohne sich dessen bewußt zu sein, mit den Armen in der Luft herumzufuchteln. In dieser Positur vermittelte er den Eindruck eines halbliegenden Stimmungsmachers. Es war seine wirkungsvollste Pose. Auf diese Weise konnte er besser erklären. Hatte er

Kundenbesuch, der seiner finanziellen Ratschläge harrte, fand dieser ihn normalerweise in dieser Position. Sein Schreibtisch diente einzig und allein dem Zweck, seine Knie zu stützen. Wenn er dann zu seinen Kunden sprach, schienen seine in der Luft wirbelnden Arme mit Industrien und öffentlichen Versorgungsbetrieben einer ganzen Nation zu jonglieren. Fasziniert sah der Kunde dann einmalige Gelegenheiten vor seinen Augen tanzen. Lambs Erfolg als Anlageberater lag in der Tatsache begründet, daß er häufig überzeugend unverständlich war – staccato. Wann immer angebracht, konnte er meisterhaft lästerliche Reden führen. Seine Verkaufsgespräche überließen vieles der Phantasie. Ein Über-dem-Kopf-Fuchteln mit den Armen, ein gequälter Fluch oder so und eine düstere Grimasse reichten aus, um den Widerstand selbst des starrsinnigsten Kapitalanlegers zu brechen.

Was seine Kleidung anging, brachte er es immer irgendwie fertig, auf elegante Weise schlampig zu sein, stets ein wenig mit Zigarettenasche gesprenkelt. Seine Manieren waren nicht gut. Sie waren natürlich. Mit vierzig war es ihm völlig egal, ob er ein Wertpapier mehr verkaufte oder nicht. Wie seine Väter vor ihm, war er der Lamb von Lamb & Co. Zu spekulieren, wer oder was das »Co.« genau verkörperte, hatte man längst aufgegeben. Die Kunden wußten: Lamb allein genügte. Sie warteten sein Urteil ab und absorbierten seine Wertpapiere. Lamb hatte niemals aufgehört, sich seines Erfolgs zu freuen, wie auch ihn zu bestaunen. Was das Geld anderer Leute anbetraf, war er gewissenhaft. Der unzweifelhafte Ruf von Lamb & Co. hatte unter seiner Führung nichts eingebüßt. Darauf war er stolz, hatte es aber auch ein wenig satt. Dies nahm er jedoch kaum wahr. Zum Glück fürs Geschäft bemerkte kein Mensch die schlummernde Unstetigkeit dieses Mannes. Am wenigsten Lamb selbst.

Seine Frau fand es angemessen, ihn als ein phantasieloses Arbeitstier zu betrachten – einen Geldraffer. Was sie von ihm dachte, darüber zerbrach Lamb sich nicht länger den Kopf. In seinen Augen war sie als Ehefrau seit vielen Jahren eine Niete. Gelegentlich bereitete es ihm Vergnügen, sie zu ärgern. Über Jahre hinweg hatte sie versucht, ihn zu unterjochen, ihn ihrer Lebensauffassung gemäß zu formen. Trotzdem war er auch heute noch ebenso unergründlich und widerspenstig wie damals, als er sie gerade geehelicht hatte. Ein befriedigender Ehemann war er nicht. Das wußte er, und es berührte ihn angenehm. Es gelang ihm in keiner Weise, mit Mrs. Lambs Background zu harmonisieren, doch war er nun einmal da und würde wahrscheinlich immer dasein, mit seinen langen Beinen und dem spöttischen Gesicht. Mrs. Lamb wünschte oft, sie hätte irgendeinen dämlichen Trottel geheiratet, anstatt diesen finsteren, gravitätisch einherschreitenden Menschen, auf den sie keinerlei Eindruck machen konnte.

Mrs. Lambs Glück hing ganz wesentlich davon ab, stets Eindruck zu machen. Sie fürchtete Mr. Lambs unausgesprochene Beobachtungen und fühlte sich in Gegenwart seines unergründlichen Grinsens niemals richtig ausgeglichen. Lamb war keine Stütze des Haushalts. Er hemmte den Stil seiner Frau in erhabener Weise. Das Verhältnis seiner Tochter zum Vater grenzte an Liebe. Gemeinsam nahmen sie das Leben kritisch, zynisch und eine Spur verworfen unter die Lupe. Mit Hebes Unterstützung wurde Lamb zuweilen zu einem heiteren, ganz gewöhnlichen Menschen. Für ihn eine Erleichterung, ein Ventil. Gegenüber allen anderen nahm er automatisch die Rolle des konventionellen, gefühllosen, selbstgefälligen Geschäftsmanns ein, der er, törichterweise, zu sein glaubte.

Und deshalb beleidigte ihn das Ohr. Lamb mochte es nicht, Frauen den Hof zu machen, doch spürte er, aus diesem oder jenem Grund, daß es keiner besonderen Überredungskünste bedurfte, mit diesem Ohr zu schäkern. Mehrere Wochen lang hatte er es schon beobachtet: gleichgültig, ungerührt. Es war ein so lächerlich kleines Ohr – die bloße Andeutung eines Ohrs. Warum sollte sich ein ausgewachsener Mann wie er mit einer solchen Lappalie abgeben? Derlei Torheiten war er längst entwachsen. Seine eigene Tochter war ja fast schon so alt wie das Ohr. Wie dem auch sei, derlei Gedanken standen völlig außer Frage. Trotzdem war das Ohr eine unleugbare Herausforderung. Und dieser kleine schmale Kopf, der

so selbstsicher auf seinem hübschen Hals thronte, ja: reizlos war das nicht.
So seltsam es klingt: das Antlitz der Besitzerin des Ohrs hatte Mr. Lamb noch nie geschaut. Er hatte nicht einmal versucht, seine Nachforschungen so weit zu treiben. Er hatte es für sicherer befunden, es besser in Ruhe zu lassen. Er hatte Vorstellungen, was das Gesicht betraf, vage Spekulationen, aber er hielt sich nicht damit auf. Warum sollte er? Was interessierte ihn das schon? Blödsinn!
Der Zug verlangsamte seine Fahrt, näherte sich Lambs Station. Erfahrene Pendler nahmen bereits ihre unvermeidlichen Siebensachen aus den Gepäcknetzen. Methodisch faltete Mr. Lamb seine Zeitung und vertrieb das Ohr aus seinen Gedanken. Das heißt, er hob sich halb aus seinem Sitz, bereit, sich einen Weg den Gang entlang zu bahnen, als sich das Ohr reichlich unerwartet drehte und Mr. Lamb sich wie einer, der unvermittelt schrumpft, hastig wieder setzte. Der Mann war durch und durch geschockt. Er fühlte sich inniglich liebkost – von einem unglaublich zarten Augenpaar, in ein Gesicht gefaßt, dessen Blässe gewöhnlicherweise mit angeborener Zuchtlosigkeit einhergeht. Auch gab's da einen Mund, lebhaft und von schrecklicher Hilflosigkeit, gleichzeitig aber auch zu allerlei fähig.
Dies war eine der alarmierendsten Erfahrungen in Mr. Lambs Leben. Diese Augen! Die Begierde darin. Welch ein Benehmen für eine Frau, einen Mann in aller Öffentlichkeit so anzusehen! Das einzige Wort, das Lamb in Verbindung mit diesen Augen, einfiel, war »wollüstig«. Das waren wirklich wollüstige Augen, und dennoch, es ließ sich schwer ausdrücken, waren sie es auf unbewußte Weise. Das Mädchen wußte nicht, was es tat. Es konnte es gar nicht wissen.
Ein Wesen mit solchen Augen, befand Lamb, sollte man zwingen, eine dunkle Brille zu tragen.
Sie war gefährlicher als eine Treibmine auf vielbefahrener Schifffahrtsstraße. Die von ihr ausgehende Bedrohung wurde durch ihre Unschuld nur noch erhöht. Aus unerklärlichem Grund nahm

Lamb den Duft blütenschwerer Zweige wahr und bekam flüchtig einen chinesischen Druck zu sehen, den er einst zu kaufen beabsichtigt hatte.

Das Mädchen hatte sein Gesicht wieder abgewandt. Simonds, dieser Flegel, war stehengeblieben, um mit ihr zu sprechen. Das Mädchen lächelte ein verhaltenes, provokatives Lächeln, und Simonds – Narr, der er war – schien's teuflisch zu gefallen.

Irgendwas braut sich bei ihr zusammen, dachte Lamb. Die Verworfene – eine richtige Messalina – ein Teufel in Frauengestalt.

Nach und nach leerte sich der Zug. Wieder erhob sich Lamb halb, um den Wagen zu verlassen. Da trafen sich ihre Blicke ein zweites Mal, und wieder fühlte Mr. Lamb sich wie gelähmt.

Das war doch alles dummes Zeug. Er straffte sich und erwiderte den Blick des Mädchens, völlig ruhig. Dann faltete er seine Zeitung endgültig zusammen, erhob sich mit einem Ruck und verließ den Zug.

Was zum Teufel! sagte er wieder und wieder zu sich selbst. Was zum Teufel!

III

Das Ohr hat Beine

Immer noch benommen von der hohen Voltzahl jener leidenschaftlichen Augen – Mr. Lamb hatte seine Wortwahl ein wenig verfeinert –, bahnte er sich seinen Weg den Gang entlang und mischte sich auf dem Bahnsteig unter seinesgleichen. In seiner tiefen Zerstreutheit brachte er es nicht fertig, mit der ihm üblichen Flottheit auf die Grüße seiner Freunde zu reagieren.

»Schau her: Lamb. Wie geht's, alter Junge?« blieb ebenso unwidersprochen wie, »'n Abend, Larry, irgen'welche neue Tricks?« und andere harmlose Nachfragen.

Lamb folgte dem Zug der Pendler die Wendeltreppe hinauf, blieb am Tresen des Zeitungsverkäufers stehen und blickte durch ein Fenster des Warteraums auf die in Reihe und Glied wartenden blitzblanken Automobile. Einige von ihnen setzten sich bereits in Bewegung und brachten ihre selbstgefällig erfolgreichen Besitzer durch die sauberen, wohlgeordneten Straßen dieser wohlhabenden Kleinstadt zum heimischen Herd.

Normalerweise hätte diese Ansammlung von Reichtum, dieser sichtbare Beweis von Kaufkraft, Mr. Lamb ein wohltuendes Gefühl der Geborgenheit vermittelt. Es hätte ihm ein Wohlgefühl bereitet, daß um die Nation alles zum besten stand und daß unter der wohlwollenden Führung einer umsichtigen Administration Glück und Erfolg gewährleistet waren. An diesem Abend blickte Lamb jedoch ohne das Gefühl der Erleichterung auf die Autos. Zumeist saßen Ehefrauen und Töchter am Steuer – elegant ausstaffierte Frauen, für die dieser Augenblick einen der Höhepunkte des Tages bedeutete. Jede Frau, die sich in der unglücklichen Lage befand, ihren Brötchengeber in einem veralteten Wagen begrüßen zu müssen, war Gegenstand von beträchtlichem Mitleid und nicht geringer Selbstbeglückwünschung. Ihre Kleidung wurde um einiges kritischer begutachtet, und man stellte sich Fragen den Ehemann betreffend. Zählte er oder war er unwichtig? Warum versuchten derlei Leute, sich in einer solchen von Wohlstand zeugenden Gemeinde zu halten? Es gab andere Pendlerstädte. Nette kleine Städtchen, wo sie sich wesentlich mehr zu Hause fühlen würden.

Der gedankenverlorene Lamb suchte sein eigenes gut gepflegtes Automobil heraus und verharrte mit nichtswürdigendem Blick auf seinen hübschen Kurven. Seine Tochter saß am Steuerrad. Ein gutes Mädchen, Hebe, aber war sie wirklich gut? Gab es überhaupt eine Frau, die in ihrem innersten Wesen gut war? Lamb war sich da gar nicht sicher.

Er sah noch jemand an seinem Auto stehen. Einen jungen Mann in weißen Flanellhosen, einem leichten Pullover und Sportschuhen. Ein gutgebauter Jüngling. Offensichtlich völlig von Hebe gefesselt. Dieser junge Mensch lehnte sich über die eine Seite des Wagens, und Lamb war von der Geschmeidigkeit, von der unbewußten Anmut des kraftvollen jungen Körpers zutiefst beeindruckt. Die zwei gaben ein wohlansehnliches Paar ab. Ein romantischer Spritzer von Farbe und Leben. Romanze – das war für sie bestimmt. Sie hatten noch Zeit vor sich. Eine Menge davon. Seine eigene Zeit neigte sich rasch dem Ende zu.

Ohne sich klarzumachen, wie weit er ging, lehnte Lamb sich über den Tresen des Zeitungsstands und versuchte, eine Haltung einzunehmen, die der des jungen Mannes ähnelte. Die Wirkung, die er dabei erzielte, war schon einigermaßen verblüffend. Der Tresen war niedrig, und Lamb war lang. Als Resultat dieser Kombination erschien Lamb wie einer, der hingefläzt, keck, andeutungsweise vertraulich war. Der Zeitungsverkäufer blickte ihn einen Augenblick lang mit erstaunten Augen an. Dann, indem er Mr. Lambs Motive falsch interpretierte, kam er näher heran und lehnte sich weit über den Tresen vor. Ohne sich der Gegenwart dieses Mannes bewußt zu sein, behielt Mr. Lamb die Bewegungslosigkeit seiner sonderbaren Haltung inne. Im Glauben, er könne immer noch zu

weit weg sein, um die delikate Mitteilung zu empfangen, die Mr. Lamb zu machen wünschte, kam der Zeitungsmensch noch näher heran, plazierte sein Ohr an die Lippen des anderen und verharrte erwartungsvoll.
Dieses komische Bild blieb eine winzige Ewigkeit lang so da stehen, als sei es aus Wachs, dann gewann die Neugier des Mannes die Überhand.
»Legen Sie los, Mr. Lamb«, murmelte er. »Irgend'n guten?«
Langsam wandte Mr. Lamb sich um. Er brauchte einen Augenblick, um sich die volle Tragweite der Situation zu vergegenwärtigen. Alles, was er zunächst sehen konnte, war ein gieriges Ohr. Dann zog er sich, wie von einer Wespe gestochen, zurück und blickte den Zeitungsverkäufer fassungslos an. Warum war dieser Kerl so voller atemloser Erwartung? Mit einem Schauder der Erkenntnis nahm er mit einemmal die ganze Bedeutung der Situation wahr. Er blickte an seinem unnatürlich kaskadierenden Körper hinab und nahm unverzüglich eine normalere Haltung ein.
»Was?« fragte er, um Zeit pokernd. »Was war das eben, was sagten Sie von einem guten?«
»Och, nichts«, erwiderte der Mann sich verteidigend. »So, wie Sie sich über den Tresen lehnten, meinte ich, Sie wollten mir was ins Ohr flüstern. Sie wissen schon: irgendein' – äh, kernigen ...«
Der Zeitungsmann hatte gerade so das Wort »schmutzig« umgangen. Und indem er es durch »kernig« ersetzte, vermeinte er, einen Gesprächssieg davongetragen zu haben. Nichtsdestoweniger fühlte er sich betrogen – gedemütigt. Mr. Lamb betrachtete ihn mit zunehmender Mißbilligung. Er studierte die eifrigen Augen, den halbgeöffneten Mund. Hartnäckig vermied er das Ohr. Dieses Gesicht, fürchtete er, dieses abstoßende Gesicht würde hinfort seine Träume heimsuchen.
»Nein«, erwiderte er schließlich. »Es muß sich um ein Mißverständnis handeln. Diese Treppen haben mich erledigt. Ich habe bloß ein wenig Atem geschöpft. Es muß am Wetter liegen. Irgendwie fühle ich mich heute abend völlig erschöpft.«
Abgespannt drehte er sich um. Seine Schultern sackten plötzlich

herab, und indem er seine Gliedmaßen in völliger Erschöpfung arrangierte, schleppte er seine Füße aus dem Bereich der hassenswerten Person hinter dem Tresen davon. Lamb hatte nicht das Zeug zu einem Schauspieler. Seine Idee, Müdigkeit vorzutäuschen, war bei weitem zu durchdacht. Es war eindrucksvoll, ermangelte aber der Überzeugung. Mr. Lamb hatte sich sein ganzes Leben lang niemals auf solch außergewöhnliche Weise fortbewegt. Er sah aus, als wäre er tödlich verwundet worden und bahnte sich blindlings einen Weg, um menschliche Hilfe zu finden.

Er fragte sich, wie viele andere Zeugen seiner augenblicklichen Verrückheit gewesen sein mochten. Wie viele Augen hatten sich beim Anblick dieser erniedrigenden Positur wohl verengt? Hatte etwa das Ohr seinen Zusammenbruch mitgekriegt? Lamb war völlig von Panik ergriffen.

Ist schon ein seltsamer Ort zum Ausruhen, grübelte der verwirrte Zeitungsmann, indem er der halb in sich zusammengesunkenen Gestalt Mr. Lambs nachblickte. Hoffentlich schafft er's bis zu seinem Wagen, bevor er völlig zu Boden geht.

Der Gegenstand seiner Besorgnis erreichte derweil schmerzgepeinigt sein Automobil. Er war erleichtert zu sehen, daß der Jüngling, den er so verhängnisvoll zu imitieren versucht hatte, gegangen war; doch wurde er von dem erstaunt fragenden Blick in den Augen seiner Tochter keineswegs beruhigt.

»Was ist denn in dir zerbrochen, Major?« begehrte die junge Dame in kühlem, strengem Tonfall zu erfahren. »Dem sonderbaren Gang nach zu urteilen, den du zu trainieren scheinst, würde ich sagen: du brauchst eine Wärmflasche und einen Löffel Rizinus...«

»Bitte: nicht!« fiel Lamb ihr mit scharfer Stimme ins Wort. »Vielleicht hast du recht. Vielleicht brauche ich das, aber wozu meine Schande der ganzen Gemeinde bekanntmachen? Hättest du's gern, wenn die Leute mit dem Finger auf deinen Vater zeigten, als einem Mann, der einen Löffel Rizinus braucht oder im Begriff ist, ihn einzunehmen? Wünschst du etwa, dein eigen

Fleisch und Blut durch den Staub dieser Straßen zu schleifen? Und warum bestehst du darauf, mich Major zu nennen?«
»Was den Staub dieser Straßen angeht«, erwiderte das Mädchen, »so will es mir scheinen, daß du das Schlurfen aus eigenem freien Willen besorgst. Wie kommt es denn, daß dein Mittelstück so verstopft ist? Und warum kauerst du dich vor mir zusammen wie ein Schakal, der zum Sprung ansetzt? Man könnte meinen, du hättest deinen Magen irgendwo zur Aufbewahrung abgegeben. Und dieses schmerzgepeinigte Schlurfen... Was soll das überhaupt?«
Mr. Lamb blickte seine Tochter aus hoffnungsleeren Augen an. Von einem tiefen Seufzer begleitet, öffnete er die Tür zum Vordersitz und kroch neben sie ins Wageninnere.
»Mein Magen hat das ganz von selbst besorgt«, erklärte er kurzangebunden. »Wie genau, das weiß ich selber nicht. Ein fürchterlicher Tag in der Stadt. Hundemüde bin ich.«
Warum hatte er nur versucht, diesen teuflischen Zeitungsverkäufer mit solch einem offensichtlich gekünstelten Gang zu täuschen? Es hatte die Dinge nur noch verschlimmert. Jetzt mußte er irgendwie das Gesicht wahren. Seine Tochter betrachtete ihn mit einem unterminierenden Blick von Sympathie. Lamb versuchte ein Stöhnen. Vielleicht half das ein wenig.
»Wenn du so weitermachst«, bemerkte Hebe, »wirst du nicht nur dich selbst durch den Staub schleifen, sondern tatsächlich eine Stützbinde für deinen Bauch benötigen, damit dir dein Kopf nicht auf die Füße fällt.«
Ein grauenvoller Anblick, dachte Lamb. Und um die Gedanken seiner Tochter davon abzubringen, weiterhin bei diesem Thema zu verweilen, fragte er unvermittelt:
»Wer war überhaupt dieser ausgemergelt wirkende Müßiggänger, der soeben über meinem Auto ohnmächtig zu werden drohte?«
»Dieser ausgemergelt wirkende Müßiggänger«, erwiderte Hebe leidenschaftslos, »könnte in allernächster Zeit die Position deines Schwiegersohnes einnehmen. Du solltest vorsichtig sein, wie tief du ihn einstufst. Ich denke, er bewunderte meine Beine. Viele Leute tun das.«

Der physische Kollaps rüttelte ihn ausreichend wach, die Beine seiner Tochter in Betracht zu ziehen. Für Beine hatte er schon immer Interesse gezeigt.

»Ach, so ist das«, stellte er fest. »Nun, wenn er nicht mit an Blindheit grenzende Kurzsichtigkeit geschlagen ist, hat er ja wohl seinen Augenschmaus gehabt.«

»Mein lieber Vater«, mahnte das Mädchen, »ich bin immer noch ein Kind.«

»Nicht mit diesen Beinen«, entgegnete Lamb. »Aus der Art und Weise, wie dieser Bursche in den Wagen spähte, hätte man schließen können, daß er versuchte, deine Beine auswendig zu lernen oder sie in die dritte Potenz zu erheben.«

»Und warum nicht?« fragte Hebe bedeutungsschwer. »Was gibt's an den Beinen auszusetzen?«

»Mag sie nicht«, sagte Lamb. »Sie sind zu kräftig. Endlose Beine. Hören sie denn überhaupt nicht auf?«

»Darüber würde ich mir keine Sorgen machen«, sagte Hebe. »Sie sind besser als Sapphos Beine. Nicht so offenherzig und vertraulich.«

Hebe spielte auf ihre Mutter an, die unglücklicherweise auf den Namen Mary getauft worden war und wegen ihrer Neigung zum Amateurschauspiel von ihrer Tochter mit dem Namen Sappho bedacht worden war. Der Name war von Mrs. Lamb nur zu gern akzeptiert worden. Sie war fest davon überzeugt, daß sie ihn verdiente. Mary Lamb wäre kein Name gewesen, mit dem man hätte leben können.

»Da könntest du schon recht haben«, stimmte Mr. Lamb zu. »Die Beine deiner Mutter scheinen sich in letzter Zeit so ziemlich überall breit zu machen. Deine sind zumindest weniger sichtbar.«

Er machte eine Pause, um das Thema in all seinen Verzweigungen zu erwägen. Hebe war zuweilen eine rechte Erleichterung. Sie allein verstand es, unwichtige Angelegenheiten mit akademischer Gründlichkeit zu behandeln.

»Weißt du«, fuhr er sich erinnernd fort. »Trotz Sapphos extremer Beinfreiheit scheine ich persönlich sie kaum noch zu Augen zu bekommen – nicht als Beine, wenn du verstehst, was ich meine. Aber, irgendwann einmal, muß sie Beine gehabt haben, denke ich mir.«

»Gewiß«, erwiderte Hebe, »andernfalls wäre ich ja nicht da.«

»Ein logischer Schluß«, stimmte Mr. Lamb zu, »obwohl die Art und Weise, wie du es ausdrückst, Unziemliches folgern läßt. Dein elterlicher Respekt könnte ebenfalls ein wenig aufgefrischt werden.«

Sie waren jetzt allein: Die anderen Automobile waren davongefahren, und eine neue Herde kam an, um das nächste Pendlerkontingent zu empfangen. Weder Vater noch Tochter schien es zu kümmern, ob sie jemals nach Hause kamen oder nicht. Der lässige Umgang dieser zwei war ein ziemliches Kreuz für Mrs. Lamb. Große Gegenliebe fanden sie daheim nicht.

»Wo wir gerade von Beinen sprechen«, bemerkte Hebe nebenbei, »schau mal, dort drüben: wenn das nicht ein tadelloses Fahrgestell ist.«

Sie zeigte geradeaus, direkt über die Straße, und Mr. Lambs Augen folgten der Richtung des Fingers seiner nicht gerade eleganten Tochter. Das Fahrgestell, auf das sie sich bezog, gehörte zu einem Paar Arme, die sich geschäftig bemühten, mehrere große Pakete aus dem Delikatessengeschäft zu balancieren. Lamb betrachtete die Beine mit instinktiver Begierde, bis er, wie ein zu Tode geängstigtes Kaninchen, auf seinem Platz erstarrte: Es waren die Beine des Ohrs.

»Ju-huu!« sirente Hebe mit ungesitteter Stimme. »Ju-huu, Sandy! Hi-ier!«

»Laß das!« flehte ihr Vater sie an. »Mach doch nicht solch schrecklichen Lärm. Du hörst dich an wie, wie ein Tier!«

»Hierher!« schrie Hebe mit unvermindertem Enthusiasmus. »Wir bringen dich nach Hause.«

Die Beine hielten inne, änderten ihren Kurs und kamen, trotz der Pakete, reizvoll über die Straße.

Dieses Ohr muß ja solche Beine haben, dachte Lamb.

Irgendwie hatten sie etwas verblüffend Persönliches an sich. Es waren lasterhafte, vielsagende Beine. Lamb entschied: Niemals zuvor hatte er derart demoralisierende weibliche Beine gesehen. Und er war gar nicht erfreut. Er hatte so ein Vorgefühl von Veränderung, von irgendeiner wachsenden Komplikation, die geeignet war, die komfortable Regelmäßigkeit seines Lebens durcheinanderzubringen. Dies verabscheute er von ganzem Herzen. Er war Lamb von Lamb & Co., ein zufriedener, erfolgreicher Mann. Er hatte, was er brauchte; hatte seine eigenen Interessen. Warum sollten diese Beine in sein Leben treten? Was die Beine anbetraf, wusch er seine Hände, mit der ihm eigenen Gründlichkeit, in Unschuld. Nichtsdestoweniger: gewaschen oder ungewaschen, die Beine kamen unaufhaltsam näher.

»Steig ein«, drängte Hebe das Mädchen. »Rutsch über den Major und wirf die Pakete hinten rein.«

»Warum müssen wir uns denn alle auf dem Vordersitz zusammendrängen, wie die Immigranten es tun?« fragte Lamb unfreundlich. »Laßt mich raus. Ich werde hinten sitzen. Dankbar und aus freiem Willen.«

Trotz seines Protests streiften die Beine Mister Lambs Knie und richteten sich alarmierend dicht neben ihm ein.

»Dein Vater – ja?« fragte das Mädchen. »Ein netter Vater? So klingen tut er nicht sehr. Ist er?«

»Er ist zu lang«, antwortete Hebe kurz.

»Und auseinandergezogen, vielleicht?« schlug die andere vor.

»Genau«, stimmte Hebe zu. »Genau so ist es. Er ist zu lang und auseinandergezogen. Nimm seinen Hals zum Beispiel.«

»Ich seinen Hals nehmen!« rief ihre Freundin aus. »Du schlägst vor, ich soll den Hals deines Vaters nehmen. Wie liebenswürdig!«

Mister Lamb stellte fest, daß ihre Stimme überraschend tief und voll war und daß sie mit einschmeichelnd steigender Modulation sprach. Ein verderbt ausländischer Typus, entschied er.

»Sie irren sich«, beeilte er sich dem Mädchen zu versichern. »Meine Tochter meinte nicht, sie sollen, in wörtlichem Sinne, meinen Hals nehmen. Sie meinte, sie sollten ihn sich lediglich ansehen. Sie scheint zu denken, er sei zu lang.«

Begierig untersuchte das Mädchen Mr. Lambs Hals. Mr. Lamb dankte Gott, daß er ein reinlicher Mensch war.

»Nun, ich liebe diesen Hals!« rief sie mit einem Mal aus, und Lamb war gleichermaßen erleichtert und verstimmt. »Ich denke, ich könnte diesen Nacken necken.«

»Was für eine Art Freundin ist das, Hebe?« fragte Lamb. »Irgendwas Importiertes?«

Seine Stimmung: zunehmende Vergeltung.

»Sie heißt Sandra«, erwiderte seine Tochter, »und, wenn man so will, ist sie importiert. Russin mütterlicherseits. Ein sehr nettes Mädchen, aber zu närrischen Einfällen neigend.«

»Der Name klingt nicht ganz echt«, bemerkte Lamb. »Ist sie Büroangestellte?«

»Nicht Sandra«, wurde er informiert. »Sie ist ein hochelegantes Modell. Unterwäsche und so.«

»Sie sollten mich sehen«, warf Sandra begeistert ein. »Dann bin ich in bester Verfassung. Dann würden Sie mich viel mögen. Aber kehren wir zum Hals zurück, sag mal, Hebe: Dein Vater neckt nicht viel, vielleicht?«

»Nicht sicher«, sagte die junge Lady an niemand besonderen gewandt. »Ich bezweifle es. Sein Sexleben ist praktisch gleich Null.«

»Well, verdammt will ich sein!« stieß Lamb aus und wechselte rasch die Farbe.

»Und solch ein großer Mann«, entgegnete das andere Mädchen voll Sympathie. »Der arme Kleine muß ja ganz ausgehungert sein nach Liebe.«

»Hörst du das, Major?« sagte Hebe. »Was sagst du nun?«

»Was euch beide anbetrifft, wasche ich meine Hände in Unschuld«, kam die nachdrückliche Antwort. »So was hab ich mein Leben noch nicht gehört. Benehmen sich heutzutage alle jungen Frauen so wie ihr zwei?«

»Das ist noch gar nichts«, informierte ihn seine Tochter mit ruhi-

ger Stimme. »Bis jetzt haben wir Rücksicht auf deine Gefühle genommen.«
»Ich werde das aber nicht länger tun«, lautete Sandras nachdrückliche Antwort. »Er versucht, sich auf sich selbst zurückzuziehen. Er läßt mich einfach so stehen. Ich muß alles sagen. Seit Wochen schon hat dieser Mann mit hungrigen Augen meinen Nacken verschlungen. Leugnen Sie das nicht ab, Major. Ich habe Sie in meinem Spiegel beobachtet. Heute habe ich ihn mit diesen Augen angeguckt.«
Hier blickte sie wild um sich, und Mr. Lamb begann sich ein wenig benommen zu fühlen. Er war froh, daß er nicht am Steuer saß.
»Heute habe ich ihn sozusagen von Auge zu Auge beobachtet, und er, er wurde schlapp... wurde schlapp vor meinem Blick. Und jetzt will er seine Hände in Unschuld waschen. Laß das nicht zu, Hebe. Laß ihn nicht waschen. Ich werde mich von diesem langen Lamb nicht waschen lassen, hörst du? Ich werde immer und ewig ungewaschen bleiben.«
Und nachdem sie diesen Entschluß kundgetan, legte die gefühlsbetonte junge Dame eine Atempause ein und blickte sich triumphierend um. Mr. Lamb war verblüfft und besorgt zugleich. Die Komplikation hatte ihren Anfang genommen. Er war hineingezogen.
»Was mich angeht, so können Sie auf immer ungewaschen bleiben«, bemerkte er besänftigend. »Ich werde keinen Versuch unternehmen, Sie zu waschen.«
»Gut!« rief sie und schien zufrieden. »Ich wußte, Sie würden es machen. Und jetzt gehe ich fort.«
Der Wagen hielt vor einem kleinen, adretten Haus der eher bescheidenen Kategorie, und das Mädchen schlüpfte rasch hinaus.
»Bring ihn selbst das erste Mal«, sagte sie. »Danach wird er alleine kommen.«
»Heimlich und bei Nacht«, fügte Hebe hinzu.
»Ich werde nichts dergleichen tun«, antwortete Mr. Lamb mit Nachdruck. »Weder allein noch in Begleitung. Ihr beide seid in eurer Verworfenheit zu weit gegangen. Ich wasche, was...«

»Gott im Himmel: bloß kein Waschen mehr«, protestierte Hebe. »Wie es ausschaut, sind wir völlig ausgewaschen.«
Das andere Mädchen stand da und blickte Lamb gefühlvoll an. Dann bemerkte sie selbstzufrieden, als würde sie die ganze Welt ansprechen: »Das lange Lamm wird kommen, keine Angst. Ich werde ihn kriegen.«
»Hören Sie auf, wie eine Ehebrecherin in einer französischen Posse zu reden, und gehen Sie«, drängte Lamb. »Ich will nach Hause und einen Drink.«
»Dafür werde ich Sie leiden lassen«, warf sie zurück.
Mit elegantem Schwung ihres engen Rocks drehte Sandra sich um und eilte ihrem kleinen Hause zu. Entgegen seinem Entschluß folgte Mr. Lamb der sich zurückziehenden Gestalt mit den Augen und ließ sich kein Detail ihrer schlanken Figur entgehen.
»Nun, Major, was meinst du zu Sandy?« fragte seine Tochter. »Ein ziemlich heißes Ding, was?«
»Feurig«, gab Lamb zu. »Redet sie immer so daher, oder ist das eine Art mädchenhaften Zeitvertreibs, dem ihr euch ergebt?«
Hebe grinste.
»Es ist an dir, das herauszufinden«, sagte sie. »Was mich angeht, so habe ich den Grund für dein merkwürdiges Verhalten entdeckt, als du vorhin aus dem Bahnhof kamst. Sandy hatte dich mit diesen Augen angeguckt. Nimm dich zusammen, Major. Du bist ein begehrter Mann.«
»Fahr weiter«, brummelte Mr. Lamb, »und um Gottes willen, fahr vorsichtig.«

IV

Der kleine rostrote Mann erscheint

Es war kaum zu glauben, aber Hebe beherzigte die unverhohlen ausgesprochene Ermahnung ihres Vaters, die, darüber war kein weiteres Wort zu verlieren, auf nichts anderes als ein inniges Flehen hinauslief. Ein Blick auf das Gesicht ihres Vaters genügte, um sie zu überzeugen, daß seine lang unterdrückte Gefühlswelt sich in einem Zustand gärenden Chaos befand, der von einem Augenblick zum anderen umwälzende Veränderungen einer unvorhersagbaren Natur hervorzubringen drohte.

Danach widmete sie ihre Jugend, ihre Energie voll und ganz der Tätigkeit des Autofahrens, wobei sie die große Freiheit, die das Gesetz den jungen und bevorzugten Töchtern prominenter Bürger wohlgeordneter Gemeinwesen einräumt, voll ausnutzte. Lamb war viel zu sehr damit beschäftigt, seine Hände, praktisch alles betreffend, in Unschuld zu waschen, um sich der ständigen, dichtauf folgenden Gesellschaft schmerzhafter Verletzung und plötzlichen Todes bewußt zu sein.

Hebe fuhr. Sie fuhr in Richtung jener Heimstatt, an der Mister T. Lawrence Lamb nach der kontemplativen Stille eines zwar kurzen, aber höchst ergiebigen Tages Zuflucht und Muße suchte.

Als hätte ein klassenbewußter Gott mit einem Blick für Immobilienwerte es vorher bestimmt, befand Lambs stattliches Wohnhaus sich auf der finanziell richtigen Seite der Eisenbahngleise.

In den meisten mehr oder weniger anerkannten Pendlerstädten gibt es stets zwei Seiten, denen die Bahngleise als Demarkationslinie dienen. Es gibt die richtige und die falsche Seite. In die Begriffswelt modernen amerikanischen Idealismus übersetzt heißt das: die reiche Seite und die Seite, die reich zu werden hofft.

Gelegentlich erstreckt sich auf beiden Seiten der Gleise ein Viertel

– eine Art Schandfleck –, das nicht reich ist, das niemals reich sein wird und das keine sichtbare Anstrengung unternimmt, reich zu werden. Der Schandfleck gedeiht in seinem ganzen Elend, inmitten seiner Kämpfe, seiner Leiden und seiner Freuden. Im Grunde genommen ist er beiden Seiten der Gleise überlegen, weil er keine von beiden beneidet und alle Mitglieder der Gemeinde als legitime Opfer betrachtet.

Strenggenommen bilden jedoch jene, die auf der einen Seite der Gleise wohnen, eine separate, und von denen, die ihr Leben auf der anderen Seite fristen, getrennte Rasse. Die reiche Seite ist natürlich von besserer Herkunft, ist moralisch, physisch und intellektuell überlegen. Und es ist die Pflicht und Schuldigkeit derjenigen, die auf der reichen Seite wohnen, ihre Grenzen gegen die unziemlichen Einfälle der finanziell schwachen Seite zu verteidigen. Beide Seiten befinden sich ständig in einem still und vornehm geführten, dennoch bitteren Guerilla-Krieg. Keine Feldwachen sind zu sehen, keine Befehle zum Stehenbleiben werden hörbar ausgegeben, keine Feindseligkeiten offen ausgetragen. Dessen ungeachtet herrscht eine gewisse Wachsamkeit. Der Tagesbefehl lautet: Die Grenze darf niemand überschreiten.

Schon von Natur aus war Mr. Lamb viel zu träge und skeptisch, um sich mit dieser Geschichte überhaupt abzugeben. Geburt und geerbter Reichtum hatten es gefügt, daß er weit über den Feindseligkeiten stand. Für ihn war die eine Seite so gut wie die andere. Er lebte, wo er lebte, nicht weil er die Wahl gehabt hatte, sondern weil ihm das Haus von denen überlassen worden war, die vor ihm gegangen waren, nachdem sie selbst darin gelebt und es bis zur Neige ausgekostet hatten. Die modernen sanitären und Heizungsanlagen sowie andere Verschönerungen waren auf Mrs. Lambs Anregungen hin vorgenommen worden. Wie andere ihrer Gattung war auch sie aus unerfindlichem Grund überzeugt, daß die reiche Seite der Gleise gleichzeitig die aristokratische Seite sei. Sie gehörte zu jenen ehrgeizigen Ehefrauen, die die Gesundheit, die Hoffnungen und das Glück ihres Mannes in ihren Bemühungen, ihn über die Gleise auf die richtige Seite zu treiben, ruiniert

hätte, wenn das Schicksal es gewollt hätte, sie auf der falschen Seite anzusiedeln.
Wenn Mr. Lamb in den Augen seiner Freunde und Kollegen als vollkommen perfekt galt, so lag das einzig und allein an seiner Mißachtung der feineren Schattierungen von Klassenunterschieden, an seiner völligen Gleichgültigkeit gegenüber dem, was sich in seiner sakrosankten Gemeinde abspielte. Er hätte ein engagierter Staatsbürger sein sollen, ein Komiteevorsitzender, ein Schützer der etablierten Ordnung; aber nein: er verbrachte den größten Teil seiner Zeit damit, daß er bequemes, wenn auch groteskes Herumsitzen zur schönen Kunst erhob. Für Mrs. Lamb war diese Lage der Dinge, gelinde gesagt, äußerst geschmacklos. Konsequenterweise genoß Lamb es um so mehr. Auf stille – manch einer hätte vielleicht gesagt, gemeine – Art und Weise beobachtete er ihren Verdruß. Unterzog ihn einer eingehenden Analyse. Auch genoß er ihre unbeholfenen Versuche, die halb liegende Stellung ihres Ehemannes in sich selbst wettzumachen.
Einmal hatte Lamb sich aufgerafft. Und zwar in dem Bestreben, die Gemeinde von Vaterlandsverteidigern, von Reformern und anderen Spezialisten eines verschrobenen und fragwürdigen Patriotismus zu befreien. Daraufhin war seine Frau so außer sich gewesen, daß sie sich für die Dauer von drei Monaten nach Europa zurückgezogen hatte – sehr zum Frieden und zur Freude des gesamten Haushalts. Lamb und Hebe spielten häufig, halb verzagt, auf die unbewachte Natürlichkeit der Existenz während dieser angenehmen Periode an.
Hebe fuhr. Sie folgte einem sich windenden Weg, fuhr eine malerische, fast ländliche Straße entlang, die zu jener angenehmen Anhöhe führte, von der aus Lambs Haus auf beide Seiten der Gleise herabblickte – durch Fenster, die mehrere Generationen von Betrachtern umrahmt hatten; waren Lambs Vorfahren doch stets vermögensorientiert und landbesitzend gewesen.
Mrs. Lamb hatte etwas gegen das Alter des Hauses, doch mußte sie die Vornehmheit seines Standorts und die Vorteile seiner ausgedehnten Gartenanlagen anerkennen. Sie hatte sich bemüht, Lamb

zum Bauen zu bewegen. Lamb hatte sie düster angesehen, die volle Spanne einer Minute lang, und da war ihr Bemühen dann erlahmt, um niemals wieder aufzuleben. Er hatte nur gegrinst, die Knie ein wenig höhergezogen und sie über sie hinweg angesehen. Das hatte mehr als gereicht. Das Thema war ein für allemal erledigt.

Als der Wagen durch eine genau geplante Kurve rollte – wie man sie auf der richtigen Seite der Gleise antrifft –, bemerkten und verweilten Hebes Augen auf einer Gestalt, die sie als reichlich ungewöhnlich empfand. Es war ein kleiner rostroter Mann, wie sie sich später immer erinnerte. Ein kleines Wesen war diese Person, gekleidet in ein altertümliches Gewand von rostroter Farbe. Sogar der Regenschirm, den er mit einer gewissen schrulligen Kunstfertigkeit bei sich trug, war von derselben Farbe. Von hinten gesehen vermittelte seine kurze pummelige Gestalt den Eindruck eines üppigen und zufriedenen Lebens. Es war eine Art vergnügter Figur, die Verkörperung eines heiteren Herbstes. Hebe dachte an Kastanien und brennendes Laub, an Bäume, die sich verfärben, und Herdplatten, die glühen. Er war ein erstaunlicher kleiner Mann, ausgeglichen und trotz seiner seltsamen Erscheinung eine gewisse Würde ausstrahlend.

Noch erstaunlicher war der kleine Mann, als das Auto sich ihm näherte, denn plötzlich hielt er inne, drehte sich um und schwenkte seinen rostroten Regenschirm in höchst entschlossener und gebieterischer Weise. Was die Bedeutung anging, gab es keinen Zweifel. Er wünschte, daß das Auto anhielt. Und Hebe hielt gehorsam an. Sie stellte fest, daß das Gesicht des kleinen Mannes ebenfalls von rostroter Farbe war. Es war ein vergnügtes Gesicht, aus dem ein Paar lustige, unergründliche Augen blitzten.

»Darf ich es ausprobieren?« fragte er ohne Umschweife.

Seine Stimme klang hell wie eine Glocke. In ihr schwang eine Art humoriger Frische. Hebe war verdutzt.

»Sie meinen...«, hob sie an.

»Ganz genau, meine Liebe«, ergänzte der kleine rostrote Mann, indem er sich vergeblich mit dem hinteren Türgriff abmühte. »Ich meine genau das, was ich sagte: Darf ich es ausprobieren?«

»Warten Sie, ich helfe Ihnen«, bot Mr. Lamb an und war, als er sich umwandte, um die Tür von innen zu öffnen, ein wenig benommen. Beim Öffnen begegnete sein Blick dem des kleinen Mannes, und eine außerordentliche Empfindung durchzuckte ihn. Er fühlte sich, als wäre er soeben entdeckt worden. Fast gleichzeitig hatte er das spukhafte Gefühl, es sei ihm, just in diesem Augenblick, mißlungen, sich an etwas zu erinnern, das er so lange vergessen hatte, daß er nicht sicher war, es jemals gewußt zu haben. Beim Klang der glockenklaren Stimme des kleinen Mannes war der Bann gebrochen.

»Ihr Diener, Sir«, sagte er, und seine Worte schienen eine versteckte Bedeutung zu haben. »Jetzt, so vermute ich, steigt man ein?«

»Ganz recht«, erwiderte Mr. Lamb. »Man steigt ein.«

Nachdem er sich mühsam ins Auto gepummelt hatte, nahm der kleine Mann in aller Ruhe Platz und legte seinen Regenschirm auf ganz bestimmte Weise hin; auf seine Weise, einen Regenschirm hinzulegen.

»Nun«, sagte er und blickte gutgelaunt umher, »was passiert als nächstes? Machen Sie, daß es etwas tut, meine Liebe.«

Sich sehr viel jünger und weniger sicher fühlend, setzte Hebe den Wagen in Bewegung, während der kleine Mann ihr mit erwartungsvollen Augen zusah.

»Sie müssen verstehen«, erläuterte er mit vertraulicher Stimme und lehnte sich vor zu Mr. Lamb, »in meinem anderen – äh, ich meine: in meinen jungen Jahren machte ich so überhaupt keine Erfahrung mit dieser Methode der Fortbewegung. Wie konnte ich?« fragte er streng. »Wie konnte ich?«

Die Frage verlangte nach einer Antwort.

»Sie konnten einfach nicht«, pflichtete Mr. Lamb ihm bei. »Unmöglich.«

»Genau wie Sie sagen!« rief der kleine Mann mit Triumph in der Stimme. »Die Methode existierte nicht. Ist sie ... äh, äh ... wie Sie sie sich wünschten, mein lieber Herr?«

»Nicht so gut«, äußerte Lamb, der selber nicht so genau wußte, wie er sie sich wünschte.
»Nein«, überlegte sein kleiner Passagier. »Sie ist, wie Sie sich so lakonisch ausdrückten, nicht so gut.«
»Der hat Nerven«, bemerkte Hebe mit unterdrückter Stimme.
»Der Ausdruck, meine Liebe, ist modern«, sagte der kleine Mann gut gelaunt, »dennoch ist seine Bedeutung ziemlich eindeutig. Ich pflichtete lediglich Ihrem Vater bei, denn ich nehme an, es ist Ihr Vater; aber vielleicht befinde ich mich im Irrtum bei diesem nebensächlichen Punkt. Es ist möglich: Sie sind seine Frau oder noch besser: seine Geliebte. Es ist nicht von Wichtigkeit. Wie ich eben sagen wollte: Ich ziehe es vor, zu Fuß zu gehen. Es will mir scheinen, daß ich durch die Sohlen meiner Schuhe Dinge schmecken kann.«
»Da werden Sie in so manch seltenes Gericht treten«, versetzte Hebe keck.
Der kleine Mann faßte das Mädchen wohlwollend ins Auge.
»Ihre Tochter, Sir«, sagte er, »denn jetzt bin ich sicher: Es ist Ihre Tochter, scheint einen ungewöhnlich gesunden Schuß Vulgarität zu besitzen. Ich mag das. Ich selbst bin unvergleichlich vulgär. In meiner anderen... äh... will sagen: in meinen jungen Jahren waren selbst starke Männer gezwungen, das Zimmer zu verlassen. Ich erinnere mich, wie Rabelais einst ohnmächtig wurde – Meister aller Vulgarier... Das war eine Tat. Meine größte. Heute bin ich irgendwie geläutert. Nicht, daß ich nachlasse, an gewissen Dingen Gefallen zu finden.«
Mr. Lamb warf mal einen kurzen Blick in sein Gedächtnis, dann durchfuhr ihn ein leichter Schock. Dieser seltsame Passagier mußte tatsächlich extrem alt sein, fast zu alt, um überhaupt zu existieren.
»Habe ich richtig verstanden, sagten Sie Rabelais?« fragte er so höflich er nur fragen konnte.
»Ich bitte tausendmal um Verzeihung«, beeilte sich der kleine rostrote Mann zu erklären. »Rabelais! Gewiß nicht. Es muß ein Vulgarier neuerer Zeit gewesen sein. Betagte Burschen wie ich es

bin, neigen dazu, Leute und Epochen gleichermaßen durcheinanderzuwerfen. Ihnen aber, Mr. Lamb, Ihnen bin ich vor vielen Jahren bereits einmal begegnet.«

»Mir«, stieß Lamb, mit einemmal hellwach, hervor. »Wann war das? An welchem Ort, wenn ich fragen darf?«

»Bevor Sie, wenn ich mal so sagen darf, geboren wurden«, kam die ruhige Antwort. »Der Ort spielt keine Rolle. Sie würden sich nicht daran erinnern.«

Lamb und seine Tochter tauschten einen raschen Blick, konnten darin allerdings keine hilfreiche Offenbarung finden. Sie schienen in einer trüben, wandelnden Stille dahinzufahren, fast traumwandlerisch.

»Von Anbeginn waren Sie für Konflikte bestimmt«, driftete eine leise, klare und doch ferne Stimme vom Rücksitz her. »Das kann korrigiert werden. Das sollte korrigiert werden. Wenn ich irgendwie zu Diensten stehen kann...«

Stille. Hebe fuhr wie jene, die im Traum fahren... automatisch, ihren Instinkten gehorchend. Ihr Vater schien in einen tiefen Sumpf der Meditation gesunken, aus dem er sich wahrscheinlich niemals aus eigener Kraft würde herausziehen können. Immer noch Stille. Die Straße wand sich höher. Waren sie so durch die Ewigkeit gefahren? Wo war der Bahnhof? Wo war das Haus? Weshalb spielten sie überhaupt eine Rolle? Geistesabwesend begann Hebe leise zu singen: eine Melodie aus Tosca. Ihre tiefe Stimme war überraschend wohlklingend, doch schien ihr heute aus unerfindlichen Gründen eine Echostimme zu folgen, eine kräftigere Stimme, durchdrungen von Leidenschaft und Bitterkeit, einem Wissen um und einer Liebe zum Leben. Lamb schritt von einem braunen Herrenzimmer ins andere; sie wurden immer brauner, bis zum letzten, das schwarz zu werden drohte. Doch auch in seiner Reserviertheit lauschte er dem Gesang und verwunderte sich. Irgend etwas in ihm reagierte darauf. Als Hebe wie sonst auch die Fahrt verlangsamte und vor der Hauspforte stoppte, bevor sie den Wagen zu einem anderen Eingang fuhr, erschallte ein klarer Ton und klang einen Augenblick lang um sie

herum nach – nur um sie beide. Sie erschraken und blickten sich mit Bestürzung an.
»Hör auf zu juchzen«, sagte Lamb. »Was wird unser Passagier denken, ganz zu schweigen von der Nachbarschaft?«
Hebe spähte auf den Rücksitz.
»Er scheint nicht mehr dazusein«, verkündete sie mit unsicherer Stimme.
»Wo zum Teufel haben wir den Taugenichts abgesetzt?« fragte ihr Vater.
»Weiß nicht. Er ist weg. Das ist alles, was ich sagen kann«, erwiderte Hebe. »Vielleicht schlüpfte dieser Geistesgestörte aus dem Wagen, als wir irgendwo etwas langsamer fuhren. Ich glaube, der ist irgendwo entwischt... ehrlich.«
»Ohne die leiseste Möglichkeit irgendeines Zweifels«, stimmte Mr. Lamb zu. »Aber, erinnerst du dich, der Teufel kannte meinen Namen?«
»Ja... ja... den kannte er«, sagte Hebe. »Ich erinnere mich jetzt. Komisch, findest du nicht?«
»Überaus«, entgegnete Lamb mit grinsendem Gesicht. »Dies ist unsere Show, Hebe, verstehst du?«
»Ich verstehe«, sagte das Mädchen, »ich verstehe.«
Und indem er aus dem Auto stieg, fragte er sie, so scheu er's vermochte: »Hör mal, Hebe, führt sich deine Freundin – wie heißt sie gleich... Sand...«
»Sandra Rush«, half Hebe nach.
»Der Name spielt sowieso keine Rolle«, fuhr ihr Vater eilig fort. »Führt sie sich immer so auf?«
»Es liegt bei dir, das herauszufinden«, sagte Hebe.
»Ganz und gar nicht. Kein Interesse«, erklärte Mr. Lamb. »Und stimmt es, daß sie Unterwäsche zur Schau trägt?«
»Das ist eine Tatsache«, erwiderte das Mädchen. »Eine absolute Tatsache. Ich werde dich bei Gelegenheit einmal zu ihr führen.«
»Gott bewahre«, knurrte Lamb und wandte sich dem Fahrweg zu. »Ich wasche meine Hände in Unschuld...«

V

Ein Pferd im Bett

Mister Lamb kehrte nach Hause zurück, um seine Frau in den Armen eines anderen Mannes zu finden. Die Szene hätte die Mehrzahl gottesfürchtiger Ehemänner geärgert, wenn nicht gar erzürnt. Nicht so Mr. Lamb. Ihn ließ das kalt. Um das Kolorit der Situation zu erhöhen, war Mrs. Lamb in ein Gewand gekleidet, das allgemein als recht intim erachtet wird – eine Kombination, bei der man gewöhnlich Bett assoziiert, aber nicht notwendigerweise Schlaf. Das Kostüm, dessen sich der Mann erfreute, schien Lamb ein wenig vage. Alles, woran er denken konnte, war Karneval, Klassentreffen und lärmende Festlichkeit im allgemeinen. Es interessierte ihn auch gar nicht sonderlich.

Das Paar lag à la Cupido und Psyche am Boden. Bei Lambs Eintreten ließ Cupido Psyche mit solchem Eifer los, daß es den unromantischen Klang eines heftigen Bumms! gab... immerhin bewegte sich Psyche in der Nachbarschaft von etwas über sechzig Kilogramm.

»Ah!« rief Mister Leonard Gray mit wilder Handbewegung und einem Lächeln von eher ungewisser Natur. »Krösus kehrt von seiner Münzanstalt heim. Wie steht der Markt am heut'gen Tag?«

Mr. Lamb sah sich nicht veranlaßt, auf dergleichen einzugehen.

»Na, du alter Geizhals«, sagte Mrs. Lamb und hob sich in eine anmutigere Stellung, »ich nehme an, deine Hände stinken noch vom Scheine-Zählen. Du bist spät heute.«

Auch für diese Bemerkung brauchte Mr. Lamb keine Antwort zu suchen. Er betrachtete das Paar lediglich. Mit Muße.

»Es gibt Sofas«, sagte er schließlich. »Das ist natürlich nur ein Vorschlag.«

»Aber nein, der Fußboden ist der rechte Ort«, protestierte Mr. Gray.

»Nicht, wie man mich es gelehrt hat«, sagte Mr. Lamb. »Tilly, wo hast du nur diese ulkigen Reithosen her?«

»Mach dich nicht lächerlich, Lawrence«, erwiderte Mrs. Lamb und versuchte es mit Würde. »Das sind keine Reithosen. Das sind...«

»Sprich weiter, sag bloß, es sei ein Kilt«, unterbrach sie ihr Ehemann. »Ich bin so unwissend. Ich schwelge darin.«

»Du weißt ganz genau, daß es dein eigener bester Seidenpyjama ist«, antwortete seine Frau. »Ich zog ihn an, um eine bestimmte Wirkung zu erzielen.«

»Du wirst eine außerordentliche Wirkung erzielen, es sei denn, du hättest ihn verkehrt herum an«, bemerkte Mr. Lamb. »Ich selbst mußte mit diesem Pyjama stets vorsichtig sein.«

»Sappho«, warf Mr. Gray hastig ein, »ich glaube nicht, daß ich jetzt weitermachen kann. Ich kann die Stimmung einfach nicht wiedererlangen.«

»Versuchen Sie's doch noch mal mit jenem Würgegriff, junger Mann«, empfahl Mr. Lamb. »Das könnte Ihnen ausnehmend guttun.«

»Jeder Mann hat seine Rolle zu spielen, Mr. Lamb«, protestierte Leonard Gray.

»Aber Sie scheinen meine Rolle eingenommen zu haben«, sagte Lamb. »Und Sie spielen sie besser, als ich es könnte... weitaus besser.«

Mr. Gray war der örtliche Amateur-Held, der Mittelpunkt der Woodbine Players. Einmal hatte er versucht, Wertpapiere in Mr. Lambs Büro zu verkaufen. Es war ein kläglicher Versuch gewesen. Nicht einmal sein gutes männliches Aussehen hatte die Stenographinnen bewogen, von ihrer Arbeit aufzublicken. Infolgedessen hatte er sich zurückgezogen, nachdem er auf allen Gebieten versagt hatte. Die Backfische und verheirateten Frauen, die nichts Besseres zu tun hatten, nahmen ihn in die Schar der Müßiggänger gern wieder auf und fanden ihn höchst hilfreich. In letzter Zeit

wurde er häufig im Lamb-Haushalt gesehen, wo Sappho und er ihre Kunst entwickelten.
»Weshalb bei Mißverständnissen verweilen?« jammerte Mrs. Lamb. »Leonard und ich proben für die Aufführung am Sonntagabend.«
»Dann sollte ich vielleicht besser fernbleiben oder Freunde besuchen?« schlug Mr. Lamb vor.
»Sei nicht vulgär«, erwiderte Mrs. Lamb. »Du weißt sehr gut Bescheid über die Sache mit dem Erholungsfonds.«
»Als ich ein kleiner Junge war«, sagte Mr. Lamb, »pflegte man derlei Angelegenheiten aus der Öffentlichkeit zu verbannen. Vor allem sonntags. Warum schließen sie wohl die Kinos?«
In diesem Augenblick kam Hebe ins Zimmer geschneit und beäugte das sonderbar gekleidete Paar.
»Schon wieder mal dabei, wie ich sehe«, bemerkte sie. »Werdet ihr zwei es niemals müde sein?«
Mrs. Lamb seufzte mißmutig und erwog, sich zu erheben. Dann besann sie sich eines besseren.
»Was werde ich froh sein, wenn alles erst einmal vorüber ist«, sagte sie. »Ich bin schrecklich müde, und die Rolle langweilt mich zu Tode.«
»Ich wünschte, ich könnte für dich einspringen«, meldete sich Hebe. Ihre Stimme klang randvoll mit nicht gefühlter Sympathie.
»Kind«, sagte ihre Mutter, »du würdest das niemals verstehen. Es verlangt... oh, ich weiß nicht, was es verlangt.«
»Es verlangt verdammt gute Nerven, würde ich sagen«, bemerkte Mr. Lamb. »Komm, Hebe, ich habe Lust, ein paar Drinks zu zupfen.«
Als die beiden das Zimmer verlassen hatten, blickte Mrs. Lamb ihren Partner fragend an.
»Du hättest mich nicht so fallen lassen sollen«, tadelte sie ihn. »Ich fühlte mich so aus dem Gleichgewicht gebracht.«
»Das einzige, das unter diesen Umständen zu tun blieb«, erwiderte Mr. Gray.

»Vielleicht hast du recht«, antwortete sie, während er ihr auf die Beine half. Dann, etwas leiser: »Ich fürchte, wir haben zu intensiv geprobt, Len. Du solltest artiger sein.«
»Vorsichtiger«, sagte er, ebenso leise.
Sie nickte mit dem Kopf.
Unterdessen war Lamb im Eßzimmer dabei, Drinks zu inhalieren, die Thomas und Hebe sorgsam für ihn bereitstellten. Thomas kannte Lamb besser, als Lamb sich selber kannte. Er war länger in der Familie gewesen und so alt, daß er sich daran gewöhnt hatte. Und jetzt war er, was den Gang der Zeit betraf, offensichtlich gleichgültig geworden. Thomas schien zu spüren, daß er so alt geworden war, daß er kaum noch älter werden konnte. Für weitere Jahre hatte er gar keinen Platz. Also lebte er fröhlich weiter und betrachtete Lamb und Hebe als seine letzten Verantwortlichkeiten. Für Mrs. Lamb war er bei weitem zu alt. Sie wartete nur darauf, ihn in den Ruhestand abzuschieben. Thomas wußte das und versagte ihr das gehörige Maß an Dankbarkeit.
Alsbald kam Bruder Dug hereinspaziert – Douglas Bumbly, Lambs Schwager und Gegenstand seiner ganz besonderen Abneigung. Dug hatte stets den »Stockbesoffen«-Part aus »My Bonnie Lies Over the Ocean« auf den Lippen und war es nie müde geworden, das amüsant zu finden. Er war etwa gleich alt wie Lamb, vierzig, und hätte ein paar Monate vor seiner ersten Kerze chloroformiert werden sollen. Während des Krieges war er Lagergesangsführer gewesen sowie allgemeiner Unruhestifter. Seit jener Zeit hatte er nur eines im Sinn gehabt: die Leute singen zu lassen. Bei Gala-Anlässen legte er seine Nichtkämpfer-Gesangsführeruniform an und erinnerte sich lauthals des Lagerlebens. Er gab sich mit Pfadfindern ab, die allerdings nicht begreifen wollten, worum es ihm ging.
Jetzt betrat er das Zimmer mit einem »Hoppla, ihr guten Leute! Prassen lautet die Parole. Irgendwelche neuen Tricks, Larry?«
Larry verschluckte sich so heftig an seinem Drink, daß beide, Thomas und Hebe, ihm zu Hilfe eilten: Der eine nahm ihm das Glas aus zitternder Hand, der andere klopfte ihm fest auf den

Rücken. Als der geplagte Mann sich ein wenig erholt hatte, richtete er aus tränenden Augen einen feindseligen Blick auf seinen Schwager.
»Ich bin schon nicht stolz auf Lawrence«, sagte er mit heiserer Stimme, »aber, bei Gott: Larry werde ich mir niemals gefallen lassen! Außerdem kenne ich keine Tricks.«
Hebe warf Bruder Dug einen vorwurfsvollen Blick zu.
»Man hat dich oft genug gewarnt, ihn Larry zu nennen«, rief sie ihm in Erinnerung.
Bruder Dug war nicht im geringsten beeindruckt davon.
»Also gut, Larry«, entgegnete er mit einfältigem Grinsen und klopfte Mr. Lamb auf den bereits geschundenen Rücken. »Ich werde dich nie wieder Larry nennen.«
Thomas und Hebe ergriffen Mr. Lambs Arme und hielten sich daran fest. Einen Augenblick lang stand er steif und bis zum äußersten angespannt da wie eine Statue des angeketteten Prometheus. Dann ließ er es geschehen, daß man ihn auf einen Stuhl zog und ihm einen frischen Highball in die Hand drückte.
Douglas Blumby hatte sich unterdessen davongemacht auf der Suche nach mehr Fröhlichkeit. Man konnte seine dröhnende Stimme vernehmen, wie er mit Gray und Sappho auf dem Flur die Rolle besprach, die er in der Erholungsfonds-Sache spielen würde.
»Warum läßt du ihn hier wohnen, Vater?« fragte Hebe.
»Das weiß Gott allein, meine Kleine«, erwiderte er. »Vielleicht aus Angst vor deiner Mutter oder wegen letzter Loyalität ihr gegenüber. Noch etwas: Ich habe eine gewisse Verpflichtung, was die Gesellschaft angeht. So böse ich auch bin, könnte ich diesen Trottel doch niemals auf die Welt loslassen. Wir müssen mit unseren Schwierigkeiten im Kreise der Familie fertig werden.«
Es war sicherlich kein günstiger Augenblick für das Erscheinen von Mr. Melville Long, dennoch trat er ein, der junge Gentleman, sorgenfrei und eines warmen, wenn auch nicht enthusiastischen Empfangs gewiß. Mr. Lamb, der ihn mit zusammengezogenen Augenbrauen ansah, erkannte den Jüngling, den er so verhängnisvoll zu imitieren versucht hatte.

»Dies ist Mel Long«, sagte Hebe. »Er wird heute abend mit uns speisen, Major.«
»Ich kenne Ihren Vater«, sagte Lamb und streckte ihm eine schlaffe Hand entgegen. »Er arbeitet...«
»Eines Vaters Privileg«, erwiderte Mr. Long vergnügt. »Oft danke ich Gott dafür. Täte er's nicht, wüßte ich nicht, wie wir jemals zurechtkommen würden.«
»Und Sie finden Ihre Unproduktivität auch noch lustig, junger Mann«, bemerkte Lamb.
»So unproduktiv bin ich gar nicht«, erwiderte der junge Mann. »Heute morgen half ich einem berühmten Dipsomanen, einen Teil seiner Gesundheit wiederherzustellen, indem ich achtzehn Bahnen Golf mit ihm spielte. Heute nachmittag fertigte ich eine Zeichnung meiner Mutter an... die Gute: fühlte sich gleich fünfzehn Jahre jünger. Dafür wird sie mir einen neuen Wagen schenken. Und heute abend... well, jetzt bin ich hier.«
»Und ich vermute, Sie werden bleiben«, sagte Mr. Lamb ziemlich freudlos.
»Bis zum Anbruch des Morgens«, antwortete Long mit strahlendem Lächeln. »Golfspielen macht hungrig.«
Erschöpft stand Mr. Lamb aus seinem Sessel auf, stellte sein Glas aufs Buffet und ging zur Tür.
»Well«, sagte er, »wenn Sie das beschlossen haben, nehme ich an, daß nichts, was ich sage, Sie bewegen könnte, Ihre Pläne zu ändern. Als ich in Ihrem Alter war, habe ich nicht... nicht viel getrunken.« Er wandte sich zu seiner Tochter und fuhr fort: »Hebe, du tust schon die merkwürdigsten Dinge. Laß die Karaffe nicht fallen, wenn du einschenkst. Und laß noch was drin.«
Damit verließ er das Zimmer. Nach dem Abendessen zog er sich in sein Privatgemach zurück, wo er sich setzte, um nichts zu tun, absolut gar nichts. Einmal trat er auf seine kleine Privatveranda hinaus und stellte Betrachtungen über die Welt im allgemeinen an, woraufhin er zu seinem Sessel zurückkehrte und fortfuhr, nichts zu tun.
Am Tag darauf brach Mr. Lamb eine unbeugsame Regel und un-

ternahm eine Reise in die Stadt. Es war ein Samstag. Das ergab zwar keinen Sinn, aber er fuhr trotzdem.
Als er im Zug einen Platz suchte, brachte ihn eine schlanke Person in ihrem Eifer, sich an ihm vorbeizudrängen, beinahe zu Fall.
»Wir werden zusammensitzen«, keuchte die Person. »Sie und ich, auf einer Bank... allein!«
»Mit Ausnahme weiterer fünf- oder sechshundert Menschenseelen«, bemerkte Mr. Lamb, »sind wir ziemlich allein.«
»Das ist erst der Anfang«, erwiderte Sandra.
»Es ist eine kurze Reise, und normalerweise lese ich die ganze Zeit. Das ist eine Regel, die ich seit Jahren befolge«, sagte Lamb.
»Aber jetzt, wo Sie mich so gut kennengelernt haben«, fuhr die junge Dame fort, »werden Sie sich neue Regeln einfallen lassen müssen.«
Mr. Lamb betrachtete sie mit einem schmerzlichen Ausdruck im Gesicht.
»Sie haben schon die kuriosesten Dinge in Ihrem Kopf«, entgegnete er. »Ich kenne Sie noch gar nicht so gut. Warum gehen Sie nicht und setzen sich zu Simonds? Er hat niemanden, mit dem er reden kann, und ich bezweifle, daß er überhaupt lesen kann.«
»Mr. Simonds!« rief Sandra. »Er ist ein liebenswürdiger Mann. Er leiht mir sein Pferd. Morgen reite ich ihn.«
»Warum gehen Sie dann nicht und erzählen es ihm?« sagte Lamb schroff. »Könnte ich nicht ein besseres Pferd sein als dieser Clown, den er da hat, würde ich aufgeben, es zu versuchen. Darin ist es seinem Herrn vorzuziehen.«
»Sie mögen ihn, wie ich sehe«, sagte Sandra.
»Wir alle mögen ihn«, antwortete Lamb kurz angebunden; dann, in rasch verändertem Tonfall: »Sagen Sie mir, paradieren Sie wirklich in Unterwäsche?«
»Sie meinen, hinter einer Kapelle und dem Polizeichef von New York die Fifth Avenue hinabmarschieren und so?« fragte sie. »Niemals! Ich bin viel zu exklusiv.«
»Je nun, so auch wieder nicht«, wehrte sich Mr. Lamb. »Sie wissen, was ich meine. Reden Sie sich nicht heraus.«

»Ich habe mich noch nie herausgeredet«, sagte sie mit Überzeugung, »und ich finde es gar nicht nett von Ihnen, so etwas auch nur zu denken. Aber, gelinde gesagt, ja, ich paradiere in Unterwäsche.«

»Ich würde es nicht so ausdrücken«, riet Mr. Lamb ihr in väterlichem Tonfall an. »Das klingt gar nicht nett.«

»Oh, mich hat noch niemand verführt«, erwiderte sie. »Das ewige Versuchen bin ich leid.«

Mr. Lamb blickte rasch um sich, Bestürzung im Blick.

»Hören Sie damit auf«, sagte er leise, intensiv. »Schreien Sie doch das Wort nicht so über dem Rasseln und Rattern des Zuges. Beschränken Sie Ihre unaufgeforderten Bekenntnisse auf dieses Ende des Wagens.«

»Sie mißverstehen mich«, fuhr sie ernsthaft fort. »Ich meine nicht, daß ich mir wünschte, verführt zu werden. Was ich Ihnen zu sagen versuchte, ist, ich bin es leid, wenn man immer wieder versucht, mich zu verführen. Sie sind eine Ausnahme.«

»Lassen wir das Thema Verführung mal einen Augenblick beiseite«, bat Mr. Lamb. »Gehen Sie gern ins Theater?«

»Nur für den Augenblick werde ich es beiseite lassen«, sagte Sandra. »Ich gehe gern ins Theater. Nehmen Sie mich mit.«

»Das werde ich nicht«, sagte Lamb.

»Hund«, sagte Sandra und wandte das Gesicht zum Fenster.

An diesem Punkt erlahmte die Unterhaltung. Mr. Lamb entfaltete seine Zeitung und versuchte zu lesen. Immer wieder glitt sein verstohlener Blick über das abgewandte Gesicht des Mädchens. Hätte sie einen seiner Blicke aufgefangen, wäre er sich wie ein Dieb vorgekommen. Der Grund war schwerlich zu erklären. Nach und nach dämmerte ihm, daß das Mädchen die Landschaft betrachtete. Richtig anguckte. Sie sah. Und zwar mit solcher Intensität, daß *er* völlig vergessen war. Sie hatte ihn aus ihren Gedanken geschickt, sofern er überhaupt jemals darin gewesen war. Sie war ganz und gar dort draußen, irgendwo in den Wäldern und Feldern. Mit Unterwäsche hatte sie nichts mehr zu tun, das heißt – Lamb korrigierte sich rasch –, sie paradierte nicht länger mit kommerziellen

Absichten in Unterwäsche herum. Auch dieser Gedanke erfuhr eine Korrektur. Wie er es nun ausdrücken sollte, wußte Lamb nicht, also gab er ihn auf. Sie jedenfalls war irgendwo dort draußen, und er war ziemlich allein gelassen. Das verletzte ihn. Und: interessierte ihn.

Plötzlich drückte sie seinen Arm.

»Schauen Sie!« sagte sie. »Sehen Sie die beiden Teiche... den unteren und den oberen?«

Die Teiche wischten vorbei, zwei rasche kleine Metallscheiben. Sie sah ihn mit traurigen Augen an.

»Sehen Sie, der untere Teich ist jetzt ganz allein«, fuhr sie fort. »Sonst waren da immer Schwäne drauf, liebliche Schwäne mit stolz geschwungenen Hälsen. Jetzt sind sie alle weg; sind auf dem oberen Teich, die Schwäne, und die Kinder spielen jetzt dort. Glauben Sie, daß der untere Teich sich jetzt einsam fühlt?«

Mr. Lamb fand, das war eine sehr knifflige Frage. Sein gesunder Menschenverstand sagte ihm, dem unteren Teich sei das völlig egal, trotzdem fühlte er irgendwo im Innern wie seine Begleiterin: Der untere Teich mochte sich ein wenig verlassen vorkommen.

»Ja«, antwortete er schließlich und blickte sie mit ernster Miene an. »Ich glaube, es ist schon sehr wahrscheinlich, daß der untere Teich sich ein bißchen verloren vorkommt. Vielleicht wartet er und fragt sich, wann die Schwäne zurückkehren werden... und die Kinder.«

»Ich glaube, Sie sind ganz schrecklich nett«, sagte sie wie nebenbei, und Lamb kehrte prompt zu seiner Zeitung zurück.

Kurz bevor der Zug in den Bahnhof einlief, drehte sich Lamb zu ihr und fragte: »Warum sprechen Sie manchmal so komisch... diese Art gekünstelter Redeweise?«

»Mögen Sie das nicht?« fragte sie mit entzückend steigender Modulation.

»Mich verschonen Sie bitte damit«, erwiderte er. »Weshalb tun Sie es?«

Und sie lachte. Sie lachte leise, fast innerlich, ohne sich groß um Lamb oder seine Gefühle zu kümmern.

»Sie sind so einfältig«, brachte sie hervor, nachdem sie sich ein wenig zusammengenommen hatte. »Aber weil Sie mich so nett unterhalten haben, werde ich Sie in ein Geheimnis einweihen. Wo ich arbeite, wo ich in Unterwäsche herumspaziere, drängen die uns lenkenden Götter darauf, so zu sprechen. Sie meinen, es klingt vornehm, drückt den spärlichen Sachen, die wir tragen, ein Echtheitssiegel auf. Einige der Modelle sind viel schlimmer als ich. Manchmal verfalle ich aus bloßer Gewohnheit in diese Sprechweise, manchmal auch nur um der Übung willen. Bei Ihnen übe ich besonders gern, Sie sind so... so... leichtgläubig, wenn Sie wissen, was ich meine. Nun, werden Sie mich viel mögen?«

Lamb gab verschwommene Anweisungen, wohin sie sich scheren könne, und so schieden sie voneinander: die eine in die opulenten Salons der Fifth Avenue, der andere in die geschäftigen Schluchten des Börsenviertels.

An jenem Abend verließ Lamb sogleich sein Zimmer und begab sich auf seine private Veranda. Eigensinnig wie er war, machte ihn das, was sich am folgenden Abend abspielen sollte sowie die Vorbereitungen dazu, doch ein wenig neugierig. Nur, weil er davon so völlig ausgeschlossen war. Lamb war halt so.

Mrs. Lamb – Sappho, mit mehreren turbanähnlichen Tüchern um den Kopf und in etwas, das, wie er entschied, ein Strampelanzug sein mußte und zusätzlich mit einer Schärpe um die Hüften verziert war –, arbeitete: Temperamentvoll dirigierte sie mehrere Akteure der Woodbine Players beim Aufstellen von Scheinwerfern und dem Errichten einer Bühne. Zuweilen legte sie, eine Hand an die Wange gepreßt, wie in Trance eine Pause ein. Lamb haßte diese Geste. Wann immer sie das tat, mußte er woandershin schauen. Sappho trieb auch Thomas näher in ein seit langem wartendes Grab, indem sie ihn irgendwas holen scheuchte und es dann doch nicht wollte, wenn der gute Alte keuchend ankam. Lamb rief Thomas zu sich und wies ihn an, zu Bett zu gehen.

»Auf dem Weg durchs Eßzimmer vergessen Sie bitte nicht, die Karaffe zu leeren«, sagte er zu ihm.

»Das hatte ich nicht vor, Sir«, versicherte ihm Thomas und trottete mit einem Gutenachtgruß von dannen: »Ich hoffe, wir werden gut schlafen können, Sir, trotz allem.«

Auch Lamb hoffte es. Er beabsichtigte es.

Er kehrte in sein Studierzimmer und zu den bezaubernden Erfindungen des Kai Lung zurück. Er kam recht gut voran, bis er auf einmal gewahr wurde, wie jemand zu ihm sprach. Was er vernahm, hörte sich so an:

»Wie ich bereits sagte, das sollte korrigiert werden.«

Mr. Lamb blickte auf und sah sich dem kleinen rostroten Mann gegenüber, der, als hätte er schon immer eben diesen Sessel bevorzugt, dasaß.

»Können Sie dabei irgendwie behilflich sein?« fragte Mr. Lamb.

»Ich sagte nicht, daß ich es könnte«, erwiderte der kleine Mann.

»Wozu dann darüber reden?« fuhr Lamb fort. »Zuerst sagen Sie, ich wäre für Konflikte bestimmt. Damit meinten Sie, vermutlich, spirituelle Konflikte. Das ist mir kürzlich erst klargeworden. Vorher stellte ich mir immer vor, ich wäre ein ausgenommen zufriedener und vom Glück begünstigter Mensch. Das bin ich nicht. Ich mag nicht, wie die Dinge liegen.«

»Was würden Sie vorziehen zu sein?« fragte der pummelige Besucher und plazierte seinen Regenschirm mit aller Sorgfalt neben sich auf den Boden. »Was würden Sie gerne tun?«

Lamb erhob sich. Er war verbittert. Ruhelos ging er in seinem Gemach auf und ab, schenkte eine Runde Drinks ein, zog ein Kästchen Zigarren hervor und setzte sich schließlich wieder hin.

»Ich weiß es nicht«, sagte er mit einiger Hilflosigkeit. »Habe nicht die geringste Idee, wenn Sie mich so direkt fragen. Eines allerdings weiß ich, ich bin es müde, ein Mensch zu sein. Ich glaube, ich wäre lieber was anderes, wenn ich könnte – ein Tier, ein Vogel; ein wildes Tier, ein Fisch... was immer. Nur, um die Dinge mal aus einer anderen Perspektive zu sehen; um einmal aufzuhören, immer nur wie ein Mensch zu denken und zu handeln, wie ein zivilisiertes Wesen, eine wirtschaftliche Einheit mit einem Faß voller Verpflichtungen, das ständig gegen ein Hindernis zu rollen und zu platzen droht.«

In Nachdenken versunken, betrachtete der kleine Mann Lamb einen Augenblick lang über den Aschenring seiner Zigarre hinweg. Lamb hielt seinem Blick stand und las in den Augen des kleinen Gesellen eine Fülle von Verständnis. Jetzt kam er Lamb überhaupt nicht mehr klein vor. Er schien fast groß genug, um fürchterlich zu sein. Und doch: Dieser Mann war nicht die Spur fürchterlich. Lediglich sein durchdringender Verstand war etwas, das einem ein Gefühl der Furcht, der Nacktheit vermittelte.

»Das ist alles, was ich wissen wollte«, sagte der kleine rostrote Mann mit Nachdruck und stellte sein Glas ab.

Lamb wandte sich ab, um nach einem zusätzlichen Aschenbecher zu suchen. Als er sich wieder umdrehte und ihn seinem Gast anbot, war alles, was von ihm übrig war, eine träge in der Luft schwebende Wolke aus Zigarrenrauch. Die Zigarre selbst lag, sorgsam balanciert, auf der Sessellehne. Lediglich das Glas, die Zigarre, der wabernde Rauch legten Zeugnis davon ab, daß er jemals hier gewesen war.

Mehrere Sekunden lang verharrte Lamb in einem Zustand vorübergehender Starre, noch immer den Aschenbecher ausgestreckt. Dann stellte er, ohne Hast, den Aschenbecher wieder an seinen Platz, leerte sein Glas, legte sein Buch aufs Pult – die Seiten dort aufgeschlagen, wo er gelesen hatte –, erhob sich aus seinem Sessel und verließ gedankenverloren das Zimmer.

Es war Hebes Angewohnheit, ihren Vater morgens zu besuchen. Sogar im Sommer, wenn die meisten jungen Ladies langschläferten, war Hebe stets höllisch früh auf den Beinen und im Haus unterwegs.

Mr. und Mrs. Lamb bewohnten aneinandergrenzende Zimmer, auch wenn der Vorteil, der diesem Arrangement innewohnte, seit langem aufgehört hatte zu existieren. Hebe mußte durch das Zimmer ihrer Mutter, wenn sie Zugang zu dem ihres Vaters suchte.

Wie gewöhnlich erschien sie an diesem Morgen in einem grell gemusterten Morgenmantel und öffnete behutsam die Tür ihres Vaters. Sappho schlief noch, ihr Temperament gänzlich abgestreift. Hämisch blickte das Mädchen in das Zimmer ihres Vaters.

Sie würde jemanden stören. Dann veränderte sich, Zug um Zug, ihr Gesicht. Sie legte den Kopf auf die Seite wie ein verwirrter Hund, ihre Augen wurden runder und runder. Schließlich drehte sie sich leise zu ihrer Mutter hin.
»Sappho!« flüsterte sie. »Sappho! Wach auf. Es sieht so aus, als wär ein Pferd in Vaters Bett.«

VI

Pferdemäßige Exkursionen

Es gab ein Element der Wichtigkeit, das Hebes Flüstern an den Kanten schärfte und in Sapphos unermeßlich weite Teilnahmslosigkeit, was weltliche Erwägungen betraf, eindrang. Diese Frau vieler Rollen und Posen setzte sich im Bett auf und blickte ihre Tochter an wie ein Gletscher eine Rose.

»Dein Humor, Hebe, ist äußerst subtil«, brachte sie heraus.

»Sappho«, erwiderte Hebe, »ich versuche nicht, komisch zu sein. Es ist schon komisch genug. Im Bett des Majors ist ein Pferd oder irgendwas einem Pferd sehr Ähnliches.«

Immer noch benommen von tiefem Schlaf, versuchte Sappho mit aller Macht ihr Gehirn auf den Empfang dieser außerordentlichen Mitteilung einzustellen. Nicht gut. Das Gehirn weigerte sich, sie anzunehmen. »Was meinst du damit, im Bett deines Vaters ist ein Pferd?« stieß sie nach einiger Anstrengung hervor.

»Genau das«, antwortete ihre Tochter mit ruhiger Stimme. »Entweder hat sich Vater in ein Pferd verwandelt, oder ein Pferd hat sich in Vater verwandelt. Es kommt auf dasselbe heraus. Es gibt noch eine andere Möglichkeit: Vielleicht hat irgendein Pferd Vater aus dem Bett vertrieben oder sich zum Schlafen auf ihn gelegt.«

»Als hätten wir nicht schon alle Hände voll zu tun mit dieser Erholungsfond-Geschichte heute abend«, lamentierte Mrs. Lamb, während sie Morgenmantel und Slipper suchte. »Wenn es kein Pferd ist, Hebe, werde ich sehr, sehr böse sein.«

»Und wenn es eins ist?« erkundigte sich Hebe.

»Das weiß Gott allein«, seufzte Mrs. Lamb und ging auf Zehenspitzen quer durchs Zimmer.

Gemeinsam blickten sie auf Mr. Lambs Bett und sahen ein Pferd. Soviel Bettdecke wie möglich lag auf dem Pferd; sein Kopf lag zwar in den Kissen, doch blieb vieles unbedeckt und baumelnd. Hufe und Beine waren deutlich sichtbar. Es war völlig klar, daß nur das entschlossenste aller Pferde es auf sich nehmen würde, nur um eines Bettes willen in einer solch verkrampften Position zu schlafen.

»Mein Gott«, sagte Mrs. Lamb und hielt den Atem an. »Was wird das Personal dazu sagen?«

Unter den prüfenden Blicken der zwei Frauen rührte sich das Pferd vor Unbehagen und schlug ein Auge auf. Das genügte. Mrs. Lamb erlaubte sich ein Ringen nach Luft. Hebe war einfach nur interessiert. Nicht zufrieden mit dieser Demonstration, hob das Pferd seinen Kopf aus den Kissen und blickte Hebe und Mrs. Lamb fragend an. Dann rollten sich seine Lippen in einem höhnischen Grinsen zurück und gaben den Blick frei auf ein kräftiges Gebiß mit gemein aussehenden Zähnen. Es verdrehte die Augen, bis nur noch das Weiße sichtbar war, und trat mit dem Vorderfuß in Richtung Mrs. Lamb aus; eine Geste, die seine unverhohlene Absicht, ihrem Körper und ihrer Person eine schmerzhafte Verletzung zuzufügen, eindringlich illustrierte. Hastig fuhr Mrs. Lamb zurück und rettete sich in ihr Bett und unter die Decke.

»Unternimm irgend etwas, Hebe«, kam ihre gedämpfte Stimme herüber. »Sieh zu, daß du diese Kreatur aus dem Haus bekommst, ohne daß das Personal etwas merkt. Es geht einfach nicht an, daß sie denken, deine Mutter hätte ein Pferd im Nebenzimmer. Du weißt, wie Untergebene reagieren.«

Das Pferd hörte mit aufgestellten Ohren aufmerksam zu, und bei dieser letzten Bemerkung blinzelte es Hebe langsam und in aller Ruhe an. Das Mädchen war verblüfft. Das war ihr Vater, wie er leibte und lebte. In diesem Augenblick akzeptierte sie die Tatsache, daß etwas Sonderbares geschehen war. Dann, nach einigen Minuten gedankenvoller Erwägungen, wobei er hierhin und dorthin schaute, wie um das günstigste weitere Vorgehen zu bestimmen, stieg Mr. Lamb vorsichtig aus dem Bett. Ein Vorgang, der sich

jedoch nicht ohne beträchtliches Gepoltere sowie Hin- und Hergerolle bewerkstelligen ließ. Hebe betrachtete ihn amüsiert und voller Interesse. Sie wußte, es war ihr Vater.
»Beeil dich, Hebe«, ließ sich die Stimme ihrer Mutter vernehmen. »Wir können es uns nicht leisten, den heutigen Kirchgang zu versäumen – nicht mit dieser Angelegenheit heute abend.«
Mr. Lamb dachte an seinen besten Pyjama und gab, indem er den Kopf zurückwarf, ein wildes Wiehern von sich. Er fühlte sich auch wild, gleichzeitig eine Spur schüchtern. Als Kind hatte er häufig Pferd gespielt, war aber nie wirklich eines gewesen. Jetzt versuchte er sich zu erinnern, wie er in seinen jungen Jahren dabei vorgegangen war. Er überlegte, wie er wohl aussah, was für eine Art Pferd er war, und indem er sich seines Kleiderspiegels erinnerte, schritt er mit vorsichtig gesetztem Huf durchs Zimmer. Dann, indem er sich in einer seltsamen, pferdeunüblichen Weise niedersetzte, senkte er seinen Hals und beäugte sein Spiegelbild. Die Wirkung war eher unangenehm. Er sah eine verzagt dreinblickende Kreatur, die ihn aus dem Spiegel betrachtete. Hebe konnte ein Lachen nicht unterdrücken, und Mr. Lamb wandte das Haupt und blickte sie vorwurfsvoll an. Dann fuhr er mit seiner Untersuchung fort.
In dieser Stellung sehe ich nicht gerade aus wie ein Pferd, entschied er. Es muß eine andere Möglichkeit geben, ein Pferd zu sein. Vielleicht... Er erhob sich aus seiner kuriosen Stellung und trat ein wenig vom Spiegel zurück. Es war aber immer noch nicht möglich, den gewünschten Anblick zu erlangen. Und indem er seiner Tochter einen beredten Blick hinüberschwenkte, zeigte er mit einem Huf auf den Spiegel. Gehorsam ging das Mädchen zum Spiegel und stellte nach vielem Schütteln und Nicken des väterlichen Hauptes den Spiegel zu dessen Zufriedenheit ein.
So ist es schon was ganz anderes, dachte Lamb und inspizierte, nicht ohne eine gewisse Befriedigung, sein Spiegelbild.
Er war ein edles Pferd – ein glänzender, prächtiger Hengst. Schwarz wie die Nacht mit einem Stern auf der Stirn. Langsam drehte er sich und genoß seinen Anblick von allen Seiten.

Trotzdem, ziemlich unziemlich, dachte er. Ich wünschte, ich hätte eine Decke, eine Pferdedecke. Aber, Teufel noch mal! Ich bin jetzt ein Pferd. Pferden ist das egal. Und trotzdem scheint es nicht ganz... well: Ich war eben noch niemals ein Pferd, das ist alles. Er gönnte seinen Gedanken eine Pause, um sich ein weiteres Mal in sein Spiegelbild zu vertiefen. Dann nahm er sein Selbstgespräch wieder auf. Wie dem auch sei, wenn dieses Mädchen in Schlüpfern und ähnlichem herumspazieren kann, dann kann ich ebensogut nackt herumlaufen.

Stolz blickte er auf seine Tochter hinab und rieb seine Nase liebevoll an ihrem warmen Hals. Sie griff nach oben, gab ihm einen Kuß, trat dann ein wenig zurück, blickte ihn an und lächelte. Lamb nickte feierlich mit dem Kopf, und Hebe verstand. Dann kam ihm ein hervorragender Gedanke. Er drückte sich durch die Tür ins Zimmer seiner Frau und näherte sich so leise er konnte ihrem Bett. Mrs. Lamb war noch immer vollständig unter der Bettdecke vergraben. Er schob seine Nase durch eine Öffnung unters Bettzeug und gab dann, völlig unvermittelt, einen markerschütternden Schrei von sich – es hörte sich an wie der einer zur Hölle verdammten Seele. Mit verblüffender Geschwindigkeit verschwanden Bettdecke und das, was darunter gewesen war. Mrs. Lamb fand sich auf der anderen Seite des Bettes am Boden wieder und war froh, dort zu sein.

»Hebe, teure, was um Himmels willen war das?« jammerte sie.

»Das Pferd«, antwortete Hebe kurz und bündig.

»Ach was, das Pferd!« erwiderte sie mit zitternder Stimme. Sie weinte fast. »Kannst du es nicht dazu bringen, zu gehen? In der Küche gibt es noch Haferflocken; vielleicht kannst du es damit fortlocken.«

Höchst zufrieden mit seinem ersten Streich wanderten Lambs Gedanken automatisch zu seinem Schwager. Seine Unternehmungslust war entfacht. Er würde tiefer ins Kampfgebiet eindringen. Immer noch mit vornehm leisem Gang begab er sich zum Quartier Douglas Blumbys. Erwartungsvoll hielt Hebe ihm die Tür auf, und Lamb schritt mit höflicher Neigung seines Hauptes an ihr vorbei.

Bruder Dug stand unter der Dusche. Ein Unterfangen, das er anging, wie nur Bruder Dug es konnte. Er sang die Dusche förmlich an die Wand. Lamb blieb stehen und überlegte. Dann schob er behutsam den Vorhang auseinander und seinen Kopf gleich hinterher. Bruder Dug spürte einen Luftzug und griff, ohne den Kopf zu wenden, hinter sich, um den Vorhang wieder zu schließen. Dabei begegneten seine Hände einer nassen Pferdenase... Einen Augenblick lang befingerte er die Nase gedankenverloren. Ein Teil von ihm war das nicht, soviel war mal klar. Dann blies Lamb ihm auf den Rücken, und Bruder Dug stellte Fingern und Singen gleichzeitig ein. Voller Ungewißheit wandte er sich um, nur um sich einem Pferd mit den teuflischsten Absichten in den Augen gegenüberzusehen.
Mr. Blumbys Kraft lag in seiner Kehle, und dies Organ beeilte er sich jetzt mit ungeahnter Energie einzusetzen. Es war der Triumph äußerster Stimmkraft. Er legte sein Herz, seine Seele darein, doch das Pferd hielt stand. Blumby begriff, daß er das Pferd nicht aus seiner Existenz schreien konnte, also drückte er sich an die Wand und hob zwei zitternde Hände vors Gesicht, als wolle er das entsetzliche Bild vertreiben. Einen Augenblick lang vermeinte er, wieder in seinem Bett und der Gefangene eines lebhaften, entsetzlichen Alptraums zu sein. Das Pferd blieb unbeirrt stehen, Wasser lief ihm auf beiden Seiten von der Nase herab – ein groteskes Bild. Mr. Lamb hatte zwei Fliegen mit einer Klappe geschlagen – er selbst erfrischte sich, gleichzeitig nahm er Rache an seinem Schwager; niemals hätte er gedacht, mit diesem Schwager gemeinsam zu duschen. Er erinnerte sich all der Wochen, Monate, Jahre des Ekels, die diese Kreatur ihm durch ihre bloße Existenz verursacht hatte, und sein Zorn steigerte sich. Mr. Lamb hob einen drohenden Vorderfuß und drückte den Heißwasserhebel nach unten. Schreie wachsender Angst vom Benutzer der Dusche... und Wasserdampf hüllte ihn ein. Douglas unternahm einen Fluchtversuch, aber Mr. Lamb schob ihn unbeirrt zurück. Hebe hatte sich mittlerweile verdünnisiert. Sie wollte nicht zugegen sein, wenn ein Mord geschah, so gerechtfertigt er immer sein mochte.

Schließlich hatte er es über, und Mr. Lamb ließ die Dusche hinter sich, um seine Talente dem Zimmer zu widmen, das er kurz und klein trat. Als Mr. Lamb Hebes Abwesenheit bemerkte, hinterließ er weitere unübersehbare Zeichen seiner tiefen Verachtung.
Das hätte ich vielleicht nicht tun sollen, sagte er sich, als er das Zimmer verließ, aber schließlich bin ich ein Pferd; woher sollte ein Gaul wissen, wie man sich benimmt!
Hebe wartete an der Tür und schlug ein wenig frische Luft vor. Mit ernster Miene nickte Lamb Zustimmung. Beim Navigieren auf den Treppenstufen war er reichlich nervös und unsicher. Doch mit Hebes moralischer Unterstützung fand er sich schließlich in der Eingangshalle. Das Mädchen öffnete die Haustür und gab ihm einen liebevollen Klaps auf sein Hinterteil. Das geht entschieden zu weit, auch wenn's der eigene Vater ist, entschied Lamb.
Er drehte den Kopf und bedachte seine Tochter mit einem vorwurfsvollen Blick. Dann schritt er ausnehmend würdevoll durch die Tür und stieg die Eingangsstufen hinab. Die Sonntagszeitungen waren bereits ausgetragen worden, und eine Überschrift erregte seine Aufmerksamkeit. Er blieb stehen und versuchte angestrengt zu lesen, aber es war schwierig, die Augen auf das Gedruckte einzustellen. Schließlich kam ihm in den Sinn, nur ein Auge zu benutzen. Dies zwang ihn allerdings, den Kopf in einer Weise auf die Seite zu legen, wie es für ein Pferd eher untypisch war. Immerhin kam das Lambs Absicht entgegen, und sein Interesse wuchs. Als jemand, der sich für Rechtsfragen interessierte, hatte er einen gewissen Mordfall in allen Einzelheiten verfolgt. Der vorliegende Bericht überraschte ihn mit seiner ungewöhnlichen Informationsfülle und seinem intelligenten Stil. Mit deftiger Hufbewegung schlug er die Seite um und las weiter. Und je weiter er las, desto mehr vergaß er seine Umgebung.
Plötzlich tauchte Helen, das Dienstmädchen, auf der vorderen Veranda auf, eilte die Stufen hinab und riß ihm die Zeitung unter der aufmerksamen Nase weg. Lamb setzte, die Stufen hinauf, zu ihrer Verfolgung an, und das Dienstmädchen schoß mit ängstlichem Aufschrei wie ein Pfeil ins Haus. Später versicherte sie ihrer Her-

rin, daß sie von einem Wildpferd mit flammenden Augen über den ganzen Rasen verfolgt worden war. Mrs. Lamb war nicht schwer zu überzeugen. Dieses Pferd war zu allem fähig, zu allem, was sie sich ausmalen konnte.

Seiner Zeitung beraubt, nahm Lamb die Welt und seine veränderten Beziehungen zu ihr in Augenschein. Es war eine schöne Welt und ein heiterer Tag. Lamb fühlte sich so wohl wie in vielen Jahren nicht. Trotzdem hätte er gern seine Zeitungsstory zu Ende gelesen. Vielleicht waren die Walkers noch nicht aufgestanden, möglicherweise lag ihre Zeitung noch vorm Haus. Mit dieser Hoffnung im Herzen kanterte er die Einfahrt hinab und den High Hill Road entlang, bis er bei den Walkers war. Hier schwenkte er ein und ließ sich so unauffällig wie möglich auf der vorderen Veranda nieder. Dabei vergaß er nicht, daß er ein Hengst von bestechendem Aussehen war, der sich offenkundig verselbständigt hatte.

Gut. Die Zeitung war da. Rasch fand Lamb die Stelle des Berichtes wieder, an der er bei seiner Lektüre unterbrochen worden war, und fuhr fort zu lesen. Als die Story auf Seite achtzehn fortgesetzt wurde, war Lamb nahezu am Ende seiner haptischen Möglichkeiten, aber unter Zuhilfenahme einer geschickt eingesetzten langen Zunge gelang es ihm, die gewünschte Seite aufzublättern. Kaum hatte er diesen Triumph errungen, sagte ihm eine innere Stimme, aufzublicken. Walker, in einen Bademantel gehüllt, folgte jeder seiner Bewegungen mit allen Zeichen höchsten Erstaunens.

»Verdammt will ich sein«, sagte Walker leise. Dann rief er: »May, komm mal her, wenn du was Komisches sehen willst – ein Pferd, das die Sonntagszeitung liest.« »Unsinn«, erwiderte seine Frau, kam auf die Veranda und blickte prüfend auf die feuchte Zeitung. »Der arme Narr, er hat versucht, die Zeitung zu fressen, das ist alles. Aber was für ein prachtvoller Hengst! Wem er wohl gehört?«

Sie hat mich einen armen Narren genannt, dachte Lamb bei sich, dabei ist sie das dümmste Frauenzimmer in der ganzen Gegend. Aber, immerhin hat sie die Gabe zu sehen, daß ich schön bin. Und das bin ich. Sehr.

Lamb blickte sie mit hochgezogenen Brauen an, und Mrs. Walker war sichtbar beeindruckt.
»Ein merkwürdiges Pferd«, räumte sie ein. »Vielleicht war es, unbegreiflich zwar, an der Zeitung interessiert.«
Lamb machte ein zustimmendes Geräusch.
Walker, der den Anstrengungen des Pferdes gefolgt war, nahm die aufgeschlagene Seite näher unter die Lupe. Bis zum Ende der Story war es nur noch eine Spalte.
»Ich werd ihn mal auf die Probe stellen«, sagte er und fing an, laut zu lesen.
Lamb, der sofort vergaß, daß er ein Pferd war, ließ sich nieder und hörte zu. Von Zeit zu Zeit, wenn etwas Eindrucksvolles kam, nickte er mit dem Kopf, und jedesmal, wenn er das tat, war Mr. Walker so bewegt, daß er kaum weiterlesen konnte. Mrs. Walker zog einen Korbsessel heran und setzte sich. Auch ihr Interesse rührte sich, für beide – für das Pferd und für die Story.
Das war schon ein sonderbares Sonntagmorgenbild: May Walker, wie er gemütlich auf der obersten Stufe saß und mit emsiger Sorgfalt vorlas, und ein Pferd, wie es in wirklich komischer Haltung dasaß und mit aufgestellten Ohren lauschte. (Als die Walkers diese Geschichte später im Golf-Club versuchten zum besten zu geben, wurden sie so lange gestichelt, bis sie in mürrisches Schweigen verfielen.)
Kaum war der Artikel zu Ende, stand Lamb auf und machte eine höfliche Verbeugung. So höflich, daß Walker die Verbeugung unwillkürlich und mit der gleichen Höflichkeit erwiderte. Daraufhin schritt Mr. Lamb vornehm und gesittet die Einfahrt hinab und trabte in die High Hill Road.
Ein guter Kerl, dieser Walker, dachte Lamb. Ich werde an ihn denken, sollte ich jemals zu meinem ehemaligen Selbst zurückfinden. Wirklich mal einer, der kein Hasenfuß ist.
Auf der Veranda drehte sich der Mann zu seiner Frau um.
»Well«, sagte Walker, »wenn das nicht das interessanteste Pferd ist, das ich jemals gesehen habe.«

VII

Die Schlacht, die in der Kirche endet

Ein außerordentlich interessanter Prozeß, dachte Mr. Lamb, als er den High Hill Road im Paßgang nahm. Könnte man jetzt noch jemanden dazu bringen, die Aussagen des Lumpenhändlers zu erhärten, dann säße die Staatsanwaltschaft ganz schön in der Klemme.

Andere Überlegungen schalteten sich ein: Ein plötzliches Stechen in der Magengegend erinnerte ihn daran, daß dieser schöne Morgen beklagenswerterweise bar jeder noch so leisen Andeutung von Spiegeleiern mit Schinken war. Es gab kaum Schlimmeres, das Mr. Lamb widerfahren konnte.

Pferde, fiel ihm in diesem Zusammenhang ein, Pferde schienen mit Gras ganz gut über den Tag zu kommen. Ich aber werde kein Gras fressen. Das schien ein wenig zu desparat. Was würde Hebe denken, wenn ich ihr erzählte, ich hätte Gras gefressen?

Nachdenklich betrachtete er ein nahebei sprießendes Büschel Gras. Zu Hause würden sie gerade das Frühstück beenden, wohlgesättigt, zweifellos vollgestopft. Umgeben von angenehmem Butterduft, bereiteten sie sich auf den Kirchgang vor. Nun, das jedenfalls würde er auslassen.

Hmm, sieht gar nicht übel aus, dachte er und besah sich das Grasbüschel aus größerer Nähe. Angenommen, ich probierte es mal, nur so zum Spaß?

Er blickte sich noch einmal nach allen Seiten um und näherte sich dem Grünzeug.

Also, los! sprach er zu sich selbst. Wenn ich schon mal dabei bin, dann wie ein richtiges Pferd.

Versuchsweise zupfte er ein paar Halme und warf den Kopf zurück, um den Geschmack besser beurteilen zu können.

Gar nicht schlecht, entschied er. Überhaupt nicht schlecht. Ähnlich wie harte Salatblätter.
Fast eine Stunde lang zockelte er so dahin und ging bei der Auswahl ausgesuchtester Grünstellen äußerst wählerisch vor. Hier und da versuchte er es mit Kombinationen verschiedener Gräser, Klee und Feldblumen. Einige fand er genießbar, andere waren nur schwer hinunterzukriegen. Mit vorübergehend gestilltem Appetit überließ er, auf der Suche nach anderen Aktivitäten, die Zügel seiner Gedanken sich selbst. Er war's nicht wie andere Pferde zufrieden, den ganzen Tag nur zu grasen. Außerdem war er einer grasfressenden Kuh begegnet, und das hatte seinen eigenen Freßtrieb entscheidend geschwächt. Mit einer Kuh gemeinsam frühstücken? Das lag gegenwärtig gewiß nicht in seiner Absicht. Irgendwo mußte man eine Grenze ziehen. Unwillkürlich wanderten seine Gedanken zu Sandra, und dann fiel ihm ein: Hatte sie nicht gesagt, sie würde heute auf Simonds Pferd reiten? Auch hatte sie sich über Simonds ausgelassen, was für ein liebenswürdiger Mensch er wäre –, lächerlich!
Dem Pferd werd ich's zeigen, murmelte er, oder versuchte zu murmeln. Ich werde dafür sorgen, daß es wünschte, diesen Tag nie erlebt zu haben.
Mit dieser fest in seinen Gedanken verankerten Absicht machte er sich in leichtem Galopp auf in Richtung des Simondschen Anwesens. Er wußte ganz genau, wo sich das Pferd die meiste Zeit aufhielt – auf einem unbebauten Grundstück gleich hinter Simonds Haus. Diese Koppel war von einem hohen Zaun umgeben, und jenseits des Zauns kümmerte sich Simonds Pferd um seine eigenen Angelegenheiten. Mr. Lamb studierte das unschuldige Wesen mit wachsender Feindseligkeit. Genau die Art Pferd, die Mr. Lamb am meisten verabscheute – ein blasiertes, plumpes Pferd. Wie sein Besitzer.
Es braucht einen Zaun, damit ihm keiner was tut, dachte Lamb. So ein Feigling. Aber, wart nur, dir werde ich einen gewaltigen Strich durch die Rechnung machen. Ob mir das gelingt?
Er trabte ein wenig zurück, spannte seine kräftigen Muskeln,

nahm Anlauf und setzte mit einem Sprung glatt über das Hindernis. Auf der anderen Seite angekommen, änderte er unvermittelt seine Taktik. Anstatt das Pferd im Sturm niederzumachen, wie er es eigentlich vorhatte, beschloß er jetzt, sich vorher noch ein wenig Spaß zu gönnen. Er würde die Art seines Angriffs subtiler gestalten. Er würde diesen Gaul verwirren, würde ihn zu Tode erschrecken, ihn auf Sonntage hinaus, die das Licht der Welt erst noch erblicken sollten, dienstunfähig machen.

Entsprechend verfuhr Mr. Lamb. Er tat Dinge, die noch kein Pferd vor ihm getan oder überhaupt gedacht hatte zu tun. Er ging in die Knie, mit dem Körper dicht an den Boden, und knickte die Beine auf höchst ungewöhnliche Weise ein. Er warf den Kopf auf eine Seite, und ließ seine Zunge aus dem Mundwinkel hängen. Mit jener Sorgfalt und Liebe zum Detail, die den wahren Künstler ausmachen, legte er seine Ohren dicht an den Kopf und rollte ganz schrecklich mit den Augen.

Schätze, ich sehe schaurig genug aus, dachte Lamb. Hätte ich jetzt noch ein wenig Schaum vorm Mund, wäre das Bild perfekt.

Er versuchte, ein wenig überzeugend aussehenden Schaum zu erzeugen und brachte das auch teilweise fertig. So ausgestattet näherte er sich seinem ahnungslosen Feind.

Jetzt noch einen Schnappschuß von mir selbst, überlegte er. Das würde mir keiner glauben. Nie.

Ein paar Leute glaubten es immerhin. Darunter Simonds höchstpersönlich. Er stand an seinem Badezimmerfenster, und die Augen drohten ihm aus den Höhlen zu springen. Auch ein paar Spaziergänger hatten angehalten und standen wie versteinert am Zaun. Dies war ungewöhnlicher als der Halleysche Komet, und noch Jahre später erinnerten sie sich dieses Ereignisses um vieles lebhafter. Mit kraftlos wabernder Stimme rief Simonds seine Frau, seinen Sohn und seine Tochter herbei. In verschiedenen Stadien des Bekleidetseins wurden sie Zeugen der Niederlage und der fast vollständigen Vernichtung ihres Pferdes.

Als das Pferd das merkwürdig aussehende Ding auf sich zukriechen sah, ließ es alles liegen und stehen (Blätter und Gräser) und blickte es unverwandt an. Angst hatte es zunächst keine. Das Phänomen stand außerhalb seiner Erfahrungen. Als Lamb aber immer näherkam, wurden Neugier und Überraschung doch von einem gewissen Angstgefühl verdrängt. Und als der Gaul Mr. Lambs schlaff aus dem Mund hängende Zunge und die blutunterlaufenen Augen entdeckte, wurde ihm klar: Hier hatte er's mit etwas zu tun, das sich auch bei näherer Inspektion als nicht vorteilhaft erweisen würde.

Geruhsam und ohne jede Hast zog Lamb solange seine Kreise um den Feind, bis er ihn auf die pferdemäßige Personifizierung panischer Angst reduziert hatte. Die Nerven des Pferdes waren erledigt. Es zitterte an allen Gliedern. Dann rollte Mr. Lamb den Kopf trunken von einer Seite zur andern, wobei seine Zunge über die gefletschten Zähne schlitterte und rutschte, daß einem schlecht werden konnte. So spielte er sich auf das entgeisterte Objekt seiner Feindseligkeiten ein.

Ich muß ein hübsches Bild abgeben, dachte Lamb, als er zum vernichtenden Schlag ausholte.

Wenige Schritte vor dem unglückseligen Pferd hielt er an und durchriß die Luft mit mehrmaligem herzerschütternden schrillen Wiehern. Die Simonds zogen sich sogleich vom Fenster zurück, die Passanten am Zaun räumten Hals über Kopf ihren Beobachtungsposten. Der Feind fiel fast in Ohnmacht, aber irgendein halbbenommener Instinkt warnte ihn, daß, verweilte er länger in der Gegenwart dieser Ausgeburt der Hölle, dieses den sicheren und schmerzvollen Tod bedeutete. Den einzigen Ausweg bot die Flucht. Das Pferd preschte los. Blanke Angst verstärkte seinen Ehrgeiz, alle bisher aufgestellten Geschwindigkeitsrekorde zu brechen. So galoppierte es dreimal ums Gelände. Lamb, inzwischen wieder in stolzer Größe, folgte ihm. Immer gerade so dicht, um die Angst des Pferdes zu vermehren.

In der dritten Runde entschied das Roß, das Feld sei insgesamt doch zu eng, um beiden Platz zu bieten, und nahm Kurs auf den Zaun. Diesmal mußte Lamb nicht zum Sprung ansetzen: Der Feind polterte geradenwegs durch die Planken, und die Bahn war frei. Und weiter ging die Jagd. Bald schon hatten sie die Stadt erreicht. Die Fairfield Avenue glitt an Mr. Lambs Blickfeld vorüber wie im Traum. Als nächstes kamen sie an einer wundervoll gepflegten Rasenfläche an und ackerten in vollem Galopp darüber hinweg. Der Feind bog um die Hausecke und traf unerwartet auf eine Frühstücksgesellschaft auf dem rückwärtigen Rasen. Es ging um Leben oder das Wohlbefinden der Party, erkannte das Pferd. Die Party mußte geopfert werden. Zur Umkehr war es zu spät. Und so bahnte sich das keuchende Tier einen Weg durch die Frühstücksparty, zersprengte Tisch und Geschirr in alle vier Winde. Dichtauf folgte Lamb und bemerkte, daß eine der Ladies ihren Kimono verloren hatte und jetzt mit einem Tischtuch überm Kopf durch den Garten irrte. Lamb kannte die Leute, fand aber keine Zeit, sich zu entschuldigen. Sein Interesse am Geschehen hatte ihn ein wenig zurückfallen lassen, und so verdoppelte er seine Anstrengungen. Der Boden bebte förmlich unter seinen donnernden Hufen, als er die stille breite Straße entlangschoß, an deren Ende sich die stattliche Kirche erhob, zu deren Gemeinde Lamb gehörte. Dieses Gotteshaus hatte an beiden Seiten breite Türen und ein mächtiges Hauptportal. Alles stand offen, bereit, die linden Lüfte dieses Julimorgens zu empfangen.

Entweder verwechselte das fliehende Pferd die Kirche mit einem Stall, oder es hatte sich in den Kopf gesetzt, als letzten Ausweg sozusagen, sein Heil darin zu suchen. Jedenfalls verschwand es im Haupteingang, verharrte einen Augenblick voller Bestürzung, und machte dann, als hätte es begriffen, daß dies doch nicht der richtige Ort sei, einen hastigen Abgang durch eine der seitlichen Türen.

In der Hitze des Gefechts folgte Lamm hinterher, ohne sich groß Gedanken zu machen. Er fand die Gemeinde in einem Zustand wilder Konfusion, die durch das plötzliche und schreckliche Auftauchen eines zweiten, noch entsetzlicheren Pferdes nicht im geringsten gemildert wurde. Aus dem Schutz seiner Kanzel blickte der Prediger unerschrocken auf seine erregten Schafe herab und begann aus unerfindlichen Gründen, »Näher, mein Gott zu Dir«

anzustimmen. Mehrere Frauen, die meinten, er fasse die Situation insgesamt zu nachsichtig an, fielen in Ohnmacht und lagen in den Gängen. Alle Schläfer waren hellwach und fest entschlossen, nie wieder zu schlafen.

Dies war der Augenblick, wo Lambs bessere Natur sich behauptete. Als er die Bilder des Schreckens, bei deren Erschaffung er sich so tatkräftig beteiligt hatte, noch einmal vor seinem geistigen Auge passieren ließ, schlug sein Gewissen. Prompt nahm er Platz; in der Hoffnung, dadurch den Frieden und die Harmonie in der Gemeinde wiederherzustellen.

Einer der Kirchendiener, der bemerkt hatte, wie still es geworden war, näherte sich ihm und versuchte, ihn hinauszuführen. Lamb widersetzte sich dem mit Würde, und als der Bursche hartnäckig blieb, setzte er ihm behutsam einen Huf auf die Brust und versetzte ihm einen leichten Stoß. Der gute Alte schlitterte durchs Kirchenschiff, als sei es gebohnert, und landete dumpf an einem Kirchenstuhl. Weitere Versuche, Mr. Lamb zu entfernen, wurden nicht unternommen. Er blieb still im hinteren Teil der Kirche sitzen und kümmerte sich schlicht um seine eigenen Angelegenheiten. Richtig, er atmete schwer, aber das taten auch viele andere Gemeindemitglieder, einschließlich des Predigers.

»Dieses Pferd«, verkündete der gute Mann und blickte Mr. Lamb mit fragenden Augen an, »scheint eine ganz besondere Art Pferd zu sein. Ich glaube nicht, daß es uns stören wird, und offenbar beabsichtigt es zu bleiben. Wer weiß? Vielleicht ist es das erste bekehrte Pferd.«

Lamb schüttelte die Schultern in heiterer Zustimmung, und ein höfliches Geräusch entstieg seiner Kehle. Mehrere Leute drehten sich um und betrachteten ihn mit zurückhaltender Ablehnung. Lamb hob einen beschwichtigenden Huf in ihre Richtung. Aber sie verstanden ihn nicht, sondern wendeten sich unverzüglich von ihm ab und ließen ihn fortan links liegen.

»Ja«, fuhr der Prediger wie im Traum fort, »ein sonderbares, ein merkwürdiges Pferd. In meiner ganzen langen Erfahrung ist mir kein... nun, fahren wir mit dem Gottesdienst fort.«

Andächtig verfolgte Lamb den Gottesdienst, er erhob sich, wenn die Gemeinde sich erhob, und setzte sich, wenn die Gemeinde sich setzte. Sein Knien war eine künstlerische Leistung und verursachte derartig viel Unruhe, daß nur wenige Gläubige der Andacht lauschten, derweil sie sich bemühten, soviel wie möglich von seinen Verrenkungen mitzubekommen. Sogar der Prediger wurde abgelenkt, und gegen Ende des Gebets ertappte er sich dabei, wie er die Worte »Herr, was für ein Pferd! Allmächtiger Gott, was für ein Pferd!« wiederholte.

Als der Opferteller herumgereicht wurde, griff Mr. Lamb unwillkürlich nach seinem Kleingeld. Seine Geste war eindeutig, aber vergeblich. Er wandte den Blick ab und hoffte, daß niemand seinen Fehlgriff mitbekommen hatte.

Er war der erste, der nach Beendigung des Gottesdienstes die Kirche verließ, und aus alter Gewohnheit wartete er draußen auf seine Familie. Bis hierhin habe ich mitgemacht, dachte er bei sich, dann kann ich auch ebensogut weitermachen. Über den Empfang seitens Mrs. Lamb hatte er sich allerdings keine Gedanken gemacht. Die Fügsamkeit des Pferdes während des Gottesdienstes, seine offenkundige Ehrfurcht und Frömmigkeit hatten die Lady irgendwie bestärkt: Sie meinte zu wissen, wie man mit jedweder Person oder Kreatur umzugehen hatte, die tatsächlich an Gott glaubten und Ihn ernst nahmen. Folglich versuchte sie, als Lamb ihr und ihrer Tochter folgte, ihn fortwährend zu »scheuchen«, bis Lamb seinem Ärger mit durchdringendem Wiehern Luft machte.

Das brachte Mrs. Lamb zum Schweigen. Von da an wurde Mr. Lamb gezwungenermaßen als einer der ihren akzeptiert, was Mrs. Lamb veranlaßte, sich zutiefst gedemütigt zu fühlen. Von Zeit zu Zeit begegnete sie Bekannten, die, trotz ihrer guten Sitten, nicht davon lassen konnten, sie zu fragen, was sie mit diesem Pferd im Sinne hatte. Mrs. Lamb lehnte jeglichen Besitzanspruch auf oder Verantwortung für das Tier ab. Lamb seinerseits trat jedesmal artig zur Seite und hinterließ den Eindruck, als folge er der Unterhaltung mit höflicher Aufmerksamkeit. Ab und an nickte er mit dem Kopf, als wolle er seine Zustimmung ausdrücken.

Vor allem dieses verabscheute seine Frau. Sah es doch so aus, als stünde sie mit einem Pferd auf ein und derselben sozialen Stufe. Lamb jedoch bestand auf seinem Recht, und Mrs. Lamb hatte nicht länger den Mut, das in Frage zu stellen. Hebe blieb an der Seite ihres Vaters wie ein Soldat und genoß die Situation mit einer Boshaftigkeit, die sich so gar nicht deckte mit dem kürzlichen Verlassen eines Gotteshauses. Im weiteren Verlauf entwickelte sich ihr Spaziergang zu einem Rennen: Mrs. Lamb bemühte sich nach Kräften, das Pferd und Hebe hinter sich zu lassen, während die zwei sich standhaft weigerten, abgehängt zu werden.

Es war in diesem Stadium des Spiels, daß sie Sandra Rush begegneten. Mr. Lamb blieb wie angewurzelt stehen und fixierte das Mädchen mit triumphierendem Blick. Verwundert starrte sie zurück und wandte sich dann an Hebe.

»Hhm! Was für ein seltsames Pferd ihr da habt«, sagte sie. »Ich weiß nicht warum, aber irgendwie erinnert es mich an deinen Vater. Irgendwas mit den Augen. Wo ist übrigens dein Vater, das schwache Lamm?«

Hebe war überrascht, mit welchem Instinkt sie das Pferd wiedererkannt hatte. Dieweil Mrs. Lamb zögernd zurückkam, um sich der Unterhaltung anzuschließen.

»Ich weiß es nicht genau«, beeilte Hebe sich zu antworten. »Wahrscheinlich treibt er sich irgendwo herum, oder er sitzt wie gewöhnlich in seinem Zimmer. Der Major ist schon ein komischer Kauz.«

»Ein reizender Kauz«, sagte Sandra.

»Wer ist ein Kauz?« erkundigte sich Mrs. Lamb, als sie sich, trotz der Gegenwart dieses Pferdes, der Gruppe genähert hatte.

»Keine Ahnung«, erwiderte Sandra mit unschuldiger Miene. »Ich habe Hebe lediglich mitgeteilt, daß ich heute nachmittag zu reiten beabsichtige.«

»Auf wessen Pferd?« fragte Hebe, und Mr. Lamb horchte sofort auf.

»Auf dem Pferd von diesem Simonds«, sagte Sandra. »Jeden

Sonntag reite ich auf seinem Pferd. Ein Schatz von einem Pferd.«

»Nun, im Augenblick ist er weit davon entfernt, ein Schatz von einem Pferd zu sein«, erwiderte Hebe, Besorgnis in der Stimme.

»Von dem wenigen, das ich gesehen habe, meine ich: Das Pferd ist ein Fall für den Psychiater. Viele, viele Sonntage werden ins Land gehen müssen, bevor es seinen Verstand wiedererlangt, von seiner Gesundheit ganz zu schweigen.«

Sandra wünschte Aufklärung, und Hebe erzählte ihr in allen Einzelheiten, was sie von der Verfolgungsjagd gesehen und gehört hatte. Am Ende des aufregenden Berichts wandte Sandra sich um und blickte Mr. Lamb vorwurfsvoll an. Sie fand, er sah nobel und nicht bußfertig aus, doch bewirkte ihr unerbittlicher Blick, daß das prächtige Tier mürbe wurde und schließlich den Kopf bis auf den Boden hängen ließ. Mrs. Lamb war außer sich, wie diese eher fragwürdige Freundin ihrer Tochter diesen teuflischen Hengst im Zaum hielt. Tatsächlich war allein Sandras Existenz Mrs. Lamb ein Dorn im Auge. Gründe gab es viele – gute Gründe. Sandra verkörperte all das, was Mrs. Lamb gern gewesen wäre, und gar mehr, als sie jemals gewesen war.

»Warum reitest du nicht diesen Gaul?« schlug Hebe vor. »Er allein trägt an allem Schuld.«

»Das werde ich«, entgegnete Sandra fest entschlossen. »Ich werde diesen Teufel zuschanden reiten. Simonds wird mir einen Sattel leihen.«

Also trabte das Pferd, sehr zu Mrs. Lambs Erleichterung, mit Sandra von dannen und wurde, bald darauf, vor ihrem Haus gesattelt und angebunden. Als sie nach einer kurzen Stärkung wieder herauskam, fand sie ihn mit elegant gekreuzten Vorderbeinen in Gedanken versunken an einen Baum gelehnt.

»Derlei Narreteien wirst du dir aus dem Kopf schlagen müssen«, sagte das Mädchen mit strenger Stimme. »Nur imitierte Pferde benehmen sich so. Mach mich nur nicht lächerlich.«

Mr. Lamb drehte müßig das Haupt und begutachtete sie beifällig von oben bis unten. Wenn sie schon in Reitklamotten so köstlich aussah, überlegte er, wie mußte sie dann erst in Unterwäsche wirken?

Nachdem Sandra das Halfter gelöst hatte, kauerte er sich dicht an den Boden und blinzelte sie über seine Schulter hinweg an. Dies war für Sandra dann doch zuviel. Sie fing an zu lachen, und Mr. Lamb schüttelte sich voller Ungeduld. Dies war gewiß nicht die einfachste Stellung der Welt.

Ich werd's ihr heimzahlen, sagte er zu sich selbst.

Als sie dann endlich beschloß, seine groteske Einladung anzunehmen, kroch Mr. Lamb so schnell er konnte nach vorn, und das Mädchen fand sich auf seinem Hinterteil wieder. Sandra blieb nur einen kurzen Augenblick dort sitzen, um dann langsam, aber unvermeidlich auf die Straße zu rutschen. Lamb richtete sich zu voller Höhe auf und blickte auf die junge Lady herab.

»Das«, prustete sie aus dem Rinnstein, »das war eine ganz besondere Hinterhältigkeit. Ich weiß zwar nicht, was für eine Sorte Pferd du bist, aber wärst du ein Mensch, dann würdest du den Leuten den Stuhl unterm Hintern wegziehen. Dessen bin ich sicher.«

Mr. Lamb vollführte ein paar zierliche, tänzelnde Schritte und wartete. Diesmal stieg Sandra in der allgemein anerkannten Weise auf, und prompt begann Mr. Lamb, rückwärts zu schreiten. Ab und zu blickte er sich um, um die Richtung nicht zu verlieren.

»Sollte sich in dir noch irgend etwas rühren, das eines Gentlemans würdig ist«, sagte Sandra schließlich, »dann wirst du dieses unentschlossene Hin und Her auf der Stelle beenden und deine Sache machen wie ein rechtschaffenes Pferd.«

Ihr hübscher Kopf war in heller Aufruhr. Ihr Leben lang hatte sie geritten und kannte sich mit Pferden bestens aus, aber solch einem Pferd, das sich so unglaublich wie dieses aufführte, war sie noch niemals begegnet. In seiner Findigkeit hatte es etwas beinahe Menschliches.

Auf das Bitten des Mädchens änderte Mr. Lamb seine Haltung und schritt voran. Majestätisch, wie er sich bewegte, hatte Sandra das Gefühl, als führe sie einen Zirkusumzug an. Als sie dann eine unbefestigte Straße erreichten, ließ er seine kleinen Marotten beiseite und ging die Sache richtig an. Rasch und geschmeidig trug er sie mühelos dahin. Dabei erlebte er ein Gefühl von Freiheit und Macht – die völlige Abwesenheit irgendwelcher Verantwortung, ausgenommen die für die Sicherheit des Mädchens auf seinem Rükken. Sandra hatte sich nie zuvor so heiter gefühlt. Ihr Pferd lief wie von selbst. Kaum, daß sie mal die Zügel berühren mußte. Dann kamen sie an einen Zaun, der weites, welliges Hügelland eingrenzte. Lamb verlangsamte seinen Schritt und blickte sich fragend um zu seinem Passagier.

»Ich bin bereit, alter Junge«, sagte Sandra. »Bringst du's fertig?«

Lamb bewies ihr, daß er's fertigbrachte. Er landete auf der anderen Seite des Zauns, als wären seine Hufe mit Stoßdämpfern ausgestattet, dann flog er in gestrecktem Galopp über die Weide dahin. Sandra war es, als würde sie fliegen, und Lamb registrierte selbst, daß seine Hufe den Boden nur gelegentlich berührten. Nach einer halben Stunde zügigen Galopps blieb Lamb stehen und setzte sich abrupt hin. Das Mädchen rutschte ins Gras. Als Sandra Anstalten machte, aufzustehen, schubste er sie mit leichtem Nasenstüber wieder hin und blieb über ihr stehen. Einen Augenblick lang blickte sie das Pferd mit erstaunten Augen an. Dann mußte sie lächeln.

»Hat's dich wieder gepackt?« fragte sie, drückte eine Wange an seine seidige Haut und gab ihm einen sanften kleinen Kuß.

Mr. Lamb ging ein paar Schritte zurück und betrachtete das Mädchen mit achtungsgebietender Würde. Über die nächsten Schritte war er sich im unklaren. Sie hatte ihn am hellichten Tage geküßt und noch andere zärtliche Avancen gemacht. Dem mußte Einhalt geboten werden. Doch auf einmal war es, als würde irgendwas, eine lang unterdrückte Regung, in Mr. Lamb aufleben, und er fing an, fröhlich umherzutänzeln. Zuerst vollführte er einen kraftvollen Tanz von großer Kunstfertigkeit, dann fing er an, wie wild im Kreis herumzujagen, um dem Mädchen einen Vorgeschmack davon zu geben, zu was er fähig war, wenn er nur wollte. Als er zurückkam, war sie in die Lektüre eines Buches vertieft, das sie aus ihrer Tasche gefischt hatte. »Grüne Villa« hieß es. Lamb, der inzwischen gelernt hatte, wie man als Pferd las, konsumierte ein paar Seiten über ihre Schulter und setzte, indem ihn die Erzählung mehr und mehr fesselte, einen Huf an den Seitenrand, um sie beim Umblättern zu hindern, bevor er sie eingeholt hatte.

Solcherart verging die Zeit, das Pferd las über die Schulter des Mädchens gebeugt, bis sie das schwere Atmen neben ihrem Ohr leid wurde, seine Nase zur Seite stieß und das Buch ins Gras legte. Daraufhin ließ Lamb sich neben ihr nieder und bettete sein Haupt in ihren Schoß. Er schlug eines seiner großen Augen auf und blickte sie eulenhaft an. Sandra nahm das Buch wieder zur Hand und las weiter. Lamb stubste sie an, und sie versetzte ihm einen Klaps mit der flachen Hand. Er stubste sie wieder an, und sie begann laut zu lesen. Lamb machte es sich bequem und hörte zu. So war es ihm gerade recht.

Eine Stunde später, als es Zeit zum Heimritt war, mußte das Mädchen ihn puffen, um ihn wach zu bekommen. Halb im Schlaf kam er nur mühsam auf die Beine und griff automatisch zu einer Zigarette. Dann fiel ihm wieder ein: Er war ein Pferd, auf dem zudem gedankenschwere Blicke ruhten. Es war alles so verwirrend, entschied Lamb, aber insgesamt war es ein zufriedenstellender Nachmittag gewesen. Selbst im Schlaf war er sich der Nähe dieses Mädchenkörpers auf das köstlichste bewußt gewesen. Für derlei Dinge war Lamb gar nicht unempfänglich.

Das Erscheinen des Hengstes bei der Erholungsfond-Sache an diesem Abend war nicht unbedingt ein Erfolg. Zunächst fand er sich am Eßzimmerfenster ein, wo seine Frau und seine Tochter und der Hauptdarsteller, Mr. Leonard Gray, einem späten, kalten Abendessen frönten. Die Tische auf dem Rasen waren bereits besetzt. Andere gute Plätze füllten sich rasch. Freigebig wurden Cocktails gereicht. All diejenigen, die auf der richtigen Seite der Gleise wohnten, kannten sich mit den Menschen, für die das Prohibitionsgesetz geschaffen worden war, ganz genau aus. Sie selbst hatte man gewiß nicht beabsichtigt, mit einzubeziehen. Darüber brauchte man kein Wort zu verlieren.

Mr. Lamb kündigte seine Anwesenheit damit an, daß er seinen

Kopf durchs Fenster steckte und durchdringend wieherte. Das Eßzimmer verwandelte sich momentan in ein Schreckenskabinett...
Es brauchte mehrere Minuten, Mr. Gray zu finden, und noch einige mehr, ihn zu bewegen, unter dem Flügel hervorzukriechen, wo er offensichtlich sein ständiges Domizil aufgeschlagen hatte. Auch Mrs. Lamb ging es gar nicht gut. Als sie und ihr Hauptakteur den Versuch unternahmen, ihre Mahlzeit fortzusetzen, schlugen Messer und Gabeln so heftig gegen ihre Teller, daß es sich anhörte, als wollten sie Trommler spielen. Hebe war's, die die Situation rettete. Diese junge Lady, ein Beispiel an Gelassenheit, sammelte kurzentschlossen die Salatreste auf, verließ die Szene gleich durchs Fenster und führte ihren Vater hinter eine Buchsbaumhecke, die den Schauplatz kreisförmig umgab. An dieser Stelle der Hecke war ein willkommenes Loch, durch das Lamb, selber ungesehen, sich ein Bild des Geschehens machen konnte. Lamb fand den Salat vorzüglich. Dergleichen von ganzem Herzen Befriedigendes hatte er sein Lebtag nicht genossen. Und als Hebe mit einem Cocktail in der Hand zurückkehrte, wußte er, daß das Leben sich von seiner besten Seite zeigte. Eine Schwierigkeit ergab sich jedoch. Lamb konnte aus solch kleinem Glas nicht trinken. Den größten Teil des Inhalts verschüttete er. Mit der ihr eigenen bewundernswerten Findigkeit organisierte seine Tochter daraufhin einen Eimer, eine Flasche Gin, Eis und Orangen. Und während Mr. Lamb ihr wohlwollend zusah, mixte sie ihm einen mächtigen Cocktail und stellte ihn vor ihn hin. Lamb führte sogleich seine Nase ein, nahm ein paar tiefe Züge und sank mit einem Seufzer der Zufriedenheit zurück.
»Gut versorgt?« fragte Hebe.
Lamb nickte begeistert Zustimmung.
»Wenn er alle ist, werde ich ihn auffüllen«, versicherte sie. »Bleib schön hier liegen und genieß, was es zu sehen gibt. Ich werde Mel mit einem Tablett Sandwiches vorbeischicken. Diese Sache hier wird bestimmt in einem Tumult enden.«
In diesem Moment ahnte sie gar nicht, wie außerordentlich genau ihre Voraussage war.

Als Melville Long mit den Sandwiches kam, fand er Mr. Lamb mit der Nase tief im Eimer, der, den schlürfenden Geräuschen nach zu urteilen, die von ihm ausgingen, leer sein mußte. Mr. Lamb zog den Kopf heraus und begrüßte seinen Besucher mit einer gewissen Anmut. Er strahlte ihn direkt an, als er ihm einen Huf zur Begrüßung reichte, den Long ergriff und herzlich schüttelte.

Ein netter Kerl, dachte Lamb. Einer der nettesten von allen. Ob er mir wohl einen weiteren Cocktail mixt? Alle andern vergnügen sich ja auch.

Unter Zuhilfenahme einer beredten Nase lenkte er die Aufmerksamkeit des jungen Mannes auf den deprimierenden Zustand des Eimers. Der begriff sofort und eilte mit einem knappen »Dem werden wir abhelfen«, hurtig von dannen. Als er zurückkehrte, brachte er zwei Flaschen Gin und einen Armvoll Orangen.

»Das Eis bringt Hebe«, erklärte er, indem er den Gin in den Eimer füllte und die Orangen ausdrückte. »Ich hatte keinen Platz mehr.«

Gemeinsam sorgten die jungen Leute für Mr. Lambs Wohlergehen, dann überließen sie ihn sich selbst, da ihre Anwesenheit anderweitig erforderlich war. Mr. Lamb fühlte sich äußerst gut versorgt. Er schob seinen Kopf durch die Öffnung in der Hecke und warf einen Blick über den Rasenplatz. Beim unerwarteten Auftauchen seines Kopfes sprang eine ältere Dame behende wie ein junges Mädchen auf.

»Gott behüte mich!« kreischte sie und schüttete sich den Inhalt ihres Cocktailglases übers Kleid. »Hast du das gesehen, Helen?«

Helen, ihre Tochter, hatte glücklicherweise nichts gesehen. Mißtrauisch betrachtete sie das Loch in der Hecke. Es war leer. Sie wandte sich wieder ihrer Mutter zu und versuchte, sie zu beruhigen, aber das alte Mädchen war zutiefst schockiert. Mr. Lamb mochte diese alte Lady nicht, noch war er sonderlich von ihrer Tochter begeistert. Er setzte seinem Gesicht den dämonischsten Ausdruck auf, dessen er fähig war, und wartete auf den richtigen Augenblick. Als die beiden Frauen sich noch einmal nervös nach dem Loch umsahen, ließ er den Kopf unvermittelt vorschnellen.

Die Wirkung war unbeschreiblich: Hilfesuchend drängten Mutter und Tochter sich eng aneinander und pflügten wie der Wind eine Schneise durch die Gartenparty, wobei sie in ihrer heillosen Flucht angstvolle spitze Töne ausstießen. Erst als sie sicher in ihrer rasch nach Hause eilenden Limousine verstaut waren, ließen sie einander los, setzten sich sehr aufrecht hin und trommelten zerstreut mit den Fingern.

»Also so ein Gesicht habe ich mein Lebtag nicht gesehen. Was war das nur?« fragte die Mutter.

»Diese Augen...«, stimmte ihre Tochter an und schloß ihre eigenen ganz fest.

Mr. Lambs nächste Gelegenheit, jemanden zu belästigen, bot sich, als ein Gentleman seinen Stuhl dicht an die Öffnung in der Hecke rückte und voller Unbedacht seine Zigarette dort hindurch warf. Die Zigarette glimmte noch, als sie auf Lambs Nase landete. Kein großer Schmerz, aber Lamb reichte das. Prompt ließ er erneut seinen Kopf durch das Loch schnellen und betrachtete sich den Missetäter aus der Nähe. Diesen Mann mochte Lamb ebenfalls nicht. In seinem derzeitigen, leicht alkoholisierten Zustand haßte Lamb ihn wie die Pest. Also zog er seinen Kopf zurück, streckte ein langes Bein durch das Loch und gegen den Stuhl, dem er einen gewaltigen Stoß versetzte. Mann und Stuhl trennten sich voneinander, behielten im großen ganzen aber dieselbe Richtung bei. Der Stuhl fällte einen unschuldigen Umstehenden zu Boden, und sein vormaliger Benutzer landete, nachdem er durch eine Gruppe beieinanderstehender Ladies gerauscht war, in einem Rosenstrauch. Nachdem er sich mühevoll daraus befreit hatte, eilte er zum Loch in der Hecke zurück und sah sich nach einem Feind um. Den er, abgesehen von einem älteren Gentleman, der voller Muße das muntere Treiben genoß, aber nicht fand.

»Haben Sie das getan?« verlangte der Mann in feindseligem Ton zu erfahren.

»Was getan?« fragte der alte Mann freundlich.

»Mir gerade eben einen Stoß versetzt«, erwiderte der andere.

»Gehen Sie«, sagte der alte Mann ruhig. »Sie sind betrunken – betrunkener, als Sie annehmen.«

Der Angegriffene hatte allen Grund, dies zu glauben und verließ unverzüglich die Party. Er fühlte sich zwar nicht betrunken, stellte sich aber vor, daß er es wohl sein mußte. Diese Cocktails! Ein schreckliches Gebräu. Aber irgendwer hatte ihm einen Tritt versetzt. Und, betrunken oder nüchtern, wenn ihm jemand einen Tritt versetzte, dann wußte er's auch.

Diese halb im Liegen ausgeübte Tätigkeit begann, trotz der durchaus wohltuenden Resultate, Mr. Lamb zu ermüden. Er strebte nach Größerem. Er nahm noch einen Schluck von seinem monolithischen Cocktail, stand auf und mischte sich, nachdem er einen Durchlaß in der Buchsbaumhecke gefunden hatte, unter die anderen Partygäste. Obwohl er eine Spur unsicher auf den Beinen war, gelang es ihm, seine Würde zu bewahren. Er benahm sich, wie ein sanftes, unaufdringliches Pferd sich seiner Meinung nach benehmen sollte. Die Gäste zeigten sich einigermaßen überrascht, einige sogar geängstigt, aber es währte nicht lange, und bald schon akzeptierten sie ihn als Teil der Abendunterhaltung. Mrs. Lamb war ja so fortschrittlich.

Von weitem beobachtete Mr. Lamb zwei besonders hübsche Mädchen in ein vertrauliches Gespräch vertieft. Er näherte sich den beiden ganz behutsam und zwickte das eine Mädchen ein bißchen, und zwar in einer Art und Weise, die sich für einen Gentleman nicht im geringsten schickte. Das Mädchen gab einen kleinen Schreckensschrei von sich und rieb, ungeachtet des Zuschauers, die gezwickte Stelle. Dann drehte es sich um und erblickte das Pferd, das sie schelmisch anblinzelte.

»Du stellst dir nicht vor, meine Liebe«, sagte sie an ihre Freundin gewandt, »was dieses Pferd gerade getan hat. Unglaublich – es hat fast menschliche Anwandlungen.«

Als Lamb diesen ungezogenen Streich ein zweites Mal versuchte, verabreichte die betroffene Lady dem Gentleman, mit dem sie konversierte, eine schallende Ohrfeige und sagte ihm ordentlich die Meinung. Der arme Mann blickte völlig verstört und unglück-

lich drein. Jetzt eilte auch noch der Ehegemahl der Lady herbei und holte, als er hörte, was vorgefallen war, weit aus und schlug den Mann zu Boden. Er wurde im wahrsten Sinne des Wortes vom Schlachtfeld geschleift. Auch heute noch fragt er sich, warum.
Sappho hatte mehr als nur einen Verdacht, daß es mit ihrer Party nicht gerade zum besten stand. Die Erholungsfonds-Sache drohte in wildes Chaos auszuarten. Schuld an allem war allein diese Ausgeburt von einem Pferd. Nichts konnte es bewegen, zu verschwinden. Sie beschloß, den letzten Akt einzuläuten – das *pièce de résistance* des heutigen Abends. Ihren Akt. Unterdessen ließ Mr. Lamb, den seine Umgebung zu langweilen begann, sich unter einem Baum nieder und fiel in leichten Schlummer.
Als er das nächste Mal die Augen öffnete, war auf der dürftig zusammengezimmerten Bühne der Vorhang aufgegangen. In seinen besten Pyjama gehüllt wälzte seine Frau sich in den Armen des Leonard Gray hin und her, der mit hoher Stimme gerade etwas klagte, wie »so weit weg von meinem eigenen Sumpf«. Für Lamb war das Maß des Erträglichen endgültig überschritten. Mit einem fürchterlichen Aufschrei galoppierte er auf die Bühne zu. Mr. Gray warf einen entsetzten Blick auf das heraneilende Pferd und entfernte sich mit verblüffender Geschwindigkeit noch weiter weg von seinem eigenen Sumpf. Auch Sappho ergriff unverzüglich die Flucht, wobei sie Lambs Pyjamahosen züchtig zusammenhielt.
Mit einem Satz war Lamb auf der Bühne und gab eine Probe dessen, was ein trunkenes Pferd unter Holzschuhtanz versteht. Das Publikum geriet in einen Zustand heilloser Verwirrung. Und dann brach, wie von einem Orkan getroffen, die Bühne unter Lamb zusammen. Kulissenteile flogen herum, Bretter und das, was vom Vorhang übriggeblieben war. Lamb war verschwunden, und diejenigen, die einen Blick zurück wagten, sahen lediglich seinen Kopf aus den Ruinen ragen. Das Pferd war entweder tot oder eingeschlafen.
Später am Abend befreite sich Lamb mit klammen Gliedern aus den Trümmern und machte sich auf, seinen Eimer zu suchen. Irgend jemand hatte ihn in weiser Voraussicht wieder gefüllt. Lamb

leerte ihn in einem Zug und schaffte es dann gerade noch bis zur Vorderseite des Hauses. Die Hängematte ging ihm durch den Kopf, doch gelang es ihm nicht mehr, diese Idee weiter zu verfolgen. Er bettete seinen Kopf auf die unterste Treppenstufe, streckte sich auf dem Rasen aus und dämmerte ein.

Am nächsten Morgen wurde Mrs. Lamb vom Dienstmädchen geweckt. Es berichtete, jemand habe angeklopft und sie informiert, auf dem Rasen läge ein Pferd, und das Pferd sei tot.

»Bei Gott: das hoffe ich«, war Mrs. Lambs einziger Kommentar, und sie zog sich die Decke nur noch fester über den Kopf. Das einzige, was sie bedauerte, war, daß das Tier noch nicht begraben und außer Sichtweite war.

VIII

Was dem Pferd dann widerfuhr

Nachdem noch ein paar frühe Pendler dem Dienstmädchen mitgeteilt hatten, vorm Haus wäre ein Pferd umgekippt, beschloß Mrs. Lamb, den erfreulichen Anblick einmal selbst zu genießen. Als sie aber die Veranda erreichte, war kein Pferd mehr da, und der guten Lady war das ebenso recht.

Lamb war völlig benommen aufgewacht und hatte die Ruinen besichtigt, die er auf dem Gewissen hatte. An die Ereignisse des vorangegangenen Abends konnte er sich nur schwach erinnern. Und das, was er noch wußte, reichte aus, daß er am liebsten alles vergessen hätte.

Gescheiter wär's, sich auf und davon zu machen, sagte er zu sich selbst. In nächster Zeit wird man im Umkreis von einer Meile von Tilly keine Chancen haben.

Also trabte er zum Bahnhof und verweilte da ein wenig, trat immer wieder sich hastenden Pendlern in den Weg und hielt Ausschau nach Sandra. Als die junge Lady schließlich in sein Blickfeld schritt, trabte er zu ihr hin und blieb stehen. Sandy auch. Sie legte ihm ihre Arme um den Hals und gab ihm einen Gutenmorgenkuß. Lamb erstarrte zu einer Pferdestatue. Wie von sehr weither vernahm er das hartnäckige Tuten von Autohupen, schenkte ihm aber keine weitere Beachtung. Seine Kopfschmerzen waren wie weggewischt. Sandy hatte sie weggeküßt. Er blickte über die Schulter und entdeckte, daß er zwei Autos den Weg versperrte, deren Fahrer nicht den Eindruck machten, als würden sie bald aufgeben. Lamb trat höflich zur Seite und blickte der Gestalt des sich entfernenden Mädchens nach.

Das hätte sie nicht tun sollen, dachte Lamb, aber bekümmern tut es mich eigentlich auch nicht.

An diesem Punkt versuchte einer von der berittenen Polizei, etwas gegen das Pferd zu unternehmen. Lamb stellte sich auf die Hinterbeine und schlug mit den Vorderhufen in die Luft. Der Berittene galoppierte von dannen und kehrte mit einem langen Lasso zurück.

Meint wohl, er sei Will Rogers, sagte sich Lamb und beobachtete den Polizisten aus dem Augenwinkel.

Listig den grausamen Anschlag des Mannes erwartend, unternahm Lamb sofortige Schritte, dies zu vereiteln. Unverdrossen manövrierte Lamb sich neben einen der angesehensten Bürger der Stadt, Mr. Robert Bates – feist, fünfzig und einflußreich, ein Faktor in der Lokalpolitik. Als die Schlinge schwirrend durch die Luft sauste, drückte sich Lamb ganz dicht an den Boden und wurde Zeuge, wie das Seil Mr. Robert Bates Arme dicht an dessen Leib fesselte. Sobald der Polizist merkte, daß das Seil sich spannte, begann er mit aller Kraft zu ziehen und brachte es tatsächlich fertig, Mr. Bates über das am Boden kauernde Pferd zu zerren. Danach gab es keine Hindernisse mehr, die Mr. Bates raschen Schliff quer über die Straße hätten aufhalten können.

Der Trooper band das Seil um einen Telegraphenmast, zurrte es fest und drehte sich um, um seine Beute zu begutachten. Zappelnd lag sie ihm zu Füßen und stieß eine lange Folge unangenehmer Laute aus, die alle in den Satz mündeten: »Das wird Ihnen das Genick brechen, mein Lieber.«

Natürlich war diese kleine Episode weder unbeobachtet, noch ungewürdigt geblieben. Für viele war es die reine Freude, Mr. Bates derart behandelt zu sehen. Für den Trooper war es das nicht. Er konnte die Komik der Situation nicht erfassen; aber Mr. Bates ergriff nicht die Flucht. Von nun an würde er immer bei ihm sein, fürchtete der Trooper. Mr. Lamb wieherte Triumph und überließ es dem armen Kerl, dem kochenden ersten Bürger der Stadt beizubringen, daß der unliebsame Zwischenfall ganz und gar auf das Konto eben jenes Pferdes ging, und verließ auf donnernden Hufen die Stadt. Alles, was das Pferd hinter sich zurückließ, war ein nicht gerade makelloser Ruf.

Das nächste Mal wurde Mr. Lamb am Waldrand gesichtet, wie er seinen Hals verrenkte, um an eine besonders köstliche Brombeere zu kommen. Mehrere, von einer älteren Schwester gehütete Kinder blickten auf das unternehmungslustige Pferd. Keines von ihnen hatte jemals ein Pferd Brombeeren pflücken sehen. Die Kinder entschieden, daß er ein »komisches Pferd« sei, und bekräftigten das mit freudigem Geschrei. Völlig erstaunt schaute Lamb die Schar seiner Bewunderer an und ging unverzüglich dazu über, so zu grasen, wie es allgemein üblich war. Die Kinder kamen jetzt näher und patschten ihn mit kleinen verwegenen Händen. Das Pferd machte kleine Kunststückchen, um sie zu amüsieren, und sie brachten ihm eine Feldblume zum Riechen. Wie verblüfft waren sie, als das Pferd an der Blume roch und dann mit den Augen rollte, um seine Anerkennung zu zeigen. Er fühlte sich so wohl in seiner Haut wie schon lange nicht. Und dann nahm das Pferd Abschied von den Kindern und setzte einmal mehr seine Wanderung fort. Die Kinder aber gingen nach Hause und hielten mit ihren Geschichten von dem komischen Pferd die Mütter von der Arbeit ab.

Nach diesem freundlichen Zwischenspiel zog Mr. Lamb heiter seines Wegs. Von Sappho war er jetzt viele Meilen entfernt. Die Abwesenheit Hebes bedauerte er allerdings. Zu schade, daß sie sich nicht auch in ein Pferd hatte verwandeln können. Schuld daran trug einzig und allein der kleine rostrote Mann. Hätte Lamb das zum Zeitpunkt ihrer letzten Unterhaltung nur geahnt, hätte er alles ganz anders arrangiert – hätte Ordnung da hereingebracht. Tja, der kleine rostrote Mann hatte ihm keinerlei Chance eingeräumt. Und Lamb hatte unterdessen keine Ahnung, wie die Dinge standen; ob er auf Dauer Pferd sein sollte, beziehungsweise wann er aufhören würde, ein Pferd zu sein. An all das hätte man vorher denken sollen.

Mr. Lamb hatte einsamere Wege eingeschlagen und befand sich jetzt auf ihm unbekanntem Territorium. Er war frei und ungebunden, das stand mal fest. Wenig später kam er an eine Weide, auf der mehrere wohlgenährte Stuten grasten. Mr. Lamb kamen sie reichlich mädchenhaft vor. Ohne weiteres setzte er über den Zaun und stolzierte auf die Stuten zu. Sein unerwartetes Erscheinen erregte sofortiges Aufsehen. Die Stuten waren vor Erregung völlig aus dem Häuschen. Die eine zitterte gar vor lauter Lust. Die Untersetzteren ihrer Freundinnen bedachten Mr. Lamb mit nachdrücklich willfährigem Blick. Die dritte jedoch war eine Stute von anderem Schlag. Aus frechen, abschätzenden Augen blickte sie Mr. Lamb lange an, und scheinbar sagte er ihr zu. Dann trabte sie gemächlich davon zu einem abgeschiedenen Teil der Weide. Ab und zu spähte sie zu Mr. Lamb zurück und schüttelte anmutig das Haupt.

Diese Stute interessierte Mr. Lamb. Merkwürdigerweise. Gleichzeitig warnte ihn etwas, Vorsicht walten zu lassen. Die Stute versprach nichts Gutes. Mr. Lamb folgte ihr nach. Eines ließ ihn nicht los: Er versuchte sich zu erinnern, welches Bild die Stute in ihm wachrief. Irgendwas um die Augen. Wessen Augen waren das?

Als er die Stute eingeholt hatte, blickte er gedankenverloren in ihre Augen. Schmachtend erwiderte sie seinen Blick und rieb ihre Nase an der seinen. Gekränkt wich er zurück. Dann fiel es ihm wie Schuppen von den Augen: Diese leidenschaftliche Kreatur hatte denselben Ausdruck in den Augen wie Sappho, als sie in den Armen von Leonard Gray ihre Kunst entfaltete. Durch die Zurückweisung ihrer ersten Anbändelei in keiner Weise abgeschreckt, zog die Stute ihre Kreise um Mr. Lamb, kam immer dichter, bis sie schließlich neben ihm stand. Mit einemmal drehte sie den Kopf, biß ihm in den Hals und stürmte davon.

Well, wenn sie denkt, daß ich jetzt hinterherkomme, dachte Mr. Lamb, dann hegt sie auch noch andere Gedanken... Die sind doch alle gleich. Diese Stute hat es sich in den Kopf gesetzt, mich in eine kompromittierende Situation zu bringen.

Den Rest des Nachmittags verbrachte er abwechselnd mit Gras fressen und dem Abweisen weiterer Annäherungsversuche der Stute. Ihre beiden Freundinnen blickten von Zeit zu Zeit zwar ebenfalls hoffnungsvoll zu ihm hinüber, waren aber ladylike genug, ihn sich selbst zu überlassen. Schließlich ging ihr dieser reservierte, würdevolle und offensichtlich gefühllose Hengst auf die Nerven, sie ließ von den Versuchen, ihn zu verführen, ab und begnügte sich damit, ihm verächtliche Blicke zuzuwerfen. Schließlich gesellte sie sich wieder zu ihren Gefährtinnen, und die drei steckten die Köpfe zusammen. Ab und zu hoben sie mal für einen Augenblick ihre Häupter und sahen Mr. Lamb ruhig an, um ihre intime Unterhaltung sogleich wieder aufzunehmen. Lamb wurde es unter den prüfenden Blicken der Pferde ungemütlich, und er begab sich auf einen anderen Abschnitt der Weide. Die Stuten aber, als wären sie von ihm fasziniert, folgten ihm in gebührendem Abstand und besprachen jede seiner Bewegungen.

Die Lage wurde unerträglich, und Mr. Lamb war von ganzem Herzen dankbar, als die drei Stuten gemächlich zum einen Ende der Weide trabten und voller Erwartung dort stehenblieben. Lamb zockelte hinter ihnen her, und als auf einmal ein schläfrig dreinblickender Knecht sich auf den Zaun zuschleppte und ein Gatter öffnete, schlüpfte Mr. Lamb unbemerkt mit durch und ging gemeinsam mit den drei andern übers Feld heim zum Stall.

Dies könnte man wohl als Türen einrennen bezeichnen, sagte er sich, als er in den Stall eintrat und in einer leerstehenden Box Zuflucht suchte.

Mit dem Hafer, den der Knecht bereitgestellt hatte, wäre er durchaus zufrieden gewesen, hätte die schamlose Stute nicht fortwährend ihren Kopf über die Trennwand gestreckt, um ihn beim Fressen besser beobachten zu können. Haferkörner fressen war eine gänzlich neue Erfahrung für Lamb, und er hätte es vorgezogen, still für sich zu üben. Aber nein, jedesmal, wenn er aufblickte, waren die großen Augen der Stute mit einer solchen Unverfrorenheit auf ihn gerichtet, daß Lamb seine Aktivität einstellte und vorgab, er sei gesättigt.

Die Vermehrung des Stallbestands um einen kräftigen neuen Hengst ließ den schlafmützigen Knecht jedoch völlig unberührt. Er schloß die Stalltüren und trollte sich davon. Um der unablässigen Neugier seiner lebensfrohen Nachbarin zu entgehen, bettete Lamb sein Haupt auf einen Eimer und wollte schlafen. Nach den Ausschweifungen der vergangenen Nacht war er viel zu müde, um noch groß über seine so grundlegend veränderten Lebensumstände nachzudenken. Bevor er sich aber endgültig von seinem Wachbewußtsein verabschiedete, wusch er sich, was das ruhelose Tier nebenan betraf, erst noch mal die Hände in Unschuld...

Mr. Burnham war nicht ganz so unaufmerksam wie seine ›rechte Hand‹, eine Bezeichnung für Sam, den Stallknecht, die in diesem Moment nichts anderes war als ein Höflichkeitstitel. Als er den schlafenden Hengst am nächsten Morgen entdeckte, war sein Herz von staunender Bewunderung erfüllt.

»Warum hast du mir denn das nicht gesagt, Sam?« wollte er von seinem Stallknecht wissen.

»Hab's ja selbst nicht richtig mitgekriegt«, erwiderte der gute Mann. »Hat sich so natürlich aufgeführt, schien, als gehört er dazu.«

»Und wenn letzte Nacht ein ganzes Kavallerie-Regiment hier Quartier genommen hätte«, bemerkte Burnham, »so wage ich die Vermutung, daß es dir ebensowenig ausgemacht hätte.«

Mißtrauisch blickte er die drei Stuten an und summte vor sich hin.

»Ich frage mich...«, fuhr er fort, entdeckte dann den Abscheu in den Augen der schamlosen Stute, schüttelte den Kopf und wandte sich wieder dem schlafenden Hengst zu.

»Komische Art für 'n Pferd, so zu schlafen.« Mr. Burnham lenkte die Aufmerksamkeit seiner ›rechten Hand‹ auf den auf einem Eimer ruhenden Pferdekopf. Seine ›rechte Hand‹ hatte auch dies nicht mitbekommen. Jedoch stimmte Sam zu: Es war eine komische Art für 'n Pferd, so zu schlafen.

Dann setzte Mr. Burnham einen Fuß auf das Hinterteil des Hengstes, drückte ein wenig, und Mr. Lamb blickte auf, schlaftrunken und ungehalten. Nachdem er die beiden fremden Gesichter einen Augenblick gemustert hatte, legte er seinen Kopf auf den Eimer zurück und schloß erneut die Augen.

»Aufstehen, Sir!« kommandierte Mr. Burnham, und diesmal verstärkte er den Druck seines Fußes ein wenig.

Wenn das so weitergeht, dachte Lamb niedergeschlagen, ist an Schlaf wohl nicht mehr zu denken.
Er stand auf, streckte seinen bildschönen Körper und trat aus seiner Box. Schweigend verfolgten die beiden Männer jede seiner Bewegungen. Lamb schritt auf den Hof hinaus und tauchte, als er unter der Pumpe einen vollen Wassertrog stehen sah, seinen Kopf tief hinein. Emsig stellte er seine Vorderfüße in den Trog und wirbelte mit den Hufen im Wasser. Dann nahm er mit den Zähnen einen leeren Mehlsack auf, und wedelte ihn um seinen Kopf, bis dieser so gut wie trocken war. Danach fühlte Mr. Lamb sich einigermaßen erfrischt. Stolz hob er den Kopf und sah auf die schweigenden Männer herab. Sogar dem Knecht war es gelungen, im Gebaren dieses Pferdes etwas zu entdecken, das außerhalb des Gewöhnlichen lag.
»Nun, Sam, was hältst du davon?« fragte Mr. Burnham und holte tief Luft.
Denken war einer von Sams schwachen Punkten. Es war ihm nicht möglich, seine geistige Verwirrung in Worte zu fassen.
»Es iss nich rechtens«, war alles, was er sagte.
»Wenn keiner diesen Hengst reklamiert«, erklärte Mr. Burnham, »dann werde ich ihn Samstag bei der Pferdeschau vorstellen. Er ist das schönste Stück, das ich seit vielen Jahren gesehen habe.«
Bei diesen Worten richtete Mr. Lamb sich auf und schritt stattlich um den Hof. Kost und Logis wollte er sich schon verdienen. Währenddessen beäugte Sam das Pferd mit wachsendem Mißtrauen. Endlich war seine Einbildungskraft mal wachgeworden.
»So, dann fütter ihn mal«, sagte Mr. Burnham, »und daß es ihm ja an nichts fehlt. Ich werde unterdessen Erkundigungen einziehen. Dies ist wie ein Geschenk des Himmels. Und unsere Stuten können ein wenig Unterhaltung brauchen.«
Die ganze Woche lang zog Burnham Erkundigungen ein, konnte aber niemanden ausfindig machen, dem der Hengst gehörte. Diejenigen, die das Pferd gesehen oder auch nur entfernt von ihm gehört hatten, erklärten, daß sie mit ihm nichts zu tun haben wollten. Sie mochten das Pferd nicht. Und so kam es, daß Mr. Burn-

ham nach Abschluß seiner Nachforschungen das Pferd, ohne weitere Skrupel, als sein eigenes adoptierte. Und Mr. Lamb war es sehr zufrieden, adoptiert zu sein. Er lebte fortan in Saus und Braus, und Sam erwies sich, trotz seines kleingeistigen Zuschnitts, als ein rundum zufriedenstellender Diener.

Am Samstag wurde Lamb zur Pferdeschau gebracht, einer eher bäuerlichen Angelegenheit, so was wie ein Tauschhandel. Immerhin waren aber mehr als tausend Pferdeliebhaber zugegen, die sich auf dem Feld versammelt hatten. Mr. Lamb wurde in einen Schuppen geführt und von Sam sorgsam gehütet. Der Hengst schien freudig erregt. Mr. Lamb war wirklich bestrebt, einen Preis zu gewinnen – um sich selbst und Mr. Burnham einen Namen zu machen.

Für Sam war heute Festtag. Lamb bemerkte, daß sein Diener immerhin intelligent genug war, ausgiebigst dem Maisschnaps zu frönen, von dem eine große Flasche auf einem Tisch im Schuppen stand. Als es aber dauerte und dauerte, wurde Lamb allmählich nervös. Warten haßte er. Und als Sam mal einen Augenblick hinausging, einen Blick nach draußen zu werfen, nahm Mr. Lamb die Flasche rasch auf und leerte sie bis zum letzten Tropfen. Seine Nervosität war er sofort los. Er wußte, er würde einen Preis gewinnen. Jetzt konnte ihn nichts mehr bremsen. Da kam Sam in den Schuppen zurück und starrte mit schmerzlichem Blick die Flasche an.

»Hier war einer drin«, brummte er. »Würd'n gern erwischen dabei.«

Schon ging er wieder los und kehrte im Handumdrehen mit einer neuen Flasche zurück, die er entkorkte und anerkennend kostete.

»Paß auf die Flasche auf«, hieß er den Hengst, als er das nächste Mal ging, um sich ein wenig unters Volk zu mischen. »Und wenn einer versucht, sie dir wegzunehmen, schmeiß ihn mit'm kräftigen Tritt raus.«

Mr. Lamb ging auf Nummer Sicher, daß niemand sich der Flasche gegenüber Freiheiten nehmen würde. Er führte die feurige Flüssigkeit seinem Körpersystem zu und war, vom Gefühl her, sogleich noch überzeugter von sich und davon, gleich alle Preise zu gewinnen.

Als er ein paar Minuten später den Preisrichtern vorgeführt werden sollte, zeigte der Schnaps erst richtig Wirkung. Mr. Burnham selbst war so aufgeregt, daß er den schwankenden Gang des Hengstes gar nicht mitkriegte. Die Preisrichter und Zuschauer jedoch, die kriegten es mit, als Mr. Lamb dreimal an der Tribüne vorübergeführt wurde. Als er einmal kühn tänzeln wollte, verhedderte er sich in seinen eigenen Beinen.

Wie viele Beine habe ich eigentlich? fragte er sich. Scheint, als wär noch ein Paar dazugewachsen.

»Dieses Pferd scheint zu meinen, es imitiere einen Betrunkenen«, bemerkte einer der Preisrichter. »Was um alles in der Welt denkt es sich bloß dabei?«

Als Mr. Lamb zur näheren Inspektion dichter herangeführt wurde, hätte er um ein Haar einen der Preisrichter unter sich begraben. Sein Gleichgewicht konnte er nur wiedergewinnen, indem er dem schockierten Würdenträger voll auf den Fuß trat. Und um die Sache noch schlimmer zu machen, wurde Lamb von einem heftigen Schluckauf ergriffen, den er nicht unterdrücken konnte. Alkoholschwaden zogen um ihn her. Mißtrauisch faßte der Preisrichter Mr. Burnham ins Auge.

Muß unbedingt was unternehmen, das alles wiedergutzumachen, dachte Mr. Lamb bei sich. Frage mich bloß, womit – irgendwas Aufsehenerregendes – etwas, das sie sonst nicht zu sehen bekommen.

Langsam kam und entwickelte sich in seinem benebelten Hirn eine Idee.

Ich werde Schaukelpferd spielen, sagte er sich, das ist genau das richtige. Ich wage die Behauptung, daß noch kein Mensch ein lebendiges Schaukelpferd gesehen hat.

Er dachte einen Augenblick lang nach, drückte seine Beine durch und, indem er die Hufe dicht beieinanderstellte, fing er an, nach vorn und nach hinten zu schaukeln, wobei er mit jedemmal an

Schwung gewann. Aller Augen waren auf Mr. Lamb gerichtet. Der Preisrichter trat zurück und sah ihn entrüstet an. Dieses Pferd hielt doch tatsächlich noch jeden zum Narren – und brachte der Pferdeschau nichts als Geringschätzung entgegen. Die ersten Zuschauer brachen in Hochrufe auf das Pferd aus. Mr. Lamb stieg das sofort zu Kopf. Mit befriedigter Miene verdoppelte er seine Anstrengungen. Mr. Burnham blickte hilflos drein, Abscheu und Ekel waren ihm ins Gesicht geschrieben. Er hatte das Gefühl, betrogen zu sein. Mr. Lamb wandte sein Haupt und zwinkerte seinem Besitzer zu, als wolle er ihm sagen, wir werden diesen Bauernlümmeln mal zeigen, wozu ein Pferd fähig ist.
Gesagt, getan. Jeder neue Schwung brachte ihn dem Boden näher. Und dann machte Lamb, in einem Übermaß an Eifer, eine letzte Anstrengung. Mit verwegenem Schwung schaukelte er nach vorn, behielt diese Stellung für den Bruchteil einer Sekunde bei, fuhr dann, mit der Nase voran, in seiner Bewegung fort, bis er mit fest geschlossenen Augen den Boden berührte und reglos so verharrte.
Ich werde die Augen nicht aufmachen, sagte er zu sich selbst. Dies ist das Ende. Ich bin entehrt.
»Würden Sie das Ding da bitte fortschaffen?« bat einer der Preisrichter an den gedemütigten Burnham gewandt. »In unserer Schau wollen wir so was nicht.«
Burnham versuchte, das in sich zusammengesunkene Pferd – das vom Himmel gesandte – aufzurichten, aber Mr. Lamb weigerte sich, sich von der Stelle zu bewegen. Einer der Preisrichter kniete neben ihm nieder und schnupperte.
Wie ungehobelt diese Preisrichter doch sind! dachte Lamb träumerisch.
»Das gibt's doch nicht: Dieses Pferd hat Maisschnaps gesoffen«, entrüstete sich der Preisrichter, als er wieder auf die Beine kam. »Dieses Tier ist sturzbetrunken! Also Burnham, ich muß schon sagen: ehrlos ist das. Im ganzen Leben hab ich so was nicht erlebt. Schaffen Sie es fort.«
Burnham starrte den Hengst an und fragte sich, wie der Preisrich-

ter sich das vorstellte, wie er seinen Bewerber fortschaffen sollte. Auf seinen Armen konnte er das berauschte Pferd nun wirklich nicht vom Platz tragen. Um diesen Leib hochzuhieven, brauchte es mindestens einen Ladebaum. Die Preisrichter waren offenbar der gleichen Meinung, denn sie entfernten sich in eine andere Ecke des Feldes und machten mit ihrer Veranstaltung weiter. Lamb blieb, leise schnarchend, mitten auf dem Platz liegen. Um ihn herum ein Kreis von Bewunderern.

Bevor der Tag sich seinem Ende zuneigte, hatte Mr. Burnham seinen Himmelsgesandten einem schrulligen Gemüsebauern verkauft. Der Preis, der ausgehandelt wurde, gereichte Mr. Lamb, was seinen wirklichen Wert anging, wahrlich nicht zur Ehre. Der Gemüsebauer hatte seinen eigenen Gaul als Anzahlung dagelassen.

Bis Mr. Lamb sich soweit erholt hatte, daß er fortgeführt werden konnte, war es dunkel geworden. Und als er wieder zur Besinnung kam, fand er sich vor einen leichten Wagen gespannt und kutschierte eine Landstraße entlang.

Völlig im Stich gelassen, von Freunden und Familie getrennt, grübelte er vor sich hin.

Bäume und Felder glitten eintönig vorbei, bis Lamb die Straße auf einmal erkannte. Er erinnerte sich gewisser landschaftlicher Anhaltspunkte. Sie fuhren in die Richtung, wo er zu Hause war. Bald darauf zog sein neuer Besitzer die Zügel an, stieg vom Kutschbock und fing an, hinten auf dem Wagen etwas zu suchen. Lamb fiel in leichten Schlummer. Als der Farmer wieder nach vorn kam, fand er da, wo eben noch sein kürzlich erworbenes Pferd gestanden hatte, einen nur mit einem Pyjama bekleideten Mann. Der Mann schien ein wenig benommen und zog an der Deichsel. Zuerst zögerte der Farmer, näher heranzugehen, doch dann gewann seine Entrüstung die Oberhand. Er stakste mit gespreizten Beinen zu der weißgekleideten Gestalt und blickte sie zornig an.

»Was tun Sie denn hier?« verlangte er zu wissen.

Lamb erschrak und blickte an sich herab.

»Bei Gott, ich bin wieder zurück«, sagte er im Flüsterton; dann wandte er sich dem Farmer zu und erwiderte: »Och, ich spiele nur mit dieser Deichsel.«

»Und was haben Sie mit meinem Pferd gemacht?« fuhr der Farmer fort.

Lamb ließ die Deichsel los und setzte sich am Wegrand nieder. Der Farmer folgte seinem Beispiel.

»Was hätte ich mit Ihrem Pferd schon machen können?« fragte Mr. Lamb. »Meinen Sie etwa, ich hätte es in Stücke gerissen und in alle Winde verstreut?«

»Nein«, sagte der Mann nach einigem Überlegen. »So was hätten Sie nicht fertiggebracht.«

Er schwieg und sah Mr. Lamb mit nachdenklicher Miene an.

»Sie waren das Pferd«, verkündete er dann selbstsicher. »Sie müssen das Pferd gewesen sein.«

»Was, ich?« entfuhr es Mr. Lamb. »Ich glaube, Sie sind verrückt, Sir. Sehe ich auch nur annähernd aus wie ein Pferd?«

»Nein, jetzt nicht«, entgegnete der Mann mit Überzeugung in der Stimme, »aber eben, vor'n paar Minuten, schon. Außerdem benahmen Sie sich wie ein Pferd. Nicht gerade wie ein besonders gutes Pferd, aber immerhin wie ein Pferd, mit dem man vorwärtskam. Und jetzt nützen Sie mir gar nichts mehr.«

»Na, da bin ich ja erleichtert, daß Sie das so sehen«, sagte Mr. Lamb. »Und was machen wir jetzt?«

»Hören Sie«, sagte der Mann, als versuchte er, mit diesem sonderbaren Vorfall selbst klarzukommen. »So einfach, wie Sie sich diese Sache vorstellen, ist sie nun auch wieder nicht. Heute abend bei der Schau habe ich Sie als Pferd gekauft. Sie waren sturzbetrunken, und das im Angesicht vieler, vieler Leute. Trotzdem habe ich Sie gekauft und Ihnen eine Chance geboten. Ich wollte Ihnen ein nettes Zuhause geben und Sie vom Trinken abhalten. Ich kenne das aus eigener Erfahrung. Hier und da mal 'n Schlückchen, dagegen habe ich ja nichts, aber ...«

»Ist ja schon gut«, warf Mr. Lamb ein. »Fahren Sie nur fort mit Ihrer bemerkenswerten Geschichte.«

»Wenn ich das so erzähle, hört sich's für mich selber komisch an«, gab der Mann zu. »Aber trotzdem stimmt's, jedes einzelne Wort. Ich habe Sie irgendwie ausgenüchtert, dann habe ich mich mit Ihnen auf den Heimweg gemacht. Alles hat bestens geklappt. An dieser Stelle bin ich vom Wagen gestiegen und habe Ihnen den Rücken zugewandt. Als ich mich wieder umdrehte – kein Pferd mehr zu sehen. Sie standen zwischen den Deichseln und zogen wie verrückt. Und jetzt antworten Sie mir auf diese Frage«, fuhr er mit einsichtiger Stimme fort und blickte Mr. Lamb voll ins Gesicht. »Vor einer Minute stand hier noch ein Pferd zwischen den Deichseln, oder das tote Abbild eines Pferdes. Wenn Sie nicht das Pferd gewesen sind, wer oder was soll es dann gewesen sein? Beantworten Sie das mal.«

Mr. Lamb war nicht danach, ihm das zu beantworten. Er realisierte, daß dieser Mann – oder sonst wer – geistig nicht in der Lage war, den wahren Sachverhalt zu erfahren. Es widerstrebte ihm selbst, das schreckliche Geschehen, in das er hineingeraten war, einzugestehen. Es war zu weit von Gottes Reich, wie man es allgemein begriff, entfernt. Es war zu sagenhaft. Nur ein Heide würde das glauben und verstehen. Und Lamb wußte: hinter alldem stand der kleine rostrote Mann.

»Also«, begann Lamb mit schleppender Stimme, »ich werde Ihnen alles erzählen. Die Sache verhielt sich so: Als ich ein kleiner Junge war, habe ich am liebsten Pferd gespielt. Das ist die Wahrheit. Ich habe soviel und so lange Pferd gespielt, daß ich es niemals fertiggebracht habe, mich davon zu lösen. Ob Sie es glauben oder nicht, ich spiele immer noch Pferd, bis auf den heutigen Tag. Es ist ein Mangel, eine Schwäche. Wie für andere Männer Schnaps.«

Lamb hielt im Reden inne, um zu sehen, welchen Eindruck diese Geschichte auf seinen vorherigen Besitzer machte. Der Mann schien darin völlig aufzugehen. Lamb selbst fing schon an, sie zu glauben.

»Heute abend haben wir dann ein bißchen gefeiert«, fuhr er fort, »und ich schätze, wir alle hatten etwas über den Durst getrunken. Nachdem ich zu Bett gegangen war, weiß ich noch, kam mir mit einemmal die Idee, wieder aufzustehen und Pferd zu spielen. Also schlüpfte ich wieder aus dem Bett, verstehen Sie, und zwar so leise es ging, um meine Frau nicht zu wecken, die, wie ihre Mutter, an Schlaflosigkeit leidet und deren Bruder Hexenschuß hat, der arme Kerl. Ohne das geringste Geräusch zu machen, schlich ich mich die Treppe hinunter, schloß die Haustür auf und lief die Straße hinab. Ich lief und lief und lief. Eine Weile später kam ich an diesem Wagen an und kroch zwischen die Deichselarme, und dann kamen Sie des Wegs. So hat sich alles zugetragen.«

Für eine gute Story war das ein eher danebengegangener Höhepunkt, aber zu etwas Besserem war Lamb gegenwärtig nicht fähig. Erwartungsvoll blickte er den Mann an und stellte zu seinem Bedauern fest, daß der Farmer ein ziemlich langes Gesicht machte. Offenbar war sein Interesse an der Story erlahmt.

»Ist ja alles schön und gut«, sagte er, »aber das erklärt noch nicht, was aus meinem Pferd geworden ist.«

»In Wirklichkeit hat es doch niemals ein Pferd gegeben, oder etwa doch?« fragte Lamb.

»Nein«, antwortete der Farmer mit vollendetem Sarkasmus. »Den Wagen habe ich ganz alleine hinter mir her gezerrt, nur so zum Vergnügen.«

Eine unangenehme Pause folgte.

»Nun«, unterbrach Mr. Lamb das peinliche Schweigen, stand auf und reckte seine müden Glieder. »Ich kann mir wirklich nicht vorstellen, was Ihrem Pferd zugestoßen sein könnte. Sehen Sie selbst: An mir ist nichts, das auch nur entfernt an ein Pferd erinnerte.«

»Gut. Aber ich bin mir überhaupt nicht sicher«, erwiderte der Farmer, »ob Sie vor kurzem nicht doch ein Pferd gewesen sind. Irgendwas ist faul an der Geschichte.«

»Einverstanden; sehen Sie's, wie Sie es wollen«, sagte Lamb und gähnte. »Jetzt jedenfalls bin ich nicht Ihr Pferd. Haben Sie vielleicht ein paar alte Säcke auf Ihrem Wagen, die Sie entbehren könnten?«

Der Farmer warf ihm ein paar Säcke zu, die Lamb, so gut es ging, um seinen langen Leib drapierte.

»Was soll ich jetzt mit dem Wagen machen?« fragte der Farmer bedrückt.

»Warten Sie doch einfach auf das Pferd«, schlug Lamb vor. »Wenn es jemals existiert hat, wird es schon zurückkommen. Allmählich befürchte ich, daß es ganz schön einen sitzen hatte.«

Der Farmer blickte hinter Mr. Lamb her, wie er sich müden Schritts auf der Straße entfernte. Dann ließ er sich wieder am taufeuchten Wiesenrand nieder und überdachte noch einmal die verworrenen Ereignisse des Tages, bis es ihm vor den Augen zu schwimmen begann. Und als der Morgen hereinbrach, saß er immer noch da und wartete auf ein Pferd, das niemals zurückkehren würde.

Warum, fragte sich Lamb, indem er durch eines der niedrigeren Fenster seines eigenen Hauses einstieg, warum besteht der kleine rostrote Wicht – wenn er meinen dämlichen emotionalen Ausbruch ernstgenommen hat –, darauf, mir damit einen Streich zu spielen?

Wie ein Dieb stahl er sich die Treppen hinauf und kroch in sein Bett. Irgendwer lag da schon drin. Er knipste das Licht an und sah dem zusätzlichen Bettgesellen ins Gesicht. Es war Mr. Leonard Gray. Lamb grinste und begab sich, nachdem er das Licht gelöscht hatte, wieder ins Bett.

»Diese Theaterproben werden immer besser«, dachte er, als er seine Glieder zur Nachtruhe ordnete.

IX

Der Gipfel der Toleranz

Ein Frühaufsteher war Mr. Leonard Gray normalerweise nicht, diesen Morgen drängte ihn aber ein ganz besonderer Instinkt, wach und munter zu sein. Obwohl, so ein besonderer Instinkt war es vielleicht auch wieder nicht. Möglicherweise hatte es nur mit seinem Tastsinn zu tun, und mit Mr. Lambs Barthaaren, die äußerst robust und streitbar waren. Harte, stopplige Barthaare waren nun wirklich das letzte, auf das Mr. Gray gefaßt war. Derlei war in seinen Plänen ganz und gar nicht vorgesehen. Folglich schlug er, als ihm dämmerte, daß er zärtlich eine mit einwöchigem Wuchs messerscharfer Haare reichlich versehene Wange streichelte, mit nicht geringem Interesse die Augen auf. Schließlich wollte er wissen, in wessen Gesicht er umherfingerte.

Noch war Mr. Lamb darauf gefaßt, daß jemand ihm den Bart kraulte, ob zärtlich oder sonstwie. Barthaare hatte er sowieso vergessen und sich vorgestellt, er wäre immer noch ein Pferd. Auch er schlug die Augen auf und blickte verständnislos in die des Mr. Leonard Gray. Lamb zog seine Lippen zurück und fletschte aufs abscheulichste die Zähne. Dann realisierte er mit einemmal, daß er gar kein Hengst mehr war, kontrollierte seinen natürlichen Impuls und grinste seinem Bettgenossen auf liebenswürdige Weise ins Gesicht. Es ist schwer zu entscheiden, ob es das Zähnefletschen oder das Grinsen war, das den zartbesaiteten Mr. Gray aus der Fassung brachte. Es lief auf dasselbe hinaus. Mit unterdrücktem Keuchen überließ der noble Herr Mr. Lamb das ganze Bett und fing an, sich mit fliegenden Händen anzukleiden.

»Wo brennt's denn?« fragte Mr. Lamb in aller Seelenruhe. »Es gibt doch keinen Anlaß, so zu hetzen. Es hat Platz genug in diesem Bett. Kommen Sie zurück und schlafen Sie Ihren Schönheitsschlaf.«

»Ich wünschte, ich hätte die Zeit«, stammelte der junge Mann und wendete mit forschem Griff seine Hosenbeine. »Muß mich beeilen. Habe bis spät in die Nacht an den Rollenbüchern der Woodbine Players gearbeitet... war so hundemüde, daß ich's nicht mehr nach Hause geschafft habe. Kroch ohne Umschweife in Ihr Bett und schlief wie ein Murmeltier.«

»Eines der agilsten Tierchen, die ich kenne«, bemerkte Mr. Lamb.

»Ja, ja, das stimmt«, pflichtete Mr. Gray ihm bei und schlüpfte fest entschlossen in seine Schuhe. »Aktive Kerlchen, diese Murmeltiere, stimmt's?«

»Sehr«, sagte Mr. Lamb, »besonders wenn sie auf Vergnügungstour sind.«

Nachdem dieser Punkt erledigt war, schien es nicht mehr groß was zu geben, über das man hätte sprechen können. Mr. Lamb lehnte sich ruhig in die Kissen zurück und sah Mr. Gray bei der Morgentoilette zu, verfolgte jede Bewegung des verzweifelten Jünglings mit seinen Blicken. Mr. Gray war dies schrecklich peinlich. Das Ankleiden bedeutete für ihn ein Ritual, das er am liebsten ohne Publikum vollzog.

»Waschen Sie sich eigentlich nie am Morgen?« fragte Lamb schließlich, unfähig, seine Neugier im Zaum zu halten.

»O doch«, beeilte Mr. Gray sich zu antworten. »Waschen tue ich mich immer. Jeden Morgen.«

»Nun, diesen Morgen waschen Sie sich nicht«, fuhr Mr. Lamb streitlustig fort.

»Das mach ich schon noch, bestimmt«, erklärte der junge Mann hastig. »Wenn ich nach Hause komme, steig ich ins Bad.«

»Das wird Ihnen auch nichts helfen«, sagte Mr. Lamb. »Ich meine, Ihr Kragen ist hinten völlig zerknittert und, um Gottes willen, unternehmen Sie irgendwas mit diesen Hosen. In solch vertraulichem Zustand können Sie sich nun wirklich nicht in die Öffentlichkeit begeben.«

Mit einer krampfhaften Bewegung versuchte Mr. Gray, sich seiner Garderobe an zwei Stellen gleichzeitig zu widmen. Lamb fuhr fort, ihn mit nachdenklichem Blick still zu beobachten. Gleich neben dem Bett hing ein alter Säbel an der Wand. Bedächtig griff Lamb danach und nahm ihn in die Hand. Mr. Gray verdoppelte seine Anstrengungen, als er seinen erschöpften Gastgeber mit bedächtiger Hand die Klinge prüfen und dann gedankenverloren den Blick auf ihn richten sah.
»Wissen Sie was?« bemerkte Mr. Lamb. »Dieser alte Säbel ist sehr scharf. Er würde Ihnen den Kopf vom Rumpfe trennen, mühelos wie eine Scheibe Käse.«
Gray gab ein kurzes hysterisches Lachen von sich und fuhr mit dem Ankleiden in entfernterer Zimmerecke fort. Mit einemmal setzte Lamb sich halb auf im Bett und stieß mit dem Säbel nach ihm. Mit ersticktem Schrei blickte Gray hilflos um sich.
»Ihre Weste«, sagte Lamb. »Ihre Weste. Sie ist ganz falsch geknöpft.«
Mit nervösen Fingern brachte der Stolz und die Freude der Woodbine Players seine Weste in Ordnung, ergriff seinen Mantel und bewegte sich behutsam in Richtung Tür. Wenn er es nur schaffte, dann wäre sein Leben schon ein wenig in Sicherheit. Der Säbel blitzte auf und versperrte ihm den Weg. Gray zuckte zurück.
»Bevor Sie gehen«, sagte Lamb, »würde ich Ihnen gern eine Frage stellen, eine einzige Frage.«
Gray fürchtete diese Frage. Warum hatte sein Peiniger sie nur bis zum Schluß aufgehoben? Angenommen, Sappho käme, in Unkenntnis der Rückkehr ihres Gatten, mit irgendwelchen gewagten, enthüllenden Intimitäten in diesem Augenblick ins Zimmer? Er nahm alle seine schauspielerischen Fähigkeiten zu einer heroischen Anstrengung zusammen, blickte Lamb von der Seite her an und lächelte. Sein Gesicht erinnerte an eine Wachsfigur, die unter Sonneneinwirkung teilweise geschmolzen war. Lamb musterte eingehend den Hals des Gegners, und Mr. Gray war sich dieses Blicks schmerzlich bewußt. Auch hatte er den Säbel nicht

vergessen. Sollte dies das Ende dessen sein, was er in törichtem Optimismus für eine malerische Karriere gehalten hatte?
»Werfen Sie Ihren Kopf zurück«, sagte Lamb abrupt und wiegte den Säbel in seiner Hand.
Wie unter Hypnose hob Gray das Kinn und wartete auf den Gnadenstoß.
»Wenn Sie der Ansicht sind, daß irgend etwas...« hob er zu sprechen an, doch Lamb unterbrach ihn in seinem abschließenden Meineid.
»Sagen Sie«, sprach Lamb, die Augen immer noch begierig auf Grays Hals gerichtet, »wo kaufen Sie Ihre Krawatten? Ich möchte, daß Sie mir ein paar besorgen.«
Gray brach fast zusammen. Das war also der Grund für Lambs forschende Blicke gewesen! Er griff nach seinem Hals, riß die farbenfrohe Dekoration ab und warf sie dem Mann im Bett zu. »Hier«, stammelte er hastig. »Nehmen Sie diese. Sta-stapelweise zu Hause. Ich werde Sie Ihnen schicken.«
»Tun Sie das«, empfahl Lamb.
»Das werde ich«, hauchte Gray. »Das werde ich. Gleich als erstes.«
Er ließ Lamb allein. Dieser lehnte sich im Bett zurück und inspizierte freudig die Krawatte. Sappho schlief den hämischen Schlaf einer erfolgreichen Ehebrecherin. Mit abgewandtem Gesicht schlich Gray auf Zehenspitzen an ihrer Tür vorbei. Keine Zeit, sie jetzt zu warnen. Unversehrtheit, gesicherte körperliche Unversehrtheit war alles, was zählte. Die frische Morgenluft umspielte sein Gesicht. Mit unsicherer Hand fuhr er sich über die Stirn und stellte fest, daß er ausgiebig transpiriert hatte. Dann setzte die Gegenwirkung ein. Er fing leise an, in sich hinein zu lachen. Lamb war ja ein solcher Narr. Lächerlich, wie er sich seiner eigenen Hörner nicht bewußt wurde. Diese Ehemänner! Die waren alle gleich. Und ihre Frauen. Die waren auch alle gleich, oder fast alle gleich, wenn man seinen Feldzügen auf bestimmte Weise Nachdruck verlieh. Als er zu Hause angekommen war, hatte Mr. Leonard Gray sich davon überzeugt, daß Mr. Lamb zum Gegenstand des Spottes

geworden war. Unterdessen fiel der Gentleman, dem er so geschickt Hörner aufgesetzt hatte, in seligen Schlummer, den Säbel locker in der einen und Mr. Grays Krawatte in der anderen Hand.

Hebe ließ sich Zeit an diesem Morgen und suchte auf leisen Sohlen das Zimmer ihres Vaters auf. Sie war überrascht und erfreut, ihn dort schlafend zu finden, aber auch ein wenig verwirrt hinsichtlich der Spielsachen, die er mit ins Bett genommen hatte. Mrs. Lamb hatte es versäumt, ihre Tochter über die Anwesenheit eines Besuchers zu unterrichten. Und wenn die Wahrheit denn ans Tageslicht muß: Sie hatte ganz vergessen, überhaupt jemandem davon zu erzählen. Niemand im Haus wußte um die große Ehre, die Mr. Leonard Gray ihnen erwiesen hatte. Was Mrs. Lamb anging, so sollte sich daran auch nichts ändern. Hebe fand, daß der Krawatte etwas gar nicht so entfernt Vertrautes anhaftete.

»Sieht aus, als würde der Major kindisch«, sagte sie zu sich selbst und schloß leise die Tür.

»Sappho!« flüsterte sie, und Sappho wachte mit verdutztem Schrei auf. »Vater schläft zur Abwechslung mal wieder in seinem eigenen Bett.«

Mit äußerster Bestürzung blickte Mrs. Lamb ihre Tochter an. Ihre seelische Verfassung war nicht zu beneiden.

»Hebe«, sagte sie nach einer langen Pause, »ich habe dir klar und deutlich gesagt, dich diesem Teil des Hauses an Sonntagen nicht zu nähern. Seit dieser Erholungsfonds-Affäre und dem merkwürdigen Verschwinden deines Vaters sind meine Nerven mehr als lädiert. Ich benötige Ruhe. Ich muß mich erholen. Du weißt das doch.«

»Aber der Major ist wieder da«, erwiderte Hebe. »Komm und überzeug dich selbst.«

Das war nun genau das, was Mrs. Lamb sich, in diesem unheilvollen Augenblick, weigerte zu tun. Und indem sie mit leerem Blick ihre Tochter anstarrte, wurde der guten Dame die ganze Schwere der Situation mit einemmal bewußt.

»Hast du ihn gesehen?« fragte sie nach kurzem Zögern.

»Mit meinen eigenen Augen«, erwiderte Hebe.
»Sah er, äh, aus wie immer?« Mrs. Lambs Bestürzung nahm stetig zu.
Irgend etwas an diesem Zimmer war mysteriös. Zuerst verwandelte sich ihr Mann in ein Pferd, dann verwandelte sich ihr Liebhaber in ihren Mann. Friede und Geborgenheit schienen die Welt verlassen zu haben.
»Das Abbild seiner selbst«, antwortete Hebe, »nur eines war sonderbar. In einer Hand hielt er einen Säbel und in der anderen eine Krawatte.«
Mrs. Lamb fuhr zusammen und unterdrückte einen Aufschrei.
»Was für eine Krawatte war es?« fragte sie.
»Das ist ja das Komische«, sagte Hebe mit rätselndem Tonfall. »Sie sah überhaupt nicht aus wie die des Majors. Ich hab's! Sie sah genau aus wie Leonard Grays.«
»O-o-o-oh!« Flatternd kam das Geräusch über Mrs. Lambs Lippen. Sie war kreidebleich. Das war also alles, was von Leonard Gray übriggeblieben war: eine Krawatte?
»War das Schwert furchtbar blutig?« fragte sie, fasziniert vom Grauen der Situation.
»Da habe ich nicht drauf geachtet«, sagte Hebe und blickte ihre Mutter von der Seite an, »aber ich glaube schon.«
Noch einmal drang das tiefe Stöhnen über die Lippen ihrer Mutter. Schwach sank sie in die Kissen zurück und schloß die Augen.
»Geh jetzt«, sagte sie zu ihrer Tochter.
Schon malte sie sich aus, wie sie in einem vornehmen Mordprozeß eine wichtige Rolle spielen würde. Tcha, schade um Leonard. Dann stellte Mrs. Lamb Betrachtungen über ihren Ehemann an. Was Lamb anging, so war sie mehr als nur ein bißchen mißtrauisch. Eine beinahe unglaubliche Überzeugung formte sich in ihren Gedanken. Die letzten paar Tage hatte sie sie beiseite geschoben, aus Furcht, es könnte ihren Verstand aus dem Gleichgewicht bringen. Die Tatsache war jedoch unumgänglich, daß es ein Pferd gewesen war, das sich sehr merkwürdig verhalten hatte... so wie ihr

Ehemann es vielfach tat. Das Ganze war verrückt, unzivilisiert, unmöglich, aber – aber wenn sie wirklich mit einem Mann verheiratet wäre, der sich auch nur gelegentlich in ein Pferd verwandelte... die Gerichte würden bestimmt etwas dagegen unternehmen können. Das alles war viel zuviel für Mrs. Lamb. Ein gelungener Sonntagmorgen war das nicht. Ihr Leben hätte so anders verlaufen sollen – soviel großartiger, soviel prächtiger. Welche Opfer sie gebracht hatte, diesen Mann zu heiraten! Ihr Mitleid mit sich selbst war überwältigend, das für den – zweifellos verstorbenen – Leonard Gray nur gering.

Später am Tag hielten Hebe und Melville Long eine Geschäftsbesprechung ab. Die Versammlung fand auf der Veranda und unter Vorsitz einer Karaffe Scotch statt.

»Es bleibt nur eines von zwei Dingen zu tun«, ergriff die energische junge Lady das Wort. »Entweder du ruinierst mich, oder du beginnst mit der Schwarzbrennerei.«

»Warum nicht beides«, schlug Long vor, »und somit doppelte Sicherheit garantieren?«

»Da mag etwas dran sein, ja«, räumte seine hübsche Partnerin ein, »aber so wie ich die Lage der Dinge gegenwärtig beurteile, muß das eine oder das andere getan werden.«

»Nun, dem Verderben werde ich Einhalt gebieten«, erklärte Long mit ernsterer Stimme. »Den Gedanken, ins Verderben zu rennen, habe ich gänzlich aufgegeben.«

»Da ist etwas dran«, fuhr Hebe fort. »Ganz aufgeben werden wir es nicht. Wenn du mich ruinierst und ich mich tatsächlich schwanger...«

»Feine Leute würden sagen, *enceinte*«, korrigierte Mr. Long.

»Unterbrich mich nicht«, sagte Hebe ungeduldig. »Auf lange Sicht läuft es auf dasselbe hinaus. Sollte ich mich, wie ich soeben sagte, ohne Zweifel in jenem Zustand befinden, so weiß ich, daß der Major edelmütig handeln würde. Er würde zusehen, daß wir sicher in den Ehestand gerieten und uns einen ordentlichen Batzen Bargeld überlassen. Davon hat er schier unendlich. Sappho würde sich über meine Liederlichkeit ärgern, aber der Major würde sie

mundtot machen. Und dann, dann wären wir verheiratet und alles.«
»Tja«, stimmte Mr. Long zu. »Vor allem ›und alles‹. Bei dem Vorsprung, den wir hätten, könntest du ohne weiteres Großmutter sein, bevor du fünfunddreißig bist. Und was das Verderben angeht, so könnte man mir ein gewisses Dilettantentum nachsagen. Die Leute könnten meinen, ich wüßte nicht, wo's langgeht. Das hätt ich gar nicht gern. Schwarzbrennen ist besser. Damit fühlte ich mich jedenfalls unabhängiger.«
»Also gut«, sagte Hebe unbefangen. »Warum versuchen wir's nicht? In einem Jahr könnten wir genug Geld machen, um auf eigenen Füßen zu stehen. Das Verderben kann warten.«
»Ich kenn da einen Menschen, dort wo die armen Leute wohnen«, fuhr Long nachdenklich fort. »Ein netter Kerl, und ich weiß, daß er mir Starthilfe geben würde – das nötige Material besorgen und was sonst noch dazugehört.«
»Und wir könnten eines unserer Autos benutzen«, warf Hebe ein. »Das große. Zum Ausliefern der Ware wär es gerade recht.«
»Irgendwas müssen wir tun, wenn wir heiraten wollen, das ist mal sicher«, spann der junge Mann den Faden weiter. »Ehrliche Arbeit, das dauert zu lange. Mit der Malerei werde ich keinen Penny verdienen, und mein Alter macht nichts locker – es sei denn, ich würde meine Fähigkeiten unter Beweis stellen. Mich begreift er stets als ein mathematisches Problem und verlangt, ich solle was beweisen.«
In diesem Augenblick erschien Sandra auf der Bildfläche, und die erbauenden Alternativen wurden ihr zur Begutachtung vorgelegt.
»Ich denke«, schloß Hebe, »daß Verderben noch das beste und sicherste wäre, meinst du nicht?«
»Es wäre das bei weitem Angenehmste«, beschloß Sandy. »Auch das Wirksamste. Obwohl, Schwarzbrennerei ist ganz schön aufregend. Ich würd's selbst gern mal probieren. Und Mel hat eine Menge reicher Freunde. Die könnte er eine lange Zeit vergiften, bevor sie tatsächlich sterben oder ihr Augenlicht verlieren würden.«

»Übrigens«, sagte Hebe und wechselte das Thema zum Vorteil ihrer Freundin, »der Major ist wieder da.«
Sandra fing sichtlich an zu strahlen. Long blickte verwundert drein.
»Das ist aber schön«, sagte Sandra. »Hat er genug davon, ein Pferd zu sein?«
»Keine Ahnung«, erwiderte Hebe. »Hab noch nicht mit ihm gesprochen. Das letzte, was ich von ihm sah, war, daß er pennte.«
Die drei jungen Leute hatten sich, während Mr. Lambs Abwesenheit, ernsthaft über ihn unterhalten und waren zu dem Schluß gekommen, daß, so unglaublich es auch klingen mochte, er das Pferd gewesen war. Jeder hatte seine Gründe dargelegt, und diese schienen unumstößlich. Hebe hatte von der Erfahrung ihres Vaters mit dem rostroten Mann und dessen merkwürdigem Benehmen berichtet. Dies hatte die Lage komplizierter gemacht. Mr. Lamb war das Pferd gewesen und war es wahrscheinlich immer noch. Um diese Tatsache kam man einfach nicht herum. Mr. Lambs Metamorphose akzeptierten sie mühelos, waren sie doch selbst dem Märchenalter noch nicht allzu lange entwachsen.
Und an dieser Stelle betrat der Gegenstand ihrer Unterhaltung vergnügt und munter das Zimmer. Mit Mr. Grays Krawatte sah er großartig aus.
»Einen wunderschönen Nachmittag, Ladies und Gentlemen«, sagte Lamb mit liebenswürdiger Stimme und fuhr, an seine Tochter gewandt, fort: »Hast du meinen Brief erhalten, Hebe?«
»O ja«, erwiderte Hebe mit unverhohlenem Sarkasmus. »Und alle deine Telegramme und die entzückende Schachtel Pralinen.«
Mr. Lamb setzte sich und betrachtete die drei jungen Leute mit freundlicher Miene.
»Ich habe völlig vergessen, dich oder deine Mutter zu informieren«, fuhr er fort, und die Lüge kam ihm mit erstaunlicher Leichtfertigkeit über die Lippen, »daß ich in Philadelphia wichtige Geschäfte angekurbelt habe, für die ich jederzeit abrufbereit sein muß. Wahrscheinlich werde ich dort ein Büro eröffnen.«

»Warum nicht einen Pferdeverleih?« schlug Hebe vor.
Mr. Lamb beehrte seine Tochter mit einem gekünstelten Lachen.
»Warum einen Pferdeverleih?« kam seine dreiste Rückfrage.
»Hand aufs Herz«, meldete Sandra sich zu Wort, »Sie müssen uns was erzählen. Waren Sie nicht das Pferd? Sie sind unter Freunden.«
»Angenommen, ich sagte ja?« säuselte Mr. Lamb.
»Dann würde ich sagen, Sie waren eines der schlimmsten und besten Pferde, die ich jemals geritten habe«, entgegnete Sandra.
Lamb überschlug die Situation. Ihm wurde klar, daß diese drei jungen Leute nicht nur dachten, er wäre das Pferd, sondern auch wußten, daß er es gewesen war.
»Was meinen Sie dazu?« fragte er an Melville Long gewandt, der sich in taktvolles Schweigen gehüllt hatte.
»Nun«, sagte Long, »kein Pferd, das von Geburt an eines ist, hätte Cocktails niedergemacht, wie dieses Pferd es tat. So was habe ich noch nie erlebt. Und die Sandwiches – es muß menschliches Blut in den Adern gehabt haben.«
Lamb sah Sandra aus der Nähe an. Was würde sie wohl denken, käme er mit der Wahrheit heraus und gäbe zu, daß er das Pferd gewesen war? Unmöglich, daß sie es sich leisten konnte, sich mit einem Mann abzugeben, der sich in irgendwelche ... Dinge verwandelte. Im Augenblick bedauerte er von ganzem Herzen, daß er jemals etwas mit dem kleinen rostroten Mann zu tun gehabt hatte. Er senkte das Haupt und überließ sich kummervoll der Betrachtung seiner Schuhspitzen.
»Ich vermute, ich war das Pferd«, sagte Lamb schließlich mit gedämpfter Stimme. »Ich weiß nicht mehr darüber, als ihr ohnehin schon wißt. Es passierte einfach. Da lag ich – ein Pferd. Aber jetzt, jetzt bin ich kein Pferd«, fügte er hoffnungsvoll hinzu.
Hebe ging zu ihrem Vater hinüber und gab ihm einen ihrer seltenen Küsse. Sandra rückte so dicht an ihn heran wie möglich, ohne auf seinem Schoß zu sitzen.
»Erinnern Sie sich«, sagte sie, »ich küßte Sie?«

»Jeden Augenblick könnte ich wieder ein Pferd sein«, sagte Mr. Lamb und blickte sie warnend an, »oder was Schlimmeres.«

»Wie ist es denn so, ein Pferd zu sein, Mr. Lamb?« Melville Longs Stimme barst fast vor Interesse.

»Bemerkenswert«, fing Mr. Lamb an und schwieg.

Ein Auto knirschte die kiesbestreute Einfahrt heran. Mrs. Lamb trat ein und sank erschöpft auf einen Stuhl. Selbst der Anblick ihres Ehemanns vermochte nicht, sie zu beleben. Dann gewahrte sie die Krawatte. Sie setzte sich auf, ihr Antlitz von Entsetzen entstellt. Den ganzen Tag lang hatte sie nach Leonard Grays Spuren gesucht, in der vergeblichen Hoffnung, er wäre möglicherweise mit nur einer Wunde davongekommen. Und hier saß der Mann, der ihren Liebhaber – vielleicht ihren letzten – ins Jenseits befördert hatte, gefühllos schwatzend, und ließ die Krawatte des Opfers wie eine Kriegstrophäe stolz von seinem Halse wehen.

Mr. Lamb ging noch einmal alle Einzelheiten mit Philadelphia durch. Mrs. Lamb hörte ihn kaum. Ihr Blick war auf die farbenprächtige Krawatte geheftet. Hebe, die die Richtung des Blickes ihrer Mutter bemerkte, sah ebenfalls die Krawatte an und begann, sich auf beunruhigende Weise dafür zu interessieren.

»Das ist ja ein schrecklicher Schlips, Major«, sagte sie. »Woher hast du ihn?«

»Wenn du das wissen willst, frag deine Mutter«, erwiderte Mr. Lamb unbekümmert. »Sie kennt sich bei meinen Krawatten besser aus als ich.«

»Mörder!« Mrs. Lamb war es unmöglich geworden, die Beschuldigung zu unterdrücken.

Entsetzt richtete Mr. Lamb sich auf.

»Habe ich jemanden ungebracht?« fragte er. »Das höre ich zum erstenmal. Von einem Mord hat Hebe nichts erwähnt.«

Mrs. Lamb näherte sich ihm, gänzlich aus der Kontrolle geraten, und zeigte mit tragisch ausgestrecktem Finger auf ihn.

»Was hast du mit dem Leichnam gemacht?« fragte sie mit leiser, vibrierender Stimme. »Und all das Blut. Was hast du damit gemacht?«

Mr. Lamb war nicht mehr verwundert als Hebe und ihre Freunde. Mit weitgeöffneten Augen sahen sie den Mörder fragend an. Mr. Lamb riß sich zusammen und erwiderte den anklagenden Blick seiner Frau.

»Was hast du vorher mit ihm gemacht?« erkundigte er sich. »Diese Frage wäre wohl eher angebracht.«

Mrs. Lamb drehte sich um und ging zum Fenster. So war ihr Gesicht vor prüfenden Blicken sicher. Diesen Augenblick befand Mr. Leonard Gray als den geeigneten, um leibhaftig vor sie zu treten.

»Hier sind sie!« rief er aus und legte eine Schachtel auf Mr. Lambs Schoß. »Alles neue. War in der Stadt und habe sie eigenhändig ausgesucht. Wenn sie die Krawatte mögen, die sie tragen, werden sie von diesen hellauf begeistert sein.«

»Darf ich euch meinen Intimus vorstellen«, sagte Mr. Lamb leise. »Wir sind mittlerweile Zimmergenossen. Danke für die Krawatten, Len.«

Mit tiefer Bestürzung im Blick fuchtelte Mrs. Lamb mit den Armen über ihrem Haupt und verließ das Zimmer. Leonard Gray hinterher, indes der Mörder sich in einen Sessel gleiten ließ und Sandra, Hebe und Mr. Long mit einem huldvollen Lächeln bedachte.

»Und wenn sie nicht gestorben sind, so leben sie noch heute«, sagte er.

»Schauen wir uns das mal an«, drängte Hebe. »Mel könnte eine neue Krawatte gut gebrauchen.«

Artig öffnete Mr. Lamb das Paket.

X

Lamb schwingt sich in die Lüfte

Wie wäre es, wenn ich ihm erzählte, daß ich es gerade hinter mir habe, ein Pferd zu sein? dachte Lamb bei sich, als er sich freundlich einem Kunden zuwandte – einem älteren Herrn, der viele mottenzerfressene Millionen schwer war. Ich schätze, der alte Plagegeist würde sofort alle Wertpapiere fallenlassen und sein Konto auf der Stelle auflösen.

Er widerstand der Versuchung, mit dem alten Gentleman zu experimentieren und fügte auf diese Weise seinem nicht unbeträchtlichen Wohlstand noch einiges hinzu.

Nachdem sein Kunde gegangen war, bat Lamb seine Sekretärin zu sich und erzählte ihr alles über Philadelphia. Er hatte ihr bereits von Philadelphia berichtet, aber diesmal legte er sich noch mehr ins Zeug. Er hüllte seine zukünftigen Schachzüge in quälendes Dunkel. Lamb ging kein Risiko ein. Gott allein wußte, was der kleine rostrote Mann für ihn auf Lager hielt, und Lamb bezweifelte sehr, ob er Gott überhaupt ins Vertrauen gezogen hatte. Wie wohl wäre ihm gewesen, hätte er sich mit dem kleinen rostroten Mann mal kurz unterhalten können, aber er wußte nicht, wie er sich mit ihm in Verbindung hätte setzen sollen.

Die ganze Woche über hatte Mr. Lamb von dem Pferd gehört. Aus allen möglichen unerwarteten Quellen hatte er Informationen gesammelt. Der Hengst hatte in der Stadt und der Umgegend für schier endlose Aufregung gesorgt. Ein besonders wagemutiger Reporter hatte eine Story verbrochen, die die Leute in der Stadt belächelten und strikt von sich wiesen, wenig realisierend, daß dies noch der am maßvollsten abgehandelte Zeitungsbericht war. Simonds war der allergeschwätzigste, was das Pferd anging – auch am verbittertsten. Sein eigenes Pferd hatte er zur Erholung aufs

Land geschickt. Das arme Tier trug schwer an seinem Los und lebte in der ständigen Furcht, der teuflische Hengst könnte wiederkehren. Der Trooper hatte seinen leichten Posten verloren. Mit dem Herumlungern auf dem Bahnhofsgelände war es vorbei, er war nicht länger Zielscheibe für die auffordernden Blicke von Frauen, die mit einem Seufzer der Erleichterung ihre Ehemänner für diesen Tag zum letztenmal gesehen hatten.
Lamb war höchst erbaut von dem, was er hörte. Er war ein Pferd unter Pferden gewesen. Seiner Taten würde man sich erinnern. Wann immer Mrs. Lamb in giftigem Ton das Erholungsfondsdebakel ansprach, befingerte Mr. Lamb gedankenverloren seine Krawatte und warf ihr bedeutungsschwere Blicke zu. Mrs. Lamb änderte dann jedesmal das Thema. Leonard Grays Krawatten riefen in ihr stets die Erinnerung an die höchst störende Unterbrechung eines Wochenendes wach, das so vielversprechend angefangen hatte.
»Ich frage mich, was wir als nächstes sein werden?« spekulierte Hebe eines Abends, mit der ganzen Begeisterung ihrer Jugend der Situation begegnend. »Wie fändest du es, eine Giraffe zu sein?«
»Gott bewahre«, entgegnete Mr. Lamb rasch. »Ich hoffe, der kleine Kerl begreift, daß er mich ausreichend überzeugt hat, was die Torheit unbedachten Wünschens anbetrifft.«
Aber der kleine rostrote Mann war da ganz anderer Meinung, und als Lamb eines schönen Morgens erwachte, fand er sich unsicher auf einem der vier Bettpfosten seines Bettes sitzen. Als er versuchte, sich zu recken, wie es seine Gewohnheit war, vernahm er ein ungewohntes, schwirrendes Geräusch in der Luft.
Ich bin irgendwas anderes, sprach er zu sich selbst. Ich frage mich, was?
Er flatterte mühelos auf den Fußboden herab und betrachtete sich im Spiegel. Seine Erregung war heftig. Was er da sah, war eine rauchfarbene Möwe mit schwarzen Ringen um die Augen. Die Wirkung war eine gelöste Beschaulichkeit. Mr. Lamb breitete seine Flügel aus und betrachtete mit wohlwollender Billigung die schneeweißen Unterseiten. Er war eine gute Möwe.
Verglichen mit anderen Möwen, sagte er sich, kann ich mich

durchaus sehen lassen. Wie das wohl mit dem Fliegen ist? Davon habe ich noch die geringste Ahnung.
Er trippelte zu seinem Tisch und blickte auf seine Uhr. Sandra würde den Zug nehmen, den sie immer nahm. Er hatte noch genügend Zeit.
Den Haushalt aufzuscheuchen, hat keinen Sinn, dachte er, hüpfte zum offenen Fenster und brachte sich auf dem Sims ins Gleichgewicht. Start frei für den nächsten Lindbergh. Hoffentlich krache ich nicht in den nächsten Baum.
Lamb breitete die Flügel aus und schwang sich in die Luft. Ziemlich verwirrt landete er inmitten der Buchsbaumbüsche, brachte es aber fertig, sich unter dem Verlust nur weniger unwichtiger Federn daraus zu befreien.
Mehr als das muß ich schon bringen, kommentierte er seine Lage. Am besten werde ich mal vernünftiges Starten üben.
Er gewährte sich einen fliegenden Start und hob ab. Diesmal flog er mit wachsendem Selbstvertrauen und landete auf Hebes Fenstersims. Behutsam klopfte er an. Mühelos war die Dame wach und ließ ihn unverzüglich ins Zimmer. Sie hatte sich angewöhnt, von nichts überrascht und auf alles gefaßt zu sein. Mit bewunderndem Neid sah sie ihren Vater an.
»Donnerwetter!« sagte sie. »Ich wünschte, ich steckte in deiner Haut.«
Lamb streckte ein Bein aus und gab ein sonderbar krächzendes Geräusch von sich, das ein Lachen sein sollte.
»Wie fühlt man sich beim Fliegen, Major?« fuhr seine Tochter fort.
Die Möwe vollführte einen überschwenglichen Hopser, der ihre ganze Freude ausdrückte, und Hebe verstand.
»Wie wär's mit was zu futtern?« fragte Hebe. »An fette Würmer hast du bestimmt nicht gedacht, oder?«
Die Möwe schüttelte sich und knickte sich bei der Heftigkeit ihrer Ablehnung dieses empörenden Vorschlags beinahe den Kopf ab.
»Nun, dann komm mal mit«, sagte Hebe, schlüpfte in ihren Morgenmantel und öffnete leise die Tür.

Mr. Lamb trippelte mühelos hinter seiner schnellfüßigen Tochter her und folgte ihr in die Vorratskammer, wo sie ihm ein Schüsselchen Reisflocken und süße Sahne bereitstellte. Nachdem er sich satt gefuttert hatte, wischte er seinen Schnabel an einer in der Nähe herumliegenden Serviette ab und öffnete zur Freude seiner Tochter die prächtigen Flügel. Anschließend verließ er die Wohnung und machte sich auf den Weg zum Bahnhof.

Aus großer Höhe sah er Sandra das Haus in Richtung Bahnhof verlassen. Leicht schwindelig sauste er die Luftstraßen hinab, kreiste einmal um ihren Kopf und landete vor ihren Füßen. Ohne einen Augenblick zu zögern – denn auch Sandra war gewarnt, auf alles vorbereitet zu sein –, nahm sie ihn hoch und hielt seinen Kopf an ihren warmen Hals. Mr. Lamb war vor lauter Freude derart erregt, daß er sich befreite und versuchte, einen Looping zu drehen. Dieses kühne Unternehmen endete mit einem kleineren Desaster. Lang auf dem Rücken liegend, fand Mr. Lamb sich im Rinnstein wieder. Emsig traten seine Beine ins Leere. Es war ein komischer Anblick, und Sandra lachte aus vollem Hals. Mit der größtmöglichen Würde, die er in dieser Situation aufbringen konnte, stellte Mr. Lamb sich wieder auf die Füße. Nachdem er sich geputzt und sein Gefieder gerichtet hatte, flog er dem Mädchen auf eher ordentliche, wenn auch nicht ganz so spektakuläre Art und Weise voran zum Bahnhof. Und wie er so den Bahnsteig entlangsegelte, nutzte er die Gelegenheit, Simonds den Hut vom Kopf zu stoßen. Zu seiner großen Befriedigung sah er ihn auf die Gleise rollen, wo seine Nützlichkeit unter den Rädern des herandonnernden Zuges nach New York jäh zunichte gemacht wurde.

In einem unbeobachteten Augenblick hüpfte Mr. Lamb in den Gepäckwagen und versteckte sich hinter einer Kiste. Ein wenig später, nachdem er sich vergewissert hatte, daß der Schaffner ein paar Wagen weiter war, machte er sich zu Fuß auf und wanderte durch den Zug. Er suchte Sandra. Mehrere Köpfe schossen hinter ausgebreiteten Zeitungen hervor, als er seine Schritte vorsichtig den Gang des ersten Wagens hinablenkte, und neugierige Augen

folgten seiner Wanderung. Mr. Lamb war von dem Interesse, welches er auf sich zog, unangenehm berührt.
Warum können sie sich nicht um ihre eigenen Angelegenheiten kümmern, dachte er, anstatt mich anzustarren?
Am Ende des Wagens drehte er sich um und bedachte sie mit einem heiseren Schrei, bei dessen Widerhall mehrere Köpfe rasch hinter Zeitungen verschwanden.
Der Platz neben Sandra war unbesetzt. Leise hüpfte Mr. Lamb hinauf und ließ sich, so dicht es ging, neben ihr nieder. Sie breitete ihre Zeitung aus, daß beide hineinsehen konnten, und so lasen sie gemeinsam die neuesten Tagesnachrichten. Von dieser Tätigkeit blickte Mr. Lamb rechtzeitig auf, um die Ankunft des Schaffners zu entdecken. Mr. Lamb wollte keine Unannehmlichkeiten. Als Möwe war er zu groß, um sich zu verstecken, zu groß, um unter die Bank zu kriechen. Da kam ihm ein glänzender Einfall. Mit einem raschen, eindringlichen Blick auf Sandra fiel er auf dem Sitzplatz um und ließ seinen Kopf über die Kante hängen. Es war abstoßend zu sehen, wie der Kopf im Rhythmus des Zuges hin und her baumelte. In jeder Hinsicht war klar, die junge Dame brachte eine tote Möwe in die Stadt. Nach rascher Überlegung hatte Sandra Mr. Lambs Absicht erkannt und wußte sogleich, wie sie zu handeln hatte.
Der Schaffner kam bei ihr an und warf einen mit Abscheu erfüllten Blick auf die Möwe. Viele Dienstjahre hatten ihn gegen alle möglichen Pendlertypen abgehärtet. Er hatte sie alle erdenklichen überraschenden Pakete transportieren sehen, von Staubsaugern bis zu Schachteln mit köstlichem Gebäck. Doch war es das erste Mal, daß er einem Pendler begegnete, der eine tote Möwe mit sich führte.
»Schon ein seltsames Stück Gepäck, das Sie da bei sich haben«, sprach er Sandra an.
»Das arme Tier ist gerade gestorben«, erwiderte die junge Frau mit trauriger Stimme. »Und jetzt bringe ich's zum Ausstopfen. Armer Kerl, war schon so lange in der Familie.«
Sie nahm Mr. Lamb bei den Beinen und ließ ihn aufs überzeugendste vor den Augen des Schaffners hin und her baumeln. Mr.

Lamb spürte zwar, wie ihm das Blut in den Kopf schoß, spielte seine Rolle als tote Möwe aber weiter. Der Schaffner schien überzeugt, vor allem, als der Vogel ihm mit schlaffen Gliedern gegen das Gesicht schlappte. Der Rest der Reise verlief ohne besondere Vorkommnisse, und als der Zug in den Bahnhof einfuhr, packte Sandra Mr. Lamb erneut an den Beinen und stieg mit ihm aus. Er wurde mächtig gedrückt und gezaust. Einmal, als eine korpulente Dame ihn arg in Bedrängnis brachte, sah er sich gezwungen, auf eine eher brutale Taktik zurückzugreifen, um sie dazu zu bewegen, einen ihrer gewichtigeren Körperteile von seinem Gesicht zu entfernen. Mit empörter Miene blickte die korpulente Frau mißtrauisch umher, dann bahnte sie sich einen Weg durch die Menge.
Bis Lamb auf die Straße hinausgetragen worden war, war er tatsächlich fast nur noch eine tote Möwe. Er hob seinen Kopf so gut er konnte und blickte das Mädchen bittend an. Sandra nahm ihn in ihre Arme und strich sein Gefieder glatt. Lamb fühlte sich besser. Dann erhob er sich unter den erstaunten Blicken vieler Zuschauer in die Luft und kreiste um Sandras Haupt. Die Leute blickten das Mädchen fragend an. Sie hatten eine offensichtlich tote Möwe zum Leben zurückkehren und davonfliegen sehen. Sandra spürte ihre Blicke nicht. Die Möwe stieg höher und höher. Alles, was Lamb jetzt noch sehen konnte, war das weiße Antlitz des Mädchens, das angestrengt zu ihm hinaufschaute. Impulsiv hob Sandra eine Hand zum Abschiedsgruß, und etwas Weißes flatterte in der Luft. Dann entschwand sie aus seinem Blickfeld.
Als Sandra sich abwandte, waren ihre Augen aus irgendeinem Grund eine kleine Spur feucht. Sie fragte sich, ob er wohl einsam wäre dort oben und ob er jemals zurückkehren würde.
Er hat nicht die geringste Ahnung davon, eine Möwe zu sein, sagte sie sich. Alles mögliche könnte ihm dort oben passieren. Er könnte sogar mit einem Flugzeug zusammenstoßen.
Den ganzen Tag lang war Sandra eine überaus gedankenverlorene Unterwäschepräsentantin. Das aufgeregte Herzklopfen des Vogels, als sie ihn in ihren Armen gehalten hatte, ging ihr nicht aus dem Sinn. Mr. Lamb wurde zusehends zu einem Problem, das

ernsthaft bedacht werden wollte. Sein zynisches Grinsen und sein langer hagerer Körper flatterten an ihrem inneren Auge vorbei. Sie war reichlich besorgt, daß sie den Mann, der zu diesem Zeitpunkt zufällig als Vogel irgendwo am Himmel dahintrieb, liebte. Einer der Gründe, der sie mehr als nur vermuten ließ, daß sie ihn liebte, war die Tatsache, daß sie seine Frau durch und durch verachtete.

»Hast du irgendwelche Erkenntnis über das Treiben deines Vaters?« fragte Mrs. Lamb ihre Tochter an eben diesem Abend.

»Nicht die geringste«, antwortete Hebe der Wahrheit entsprechend, »hättest du dir aber die Mühe gemacht nachzusehen, so wäre dir aufgefallen, daß in seinem Zimmer ein Vogel war.«

Mrs. Lamb war leicht empört. Wenn sie nur sicher wäre. Wenn sie nur unumstößliche Beweise hätte. Sie dachte über ein Leben mit Leonard Gray nach und widmete sich voller Hingabe ihrem Steak.

An jenem Abend stellte Hebe eine Schüssel mit Reisflocken vor die Hintertür. Um drei Uhr früh wurde sie von wildem Geschrei geweckt, und als sie ans Fenster trat, sah sie einen großen Vogel, der eine Katze über den Hof jagte. Als sie dann zum Frühstück herunterkam, waren ein wenig Fell und ein paar Federn alles, was von den Kombattanten übrig war. Hebe nahm eine der Federn auf und betrachtete sie aufmerksam. Sie war rauchgrau mit ein wenig Weiß auf der Unterseite.

»Der Major ist also dagewesen«, sagte Hebe halblaut, indem sie sich bückte, die übrigen Federn auflas und sie in ihr Zimmer trug.

XI

Ein luftiges Zwischenspiel

Mehrere Tage lang war Mr. Lamb nun schon eine Möwe gewesen und hatte sich zu einem durch und durch erfahrenen Flieger entwickelt. Seit seiner Niederlage beim Kampf mit der Katze hatte er sich beharrlich geweigert, nach Hause zurückzukehren. Er würde das Leben als Möwe bis zum letzten auskosten, indem er das aber tat, wuchs sein Hunger als Vogel ins Extreme, konnte er doch seinen Appetit nicht an Frischfisch und die über Bord geworfenen milden Gaben der Ozeandampfer anpassen. Einmal hatte er sich überwunden, an einem lecker aussehenden Stück Grapefruit zu picken, das auf den Wellen trieb. Bei diesem Versuch hatte er jedoch so viel Salzwasser geschluckt, daß er sich gezwungen sah, von diesem Gegenstand seiner Begierde Abstand zu nehmen.

Als er heute über dem südlichen Manhattan seine Kreise zog, hatte er sich reichlich benommen gefühlt. Seine scharfen Augen spähten in die düsteren, von vielen Fenstern durchbrochenen steinernen Schluchten hinab. Er dachte über die Bürogebäude nach, betrachtete sie von einer neuen Perspektive aus. Bislang hatte er sie als hervorragende Beispiele amerikanischen Fleißes und Fortschritts angesehen. Ein Teil davon zu sein, hatte ihm stets das Gefühl vermittelt, etwas erreicht zu haben, etwas zu leisten – die angenehme Empfindung eines geordneten Lebens. Heute war er sich nicht so sicher.

Millionen Seelen in jenen Gebäuden, dachte er bei sich und schwebte dichter an sein eigenes Büro heran. Allein in meinem Gebäude sind's so viele wie in einer mittelgroßen Stadt... Und alle arbeiten sie. Tausende, die gerade so über die Runden kommen. Arme eingeschlossene Teufel! Angenommen, der kleine rostrote Mann hätte sie alle in Möwen verwandelt, anstatt ausgerechnet mich auszusuchen. Welch ein Anblick! Ganze Schwärme von Möwen, die aus jedem einzelnen Fenster fluten würden. Die Luft erfüllt von mannigfaltigem Flügelschlag... alle in Freiheit!

Lamb stellte sich die Szene bildhaft vor. Er war niedergeschlagen, und der Hunger machte ihm zu schaffen. Immer noch glitt er dahin – ganz allein.

Scheren fallen aus den Händen, fuhr er in seinen Gedanken fort. Federhalter rollen von verlassenen Schreibtischplatten. Aktien und Wertpapiere und nagelneue, knisternde Banknoten, die mit einemmal unbeaufsichtigt herumliegen.

In seinen Gedanken sah Lamb, wie der Himmel sich vor lauter Möwen verdunkelte. Vögel, die sich ihren Weg in die Freiheit erflogen, die sich gegenseitig in die Quere kamen. Vor seinem geistigen Auge malte er das Bild einer kleinen Gruppe dienstbeflissener Möwen, die, von der Macht der Gewohnheit gehalten, auf Fenstersimsen hockten und in ihre Büros zurückblinzelten, um sich zu vergewissern, daß, bevor sie sich in die Lüfte erhoben, alles seine Ordnung hatte. Welch ein Anblick! Ein Möwenheer, das, dem Muster endloser Jahre folgend, über die Bucht hinweg heimwärts nach Staten Island zog. Ein anderes Heer unterwegs ins nördliche Manhattan, und noch eines, ein ungestümeres, auf dem Weg nach Brooklyn. Eine Möwenbrücke, die den Hudson überquerte. An verschiedenen Abzweigungen der Pendlerstrecken würde sie sich auffächern und mit jedem Vorort lichter werden. Möwen, wohin man sah; Möwen, die an Fenster klopften, im vergeblichen Versuch, ihren Frauen begreiflich zu machen, daß ihnen etwas Ungewöhnliches widerfahren war – tatsächlich ihnen, ihren nach Fahrplan lebenden Ehemännern.

Lambs Gedanken wurden, indem sein Hunger wuchs, zunehmend abenteuerlicher. Er sah dichte Scharen von Möwen, die aus alter Gewohnheit auf die U-Bahnstationen zuschwärmten. Die dunklen Schächte würden sich mit verschiedenen, in entgegengesetzter Richtung fliegenden Kolonnen frenetisch schlagender Flügel füllen. Es gäbe Möwen, die, beim Versuch hinauszukommen, zu Tode getrampelt würden, wo sie doch ebensogut unter freiem Himmel hätten fliegen können. Auch die Busse wären überfüllt. Bis oben zu den Haltestangen Vögel, die in geschlossener Formation hin und her schaukelten. Jeder auf dem Weg nach Hause. Die meisten von ihnen Männer.

Die Mädchen würden nicht nach Hause fliegen. Sie nicht... Sie wären viel zu unternehmungslustig. Ihr Ziel hieße Coney Island. Sie würden sich Freifahrten für die Modellzüge des Vergnügungsparks ergattern und Ausschau halten nach Freiern, denen sie nie zuvor begegnet waren. Manche von ihnen würden die chinesischen Imbißbuden belagern und zu den Klängen eines automatischen Klaviers herumflattern. Andere würden sich bei den Limonadeständen aufhalten und kichern und darauf warten, daß etwas passierte. In jedem Fall wären die Mädels auf Vergnügen aus – sexgetrieben, hellwach, immer auf der Hut –, nach Hause gingen sie nicht. Lamb konnte ihnen das kaum verübeln. Ihn zog es ja auch nicht nach Hause. Er würde weiterhin auf- und abfliegen und die Sklaven in den Bürogebäuden unten bemitleiden. Er würde...

Zum Teufel auch! machte er Schluß mit diesen Gedanken. So komm ich überhaupt nicht weiter. Brauche was zu essen. Wer wagt, gewinnt!

Er ließ sich aus luftiger Höhe hinabtreiben und landete in einer engen Straße, direkt vor dem Eingang eines Restaurants, in dem er gewöhnlich seinen mittäglichen Imbiß eingenommen hatte. Das Restaurant war zu dieser Stunde voll besetzt, aber der Essensgeruch und das einladende Geschirrgeklapper waren für Mr. Lamb, ausgehungert wie er war, unwiderstehlich.

Dann mal los, sagte er sich, indem er einen günstigen Augenblick abwartete, und schritt unauffällig hinein.

Mr. Lambs ungewöhnlich scharfe Augen entdeckten einen Tisch, an dem ein Mann ganz alleine saß. Das Haupt dieses Gentlemans war völlig hinter einer Zeitung verborgen, und auf der anderen Seite des Blattes, zwischen ihm und Mr. Lamb, ruhte ein Teller mit Brathähnchen und Röstkartoffeln. Die Kellner hasteten fieberhaft hin und her. Jeder von ihnen war auf die eine oder andere Weise mit Essenstransporten beschäftigt. Die Anwesenheit einer Möwe blieb unbeachtet. Der Anblick der Röstkartoffeln war für Mr. Lamb zuviel. Selber ein Vogel, beschloß er, daß es einigermaßen unziemlich wäre, von dem Hähnchen zu kosten. Die Kartoffeln aber, die würden reichen. Mit äußerster Vorsicht kletterte er, dem lesenden Gentleman gegenüber, auf den Stuhl, und sicherte sich, indem er verstohlen den Hals hervorstreckte, ein Stück Kartoffel. Im Handumdrehen war's verschlungen. Noch einmal schnellte sein sachkundiger Schnabel hervor, und schon war's um eine weitere Kartoffel geschehen.

Mr. Lamb kam, indem er seine Angriffe zeitlich wohlüberlegt abstimmte, gut voran – und stiebitzte sich auf diese Weise eine Mahlzeit zusammen. Der Tisch stand ein wenig abseits und teilweise hinter einer Trennwand verborgen. Aber alle guten Dinge finden mal ein Ende, und Mr. Lambs Imbiß wurde jäh unterbrochen. Der Mann senkte seine Zeitung und blickte einigermaßen überrascht die Möwe an. Die Möwe erstarrte auf ihrem Stuhl, noch immer ein Stück Kartoffel im Schnabel. Der Vogel erwiderte ruhig den Blick des Mannes. Dieser Mann, entschied Lamb, war ein sanftmütiger Mensch. Besondere Schwierigkeiten würde er nicht machen. Ein wenig Ärger gäbe es sicherlich, das war nur natürlich. Was immer auch geschehen würde, der Versuch, ihn der Kartoffeln zu berauben, die er bereits verschlungen hatte, wäre unpraktisch. Geschickt hielt der Mann einer vorüberhastenden Kellner auf.

»Ich frage mich«, sagte er, seinen nachdenklichen Blick auf den Kellner gerichtet, »ob man das Essen bei Ihnen überhaupt noch kocht? Erwartet man etwa, daß ich dieses Ding da mit Federn und allem Drum und Dran verzehre?«

Der Kellner, der den bewegungslos verharrenden Vogel anstarrte, ließ beinahe das Tablett fallen.

»Ich weiß nicht, wie das geschehen konnte, Sir«, sagte er. »So was ist noch nie passiert.«

»Jedes nimmt mal seinen Anfang«, fuhr der Gentleman geduldig

fort. »Auch will es mir scheinen, als würden die Vögel hier am falschen Ende gefüllt.«
»Die Möwe da hat sich selber gefüllt«, gab der Kellner zurück, stellte rasch sein Tablett ab und stürzte sich auf Mr. Lamb, dem es gerade noch gelang, das restliche Stück Kartoffel hinunterzuschlingen, bevor er aus dem Restaurant getragen wurde.
»Behandeln Sie ihn sanft«, ermahnte der Gentleman. »Was Möwen angeht, scheint dieser Vogel mir eine wahre Neuerung zu sein.«
Mr. Lamb warf ihm zum Abschied einen Blick voller Dankbarkeit zu.
Tja, philosophierte er still für sich, als er an die frische Luft gesetzt wurde, dies ist das erste Mal seit jenen friedvollen Schönwettertagen in Jack's Kneipe, daß man mich wie einen Bettler vor die Türe setzt.
Er brachte sein Gefieder in Ordnung und sah ein paar Tauben zu, wie sie an der Straßenecke an etwas herumpickten. Sein erster Gedanke war, auf sie hinabzustoßen und ihnen die Nahrung abzujagen. Dann überlegte er sich's anders.
So weit bin ich noch nicht gesunken, beschloß er. Verdammt will ich sein, Tauben zu tyrannisieren.
Eine glänzende Idee formte sich in seinem Kopf. Drüben am Fluß kannte er ein Seefahrer-Café, das etliche ausgestopfte Vögel zur Schau stellte. Er hatte sie stets als staubige und abstoßende Dekorationen empfunden, irgendwie schienen sie aber doch Teil des Lokals zu sein. Wenn er's nur fertigbrächte, sich heimlich in dieses Café zu schleichen, könnte er möglicherweise als einer jener ausgestopften Vögel gelten und somit ein paar Leckerbissen erwischen. Soweit er sich erinnerte, existierte in diesem Lokal noch immer ein kaltes Buffet, an dem man sich nach Herzenslust bedienen konnte. Die Prohibition hatte es unangetastet gelassen.
Mr. Lamb setzte seinen Plan in die Tat um. Schwierig war das nicht, da die meisten Gäste an der Bar herumstanden und dem Buffet den Rücken zuwandten. Dieses bestand aus einem geräumigen Tresen mit einem Regal in geringer Höhe darüber, auf dem

verschiedene dekorative Gegenstände ausgestellt waren, die der Besitzer als wesentlich zur ästhetischen Befriedigung seiner Gäste zu erachten schien. Lamb sah ein Schiff in einer Flasche, eine aus Seide gefertigte Flagge in einem Rahmen, ein ganz besonders schauderhaftes Exemplar von einem Fisch und ein paar gläserne Blumen, die außerordentlich unecht wirkten.

Lamb wartete den geeigneten Augenblick ab, hüpfte mühelos auf das Regal, mitten hinein in diese sonderbare Sammlung, und breitete geschwind wie der Wind seine Schwingen aus. Genau gegenüber, über der Bar, war eine ausgestopfte Eule, und aus den Augenwinkeln konnte er einen Habicht sehen, dem offenbar die Motten stark zugesetzt hatten. Sorgfältig studierte er die Flügelhaltung dieser beiden Vögel. Es gab noch anderes Federvieh in dem Lokal, die er aber nicht in sein Blickfeld bekam, ohne den Kopf zu drehen, den er leicht nach unten gestreckt hatte, direkt über eine Platte mit getrocknetem Hering. In seiner derzeitigen Verfassung übte diese einen ganz besonderen Reiz auf ihn aus.

Ich hasse es, Essen in mich hineinzuschlingen, dachte Lamb, aber dies ist weder die Zeit noch der Ort, auf die Feinheiten von Tischmanieren zu achten.

Mit blitzartigem Vorschnellen seines Kopfes schnappte er einen Hering und war sogleich wieder ein ausgestopfter Vogel. Lediglich ein leichtes Beben um seine Kehle legte Zeugnis ab von der Bewegung, die in seinem Innern vorging.

Dreimal noch schnappte Mr. Lamb erfolgreich zu, bevor er unterbrochen wurde. Die Unterbrechung hatte die Form eines untersetzten Gentleman mit dicken, horngefaßten Brillengläsern. Träge löste sich jener von der Bar, schlurfte ans Buffet und lehnte sich gegen den Tresen. Er suchte sich einen Hering aus, dann drehte er sich halb um zur Bar, um seine Kumpane besser im Auge zu behalten.

Sieht aus, als wollte dieser aufgedunsene Kerl den ganzen Tag hier verbringen, dachte Mr. Lamb niedergeschlagen. Und wenn seine Freunde auch noch herüberkommen und sich über das Buffet hermachen, dann wird's bald ratzekahl sein.

Vorsichtig bewegte er seinen Kopf so dicht an die Platte wie möglich und schnappte zu. Der Hering gehörte ihm, aber der Mann hatte etwas gemerkt. Er drehte sich ganz um und starrte die Möwe prüfend an, dann wanderten seine Augen zur Fischplatte. Er nahm die Brille ab, putzte sie ohne jede Hast und inspizierte die Möwe ein weiteres Mal. Und als er sich wieder an die Bar begab, drehte er sich plötzlich um und blickte zurück. Mr. Lamb war auf diesen Schritt vorbereitet. Unverwandt starrte er dem Mann ins Gesicht, und just in dem Moment, wo er sich abwenden wollte, schloß Lamb ganz langsam ein Auge. Der Mann blieb wie angewurzelt stehen, schwankte zu der Möwe zurück, kam mit seinem Gesicht ganz dicht heran und studierte den Vogel eine volle Minute lang.

»Ich geb's auf«, brummelte er schließlich vor sich hin. »Es muß der Branntwein sein. Aber daß ich so betrunken bin, hätt ich nicht gedacht.«

Er ging an die Bar und bestellte einen Doppelten. Nachdem er diesen genüßlich ausgesüffelt hatte, kehrte er noch einmal zur Möwe zurück.

Der vollständige Erfolg, was sein Mittagsmahl anging, blieb Mr. Lamb versagt, denn er wurde dabei ertappt, als er den allergrößten Hering verkonsumierte. Den ganzen Fisch auf einmal in seinen Schlund zu bekommen, damit war nicht zu rechnen. Also war Lamb, indem er den Zustand des Mannes erkannte, zu dem Schluß gekommen, daß dieser kein klares Bild von dem, was er sah, behalten würde. Folglich verzehrte er vor den verblüfften Augen des Mannes in aller Seelenruhe den Fisch und nahm dann seine leblose Positur wieder ein. Der Betrunkene klammerte sich an den Rand des Tresens und hielt seinen Blick auf Lamb geheftet.

»Sag mal«, fragte er mit belegter Stimme, »bist du nun ein ausgestopfter Vogel oder nicht? Um Gottes willen sei das eine oder das andere, sonst werd ich noch verrückt.«

Mr. Lamb begegnete dem bittenden Blick des Mannes mit einem kalten leblosen Auge. Nur noch ein Hering lag auf der Platte, und Mr. Lamb hatte sein Herz an ihn verloren. Er war fest entschlossen, daß der Besäuselte ihn nicht haben sollte. Der Mann heftete seinen

Blick auf die Möwe und bewegte seine Hand behutsam auf den letzten Hering zu. Lamb gestattete ihm, ihn aufzunehmen, dann schoß er mit dem Kopf nach vorn und riß ihm den Fisch aus den Fingern.

»Jetzt reicht's«, sagte der Mann laut und trat hastig vom Tresen zurück. »Wenn ausgestopfte Vögel anfangen, einem Kunden die Nahrung aus den Händen zu schnappen, dann bin ich ein für allemal bedient.«

Er wurde immer lauter und verlangte das sofortige Erscheinen des Besitzers. Dieser ehrbare Mann trat, einen Krug Bier in der Hand, sogleich auf ihn zu.

»Woran hapert's denn?« fragte er mit gutmütiger Stimme. »Nicht genug zu essen?«

Der Mann, er klammerte sich immer noch an das Buffet, streckte einen nicht allzu ruhigen Finger aus.

»Ist das ein ausgestopfter Vogel?« verlangte er zu wissen. »Denn wenn es einer ist, hat man ihn bei lebendigem Leibe ausgestopft.«

»Verdammt will ich sein«, sagte der Besitzer und blickte die Möwe angestrengt an. »Es muß ein ausgestopfter Vogel sein, obwohl, an diesen hier kann ich mich nicht recht erinnern.«

Er schwieg und überlegte einen Augenblick, dann hellte seine Miene sich auf. Er war entschlossen, die Gegenwart dieses Vogels zu erklären. Unbewußt stand seine Einbildungskraft ihm bei.

»Jetzt erinnere ich mich«, sagte er. »Letzte Woche, da hatten wir hier 'ne Art Gelage, und irgendeiner von den Jungs muß ihn mitgebracht haben. Das isses. Genau so ist er hierhergeraten.«

Der andere Mann sah den Besitzer mitleidig an.

»Haben Sie schon mal einen ausgestopften Vogel gesehn, der eine ganze Platte Fische wegputzt und um den letzten auch noch kämpft?«

»Hat dieser Vogel das getan?« fragte der Besitzer.

»Das und noch mehr«, erklärte der andere. »Dieses verdammte Vieh hatte die Nerven, mir zuzublinzeln.«

Diese abschließende Bemerkung hatte die letzten Zweifel seitens des Besitzers ausgeräumt. Sein Kunde sah Gespenster. Das war alles. Er nahm den Mann beim Arm und wollte ihn wegziehen.

»Kommen Sie«, versuchte er ihn zu überreden. »Ich geb einen aus. Und dann gehen Sie besser nach Hause.«

Dies brachte den anderen erst richtig in Rage. Er packte die Möwe bei den Füßen und trug sie an die Bar. Mr. Lamb machte seinen Körper steif und harrte der kommenden Dinge. Er erhaschte einen umgekehrten Blick auf einen Spucknapf und einen mit Sägespänen bestreuten Dielenboden, dann wurde er ungestüm in die Luft gehoben.

»Gentlemen«, rief der untersetzte Mann mit kreischender Stimme. »Ich frage euch: Ist das ein ausgestopfter Vogel?«

Mr. Lamb wurde von Hand zu Hand gereicht. Bis ans Ende der Bar. Er wurde gründlichst untersucht. Seine Federn wurden geteilt und die Haut inspiziert. Im Verlauf seiner Reise die Bar hinab und hinauf baumelte sein Kopf in geeigneter Höhe über einigen Gläsern Bier. Mit gierigen Zügen trank er davon. Der Hering hatte ihn durstig gemacht.

»Natürlich ist das ein ausgestopfter Vogel«, hob einer der Männer endlich zu sprechen an. »Was meinst du denn, was sonst? Kein lebender Vogel würde sich so befingern lassen, ohne ein Riesengezeter anzustimmen.«

»Jim hat ganz recht«, meldete sich eine andere Stimme. »Sicher ist das ein ausgestopfter Vogel.«

»Was meinst du mit ausgestopft?« ließ ein skeptisches Individuum sich vernehmen. »Guck dir mal die Haut dieses Vogels an; für einen ausgestopften ist die viel zu frisch.«

Noch einmal wurde Lambs Haut untersucht, und spitze Finger wurden in verschiedene Körperteile gestoßen. Die ganze Geschichte begann, ihm gehörig auf die Nerven zu gehen.

Mir reicht's jetzt langsam, sagte er sich. Diese Trunkenbolde werden mich zum Krüppel machen.

»Nun setzt ihn mal hin«, schlug eine vernünftig klingende Stimme vor, »und wir trinken einen drauf. Was kümmert's uns, ob der Vogel ausgestopft ist oder nicht? Mir ist das schnuppe.«

Lamb wurde aufs Ende der Bar gestellt und durfte endlich wieder zu Atem kommen. Die Gentlemen kehrten zu ihren Drinks zurück.
Diese Mahlzeit habe ich mir wirklich verdient, dachte er und ließ einen durstgequälten Blick über die Gläser gleiten. Ich sollte mich besser davonmachen, bevor sie sich wieder auf mich stürzen.
Er hielt sein Auge auf die Ursache der peinlichen Untersuchung geheftet und als der Kopf des Säufers mal nach hinten geneigt war, sprang er ihm drauf und krallte sich im dichten Haarschopf fest. Heftig mit den Flügeln schlagend, strapazierte Lamb seine Kehle bis zum äußersten, stieß einen durchdringenden Schrei aus und zog mit aller Macht. Der Schrei des Mannes war so durchdringend wie der des Vogels. Er wankte durchs Lokal, schlug lang hin und wälzte sich im Sägemehl. Mehrere Haarbüschel blieben in Mr. Lambs Krallen zurück. Nur noch an Flucht interessiert, fegte Mr. Lamb die Bar entlang und warf im Flug ein paar Gläser um. Die meisten Mitglieder der Untersuchungskommission hatten hinter Stühlen und Tischen Zuflucht gesucht. Mit einem abschließenden Siegesschrei drehte Lamb eine letzte Runde und machte seinen Abgang durch ein Fenster, das zufällig offenstand.
»Was habe ich gesagt?« wollte der zu Boden Gegangene wissen. Und fuhr mit Kränkung in der Stimme fort: »Ich hab euch ja gesagt, das Vieh war nicht ausgestopft.«
»Was zum Teufel war es dann?« fragte einer. »Eine normale Möwe war es nicht. Ein gewöhnlicher Vogel hat gar nicht den Grips, wie'n ausgestopfter zu handeln.«
»Ich bin froh, daß wir's alle gesehen haben«, meldete sich ein Dritter zu Wort. »Sonst würde ich mich jetzt verdammt alleine fühlen.«
Die Gentlemen krochen aus den verschiedenen Ecken und Winkeln hervor, in denen sie Schutz gesucht hatten, und kehrten mit mißtrauischen, auf die Eule gehefteten Blicken an die Bar zurück.
Lamb ließ die Haare ins Gesicht eines unschuldigen Passanten fallen, flog in den Hafen hinaus und setzte auf einer Welle auf.

Bevor er sich's versah, gesellte sich eine ehrwürdig aussehende Möwe zu ihm, die, ohne jede Form der Begrüßung, neben ihm aufs Wasser plumpste. Da sie wesentlich älter war als er, blickte Lamb sie respektvoll an.

»Wie geht es Ihnen?« begann Lamb die Unterhaltung.

»Was?« meinte die andere Möwe und knurrte fast.

»Was?« wiederholte Lamb mit ausdrucksloser Stimme.

»Ja«, schalt die andere. »Wie geht was?«

»Och, nichts!« entgegnete Lamb. »Ich habe nur ›hallo‹ gesagt.«

»Sie haben nicht ›hallo‹ gesagt«, sagte die alte Möwe kurz angebunden. »Hätten Sie ›hallo‹ gesagt, so hätte ich ›hallo‹ gehört. Sie fragten mich, wie's mir ging. Denken Sie bloß nicht, ich wäre taub.«

»Geht«, berichtigte Mr. Lamb.

»Sehen Sie!« kreischte die Möwe. »Sie sind schon wieder im Unrecht. Ich sage immer ›ging‹.«

»Dann sagen Sie es jedesmal falsch«, sagte Lamb vom Zorn übermannt. »Sie sind ein unausstehlicher alter Narr, und Sie haben nicht die geringste Ahnung, daß Sie überhaupt am Leben sind.«

»Da haben wir's wieder«, erwiderte der andere. »Sie sind ständig im Unrecht. Wäre ich nicht am Leben, wäre ich nicht hier.«

»Und Sie würden mir nicht mal fehlen«, antwortete Lamb.

»Das Meer ist groß«, schlug die alte Möwe vor. »Warum verschwinden Sie nicht?«

»Ich war zuerst hier«, sagte Lamb.

»Ich bin immer zuerst da, wo immer ich auch bin«, verkündete sein übellauniger Kumpan. »Und davon mal abgesehen, seit Sie auf dem Wasser niedergegangen sind, sind Sie eine halbe Meile weitergetrieben. Also sind Sie nicht der erste, weil Sie da gar nicht mehr sind, und ich...«

»Mein Gott!« unterbrach Lamb, »Sie haben gewonnen. Betrachten Sie's doch, wie Sie wollen.«

»Natürlich habe ich gewonnen«, sagte die Möwe selbstgefällig. »Ich gewinne immer. Ich kann Sie bei jedem Thema mit Argumenten fertigmachen. Sagen Sie was, und ich wette, Sie sind im Unrecht.«

Mr. Lamb erwiderte nichts und ließ die hoffnungslose Unterhaltung sein. Außerdem mochte er die krächzende Stimme des Alten nicht. Die See war an dieser Stelle ziemlich rauh, und Lamb spürte, wie ihm übel wurde. Die stoßweise Bewegung der Wellen war ernstlich dabei, die Heringe in seinem Magen zu stören. Er blickte hinüber, um zu sehen, wie sein Gefährte das aushielt. Der alte Vogel saß teilnahmslos da, fuhr auf den Wellen auf und ab und hing offensichtlich einem verdrußbringenden Gedanken nach.

»Werden Sie eigentlich jemals seekrank?« machte Mr. Lamb einen neuen Vorstoß.

Gereizt blickte die Möwe auf.

»Drücken Sie sich klar aus«, krächzte der Vogel. »Wenn Sie meinen, macht die See mich krank, oder werde ich wegen ihr krank, lautet meine Antwort nein, gewiß nicht. Wenn Sie andererseits versuchen zu fragen, hängt mir die See zum Halse raus, dann ist das etwas ganz anderes.«

Er schwieg und blickte gedankenverloren zum Himmel hinauf.

»Ich hab die See satt«, fuhr er fort. »Ich würde mich gern zur Ruhe setzen und irgendwo niederlassen. Irgendwo ein kleines Nest bauen – nichts Großes, verstehen Sie – und unbekümmert leben. Ich habe die See so lange begleitet, mein ganzes Leben lang, und jetzt, jetzt hab ich genug. Die paar Jahre, die ich noch vor mir habe, würde ich am liebsten an Land verbringen. Das Möwenleben ist ein Hundeleben.«

»Warum setzen Sie sich nicht zur Ruhe?« fragte Mr. Lamb. Der alte Vogel tat ihm fast leid.

»Muß mich doch ernähren, meinten Sie nicht?« gab der andere kurz angebunden zurück.

»Meinen Sie nicht«, schlug Mr. Lamb ruhig vor.

Die alte Möwe machte ein unangenehm sarkastisches Geräusch.

»Sie fangen schon wieder an, wie ich höre«, bemerkte er mit leicht drohender Stimme. »Ich sagte ›meinten Sie nicht‹ und ich meine ›meinten‹. Es hat keinen Zweck, mich aufs Glatteis führen zu wollen, ich weiß, ich weiß.«

Mr. Lamb verfiel erneut in Schweigen. Mit diesem dickköpfigen alten Langweiler zu debattieren, brachte nichts ein. Zeit verging, und die Sonne fing an, die Hügel von Jersey schon etwas matt in Augenschein zu nehmen. Ein langer Tag lag hinter ihr, an dem sie die Stadt hatte schwitzen lassen. Jetzt war's an der Zeit, den Laden dichtzumachen. Der alte Möwerich rührte sich und sah Mr. Lamb an.

»Kommen Sie mit an Land, Kunstdünger fressen?« fragte er.

Mr. Lamb schüttelte es, und er gab sich alle Mühe, daß der Hering bei ihm blieb.

»Nein, danke«, erwiderte er, als er seine Übelkeit ein wenig überwunden hatte. »Ich habe bereits gespeist.«

»Ein toller Fraß«, sagte der alte Vogel, »aber, wie Sie wollen. Mehr Kunstdünger für mich. Ich liebe das.«

Er klappte in abstoßender Erwartung den Schnabel zusammen.

»Na ja, wahrscheinlich werden wir uns schon mal wieder in die Flügel laufen«, fuhr er fort. »Morgen geht ein großer Dampfer raus. Jede Menge erstklassiger Abfall. Sehe Sie wahrscheinlich mit den andern. Leben Sie wohl.«

Er erhob sich in die Lüfte und flog landeinwärts. Lamb blickte ihm nach, bis er ihn aus den Augen verloren hatte.

Was für ein wunderlicher alter Teufel, sinnierte er.

Als Sandra sich an jenem Abend zum Schlafen auszog, blickte sie von ihren Strumpfbändern auf und sah eine stattliche Möwe auf ihrem Fenstersims sitzen.

»Du heruntergekommenes Faultier«, sagte sie und zog ohne Hast den Vorhang zu. »Und ich habe mir schon Sorgen deinetwegen gemacht.«

Ein lauter Lustschrei schrillte durch die Nacht, aber als sie aus dem Fenster schaute, war die Möwe nicht mehr da. Sandra blieb noch lange sitzen und blickte in die Dunkelheit.

XII

Mr. Billings legt seine Kleider ab

Am nächsten Tag stach Mr. Lamb in See. Es geschah gänzlich unerwartet. Eine jener unvorhergesehenen Ausflüge, die so trefflich enden.

Den ganzen Tag über hatte er sich in der Dreimeilenzone aufgehalten, kurz an leeren Flaschen gerochen und sich Sandras Anblick wieder ins Gedächtnis gerufen, als gegen drei Uhr nachmittags ein dicker Ozeandampfer auf seinem Weg nach Europa angestampft kam.

Den Atlantik hatte Mr. Lamb noch nie überquert. Das war eine jener Sachen, die man sich stets vornimmt, und die man immer wieder verschiebt, bis das Grab der altersgrauen Illusion ein Ende setzt. Schiffe begeisterten ihn. Er wußte, daß er sich wohl fühlen würde auf einem Schiff. Das einzige, was ihn an Europa störte, war, daß seine Frau schon dagewesen war. Deshalb war er von Europa nicht so begeistert. Es hätte nicht zu Hause sein sollen, als sie ihren Besuch abstattete.

Inmitten einer buntgemischten Möwenschar folgte er dem Kielwasser des Schiffes. Seine Gefährten waren begierig auf Abfälle aus. Ihre Schreie der Enttäuschung und Befriedigung waren ihm äußerst zuwider. Einer zierlichen Möwe, die trotz verzweifelter Anstrengungen kaum einen Brocken erwischte, half er ein wenig. Die halbgefüllte Bananenschale schätzte sie über alle Maßen, ging aber sogleich zu peinlichen Annäherungsversuchen über, und Lamb hatte alle Mühe, sie von seiner Keuschheit zu überzeugen. So was hatte die Möwe noch nicht erlebt. Sie wandte sich wieder den Abfällen zu und war reichlich verwirrt. Das heißt, sie war eher gekränkt als ärgerlich.

Dann flog Lamb an Bord. Er wollte sich mal gründlich umsehen.

Mit unterdessen bestens entwickelter Verstohlenheit schlüpfte er durch ein Speigatt auf dem Hauptdeck und suchte sich seinen Weg in den Rauchsalon. Aus seinem Blickwinkel gab es viele Beine – ganze Wälder von Beinen. Er schätzte auf seinem Weg, was sie wohl wert wären, und befand, sie waren gar nicht schlecht. Gute, zufriedenstellende Beine, gut bestrumpft und großzügigst zur Schau gestellt, für jedermann zu bewundern. Sklavenmärkte kamen ihm in den Sinn, auf denen Frauen nackt zum Verkauf angeboten wurden, und er fragte sich, weshalb Darstellungen sie stets zusammengekrümmt zeigten. Nun, diesen Frauen hier sollte man mal einen Sklavenmarkt zeigen, und sie würden um die Wette laufen, um zu sehen, wer sich am schnellsten ausziehen könnte. Lamb war kein netter Mensch. Er dachte keine netten Gedanken. Mrs. Lamb hatte das herausgefunden.

Sein Empfang im Rauchsalon war besser, wesentlich besser als er es gehofft oder erwartet hatte. In dem Augenblick, da er seinen seriösen, bebrillten Kopf durch die Tür steckte, fing ein Mann in einer Ecke an, still in sich hinein zu lachen. Von da an war Lamb, was den Rauchsalon betraf, eine gemachte Möwe. Er wurde als einer der ihren aufgenommen.

Alles nahm seinen Anfang bei dem Mann in der Ecke, der ihm in Wein getunktes Brot fütterte. Und dann gelangte er vom Regen in die Traufe. Mehrere Tische liehen ihn aus und ermunterten ihn zum Schwelgen. Das heißt, so ganz stimmte das nicht. Lamb mußte man gar nicht drängen. Einmal hielt eine hübsche Frau ihn im Arm und bot ihm mit verführerischer Geste von ihrem eigenen Cocktail an, und Lamb sah keinen Grund, mit falscher Scham zu kokettieren. Er nippte und fuhr fort zu nippen. Im Anschluß an das Abendessen vertat er sich mit Schnäpsen. Wie genau er sich vertat, daran konnte er sich später nicht mehr recht erinnern. Da war jedoch ein gewisser Longdring, der lange in seinem Gedächtnis weilte... dieser Longdring und ein schräggeneigtes Deck. Schließlich eine offenstehende Tür und ein Bett. Und dann gestaltete sich das Leben zu einer komfortablen Gedächtnislücke.

Als er seinem Bewußtsein das nächste Mal einen Besuch abstattete, ertappte er sich, wie er gereizt an einem weichen, aber festen Gegenstand herumpickte, der seinen Schlummer ernsthaft störte. Indes er pickte, zuckte der Gegenstand mehrmals zurück. Mit einemmal wurde der Gegenstand weggenommen, und die Lampen gingen an. Und als die Bettdecke weggezogen wurde, fand Lamb sich mit gerunzelter Stirn in das Antlitz einer in Angst und Schrecken versetzten jungen gunstverheißend gekleideten Dame blicken. Nun verhielt es sich so, daß diese junge Dame nur einen einzigen Alarmschrei beherrschte, der ihr für die Situation an Bord eines Schiffes geeignet schien. Diesen Schrei beeilte sie sich auszustoßen.

Geschwind wie der Wind verließ sie die Kabine und schrie, so laut es ihre extrem großen Lungen zuließen, jenen Warnruf, der auf allen sieben Meeren gefürchtet und beachtet wird.

»Mann über Bord!« gab sie mit einer Ernsthaftigkeit bekannt, die Überzeugung verlieh. »Mann über Bord!«

Der Schrei wurde von den Stewards automatisch übernommen und zur Brücke weitergeleitet.

»Wo?« fragte ein Decksoffizier und ergriff die aufgewühlte junge Dame an einem fast gänzlich entblößten Arm.

»Weiß ich nicht«, antwortete sie, dem Schluchzen nahe, »aber ich glaube, es ist in meinem Bett. Es hat mich gebissen.«

Zu spät. Das Schiff verlor an Fahrt, setzte sich dann rückwärts in Bewegung. Überall flogen Türen auf, und halbbekleidete Figuren eilten an Deck. Alles rief fröhlich durcheinander, irgendwas von einem Mann über Bord. Es ging zu wie in einem College bei Ferienbeginn.

Während dieses erfrischenden Zwischenspiels fand Mr. Lamb die Gelegenheit, sich in eine andere Kabine zu stehlen. Und um ein weiteres Mißverständnis auszuschließen, ließ er sich wohlüberlegt auf einer Stuhllehne nieder.

Well, für eine einfache Möwe lassen sich die Dinge gar nicht schlecht an, dachte er traumverloren, indem er seinen Schlaf dort wieder aufnahm, wo er unterbrochen worden war.

Dem Kapitän auf seiner Brücke wurde, nachdem er von der wahren Lage der Dinge unterrichtet worden war, von seinen Offizieren die Erfindung einer gänzlich neuen Sprache zugeschrieben – einer Sprache, die so entsetzlich war, wie keiner von ihnen sie jemals zuvor vernommen hatte.

Als der Passagier, dessen Kabine Mr. Lamb für den Rest der Nacht ausgewählt hatte, zurückkehrte, warf er einen Blick auf den Stuhl und wandte die Augen ab. Dann läutete er nach dem Steward.

»Steward«, sagte er, als der Mann eingetroffen war, »sieht das nicht so aus, als wäre das ein Vogel dort auf dem Stuhl in der Ecke?«

»Es sieht ganz so aus, Sir«, erwiderte der Steward. »Das ist eine Möwe.«

»Lebt der Vogel oder ist er tot?« fuhr der Mann fort.

Der Steward näherte sich Mr. Lamb und betrachtete ihn aus nächster Nähe. »Er scheint lediglich zu schlafen, Sir«, sagte der Steward. »Ich werde ihn sofort hinausbefördern.«

»Nein«, sagte der Mann. »Nein, Steward. Lassen Sie den verdammten Narren schlafen. Ich wollte nur wissen, ob wir beide dasselbe sehen. Ich weiß genau, wie ihm zumute ist.«

Der Steward zog sich zurück, und der Mann, nachdem er die Möwe mit einem letzten sympathievollen Blick gestreift hatte, bereitete sich still zum Schlafengehen vor. Diese Nacht unterließ er es, seine Schuhe auf den Boden poltern zu lassen – eine schlafende Möwe sollte man lieber nicht wecken.

Mr. Lamb wachte völlig zerschlagen auf. Er konnte sich nur undeutlich an Undeutliches erinnern. Unmöglich, die einzelnen Teile aneinanderzufügen. In einem war er sich allerdings sicher: der Kapitän hatte was gegen ihn. Tatsächlich hatte dieser nach einem ausführlicheren Bericht der verschiedenen Ereignisse, die sich an Bord seines Schiffes zugetragen hatten, geäußert: »Findet mir diese ... Möwe und dreht ihr ihren ... Hals um.« Mr. Lamb wußte instinktiv, daß der Kapitän kaltschnäuzig genug sein würde, einen solchen Befehl auszugeben. Über Kapitäne hatte Lamb einiges gehört.

Also hüpfte er zu einem offenen Bullauge hinauf, verabschiedete sich mit einem interessierten Blick auf seinen Kabinengefährten und verließ das Schiff. Als er hoch droben am Himmel seine Kreise zog, entdeckte er Rauch am Horizont. Bald darauf konnte er die Umrisse eines Schiffes ausmachen, das in entgegengesetzte Richtung fuhr – in Richtung New York.

Ich schätze, mit dem werde ich trampen müssen, dachte er, als er über ein Luftloch stolperte und beinahe das Gleichgewicht verloren hätte. In meinem Zustand würde ich's auf Flügeln niemals bis zum Hafen schaffen.

Bevor er sich aber endgültig verabschiedete, flog er zu seinem eigenen Schiff zurück und schlich sich unbemerkt ins Quartier des Kapitäns, wo es ihm gelang, den geplagten Mann zu wecken, indem er seelenruhig an dessen Haar herumspielte. Dann machte die Möwe sich's in sicherer Entfernung, nahe bei einem Bullauge, bequem und hörte zu, als der Kapitän ein großes Gezeter anstimmte. Mr. Lamb wünschte, er hätte einen Stenographen dabei gehabt, um manchen der wunderbaren Ausdrücke festzuhalten, die er zu hören bekam. Der Kapitän erging sich über Lambs Abstammung, verweilte bei diversen Unregelmäßigkeiten der Geburt und führte spezifische Beweise an, daß Lamb ein namenloser, amoralischer Unratfresser der Meere war, der Abschaum aller gefiederten Kreaturen. Dann übernahm Mr. Lamb die Bürde der Unterhaltung und verfluchte den Kapitän, gemein, aber gerecht, wie nur eine Möwe sein kann.

Die Luft war erfüllt von wildem Schnabelgeklapper. Der Kapitän hörte der fluchenden Möwe mit aufrichtig professionellem Interesse zu, dann geriet er aufs neue in Wut. Es gab eine große Anzahl Glocken in seiner Unterkunft. Der Kapitän läutete sie alle. Nachdem so praktisch die gesamte Besatzung herbeigerufen war, gab der Kapitän detaillierte Anweisungen, was mit der Möwe zu geschehen habe. Hätte man alles tun wollen, was der Kapitän anordnete, es hätte eine Menge Möwen gebraucht... Mr. Lamb wartete höflich ab, bis der Mann seinen Vorrat an unliebsamen Vorschlägen erschöpft hatte und maßregelte ihn, nachdem er sich in jenem offenstehenden Bullauge niedergelassen hatte, ohne Umschweife für seinen Mangel an Selbstkontrolle. Die Mannschaft hatte nie zuvor erlebt, wie jemand den Kapitän mit solcher Strenge zurechtwies. Einer Panik nahe, näherte sie sich dem fluchenden Vogel mit ausgestreckten Händen. Lamb betrachtete die entschlossenen Männer mit ironischem Blick, dann verschwand er für immer. Nachdem der Kapitän seine Mannschaft auf halbe Ration gesetzt hatte, räumte er seine Kabine und ging zurück ins Bett. Schlaf allerdings fand er nicht.

Als Lamb auf dem anderen Schiff landete, kam er an einen Ort, wo er unbelästigt bleiben würde, und dort blieb er dann, um sich auszuruhen, bis das Schiff die Battery passiert hatte. Anschließend suchte er die stillen Wasser des oberen Hudson auf und döste hinter dem Rumpf eines abgetakelten Schiffes friedlich vor sich hin, bis hinter den Fenstern der Apartmenthäuser, die sich hoch über ihm an den Ufern gen Himmel reckten, die Lichter angingen.

Gegen fünf Uhr morgens entschied Mr. Lamb, daß er es endgültig satt hatte, eine Möwe zu sein. Er hatte genug gesehen und genug angestellt. Sollte der kleine rostrote Mann darauf bestehen, daß er sich in Tierzeug verwandelte, dann wollte Lamb was anderes sein. Er flog die Wall Street hinab und bog in die Broad Street ein. Der Finanzdistrikt war menschenleer, und als er bemerkte, daß eines der Bürofenster offenstand, schwirrte er hinein und begab sich in sein Privatgemach. Alles war ordentlich und sauber. Ein dicker Stapel aufgeschlitzter Briefumschläge lag im Korb für Unerledigtes. Er hockte sich auf die Schreibtischkante, schloß die Augen, um nachzudenken, und schlief dabei ein.

Die Zeit war Lambs Schlummer nicht wohlgesinnt. Gleichmäßig tickte sie weiter. Die Büroangestellten traten an, und Billings, der Kassierer, betrat geräuschlos Mr. Lambs Zimmer. Dieser ältere Gentleman hielt im Türrahmen inne und bedachte die schlafende Möwe mit einem langen, nachdenklichen Blick. Es lag nicht in seiner Natur, überrascht zu sein. In dem Augenblick, da er der Möwe gewahr wurde, fing sein Verstand automatisch an, die Ereignisse, die zu ihrer Gegenwart geführt hatten, zu überfliegen und sich mit dem Schmieden von Plänen zu beschäftigen, die am besten geeignet waren, das Büro von seinem ungeladenen Gast zu befreien. Wertpapierkäufer waren Möwen nicht. Also paßten Möwen nicht ins Programm. Für Billings hieß es ›freie Fahrt‹.

Vorsichtig schloß er die Tür und kehrte an den eigenen Schreibtisch zurück, um seinen Plan zu perfektionieren. Dies war eine Angelegenheit, die er am besten selbst in die Hand nahm. Der Hinauswurf einer Möwe aus dem Privatbüro des Chefs wäre zuviel des Genusses für die beklagenswert frivolen Belegschaftsmitglieder gewesen. Er wählte einen länglichen Korb, der dem Auffangen der Papierstreifen des Börsentelegraphen diente, und begab sich erneut in Mr. Lambs Büro und schloß behutsam die Tür hinter sich. Er hoffte, daß die Möwe immer noch schlief.

Aber die Möwe schlief nicht. Die Möwe war überhaupt nicht mehr da. Statt dessen fand er Mr. Lamb auf der äußersten Tischkante sitzen. Mr. Lamb hatte nichts weiter an als einen Schlafanzug, und für Mr. Billings war dies eine bedauernswertere Tatsache als die Existenz Rußlands und die Popularität des derzeitigen Präsidentschaftskandidaten. Jene Phänomene waren unerklärlich, aber das Benehmen seines Chefs verlangte nach einer Erklärung, wobei Billings bezweifelte, ob sich eine befriedigende Erklärung finden lassen würde. Inbrünstig dankte er seinem Gott, daß die Luft nicht von Alkoholgerüchen erfüllt war. Mr. Lamb mußte die Flasche draußen gelassen haben. Wenigstens hatte er genug klaren Verstand, daran zu denken.

Billings war gerade im Begriff, die Tür zu schließen und zu verriegeln, da es ihm ratsam schien, seinen Chef ausschlafen zu lassen, als Mr. Lamb erwachte und in ausgesprochen vogelhafter Manier mit den Armen an seinen Hüften zu schlagen begann. Billings, der sich der Möwe entsann, stockte der Atem, und ein schwerwiegender Verdacht stieg in ihm auf. Das Flügelschlagen war der Anlaß für zusätzlichen Verdruß: Mr. Lamb verlor das Gleichgewicht und fiel mit lautem Poltern zu Boden. Der Sturz und der Anblick des vertrauten Gesichts seines Kassierers reichten aus, um Mr. Lamb umfassend über seine mißliche Lage ins Bild zu setzen. Er blickte

an seinem Pyjama herab, dann lächelte er Billings mit aller Herzlichkeit an.
»Guten Morgen, Billings«, sagte er. »Würden Sie bitte so freundlich sein, Ihre Kleider abzulegen? Ich habe eine äußerst wichtige Verabredung.«
Billings zögerte nur einen kurzen Augenblick, dann begann er in aller Ruhe zu strippen. Es war an ihm, dafür zu sorgen, daß Mr. Lamb seine Verabredung einhielt. Eine glatte Million mochte auf dem Spiel stehen. Wer wußte das schon zu sagen?
Just in diesem Augenblick kritischer Intimität kam Miss Helen Wilson mit der Morgenpost ins Büro geeilt und eilte, zur Erleichterung der beiden Gentlemen, ebenso hurtig wieder hinaus. Der Ausdruck auf ihrem Gesicht genügte, ein interessiertes Grüppchen Neugieriger um sich zu scharen.
»Der Boß steht im Pyjama da drin«, erläuterte sie den Mädchen mit ruhiger Stimme, »und Billings ist dabei, sich auszuziehen.«
»Mein Gott!« hauchte eine unternehmungslustig aussehende Stenotypistin. »Was verlangt man denn noch alles von uns? Daß wir alle zusammen ins Bett gehen?«
Wenige Minuten später kam Mr. Lamb, in einen mehrere Nummern zu kleinen Anzug gekleidet, lächelnd aus seinem Büro und begrüßte seine demoralisierte Belegschaft, als hätte sich nichts Ungewöhnliches ereignet. Und wenige Minuten, nachdem er gegangen war, rief Mr. Billings seinen Bürogehilfen zu sich, um kurz darauf in einem Anzug zu erscheinen, der ihm mehrere Nummern zu groß war. Mit einem Ausdruck tiefer Nachdenklichkeit schlappte er durch das Hauptbüro und verschwand dann in seinem eigenen Büro.
Was der Bürogehilfe unternahm, um seine Nacktheit zu verbergen, entzieht sich der allgemeinen Kenntnis. Es steht zu vermuten, daß Mr. Billings ihm nicht gestattete, in Mr. Lambs Pyjama nach Hause zu gehen.
Als Lamb sich später in seinem eigenen Zuhause präsentierte, sorgte sein Erscheinen für nicht geringe Aufregung. Selbst Tho-

mas fühlte sich in seiner stillen Art erheitert. Mrs. Lamb war keinesfalls belustigt.

»Das ist ja ein verwegenes kleines Ensemble, das du da trägst, Major«, bemerkte Hebe und sah von ihrem Teller auf. »Meinst du etwa, daß wir Zerstreuung brauchten?«

»Irgendwie bilde ich mir das selber ein«, sagte Lamb und nahm seinen Platz am Ende der Tafel ein. »Das Neueste aus Philadelphia. Gefällt es dir, Sappho?«

»Wo bist du gewesen?« erkundigte sich Sappho. »Und wie soll ich dein geheimnisvolles Verschwinden verstehen?«

»Fliegen«, lautete Mr. Lambs rätselhafte Antwort; dann fragte er, einem nachträglichen Gedanken folgend: »Käme es euch gelegen, zöge ich mich nach der Mahlzeit in mein Zimmer zurück? Ich möchte diesen Anzug für sonntags aufheben.«

Mrs. Lamb nahm von weiteren unpassenden Fragen Abstand. Ihr Gemahl stärkte sich ausgiebiger als es sonst seine Gewohnheit war.

XIII

Ein Schoßvoll Sandra

»Wozu muß ich mich nur in die Stadt verschleppen lassen?« jammerte Mr. Lamb, als seine Tochter den Verkehr in Richtung New York empfindlich durcheinanderbrachte. »Ich bin doch eben erst aus diesem Sumpf des Lasters und der Korruption zurückgekehrt.«

»Ich sagte dir doch, daß ich Geld ausgeben will«, kam die geduldige Erklärung seiner Tochter, »und ich möchte, daß du mir zuschaust, wie ich es mache. Weißt du, Major, jeden Moment könnte ich heiraten oder etwas dem Heiraten sehr Verwandtes unternehmen. Von jetzt an muß ich stets auf der Hut sein.«

»Zwischen dem Heiraten und dem Heiraten sehr Verwandtem liegen ganze Welten«, bemerkte Mr. Lamb in aller Ruhe. »Natürlich bliebe dann noch die relativ unwichtige Frage nach der Moral eines solchen Unternehmens.«

»Da hast du's«, entgegnete Hebe. »Was die Moral angeht, war ich schon immer rückständig, aber eines weiß ich: wie man sich zu allen möglichen Anlässen kleidet, und damit ist schon mehr als die halbe Schlacht geschlagen.«

»Vielleicht hast du recht«, stimmte ihr Vater zu. »Meine eigene Moral ist derzeitig im Begriff, eine schwere Belastungsprobe durchzumachen. Sie scheint fast gänzlich unterminiert, obwohl ich bis anhin noch einigermaßen intakt bin. Als Möwe teilte ich das Bett mit einer Dame, aber weder war es komfortabel noch währte es besonders lange. Eindruck habe ich dabei immerhin gemacht. Und ich frage mich, ob jene Dame jemals wieder schlafen wird. Mit einer Möwe wird sie jedenfalls nicht noch einmal schlafen, dessen bin ich sicher.«

Hebe stellte den Wagen in einer Seitenstraße ab, hakte sich bei ihrem Vater ein und lenkte seine Schritte zu einem prächtig aufgemachten Laden, gleich um die Ecke der Fifth Avenue.

»Dieser Ort wurde offensichtlich nicht dazu geschaffen, die Moral seiner Kunden zu erhöhen«, bemerkte Mr. Lamb, während er sich umsah. »Ich kann es kaum begreifen, wie eine Frau mit derlei bemerkenswerten Phantasiegebilden unten drunter an sich halten kann, ihre äußeren Gewänder abzulegen und sich halbnackt zu präsentieren.«

»Alle Frauen hegen oder haben dieses fromme Verlangen gehegt«, entgegnete Hebe wissend. »Dein Verstand arbeitet viel zu langsam, um die subtileren Gefühle der Frauen zu verstehen. Wie dem auch sei, hier kommt Madame.«

Nachdem Madame Hebes Vater vorgestellt und die Wünsche der jungen Lady mit gedämpfter Stimme kundgetan worden waren, wurde das Paar in ein Privatgemach geleitet und gebeten, auf protzigen vergoldeten Stühlen Platz zu nehmen.

»Wärst du nicht meine Tochter«, sagte Mr. Lamb, »würde ich dich in diesem Augenblick verlassen. Was geht hier eigentlich vor? Die Gegenwart jenes Sofas dort drüben ist nicht gerade beruhigend. Erwartet man von mir, daß ich jetzt läute und Drinks bestelle?«

»Ich würde die Welt nicht so wie du sehen«, teilte seine Tochter ihm mit. »Sie ist so durch und durch böse – schlecht.«

»Willst du etwa da sitzen und mir erzählen...« fing Mr. Lamb zu sprechen an, es gelang ihm aber nicht, den Satz zu beenden.

Die Tür ging auf, und ein die Hüften schwingendes Mädchen kam hereingeschlüpft, das, wie Lamb es sah, praktisch nichts am Leibe hatte. Das Mädchen war Sandra... unpersönlich, reserviert und ernst. In ihren Augen lag ein gefährliches Glitzern, meinte Mr. Lamb, als sich ihre Blicke gelegentlich begegneten.

»Nun sieh dich satt, du durchtriebener Alter«, preßte sie zwischen zusammengebissenen Zähnen hervor, als sie sich dicht an seinem Stuhl vorbeidrehte.

Mr. Lamb wich zurück.

»Hebe«, sagte er, »ich denke, es ist besser, wenn ich gehe. Meine Moral ist ziemlich untergraben, wie ich bereits andeutete.«

»Ist es nicht schick?« verlangte Madame zu wissen. »Ist es nicht *ravissant*?«
Und als Hebe Madame zustimmte, daß das Kleidungsstück beides, schick und *ravissant* war, glitt Sandra noch einmal an Mr. Lamb vorüber.
»Ekel«, murmelte sie. »Widerlicher alter Mann.«
Mr. Lamb beugte sich dicht zu seiner Tochter und brachte es tatsächlich fertig, zu flüstern, so groß war seine Bestürzung.
»Sie hat mich gerade einen widerlichen alten Mann genannt«, informierte er sie. »Du hast diese kleine Party organisiert – nicht ich.«
Hebe tätschelte den Arm ihres Vaters mit einer beschwichtigenden kleinen Hand.
»Beachte sie nicht weiter«, sagte sie mit gedämpfter Stimme. »Du bist zwar ein Ekel, aber besonders alt bist du noch nicht.«
»Verflucht will ich sein«, hauchte Mr. Lamb als Antwort und heftete seinen Blick exakt auf die Mitte des Teppichs.
»Was halten Sie davon, Mr. Lamb?« fragte Madame voller Befürchtung, Verdruß könne diese Einkommensquelle zum Versiegen bringen. »Würde sich Ihre Tochter nicht gut darin machen?«
»Was?« Mr. Lamb fuhr leicht zusammen. »Sich gut machen? O ja, natürlich. Sie würde sich ausgezeichnet darin machen, das ist abgemacht.«
»Ihr Vater ist drollig«, lachte Madame. »Kommen Sie, ich habe da noch etwas...«, griff Hebe am Arm und führte die junge Lady aus dem Zimmer.
»*Un moment, Monsieur*«, vernahm er noch durch die sich schließende Tür.
Dann begannen die Ereignisse sich zu überschlagen. Als das Klikken des Schnappschlosses Sandra davon überzeugte, daß sie mit Mr. Lamb allein im Zimmer war, machte sie sich unverzüglich daran, ihre Zweisamkeit zu ihrem Vorteil zu nutzen. Mit einem Satz saß sie auf seinem Schoß, ihre Arme eng wie Ranken um seinen Kopf. Mr. Lamb kam es vor, daß Sandras unerwartete De-

monstration mehr von der Natur eines Frontalangriffs als der Äußerung zärtlicher Gefühle war. Angenommen, man würde ihn in dieser kompromittierenden Situation entdecken? Lamb geriet außer sich.

»Steh auf«, brachte er hervor, wobei die Vokale von einer Quantität unwirksamer Spitzen gedämpft wurden. »Steh sofort auf – jetzt gleich!«

In diesem Augenblick erschienen Madame und Hebe auf der Bildfläche. Madame stieß einen Schreckensschrei aus und bedeckte ihre Augen mit den Händen. Hebe hingegen studierte die Situation mit dem ihr eigenen unvoreingenommenen Interesse.

Sandra wand sich von seinen Knien und ging hinter Madame in Deckung.

»Es war ein richtiger Überfall, Madame«, schnatterte sie mit allen Zeichen des Entsetzens in ihrem Gesicht. »Kaum daß Sie das Zimmer verlassen hatten, guckte dieser unzüchtige alte Mann mich an und sagte: ›Dich kriege ich noch‹, und damit ergriff er mich – Sie haben es selbst gesehen.«

Diese verlogene Aussage schmückte sie mit einem wahren Schwall überzeugender Schluchzer und Schauder aus. Madame legte ihre Arme um das arme Kind und tat ihr Bestes, um ihre mädchenhafte Furcht zu besänftigen.

»Lassen Sie mich erklären«, fing Lamb an, aber Hebe sprach dazwischen.

»Madame«, sagte sie, »ich denke, ich werde mehrere Garnituren dieses winzigen Tenues, das sie trägt, nehmen.«

Madame war begeistert. Sie bedachte sogar Mr. Lamb mit einem sympathischen Blick.

Mr. Lamb verließ den Laden und erlaubte Hebe, seine unsicheren Schritte aufs Geratewohl zu lenken.

Hebe hatte ein ganz bestimmtes Lokal im Sinn, und dorthin führte sie ihren Vater. Dienstbeflissen versorgte sie ihn den Rest des Tages mit Highballs, bis sein Glaube an die unermeßliche Weisheit Gottes teilweise wiederhergestellt war. Er brachte es sogar fertig, beim Gedanken an Sandras Überfall zaghaft zu lächeln.

Viele Stunden später war Lamb immer noch dabei, in einem Nachtclub Highballs zu konsumieren und zum Wohle Sandras, seiner Tochter und Melville Longs eine beträchtliche Zeche zu machen. Mr. Lamb hatte eher eifrig denn mit Anmut getanzt, jetzt aber war es mit dem Tanzen vorbei. Um die Wahrheit zu sagen, war Mr. Lamb soeben im Begriff, eiligst zu verschwinden: Sein Haarschopf befand sich in gleicher Höhe mit dem Tischtuch, und wenige Minuten später war das wenige, das er für geeignet hielt, den Tisch zu zieren, den Blicken der Öffentlichkeit völlig entzogen.
Hebe, der die Abneigung ihres Vaters, in aufrechter Haltung zu verbleiben, nicht entging, rief den Kellner und verlangte die Rechnung. Dieser kehrte in Erwartung eines dicken Trinkgeldes sogleich zurück. Als er sich aber anschickte, die abschließende Rechnung zu präsentieren, blieb er plötzlich wie angewurzelt stehen, seine Augen hefteten sich an den Fußboden, das Strahlen schmolz aus seinem Gesicht und machte einem Ausdruck Platz, den zu erblicken, entschieden zermürbend war. Die Gesellschaft blickte nach unten und sah, was der Kellner sah – einen langen, breiten, lohfarbenen Schwanz, der unter dem Tisch hervorragte. Der Kellner war sicher, daß ein solches Ding auch nur anzusehen, nicht in seinem Lohn enthalten war. Auf Zehenspitzen machte er sich davon und nahm die Rechnung wieder mit. Sollten unerschrockenere Geister sie kassieren, sofern sie es konnten. Er hatte schließlich eine Familie zu versorgen.
Die beiden jungen Damen lenkten ihre Blicke auf den einen übriggebliebenen Mann, der seinerseits auch nicht sonderlich entschlossen war.
»Was wohl am anderen Ende ist?« fragte Sandra.
Hebe lehnte sich vor und betrachtete gedankenverloren den Schwanz.
»Was weiß ich«, sagte sie schließlich, »ich kann mich nicht entfernt daran erinnern, jemals etwas mit einem solchen Schwanz zu tun gehabt zu haben.«
»Vielleicht ist es ein insgesamt neues und besseres Tier«, schlug Mr. Long wagemutig vor.

Er zog einen Taschenflakon hervor und reichte ihn den beiden Ladies. Die Situation verlangte nach einem Drink.
»Das«, sagte Hebe und wischte sich den Mund mit dem Handrücken ab, »werd ich dir mein Leben lang nicht vergessen.«
In diesem Augenblick beschloß Mr. Lamb, die Spannung der Situation zu lösen. Ein langer, schmaler Kopf mit einer spitzen Schnauze erschien über der Tischkante, glitt auf das zerwühlte Tischtuch und blickte die drei jungen Leute mit feuchten Augen an. Dem Kopf folgte bald darauf ein Körper, der auf seinem Stuhl unbeholfen nach hinten sank.
»Ich will ja nichts übereilen«, sagte Hebe, »aber grob gesprochen glaube ich, mein Vater und unser Gastgeber neigen dazu, ein Känguruh zu sein. Womit werden wir jetzt, da er gegangen ist, bezahlen?« Wieder einmal war es Mr. Long, der Wagemut bewies.
»Könnte er nicht einen Beutel haben?« fragte er. »Mir will's scheinen, als erinnerte ich mich im Zusammenhang mit Känguruhs an Beutel.«
Das Känguruh lachte albern auf und trommelte mit seinen kurzen, aber kräftigen Vorderbeinen auf den Tisch. Hebe bedachte ihren Liebhaber mit einem unendlich mitleidigen Lächeln.
»Zum einen zöge ich vor, nicht danach zu suchen«, bemerkte sie. »Weißt du, Darling, solch eine Sorte Känguruh ist er nämlich nicht.«
»Verzeih«, sagte Mr. Long. »Es war nur eine Idee.«
»Eine ziemlich taktlose dazu«, bekräftigte das Mädchen.
Sandra hatte das offensichtlich berauschte Känguruh, das vergeblich versucht hatte, ihre Hand zu halten, mehrere Minuten lang mit wachsendem Abscheu betrachtet.
»Ich frage euch jetzt«, begehrte sie zu wissen, »was sollen wir mit dem da anfangen? In einer Stadt wie dieser kann man ein Känguruh einfach nicht sich selbst überlassen.«
»Was Frauen angeht, wäre er schon mal sicher«, bemerkte Melville Long und übertraf damit seinen eigenen Optimismus.
Das Känguruh nahm diese Bemerkung mit einem anerkennenden Kichern auf.

»Ich weiß nicht«, sagte Hebe. »Er ist kein so schlecht aussehendes Känguruh.«

»Er ist ein fürchterlich aussehendes Känguruh«, erklärte Sandra. »Seht ihn euch, zusammengesackt wie er ist, an. Warum kann er nicht ordentlich sitzen?«

Mr. Lamb bedachte sie mit einem ärgerlichen Stirnrunzeln.

Es scheint verhängnisvoll, daß bei diesem Stand der Unterhaltung ein Gentleman bei der Ausführung eines ehrgeizigen Tanzschrittes mit schwerem Fuß auf Mr. Lambs Schwanz landete. Es scheint doppelt verhängnisvoll, daß Mr. Lamb nicht genügend Selbstbeherrschung aufbrachte, um den gefährlichen Aufwärtshaken zurückzuhalten, den er der Kinnspitze dieses Gentlemans versetzte. Von diesem Augenblick an schien alles zunehmend verhängnisvoll.

Der Tänzer rächte sich mit einem linken Haken gegen Mr. Lambs Kinnlade, und Sandra stürzte sich, wie von unfehlbarem Gespür für Ausgewogenheit gelenkt, auf die Partnerin des Mannes und entkleidete sie teilweise.

»Krümmen Sie ihm ein einziges Haar«, schrie sie, »und ich ziehe Sie splitternackt aus.«

Mehrere Damen eilten der angegriffenen Frau zu Hilfe, und dies brachte, nur zu natürlich, Hebe ins Gefecht. Eins führte zum andern, und im Handumdrehen fand Melville Long sich dabei, wie er einem völlig fremden Mann ins Ohr biß, während er einem anderen eifrig in den Bauch trat. Es war ein nettes, schwer atmendes Handgemenge auf allen Seiten, das, aufgrund der Tatsache, daß nur ein paar wenige der Beteiligten die geringste Ahnung hatten, worum es überhaupt ging, nicht einen Deut an Spannung verlor.

Unterdessen sprang das Känguruh, völlig aus dem Häuschen durch das, was ringherum vor sich ging, von Tisch zu Tisch und teilte unbefangen Faustschläge an Freund und Feind aus, wann immer sich die Gelegenheit dazu bot.

Weder war es still im Saal, noch war die Szene friedlich. Als zögen sie es vor, dem, was sich ihren Augen darbot, nicht zu trauen, saßen mehrere Männer wie angewurzelt an ihren Tischen und hatten die Köpfe in den Armen vergraben. Als Mr. Lamb es schließlich gelang, seinen Kopf durch eine kleine Trommel zu stoßen und deren Einfassung um den Hals zu behalten, schien es höchste Zeit, an den Heimweg zu denken.

Hebe, Sandra und ein übel zugerichteter Mr. Long schlugen sich eine Bresche durch die wirbelnde Masse und gesellten sich zu dem Känguruh an der Tür.

»Nichts wie weg!« rief Sandra. »Der Wagen steht um die Ecke.«

Die Vier schossen mit solcher Wucht aus dem Etablissement, daß zwei herbeistürmende Polizisten schwer auf dem Straßenpflaster landeten. Dort saßen sie nun und bliesen auf ihren Pfeifen und taumelten dann hinter dem flüchtenden Angriffskeil her, gefolgt von einem Kellner, der einen Rechnungszettel in der Hand schwenkte.

Wieder mal davongekommen, dachte Lamb bei sich, als er neben Sandra dahinsprang. Mein Universum scheint sich in letzter Zeit in einem bestürzenden Zustand der Unruhe zu befinden.

Als sie in ihr Automobil stürzten, kam eine Motorradstreife heran. Der Polizist notierte sich in aller Ruhe die Nummer des Wagens, der inzwischen an Geschwindigkeit aufnahm, setzte sich dann mit befriedigtem Lächeln auf seiner Maschine zurecht, um diesen jungen Leuten mal zu zeigen, wo es langging.

Als sie im Columbus Circle langsamer fahren mußten, um sich dem übrigen Verkehr anzupassen, versuchte ein zweiter Officer, sie anzuhalten, aber vom Rücksitz des Wagens schoß, völlig unerwartet, ein behaarter Arm hervor und beförderte ihn in den Rinnstein.

Was für ein Mob ist das denn? fragte er sich, an den seltsam aussehenden Arm denkend, der seine Pläne auf so verblüffende Weise geändert hatte.

Melville Long saß am Steuer, und Hebe saß neben ihm. Auf dem Rücksitz klammerte Sandra sich an das Känguruh und lachte still vor sich hin über den heiteren Anblick, den es mit der Trommel um den Hals bot.

Sie waren schon ein gutes Stück aus der Stadt, als der Streifenpolizist, der sie nicht eine Sekunde lang vergessen hatte, die nächste größere Stadt telefonisch benachrichtigte und alle Merkmale und eine passende Beschreibung der heiteren kleinen Gesellschaft durchgab. Diese lachte sich derweil kaputt, außer Mr. Lamb, der eine starke Neigung verspürte, an Sandras Schulter gelehnt, einzudämmern. Melville Longs Heiterkeit war wegen der geschickten Art und Weise, in der er meinte, die Verfolger abgeschüttelt zu haben, um so größer.

Die Flucht fand am Eisenbahnübergang der nächsten Stadt ein Ende. Die Schranken waren geschlossen, und eben an dieser Stelle stand das polizeiliche Empfangskomitee.

»Verdammt«, preßte Melville Long zwischen den Zähnen hervor, als mehrere finstere Gestalten aus dem Schatten traten und ihre Gegenwart auf verschiedenerlei andere unangenehme Art bekräftigten.

»Schwachköpfe«, sagte Hebe. »Wieso haben Sie nicht gleich die ganze Armee mobilisiert?«

»Genau das«, fiel Sandra ohne zu zögern ein. »Nichts als große, dicke, klumpfüßige Schwachköpfe – Trottel!«

»Mit dieser Sprache werden Sie nicht weit kommen«, warnte sie einer der Beamten.

»Ach, halten Sie doch den Mund«, sagte Mr. Long. »Niemand hat Sie um eine Lektion in höflichen Umgangsformen gefragt.«

Der Officer war eben im Begriff, sich wegen dieser Bemerkung dem jungen Mann zuzuwenden, als er sich mit einemmal von Angesicht zu Angesicht einem fürchterlich grinsenden Wesen gegenübersah. Mit einem Aufschrei fuhr er zurück und mußte von zweien seiner Amtsbrüder gestützt werden. Aber dies war denn auch Mr. Lambs letzter Einsatz jener Nacht. Später konnte er sich nicht erinnern, wie er zu einer Polizeiwache gefahren und halb in eine Zelle getragen wurde, wo man ihn zusammen mit seinem zukünftigen Schwiegersohn einsperrte. Den beiden jungen Mädchen, die weiterhin mit vollem Eifer jede in Sichtweite geratene Uniform beleidigten, wurde ein eigenes vergittertes Apartment zugewiesen, wo sie spotteten und sangen, bis Schlaf sie übermannte.

Als Richter Gibson sich am nächsten Morgen aus dem Bett erhob, nahm er sich vor, all die ihm vorgeführten Gefangenen, über die er kein Todesurteil fällen konnte, zumindest zu lebenslanger verschärfter Zwangsarbeit zu verurteilen. In dieser heiteren Gemütsverfassung machte er sich an die Arbeit und schickte sich an, in den Reihen der Übeltäter Angst und Schrecken zu verbreiten. Als Sandra, Hebe und Melville Long vor die Schranken des Gerichts geführt wurden, ließ er sie eine erhebliche Zeitlang warten, bevor er von einem Protokoll aufblickte, das er mit wachsendem Interesse studiert hatte. Und als er dann aufblickte, hatte er einen beinahe glücklichen Ausdruck auf dem Gesicht. Hier war etwas, über das er sich gründlichst erzürnen konnte. Und als er sein Gesicht zu einer verkniffenen Grimasse verzerrte, faßte er ein jedes der tapfer zu ihm aufblickenden jugendlichen Gesichter ohne jede Hast ins Auge.

»Guten Morgen«, sagte er in verdächtig freundlichem Tonfall. »Fällt Ihnen irgend etwas ein, dessen Sie sich nicht schuldig gemacht haben?«

»Vergewaltigung«, entgegnete Sandra wie aus der Pistole geschossen.

»Brandstiftung und Plünderung«, fügte Hebe hinzu.

»Landesverrat« war alles, was Long dazu einfiel.

Der Richter war von der Schlagfertigkeit, mit der die Antworten kamen, ein wenig überrascht. Offensichtlich waren diese jungen Leute nicht so sanftmütig, wie sie aussahen. Er würde sie mit List und Scharfsinn behandeln müssen.

»Nun, dafür werden Sie praktisch aller anderen Vergehen beschuldigt, die es gibt«, fuhr er mit einem Hinweis auf das vor ihm liegende Papier fort. »Ich werde einfach mal ein paar der Beschuldigungen herauspicken, nur um Ihnen eine annähernde Idee davon zu geben, wie lange Sie bei uns bleiben werden.«

Er räusperte sich ausführlich und rückte mit aller Sorgfalt seine Brille zurecht.

»Hier wird zum Beispiel das Fahren unter Einfluß geistiger Getränke erwähnt, die Verwüstung eines Restaurants und die Weigerung, die Zeche zu bezahlen, tätlicher Angriff auf sowie Entstellen und Verwunden von über einem halben Hundert unschuldiger Personen, das Fahren mit überhöhter Geschwindigkeit und das Verletzen aller bekannten Verkehrsregeln in der schamlosesten und abgefeimtesten Art und Weise, das Mitführen und der Besitz eines gefährlichen Raubtiers, tätliche Übergriffe auf mehrere Vertreter des Gesetzes und das Vorhandensein einer mit Whisky gefüllten Taschenflasche. Anscheinend haben Sie Ihren Abend fleißig damit zugebracht, die ganze Welt in Aufruhr zu versetzen.«

»Ich wette, Sie lieben nichts mehr als jene Wetterberichte zu verlesen, die ›Regen und fallende Temperaturen‹ verheißen«, bemerkte Sandra mit dem entwaffnendsten Lächeln.

Der Richter fühlte sich nicht belästigt. Er blickte das Mädchen lange an, als wolle er sich ihr Bild bis ans Ende seiner Tage einprägen.

»Dort, wo Sie hingehen werden«, sprach er mit sorgfältiger Betonung, »werden Sie sich über das Wetter keine Sorgen machen müssen. Für Sie wird es stets bewölkt sein.«

Ohne daß sie es wollte, schauderte es Sandra bei dieser gefühllosen Voraussage.

»Euer Ehren«, warf einer der Polizisten ein. »Sie bedienten sich auch unflätiger Redensarten und nannten uns einen Haufen dämlicher Schwachköpfe.«

Der Richter blickte den Polizisten schockiert an und wandte sich dann den Gefangenen zu.

»Wie haben Sie das herausgefunden?« fragte er.

»Sehen Sie doch einmal selbst, Euer Ehren«, erwiderte Hebe.

»Ich weiß«, stimmte der Richter zu, »aber wir haben stets versucht, das geheimzuhalten. Verraten Sie das nur nicht jedesmal, wenn Sie eingesperrt werden.«

Der Richter schwieg und nahm noch einmal das Dokument in Augenschein.

»Hier steht etwas«, fuhr er mit neu erwachtem Interesse in der

Stimme fort, »von einem gefährlichen Raubtier. Wo befindet sich dieses Tier zur Zeit, Donovan?«

»Es ist eingesperrt«, entgegnete dieser achtbare Mensch.

»Haben Sie es letzte Nacht eingefangen?« fragte der Richter.

»Vier von uns, Euer Ehren«, sagte Donovan bescheiden. »Die Beamten O'Boyle, Burk...«

»Schon gut«, unterbrach ihn der Richter. »Dann nehme ich an, die Kreatur war weder gefährlich noch ein Raubtier.«

»'s hat uns 'nen fürchterlichen Schrecken eingejagt, Euer Ehren«, warf Donovan ein. »'s war 'n schrecklicher Anblick mit der Trommel um den Hals und so.«

Schnell blickte der Richter auf. Dies war ihm völlig neu.

»Das muß ja schrecklich gewesen sein«, bemerkte er mit wohldurchdachter Besorgtheit. »Aber was ist mit der Trommel? Hier steht nichts von einer Trommel.«

»Ja, Sir, es trug eine Trommel«, sagte Donovan.

»Und Sie sagen, diese Trommel war um den Hals dieses vermeintlichen Raubtiers?« fuhr Richter Gibson fort. »Um was für ein Raubtier handelt es sich überhaupt?«

»Der Doktor hatte gerade im Gericht zu tun und behauptet, es sei 'n Kingaruh«, erwiderte der Polizeibeamte.

»Känguruh, Donovan«, berichtigte der Richter.

»Ja, Euer Ehren«, fuhr Donovan fort. »Sergeant Brophy meint aber, 's wär kein Kingaruh, weil Kingaruhs sich nicht so benehmen.«

»Worin liegt denn die Exzentrik im Verhalten dieses Raubtiers?« begehrte der inzwischen höchst interessierte Richter zu wissen.

»Hab' Euer Ehren nicht verstanden«, sagte Donovan.

»Stimmt mit ihm was nicht?« fragte der Richter kurz angebunden und fügte, an die Gefangenen gewandt, höflich hinzu: »Ich hoffe, Sie werden mir verzeihen, bevor ich Sie abführen lasse. Ich muß Donovan dazu bewegen, mir alles über dieses Kingaruh zu erzählen.«

»Gewiß, Euer Ehren, wir werden Ihnen verzeihen, wenn Sie uns verzeihen«, entgegnete Hebe.

»Sehr wohl«, sagte der Richter mit gespenstischem Lächeln. »Was wollten Sie gerade sagen, Donovan?«

»Ich hatte nicht beabsichtigt, was zu sagen«, erwiderte Donovan.

»Nun, so schießen Sie los und sagen Sie es«, drängte der Richter geduldig. »Ich meine, Sie dürfen uns vertrauen. Was stimmt mit der Bestie nicht?«

»Well, Euer Ehren«, gab der Officer mit allen Zeichen des Zögerns zurück. »Als ich dies Ding das letzte Mal sah, summte es ›Ich und mein Schatten‹ und tanzte in seiner Zelle herum.«

»Was!« Der Richter schrie fast und lehnte sich weit vor; dann sank er zurück und fügte hinzu: »Jetzt sagen Sie mal einen Augenblick lang gar nichts, Donovan. Ich muß nachdenken.«

Die Gefangenen vor ihm lehnten sich auf die Schranken und verbargen die Gesichter.

»Ich wünschte, ich könnte lachen«, sagte der Richter traurig. »Niemals war ich gezwungen, einer solch verwickelten und erfolgreich in Dunkel gehüllten Erzählung zuzuhören.«

Er nahm eine Zeitung zur Hand und las mehrere Minuten lang, wobei er ab und zu mal unterbrach, um Donovan durchdringend anzublicken, bis jener unerschrockene Hüter des Gesetzes mehr als nur ein wenig nachdenklich wurde.

»Wie, sagten Sie, lautete der Titel jenes Songs?« fragte der Richter schließlich.

»›Ich und mein Schatten‹«, gab Donovan zur Antwort.

»Ist es ein schönes Lied?« fuhr der Richter fort. »Kennen Sie es?«

»Singen könnt' ich es nicht, Euer Ehren«, sagte Donovan in ängstlicher Erwartung der nächsten Bitte des Richters, »aber ich erkenne es, wenn ich es höre.«

»Ich werde Ihnen eine Schallplatte kaufen, Euer Ehren«, bot Sandy an. »Es ist süß und schmachtend, wie so viele Ihrer Kunden.«

»Sie werden lange nicht in die Nähe eines Ladens kommen«, sagte der Richter.

»Oh«, sprach Sandy, »das ist aber schade!«
»Hört sich an wie ein Vorstrafenregister«, sagte der Richter. »›Ich und mein Schatten‹ – Schatten, sehen Sie. Gut! Jeder kriegt 100, außer Donovan.«
Im Nu hatte der Richter seine Unterlagen zusammengeklappt. Abrupt stand er auf.
»Genug davon«, sagte er rasch. »Donovan, bringen Sie das singende Känguruh herein. Schauen wir's uns doch mal gemeinsam an. Vielleicht wird es uns gelingen, uns auf einen Namen zu einigen.«
»So ein giftiger Richter ist er gar nicht«, murmelte Hebe, an Sandra gewandt.
»Ganz und gar nicht«, sagte Sandra. »Ein ziemlich humanes Wesen.«
»Wartet erst mal ab, was er im Schilde führt«, flüsterte Melville Long hinter vorgehaltener Hand. Sein Optimismus war dahin.
Gänzlich nüchtern war das Känguruh nicht, als Donovan, mit einem Seil in der Hand, dessen anderes Ende um den Hals des Tieres gelegt war, dieses vor den Richter führte. Das Känguruh bedeckte den Boden mit einer sonderbar gleitenden Bewegung, die den Eindruck vermittelte, als liefe es Schlittschuh. Es summte immer noch gedankenverloren vor sich hin, begrüßte seine Freunde mit lässigem Winken eines relativ kurzen Vorderbeins und verneigte sich dann vor dem Richter.
An diesem Punkt kam wieder Leben in mehrere verschlafene Reporter, und sie fingen an, einander Fragen zu stellen. Hier hatten sie es mit einer guten Story zu tun. Sie stoppten einen Gerichtsdiener und erlangten volle Details. Die wenigen verbliebenen Zuschauer zeigten ebenfalls Zeichen wiederkehrenden Interesses. Der Richter lehnte sich vor und hörte aufmerksam zu, eine Hand Ruhe gebietend erhoben. Ein seltsames Geräusch kam über die Lippen des Känguruhs. Es nahm die angestrengte Haltung des Richters wahr und erhöhte, dem entgegenkommend, die Lautstärke seines Summens, und der Gerichtssaal war von dem erfüllt, was das Känguruh törichterweise für ein Lied hielt.

»Sie haben ein besseres Ohr für Musik, als ich es habe, Donovan«, sagte der Richter und setzte sich auf seinen Stuhl zurück. »Müht er sich immer noch mit seinem Lieblingslied?«
»Wenigstens denkt er, daß er's tut«, antwortete der Polizist. »'s ist gar nich so schlecht, Euer Ehren, wenn man bedenkt, was für eine arme, dumme, seelenlose Bestie es ist.«
Mr. Lamb blickte Donovan nachdenklich an.
»Wo ist seine Trommel?« fragte der Richter mit einemmal.
»Er weigerte sich, seine Zelle zu verlassen, bevor ich sie ihm nicht abgemacht hatte«, erwiderte Donovan.
»Zu schade«, bemerkte der Richter. »Das hätte ich zu gern gesehen.« Dann fragte er, an Hebe gewandt: »Miss Lamb, woher haben Sie dies singende Känguruh?«
»Mein Onkel fand es im Busch«, sagte Hebe.
»Was für ein Busch?« fragte der Richter. »Versuchen Sie, sich deutlich auszudrücken.«
»Im australischen Busch«, entgegnete Hebe. »Es gehört zu unserer Familie, seit es noch ganz klein war.«
Der Richter fuhr fort, das Mädchen über das Känguruh zu befragen, bis Mr. Lamb sich zu langweilen begann. Auch wurde er äußerst müde. Der Alkohol verlor seine Wirkung: Langsam sank er nieder und fiel in sanften Schlummer. Der Richter blickte über seine Schreibtischkante.
»Donovan«, ordnete er an, »weck das Känguruh auf. Weder Mensch noch Tier schlafen in diesem Gericht.«
Ein heftiges Zerren an der Schlinge brachte das Känguruh wie eine Sprungfeder in aufrechte Haltung. Lamb holte aus zu einem seitlichen Schlag auf Donovan, konnte ihn aber, zum Glück für den Beamten, nicht landen. Dann blickte er, so als realisiere er plötzlich seine Umgebung, den Richter entschuldigend an.
Ein merkwürdiges Gefühl bemächtigte sich Mr. Lamb, ein Gefühl, das nicht gänzlich auf den ausschweifenden Abend zurückzuführen war. Irgendeine chemische Revolution fand in seinem Innern statt. Es war ihm unmöglich, seine Schläfrigkeit und Verwirrung abzuschütteln. Und indem er erneut in Morpheus' Armen ent-

schwand, bekam er verschwommen mit, wie der Richter Donovan fragte, ob die seelenlose Bestie am Morgen eine Tasse Kaffee erhalten habe.

Im hinteren Teil des Gerichtssaals sorgte eine laute Diskussion für eine vorübergehende Ablenkung, indes zwei breitgesichtige, barhäuptige Ladies den befleckten Ruf ihrer jeweiligen Ehemänner hartnäckig verteidigten, die wegen des gemeinschaftlichen Versuchs, ihren eher finsteren Karrieren gegenseitig ein Ende zu setzen, alsbald verhört werden sollten. Aller Augen waren auf die beiden kriegerischen Ladies gerichtet, und bis sie in aller Weitschweifigkeit des Saales verwiesen worden waren, war eine andere Ablenkung entstanden, um die Ruhe des richterlichen Morgens zu stören. Als er das Känguruh ein weiteres Mal in Augenschein nahm, begegneten seine Blicke den dunklen Augen eines hochgewachsenen, elegant gekleideten Gentleman, vollendeten Auftretens und nüchternen Benehmens.

»Hallo!« rief der Richter einigermaßen überrascht aus. »Wo, zum Teufel, kommen Sie denn her?«

Mr. Lamb überreichte ihm seine Karte und erklärte seine Gegenwart im Gericht. Nachdem er auf Umwegen über die Eskapaden der drei jungen Leute unterrichtet worden war, und da er der Vater eines der Beteiligten und mit den Eltern der anderen zwei gut befreundet war, hatte er sich eiligst herbeibemüht, um dem Richter beizustehen, ihnen die Fehler ihres Verhaltens deutlich zu machen.

»Sie kommen gerade recht, um sie ein letztes Mal zu sehen, Mr. Lamb«, informierte ihn Richter Gibson. »Aber sagen Sie, wie ist es Ihnen nur gelungen, diese Schlinge um Ihren Hals zu legen?«

Mr. Lambs Hand griff hastig nach dem Seil. Einen Augenblick lang schien er wie am Boden zerstört. Seine Gefährten der vergangenen Nacht starrten ihn mit entsetzten Blicken an. Wie konnte er sich hier herauslügen? Dann, indem er zum Richter aufblickte, umspielte ein höfliches Lächeln seine Lippen.

»Ich habe sie eben gerade auf dem Fußboden gefunden«, sagte Mr. Lamb, »und ich dachte mir, die probiere ich mal aus.«

»Ist das eine Gewohnheit von Ihnen, Schlingen auszuprobieren?« erkundigte sich der Richter.
Sandra saß an Mr. Lamb gelehnt. Ihr Gesicht war puterrot, und sie hatte sich ein Taschentuch in den Mund gezwängt.
»Nein«, entgegnete Lamb als Entgegnung auf des Richters Frage. »Eines meiner Hobbys ist das nicht.«
»Es beruhigt mich, das zu hören«, bemerkte der Richter. »Eine solche Schlinge könnte ja mal zusammengezogen bleiben.«
Mr. Lamb reagierte mit höflichem Lachen.
»Donovan«, fuhr der Richter fort, »wohin hat das Känguruh sich verdrückt? Schläft es noch? Oder hat es sich was anderes ausgedacht?«
Als der Blick des Richters sich auf Donovan legte, vermeinte er, alle Anzeichen einer Schützengrabenneurose bei dem Beamten zu entdecken. Mit weit aufgerissenen, erschreckten Augen starrte Donovan auf Mr. Lamb.
»Aber... dieser Gentleman ist das Känguruh!« stotterte er. »Das Seil habe ich keinen Augenblick lang losgelassen, Euer Ehren.«
»Nein, Donovan«, erwiderte der Richter. »Mr. Lamb ist kein Känguruh, auch wenn er sich exzentrisch aufführt. Solange wir miteinander zu tun haben, haben Sie versucht, mich von vielen merkwürdigen, unglaublichen Geschichten zu überzeugen, aber ich weigere mich, mich davon überzeugen zu lassen, daß dieser Gentleman ein Känguruh ist.«
Ein hartes Funkeln kam in die Augen des Richters, und er lehnte sich noch einmal weit über sein Pult.
»Also, Donovan«, schnarrte er. »Sie machen sich jetzt auf die Suche nach dem Känguruh. Nehmen Sie ein paar Ihrer inkompetenten Kollegen mit. Bringen Sie mir das Tier hierher zurück. Ich möchte, daß es mir sein Lied beibringt.«
»Ich bitte um Entschuldigung, Richter Gibson«, meldete sich Mr. Lamb zu Wort, »aber ich denke, ich kann dem Beamten aus der Not helfen. Als ich hereinkam, kam ein Känguruh zwischen zwei aufgeregten Frauen hervorgeschossen, die man offensichtlich gerade des Saales verwies. Das Tier rannte mich, in seinem Eifer,

irgendwo hinzugelangen, beinahe über den Haufen. Es wandte sich nach links und sprang auf einen vorüberfahrenden Lieferwagen auf, der stadtauswärts fuhr. Das ist alles, was ich von ihm sah.«

»Suchen Sie nach diesem Lieferwagen, Donovan«, sagte der Richter. »Und versäumen Sie nicht, auf jeden Busch zu klopfen. Es liebt Büsche. Bis hierher will's mir scheinen, haben Sie aus diesem Fall ein völliges Durcheinander gemacht. Es befindet sich nicht ein einziger Zeuge vor diesem Gericht, der eine Reihe Ihrer Beschuldigungen erhärten könnte. Nicht mal einen Kläger sehe ich.«

Mit einem letzten entgeisterten Blick auf Mr. Lamb, der sich sogleich mit dem Richter in dessen Privatgemach zurückzog, ging Donovan. Als Lamb zurückkehrte, lächelte er den Delinquenten aufmunternd zu. Der Richter wischte sich die Lippen mit einem Taschentuch und lächelte sie ebenfalls an.

»Was Ihre jeweiligen Eltern Ihnen zufügen werden, wird ausreichend sein«, sagte er mit glückerfüllter Stimme. »Sie werden sich noch wünschen, ich hätte Sie auf immer und ewig ins Gefängnis gesteckt. Ich hatte soeben Mr. Long am Telefon, junger Mann, und er flehte mich an, Sie zu lebenslänglich zu verurteilen. Er sagte irgendwas von Fähigkeiten, die Sie im Gefängnis unter Beweis stellen könnten. Angesichts der nahenden Unannehmlichkeiten entlasse ich Sie auf Bewährung. Mr. Lamb, schaffen Sie sie mir aus den Augen. Sie haben meinen ganzen Morgen in Anspruch genommen – Sie und das Känguruh.«

Wieder im Auto, brach Lamb zusammen. Sandra kuschelte sich dicht an ihn.

»Ich hoffe, dies wird uns allen eine Lehre sein«, sprach er gottesfürchtig. »Es wird in allen Zeitungen stehen.«

»Für Sappho wird's erotischen Lesestoff abgeben«, meinte Hebe dazu. »Ich denke, es wäre besser, wir setzen uns eine Weile ab.«

»Ich weiß, ich weiß«, sagte Long niedergeschlagen. »Zu Hause wird's nicht auszuhalten sein. Da habe ich mich endgültig bewiesen.«

»Ins Verderben gestürzt?« schlug Hebe vor.

»Ruiniert haben wir uns genug, wie es aussieht«, sagte Long.
Sandras Hand schlüpfte in die von Mr. Lamb.
»Sie sind so ein netter, langer, liebenswürdiger Lügner«, murmelte sie.
Mr. Lamb blickte auf ihr Ohr.
»Dieses Ding«, sagte er und kniff es wenig, »war der Anfang all meiner Sorgen.«
»Küssen Sie es«, forderte Sandra mit leiser Stimme.
Mr. Lamb sah das Mädchen eiskalt an.

XIV

Sappho versucht, einen Fisch zu ermorden

Mister Lamb hatte vorsichtig gesprochen. Die Reporter hatten ihre Story. Die Zeitungen druckten sie. Ellenlang. Trotz der ungeheuren Mannigfaltigkeit der Details, trotz der skrupellosen Ausschmückungen, der versteckten Andeutungen tappten die Gentlemen von der Presse, was die eigentlichen Tatsachen der Affäre angingen, immer noch mächtig im dunkeln. Mr. Lamb erschien im Druck, aber nicht in seiner wahren Rolle eines konvertierten Känguruhs.

Besonders eine Story störte den überbewerteten Gleichmut ihrer zentralen Figur. Der Verfasser der fraglichen Geschichte hatte es für richtig gehalten, sein Thema spaßhaft zu behandeln, welches, stellt man einmal Betrachtungen über seine Natur an, noch der passendste Weg scheint, sie zu behandeln. Über ein summendes Känguruh wird man kaum einen Geist tiefer Empörung entwikkeln können oder krankhaft melancholisch werden. Zwar existierten ein paar wenige Schwachköpfe, die es vielleicht könnten, aber diese redlichen Gentlemen waren wie gewöhnlich viel zu sehr damit beschäftigt, Bücher zu unterdrücken, unangenehme Erinnerungen wachrufende Bildpostkarten zu sammeln oder störende Elemente hinter Gitter zu bringen, um sich um Mr. Lamb und seine Gefährten Gedanken zu machen.

Nichtsdestoweniger hätte Mr. Lamb diesem speziellen Reporter gern und gründlich den Hals umgedreht, hätte dieser Hals ihm Gelegenheit dazu geboten. Kontakte mit Reporterhälsen herzustellen, ist allerdings selten eine leicht zu bewerkstelligende Sache, es sei denn unter Zuhilfenahme einer mit einer entfernt alkoholischen Flüssigkeit gefüllten Flasche, gemischt mit Firnis und Fleckenmittel.

Diesen Abend saß Mr. Lamb in der Abgeschiedenheit seines Zimmers, seinen alten Freund Kai Lung vorsichtig auf langem, schmalem Knie in der Waage gehalten, und schob das Vergnügen, das dieser fesselnde Orientale durch das Ausrollen seiner Matte ihm bereitete, ein wenig auf, um zum fünften Mal die weitaus weniger fesselnden Erfindungen eines offensichtlich verworfenen westlichen Zeitungsreporters durchzulesen.
Diese Erfindungen lasen sich, auszugsweise, wie folgt:

DAS SONDERBARE VERHALTEN DES MR. T. LAWRENCE LAMB:

ERSCHEINT VOR GERICHT MIT EINER SCHLINGE UM DEN HALS

RICHTER GIBSON WEIGERT SICH, IHN ZU HÄNGEN

Offensichtlich das Schlimmste erwartend, erschien Mr. T. Lawrence Lamb aus Woodbine, N. Y., ein allseits bekannter und, bevor dieser Artikel geschrieben wurde, konservativer Anlagebankier, in heutiger öffentlicher Sitzung des Gerichts vor Richter Gibson mit einer sorgfältig um den Hals gelegten Schlinge – außerdem mit einer Krawatte von ungewöhnlich gespenstischer Farbe.
Um Mr. Lamb volle Gerechtigkeit widerfahren zu lassen, muß festgehalten werden, daß sein Erscheinen vor Gericht nicht auf eine eigene moralische Entgleisung zurückzuführen ist. Mr. Lambs unkonventionellen Halsschmuck kann man wohl nur seinem Verlangen zuschreiben, sich in stellvertretender Buße für die Sünden seiner Tochter, Miss Hebe Lamb, anzubieten sowie die ihrer beiden Komplizen, Miss Sandra Rush und Mr. Melville Long, alles aktive Mitglieder der jüngeren Woodbine-Gesellschaft.
Daß diese jungen Leute am Abend ihrer Verhaftung und anschließenden Einkerkerung ein wenig mehr als aktiv waren, wird durch die Tatsache belegt, daß nicht weniger als vierzehn schwerwiegende Anklagepunkte gegen sie vorgebracht wurden und daß

die Spur der Verwüstung sich vom Zentrum des New Yorker Vergnügungsviertels bis zu einem Punkt etwas über vierzig Meilen von der Stadt entfernt erstreckte.
Zusätzliches Interesse auf das närrische Verhalten dieser jungen Leute wird durch die Anwesenheit eines singenden Känguruhs gelenkt, oder, wie der Polizeibeamte Patrick Donovan es zu nennen vorzieht, Kingaruh. Ob dieses heitere Tier ein Känguruh war oder ein Kingaruh, läßt sich zu diesem Zeitpunkt nicht mit Sicherheit bestimmen, aufgrund der bedauerlichen Tatsache, daß, was immer die Kreatur war, sie die Verwahrung erfolgreich vereitelte und sich immer noch auf freiem Fuß befindet. Richter Gibson zufolge hält es sich mit aller Wahrscheinlichkeit in einem Busch auf. Der Richter vertritt niemals eine Meinung ohne guten Grund.
Dann wurde es mysteriös, nämlich durch den unerklärlichen Zufall, daß jene Schlinge, die so erfolglos benutzt worden war, das nachtschwärmerische Tier zu bändigen, mit derjenigen identisch war, die Mr. Lambs Hals so kleidsam schmückte.
Mr. Lamb sagte aus, daß er die Schlinge, nachdem er sie am Boden liegen sah, auflas und allein aus Mangel an besserem Wissen, was damit zu tun sei, hineinschlüpfte. Seiner Auffassung nach verlangte eine Schlinge ganz offensichtlich nach einem Hals, und da er kein Verlangen hatte, sie dem Hals einer ihm gänzlich fremden Person aufzudrängen, legte er sie logischerweise um seinen eigenen.
Angesichts der gesellschaftlichen Stellung und der wohlbegründeten konservativen Neigungen dieses Gentleman, fällt es schwer, diese Erklärung nachzuvollziehen. Es läßt sich lediglich vermuten, daß Mr. Lamb, schockiert vom Betragen seiner Tochter, einen plötzlichen Zusammenbruch erlitt und daß der Mann vorübergehend auch nicht nur annähernd Herr seiner selbst war.
Zweifelsohne war dies der Grund für die nachsichtige Beurteilung der Situation durch Richter Gibson, der von dem plötzlichen Erscheinen eines ansonsten normalen, eine Schlinge um den Hals tragenden und überdies durchaus bereitwilligen Gentleman, die Höchststrafe für seine irregeleitete Tochter und deren nicht min-

der irregeleiteten Freunde zu zahlen, selbst einigermaßen schokkiert war.
Offensichtlich förderte der Anblick Mr. Lambs, in Zusammenspiel mit der Aufrichtigkeit seines Auftretens einen bis anhin erfolgreich verborgen gehaltenen Quell der Empfindsamkeit in dem Richter zutage, der die jugendlichen Gesetzesbrecher auf Bewährung freiließ, nach einer, wie allseits angenommen wird, angenehmen Unterhaltung, die er mit dem aufopfernden Mr. Lamb in seinem Privatgemach führte.
Miss Sandra Rush, ein Unterwäschemodell von nicht unbeachtlichen Proportionen, wird vielfach in einem der zahlreichen Automobile der Lamb-Familie gesehen. Dies hat natürlich einzig und allein mit der engen Freundschaft mit Mr. Lambs Tochter zu tun. Unterdessen wird vermutet, daß das singende Känguruh seine zotigen Lieder immer noch in irgendeinem abgelegenen Busch summt.

In diesem flotten Ton endete die Story. Und indem dieser Ton noch aushallte, betrat Mrs. Lamb das Zimmer ihres Mannes. Einmal drinnen, verharrte sie bewegungslos und erwartete mit tragischer Miene seine Kenntnisnahme ihrer Gegenwart. Aus Angst, die Kenntnisnahme könne auf unbestimmte Zeit hinausgezögert werden, nahm sie schließlich eine andere Pose ein und richtete einen anklagenden Finger auf die Zeitung.
»Was gedenkst du daraufhin zu tun?« kam es schwermütig über ihre Lippen. »Ich schlage vor, du gibst alles auf und ziehst dich unter falschem Namen irgendwo andershin zurück.«
Mr. Lamb zog seine Knie hoch, wobei er geschickt seinen Kai Lung in der Schwebe hielt, und blickte seine Frau an, als versuchte er, sie in einer äußerst schwachen Erinnerung unterzubringen. Dann sortierte er seine Glieder neu, stand auf und bot ihr, vage andeutend, einen Stuhl zum Sitzen an, den sie, ihre Rolle maßlos übertreibend, verächtlich zurückwies.
»Ach ja!« murmelte Mr. Lamb. »Sappho ist's – meine Tilly. Was sagtest du...?«

»Ich sagte«, warf Sappho ein, »du solltest verschwinden und unter anderem Namen leben.«
»Könnte ich mir nicht einen Bart stehen lassen?« fragte Mr. Lamb freundlich. »Ich könnte mir die Haare färben und als einer deiner inspirierten Freunde hier herumschleichen. Oder, passender noch, als ein Onkel aus Australien. In der Zeitung steht, daß das Känguruh oder Kingaruh – ich ziehe letztere Version vor – aus dem Busch kam. Und der Gedanke, daß wir beide dieselbe Schlinge um den Hals hatten... Die Zeitung schreibt auch, daß es sang. Den Teil habe ich verpaßt. Man kann eben nicht alles wissen. Hat er wirklich gesungen – das Känguruh, meine ich?«
»Um das herauszufinden, solltest du zu deinem Unterwäsche-Modell gehen oder zu deiner eigenen Tochter«, kam Mrs. Lambs vernichtende Antwort. »So wie du das Geschehen auf die leichte Schulter nimmst, finde ich äußerst geschmacklos. Ich frage dich noch einmal: Was gedenkst du zu tun? Ich kann es mir einfach nicht leisten, mit jemandem in Verbindung gebracht zu werden, der sich zum Gegenstand des Spottes machte. Mein Leben – mit dem bescheidenen Talent, das ich besitze – war nie und nimmer dazu bestimmt, an eine Person gefesselt zu sein, die so... so grob und unsympathisch wie du... so unvorstellbar selbstbezogen, der es so an den feinen Abstufungen und Schwingungen des Gefühls mangelt. Mein Leben sollte von großmütigerer Einsicht, von höherer Vision geleitet werden. Diese Tatsache erkennen alle an.«
»Das Wort, an das ich denke«, sagte Mr. Lamb und sprach ganz langsam, »das einzige, das mir als Erwiderung auf deine abgedroschenen Bemerkungen passend erscheint, wird von weniger feinfühligen Ehemännern, als ich es bin, häufig auf Ehefrauen angewandt. Für deine Ohren ist es ein zu ehrliches Wort, also werde ich es dem Geschick deiner begrenzten Vorstellungskraft überlassen. Betrachte das Wort als ausgesprochen.«
In Gedanken versunken starrte er auf ein wenig Zigarettenasche, die auf sein linkes Knie gefallen war, und begann, sie abzuwischen; indes er die Mühe, die das bereitete, aber als zu anstrengend empfand, ließ er es sogleich wieder sein.

»Immerhin ist an dem, was du sagtest, etwas dran«, nahm er die Unterhaltung wieder auf. »Diese Erholungsfonds-Affäre – von dem, was ich davon hörte – hat für genug Gelächter gesorgt, um dieser Gemeinde auf Jahre hinaus zu reichen. Sollten wir gar beide zum Gegenstand des Spottes werden, wäre die allgemeine Belustigung geeignet, eine wahre Epidemie von Hysterie auszulösen.«

»Ich lehne es entschieden ab, Gegenstand des Spottes gewesen zu sein«, entgegnete Mrs. Lamb. »Dafür war ein Pferd verantwortlich... ein gemeines, niederträchtiges, in einigen seiner anrüchigen Handlungen zugleich eher sonderbar menschliches Pferd. In mancherlei Hinsicht erinnerte mich diese Bestie von einem Pferd an dich. Wenn ich nur daran denke, läuft es mir jetzt noch eiskalt über den Rücken.«

»Noch ein Punkt, den ich mit diesem, deinem Pferd gemeinsam habe.« Mr. Lamb grinste, gutmütig.

»Ich bin nicht gekommen, um meine gefühlsmäßigen Reaktionen auf dich zu diskutieren«, antwortete Mrs. Lamb abweisend. »Ich hoffte, daß es uns gelingen würde, zu einem Einverständnis zu gelangen – einer zivilisierten Übereinkunft. Seitdem der Skandal in den Zeitungen erschien, bin ich mit meinen Nerven am Ende. Es wird Jahre dauern, bis mein vorheriger nervlicher Zustand auch nur annähernd wieder hergestellt sein wird. Ganz so wie früher wird er nie wieder sein. Du weißt gar nicht, wie so etwas mich fertigmacht.«

Immer noch grinsend, schien Mr. Lamb sich die Dinge durch den Kopf gehen zu lassen. Mrs. Lamb hatte kein Interesse für dieses Grinsen. Sie erkannte es wieder. Auch das Licht in seinen Augen. Diesen Manifestationen seines Gesichts folgte stets etwas besonders Unangenehmes. Sie wurde nicht enttäuscht. Etwas Unerfreuliches kam – etwas außerordentlich Unangenehmes, für Mr. Lamb ein voller Erfolg.

»Ich habe eine Idee«, sagte er ziemlich ernsthaft. »Angenommen, ich würde dir an den Wochenenden die Benutzung meines Zimmers überlassen. Was hieltest du von solch einem geselligen kleinen Plan? Einer Art *ménage à trois*, dessen eines Mitglied abwesend wäre... Immerhin habe ich ein wenig Stolz.«

Mrs. Lamb äußerte keine Meinung zu dem kleinen Plan ihres Mannes. Sie ließ sich nicht einmal dazu herab, Mr. Lambs Blick zu begegnen. Die geistigen Prozesse dieses ungehobelten Mannes waren insgesamt viel zu antiquiert, um sich mit den komplizierten sexuellen Impulsen einer modernen Frau von natürlicher Begabung abgeben zu können. Indem er diese Seite der Situation ins Gespräch brachte, bewies er wieder einmal abscheulichen Geschmack. Sie war in sein Zimmer gekommen, um seine Angelegenheiten zu besprechen, nicht die ihren. Sie war eine unabhängige Frau, seitdem die Zeitungen aber derart umfassend über sein Auftreten vor Gericht berichtet hatten, waren seine Angelegenheiten öffentliches Eigentum.

»Ein langes Wochenende«, hörte sie Mr. Lamb drängen. »Von Freitag bis Montagnacht. Was meinst du, Tilly?«

Sie wandte sich zur Tür, in der vollen Absicht hindurchzuschreiten, als Mr. Lambs Stimme sie zurückrief.

»Ich habe noch einen Vorschlag zu machen«, sagte er. »Einmal angenommen, ich würde mich von meinen Geschäften zurückziehen und ein Buch mit dem Titel ›Wilde Tiere, die ich war‹ schreiben?«

Dieser Vorschlag war fesselnd genug, um Mrs. Lamb umzustimmen und sie zu bewegen, den einmal zurückgewiesenen Stuhl zu akzeptieren. Schicklich nahm sie Platz und betrachtete ihren Mann mit einem, wie sie törichterweise meinte, entwaffnenden Lächeln.

»Also bist du Tiere gewesen«, bemerkte sie leichthin. »Wie interessant! Du mußt mir alles darüber erzählen. Natürlich wußte ich, du warst jenes Pferd, und ich verdächtigte dich, dieser Vogel zu sein, obwohl ich ihn beziehungsweise dich niemals sah. Warst du auch das Känguruh?«

»Woher dieses plötzliche Interesse an Tieren?« fragte Mr. Lamb. »Das habe ich bei dir vorher nie bemerkt, außer vielleicht in Form dieses abgewetzten Staubwedels, mit dem du unsere Anwesenheit gelegentlich besudelst – dieses stillen Hafens für erschöpfte Flöhe. Und angenommen, ich gäbe zu, daß ich mich in Tiere und anderes verwandelte, so wage ich zu behaupten, du würdest mein verbrecherisches Geheimnis vor aller Welt bewahren – mit Ausnahme vielleicht der Gerichtshöfe und einer ausgewählten Schar deiner herumstrolchenden Komödianten. Du würdest es auskosten, mich als entflohenes Känguruh eingesperrt zu sehen. Dein gegenwärtiger Hang zu holder Vertrauensduselei – weibliches Interesse – amüsiert mich.«

In einem Ausbruch von Entschlossenheit wischte Mr. Lamb die Asche von seinem Knie, ließ ein wenig mehr auf seine Weste fallen und fuhr fort.

»Nun«, sagte er, »so seltsam es dir vorkommen mag, ich werde dir, hier und jetzt, auf der Stelle ins Gesicht sagen, daß ich in letzter Zeit die Gewohnheit angenommen habe, mich in Tiere zu verwandeln, in beides, wilde Tiere und gezähmte Tiere. In diesem Augenblick könnte ich mich in ein ausgesprochen tödliches Reptil verwandeln und dich mit grausigen Giftzähnen erledigen. Zu Tode quetschen würde ich dich nicht, weil selbst Schlangen über ein gewisses Maß an Selbstachtung verfügen. Offen gesagt, ich täte nichts lieber, als meine Giftzähne in dich zu schlagen. Ich hätte große Lust, leider ist es mir jedoch versagt, die Wahl zu treffen. Statt dessen könnte ich ein Panther werden oder ein Ameisenbär oder eine Ratte oder ein Schmetterling – Gott allein weiß, was ich werden könnte.«

Lamb hielt mit Sprechen inne und blickte seine Frau düster an. Eine Schönheit war sie nicht. Selbst Entsetzen vermochte es nicht, ihre Gesichtszüge einnehmender zu gestalten. Sie stand unter der Tür und erwiderte seinen Blick mit Augen wie aus Glas, so starr und glänzend war der Ausdruck darin.

»Ich mache mir die Mühe, dir all das zu erzählen«, fuhr Mr. Lamb gelassen fort, indem er ihr ins Eßzimmer folgte, »weil es mir schnurzpiepegal ist, wie du diese Nachricht unter die Leute bringst. Dir würde sowieso keiner glauben. Du würdest nur eine noch größere Närrin aus dir machen, als du ohnehin schon bist, sofern es überhaupt möglich ist, sich darin zu übertreffen, was ich absolut bezweifle.«

Mr. Lamb war jetzt völlig aufgerüttelt. Aus so vielen triftigen Gründen fühlte er sich dieser Frau und all ihren falschen Lebensnormen überdrüssig. Er stand beim Goldfischaquarium und blickte geistesabwesend auf seine vier Bewohner hinab, drei Fische und eine winzige, aber bejahrte Schildkröte.

Rührt sich diese verdammte alte Schildkröte denn niemals vom Fleck?, fragte er in seinem Unterbewußtsein, während er, hellwach und mit wohlgewogenen Worten, fortfuhr, zu seinem Weibe zu sprechen.

»Es gibt da noch etwas, das bedacht werden will«, hörte er sich sagen, »nämlich die jederzeitige Möglichkeit, daß ich eines Morgens zu früher Stunde in Gestalt eines ausgehungerten Tigers, eines unterernährten Wolfes, eines Menschenfresserhais, eines wilden Ebers, eines... eines...« Er hielt einen Augenblick im Sprechen inne, um sich Zeit zu lassen, sich ein besonders gräßliches Tier auszudenken. »...Krokodils«, nahm er den Faden triumphierend wieder auf. »Und wenn deine zerbrechliche Lilie es wagen sollte, in meinem Bett zu liegen, so würde ich ihn mir nichts, dir nichts verschlingen und mit Freuden für die anschließende Übelkeit geradestehen, die seine Gegenwart in meinem Magen hervorrufen würde. Was würdest du sagen, kämest du als der abgehalfterte Vamp, der du bist, in mein Zimmer getänzelt, und alles, was von Mr. Gray übrig wäre, wären ein paar Hühneraugen, die zwischen meinen Kinnladen hingen? Ein hübscher Anblick? Aber ein möglicher, und du allein wärst verantwortlich für den Tod eines der schlechtesten Schauspieler der Woodbine Players, so wahr ich hier stehe.«

Die Vorstellung, Leonard Grays Hühneraugen zwischen den bluttriefenden Kauwerkzeugen eines Krokodils hängen zu sehen, war denn doch zuviel für Mrs. Lamb. Sie wandte ihrem entsetzlichen Ehemann den Rücken zu und verbarg das Gesicht in ihren Händen. Ein plötzliches Platschen ließ sie zusammenfahren und ihre Position umkehren. Mr. Lamb war nicht mehr da. Erstaunlich, aber das potentielle Krokodil war verschwunden. Sie erinnerte sich seiner letzten Worte, »so wahr ich hier stehe«, aber der Mann stand nicht mehr da, und Mrs. Lamb bezweifelte ernstlich, ob er jemals da gestanden hatte.

Die konfuse Frau war eben im Begriff, aus dem Zimmer zu eilen, als ihr Blick auf das Aquarium fiel, in dem ein vierter und größerer Goldfisch die anderen drei in rasendem Tempo durch das Becken jagte.

Und während sie sich des platschenden Geräusches entsann, verließ Mrs. Lamb, bedächtig und in Gedanken versunken, das Zimmer. Ein süßer, weiblicher Plan schwirrte ihr durch den Kopf; und während sie sich zum Schlafengehen bereitete, fragte sie sich genußvoll, wie Lady Macbeth wohl die Kleider ablegte, dieweil sie einen ihrer vielen schmutzigen Winkelzüge perfektionierte.

Indes nämliches dramatische Entkleiden im Gange war, war Mr. Lamb mit ärgerlicher Nase geschäftig dabei, die Schildkröte über den Aquariumboden zu schubsen. Als der kleine rostrote Mann einen plötzlichen Gefallen daran gefunden hatte, ihn in einen Goldfisch zu verwandeln, hatte Mr. Lamb noch manches auf dem Herzen gehabt, das er seiner Frau hatte an den Kopf werfen wollen. Und jetzt ließ er seinen Unmut an der Schildkröte aus.

An einen Goldfisch hätte ich niemals gedacht, sagte sich Lamb. Von einem Krokodil zu einer dieser künstlichen Sardinen... Welch eine Erniedrigung!

Er versetzte der Schildkröte einen besonders bösartigen Stoß.

»Beeil dich«, knurrte er. »Schalt den vierten Gang ein, du alte Schute. Zeig uns mal, wie du drinnen aussiehst. Raus mit dem Kopf.«

Nach vielen lästigen Schubsern streckte die alte Schildkröte ihren Hals heraus, blickte Mr. Lamb voller Verachtung an und äußerte soviel wie:

»Was, zum Teufel, wenn ich fragen darf, versuchen Sie eigentlich zu bezwecken? Dies ist ein privates Zuhause. Verplätschern Sie sich.«

»Ich werde mich nicht verplätschern«, erwiderte Lamb. »Auch

werde ich Sie nach Herzenslust weiter schubsen. Sind Sie so verdammt dickschalig, daß Sie nicht mal merken, wenn Sie geschubst werden?«

»Ich weiß ganz genau, wenn ich geschubst werde«, erwiderte die Schildkröte in scharfem Ton, »und ich weiß, wenn ich nicht geschubst werde. Was ich aber nicht weiß, ist, welchem Zweck diese fortwährende Schubserei dienen soll. Mit Goldfischen habe ich nie etwas zu tun. Wir befinden uns nicht auf derselben Stufe.«

»Nein«, entgegnete Lamb, »Sie befinden sich auf der niedrigeren Stufe.«

»Nicht niedrig genug für Sie«, sagte die Schildkröte.

»Sie sollten entzückt sein, daß ich Sie überhaupt schubse«, antwortete Mr. Lamb.

»Ich bin nicht entzückt«, sagte die Schildkröte. »Und ich verabscheue Protzerei.«

»Ich bin nur vorübergehend Goldfisch«, äußerte Mr. Lamb. »Morgen schon könnte ich ein Zebra sein.«

»So was wie Zebras gibt es nicht«, erwiderte die Schildkröte. »Das alles ist eine Lüge – die ganze unerquickliche Geschichte.«

Diese fruchtlose Diskussion trug nicht dazu bei, Mr. Lambs gute Laune wiederherzustellen. Die Schildkröte, beschloß er, war ebenso dickköpfig und unwissend wie der Möwerich, der ihn auf so abstoßende Weise eingeladen hatte, Kunstdünger zu fressen.

»Stellen Sie Ihre umfassende Unwissenheit mal nicht so zur Schau«, sagte Mr. Lamb. »Ich selbst habe jede Menge Zebras gesehen.«

»Zeigen Sie mir nur ein einziges«, verlangte die Schildkröte.

»Hier gibt es keine Zebras«, entgegnete Mr. Lamb.

»Das ist der Beweis«, sagte die Schildkröte und lachte häßlich auf. »Das stempelt Sie zum Lügner. Als nächstes werden Sie mir noch weismachen wollen, daß es so was wie Löwen gibt.«

»Reingefallen!« triumphierte Lamb. »Wenn es keine Löwen gibt, woher wußten Sie dann seinen Namen?«

»Ich habe nicht behauptet, daß ich's wüßte«, erwiderte die Schildkröte. »Gute Nacht. Ich verabscheue Lügner.«

Damit zog das Tier nicht nur seinen Kopf ein, sondern auch seine vier Füße. »Schubsen Sie und fahren Sie zur Hölle«, kam es durch den Schlitz in seinem Panzer. »Ich werde jetzt schlafen.«
»Sie sind ja niemals wach gewesen«, konterte Mr. Lamb und flippte mit eiligem Flossenschlag an die Wasseroberfläche.
»Alle Goldfische sind lebende Lügen«, schrie die Schildkröte hinter ihm her, indem sie den Kopf aus ihrem Panzer schnellen ließ. »Es gibt nicht ein einziges Gramm Gold in dem ganzen albernen Dasein, das sie führen. Versuchen Sie nur mal, einen auszugeben, und sehen Sie, was Sie an Wechselgeld kriegen... nicht mal 'ne mickrige Sardine.«
Lamb tauchte blitzschnell zurück und schnappte tückisch nach ihrem Kopf, den die Schildkröte gerade noch einziehen konnte.
»Ich hoffe, Ihr Magen dreht sich um, bevor der Tag anbricht«, kam es von Blasen begleitet aus ihrem Panzer.
»Ich wünschte, ich würde Ihnen das nächste Mal auf einem Teller Suppe begegnen«, war das Beste, was Mr. Lamb, einer spontanen Eingebung folgend, zu bieten hatte.
Immer noch übelgelaunt, schwänzelte Mr. Lamb zu den Goldfischen hinüber, die sich jetzt in einer Ecke herumdrückten, angelte sich einen von ihnen und sprach ihn an:
»Na, was für 'ne Sorte Fisch bist'n du?« fragte er brutal. »Männchen oder Weibchen?«
»Weiblich«, versetzte der Goldfisch kurz angebunden, »wenn Sie's unbedingt wissen wollen.«
»Mal sachte, Baby«, sagte Mr. Lamb. »Ich bin unbarmherzig und brutal. Es gibt weder Pardon noch Moral. Ich schlage zu, wo ich kann. Und ich kann viel und oft.«
»Da sind Sie bei mir an der falschen Adresse«, erwiderte die Goldfischdame. »Gehen Sie nur, Ihr Können können Sie anderswo beweisen.«
Mr. Lamb blickte sie tief nachsinnend an.
»Verschwindet aus dieser Ecke... aber ein bißchen dalli«, sagte er schließlich. »Hier schlafe ich.«
Er jagte die Goldfische ans andere Ende des Aquariums und schau-

kelte sich übelgelaunt in Schlaf. Seine Gedanken weilten noch immer bei seiner Frau. Er hegte den Verdacht, daß die gute Lady irgendwas ausheckte, daß, wenn sie nur ausreichendes Belastungsmaterial beieinander hatte, um zu beweisen, daß er sich in andere Kreaturen verwandelte, sie eine Scheidung verlangen würde. Das wäre ein aufsehenerregender Fall, einer der ungewöhnlichsten in der Geschichte dieser vorzüglichen Institution. Gegen eine Scheidung hatte Mr. Lamb nichts einzuwenden. Für ihn bedeutete das ein höchst wünschenswertes Ende. Nur hatte er etwas dagegen einzuwenden, aufgrund der Tatsache, daß er ein Känguruh oder ein Pferd oder eine Möwe gewesen war, geschieden zu werden. Für seinen Geschmack wäre das denn doch ein wenig zu sensationell.

Sein Leben als Goldfisch war nicht gerade ein ununterbrochenes Vergnügen, und er sah sich gezwungen, auf alle möglichen Kunststückchen zurückzugreifen, um allzu drückender Langeweile zu entgehen.

Seine erste Anstrengung in dieser Richtung war äußerst durchdacht und verschaffte ihm keine geringe Befriedigung. Er hatte herausgefunden, daß er, wenn er mit seiner Nase an der Scheibe des Aquariums rieb, deutliche Spuren zeichnen konnte, die unter günstigen Bedingungen mehrere Minuten lang sichtbar blieben. Dies eröffnete ungeahnte Möglichkeiten. Mr. Lamb fragte sich, wieso nicht andere Goldfische vor ihm auf die Idee gekommen waren. Er machte den Anfang, indem er, ähnlich einem Himmelsschreiber, einzelne Buchstaben zeichnete, und schließlich gelang es ihm, die Kunst des Rückwärtsschreibens zu meistern. Er übte und übte und war bald so geschickt, daß er sich qualifiziert genug fühlte, seine neu erworbene Fähigkeit öffentlich zu demonstrieren.

Eines schönen Abends, als Leonard Gray zur weiteren Vervollkommnung seiner Kunst zum Abendessen im Hause weilte, lenkte Hebe die Aufmerksamkeit dieses Gentlemans und ihrer Mutter auf das sonderbare Verhalten des neuen Goldfischs, den ihre Mutter aus nur ihr bekannten Gründen vorgab, gekauft zu haben.

»Das ist ... der neue Goldfisch malt tatsächlich Buchstaben an die Scheibe«, verkündete die scharfsinnige Hebe. »Seht mal alle her! Es scheint, als versuchte er, etwas zu schreiben.«
Alle sahen hin, auch Thomas und eines der Dienstmädchen. Aller Augen weiteten sich vor Überraschung, manche auch vor Betroffenheit. Alle buchstabierten das deutlich geschriebene Wort:

EHEBRECHER

Es ist vielleicht nicht erbauend zu verzeichnen, daß die jüngste Person im Kreis der Anwesenden die am wenigsten schockierte war. Mit amüsiertem Blick musterte Hebe ein ausdrucksloses Gesicht nach dem anderen.
»Da frage ich mich«, sagte sie grüblerisch, »wen der Fisch wohl meinen kann. Sind Sie, Thomas, zufällig ein Ehebrecher?«
Thomas blickte höchst zufrieden drein.
»Solange meine Gattin am Leben war, Miss Hebe«, erklärte er, »war sie eine gerechte, aber anspruchsvolle Frau. Ich hatte weder die Zeit noch die Energie, Miss.«
»Ich verstehe und versichere Sie meiner Sympathie, Thomas«, fuhr das Mädchen fort. »Nun, wie ist es mit Ihnen, Nora?«
»Tja, Miss Hebe«, stotterte das Mädchen, heftig errötend, aber unverzagt, »Sie wissen sehr wohl, ich bin nicht verheiratet.«
»Sie gewinnen aufgrund technischer Gegebenheiten«, sagte Hebe. »Noch bin ich verheiratet, also liegt für uns zwei die Gelegenheit für ein bißchen Ehebrecherei in der Zukunft. Leonard, Sie brauchen nicht verheiratet sein, also bleibt nur noch ...«
»Hebe!« rief Mrs. Lamb mit einer Stimme, die völlig aus der Kontrolle geraten war. »Bitte, mach dieser Farce ein Ende. Unverzüglich.«
Mr. Lamb sah, daß seine Bemühungen nicht unbelohnt geblieben waren, und vollführte Freudensprünge an der Wasseroberfläche. Und bevor das Abendessen beendet war, brachte er folgende kryptische Warnung zustande:

BLEIB AUS MEINEM BETT

Wieder war es Hebe, die dafür sorgte, daß diese Glanzleistung, obgleich von ihrer Mutter und Mr. Gray in keiner Weise entsprechend gewürdigt, nicht ungelesen an ihnen vorüberging.
Von dem Punkt an gestaltete sich die Unterhaltung zu einer Angelegenheit beredten Schweigens, hier und da durchbohrt von verstohlenen Blicken. Es steht zu bezweifeln, ob Mrs. Lamb oder ihr Hauptdarsteller wußten, was sie vor sich auf den Tellern hatten. Sie kauten mechanisch und vermieden es gekonnt, ihre Augen zu jenem Becken schweifen zu lassen, das den schriftkundigen Goldfisch beherbergte.
Später am Abend, als Sandra Rush und Melville Long auf einen Besuch hereinschauten, stellte Hebe ihnen den bemerkenswerten Goldfisch vor, der mit großem Eifer und beachtlicher Geschwindigkeit auf die Vorderseite des Aquariums schrieb:

KNASTBRÜDER

Auch versuchte er, mit seinem Schwanz Wasser in Sandras Gesicht zu spritzen, schaffte aber nur ein paar nasse Flecken auf ihrem Kleid.
»Es ist der lange Dünne«, erwiderte Sandra, »aber wie zusammengedrückt er ist. Ich erkenne seinen schwachen Humor. Wie wär's, nehmen wir ihn ein bißchen heraus und lassen ihn japsen?«
Sie versuchte, ihn zu schnappen, aber ein paar rasche Flossenschläge beförderten ihn auf den Aquariumboden, wo er listig auf der Hut blieb. Hebe stand da und betrachtete den Goldfisch mit ungewöhnlich ernster Miene. Long, der dies noch niemals erlebt hatte, fragte nach dem Grund ihres Traurigseins.
»Sappho behauptet, sie hätte ihn selber gekauft«, entgegnete Hebe. »Ich frage mich, warum sie das sagt?«
Sandra warf ihr aus großen, verständigen Augen einen raschen Blick zu.
»Vielleicht beabsichtigt sie ernst zu machen mit dem, was ich im Spaß vorschlug«, sagte sie. »Du wirst den Goldfisch bewachen

müssen, Hebe. Vielleicht konnte dein kleiner rostroter Freund eine solche Möglichkeit nicht voraussehen. Der lange Dünne ist jetzt ziemlich schutzlos.«

Auch Sandra war ein weniger ernster als es sonst ihre Gewohnheit war. Lange stand sie da und guckte den Goldfisch an, der am Grunde des Aquariums auf der Lauer lag.

»Wie lange, glaubst du, wird dieses Tier-wechsel-Dich noch dauern?« fragte sie an niemand besonderen gewandt. »Es wäre schön, bliebe er mal eine Weile er selbst, damit man ihn besser kennenlernen könnte.«

Am Abend darauf gestaltete Mr. Lamb eine weitere kleine Abwechslung zur Erbauung seines Weibes. Als es zum Abendessen erschien, fand es ihn in schauerlicher Weise mit für jedermann sichtbar nach oben gekehrtem Bauch im Wasser treiben. Die anderen Goldfische hatten sich in eine Ecke zusammengedrängt und schienen den Leichnam mit angstgeweiteten Augen zu betrachten.

Ein Dankesgebet an Gott ging der Frau des Fisches über die Lippen. Er hatte ihr die Unannehmlichkeiten eines Daseins als Mörderin erspart. Die derart beglückte Frau erhob ihre Stimme und rief laut um Hilfe.

»Hebe!« rief sie. »Nora! Mein armer Goldfisch ist tot.«

Nachdem diese beiden Zeuginnen an ihre Seite zitiert worden waren, fuhr Mrs. Lamb mit etwas fort, das alle ihre Sinne in Aufruhr versetzte.

»Schaut her«, sagte sie mit angstvoller Stimme, indem sie eine Hand ins Wasser tauchte, »das hübsche Ding muß gestorben sein. Was für ein Jammer, was für ein Schatz er doch war!«

»In Trauer wirst du dich großartig machen«, bemerkte Hebe, während sie den Goldfisch aus der Nähe inspizierte. »Wird es eine kirchliche Trauerfeier geben?«

»Rede keinen Unsinn, Hebe«, erwiderte Mrs. Lamb und warf ihrer Tochter einen beunruhigten Blick zu. »Derartige Späße sind jetzt fehl am Platz.«

Einen Fisch festzuhalten, ob tot oder in der vollen Blüte der Jugend, ist nicht gerade einer der tröstlichsten Augenblicke im Leben – jedenfalls nicht für die große Mehrheit normal beschaffener Menschen. Mrs. Lamb, obwohl nicht normal beschaffen, war weit entfernt, sich wohlzufühlen, als sie den schlüpfrigen Leichnam ihres Mannes aus dem Wasser fischte.

»Nora!« rief sie. »Hol was, mit dem man diesen Kerl in den, den... Abfalleimer tun kann.«

»Kerl?« erkundigte sich Hebe mit schwacher Stimme. »Weißt du denn, welchen Geschlechts dieser Fisch ist?«

In eben diesem Augenblick entschied Mr. Lamb, daß es an der Zeit wäre, mit dem Totspielen aufzuhören. Für seine Kunst hatte er praktisch allen Atem, den zu verlieren er sich mit Leichtigkeit leisten konnte, geopfert. Würde er jemals in einem Abfalleimer landen, würde er, dessen war er sicher, sein gesamtes Kontingent opfern. Deshalb entwand er sich mit einer kunstvoll schlängelnden Bewegung dem zaghaften Griff seiner Frau und plumpste erleichtert ins Wasser zurück.

Als Nora mit einem scheu in der Hand gehaltenen Kaffeesieb zurückkehrte, hatte sie die Freude, den Goldfisch frisch und munter in seinem vorübergehend natürlichen Element herumjagen zu sehen.

Mrs. Lamb war es nicht möglich, auch nur einen Bissen herunterzukriegen. Sie war gleichermaßen empört wie enttäuscht. Als sie versuchte, ihrer tiefempfundenen Freude über die Wiederherstellung der früheren guten Gesundheit und Laune des Goldfischs Ausdruck zu verleihen, erstickte ihre Stimme vor lauter Unaufrichtigkeit.

Natürlich blieb dieses insgesamt ungebetene Betragen seitens des Goldfischs von seinen Aquariumsgefährten nicht unbeachtet. Ihre anfängliche Angst wich einem Gefühl des Mitleids, denn sie spürten, daß der arme Fisch tatsächlich ein Kind Gottes, mehr als nur ein wenig übergeschnappt um die Kiemen war. Jedoch machte diese Haltung bald einer tiefen Bewunderung Platz, als sie realisierten, daß hinter der vordergründigen Verrücktheit ihres einfallsreichen Mitstreiters Methode erkennbar war. Und indem die

Goldfischdame Mr. Lamb beim Wort nahm, stellte sie die Aufrichtigkeit ihrer Bewunderung mit dem Vorschlag unter Beweis, in bescheidenem Rahmen Goldfische zu machen. Mr. Lamb spielte mit dem Gedanken, als er aber realisierte, daß er, bis seine Jungen Goldfische wären, ein Bulle oder ein Zebra sein konnte, beraubte die Nichtübereinstimmung der Situation diesen Gedanken seiner Anziehungskraft.

Mit großem Erfolg lehrte er die andern wie Flugzeuge in Formation zu schwimmen. Er hielt sie zu Loopings an, zu Sturzflügen, zum Abtrudeln. Die Dienstboten waren kaum noch vom Aquarium zu vertreiben, so groß war ihr Interesse an den Unterwasserspielen. Der Höhepunkt war erreicht, als man die Goldfische eines schönen Morgens entdeckte, wie sie das Becken feierlich rückwärts durchschwammen. Es gab nichts Übertriebenes an dieser Vorstellung, auch nicht die leiseste Spur eines Wunsches, zu gefallen oder Aufmerksamkeit zu erregen. Es war, als wären die Fische über Nacht übereingekommen, es sei an der Zeit, die Ordnung der Dinge umzukehren. Sie schwammen einfach nur rückwärts, und das mit einer Selbstverständlichkeit, die einen glauben machen konnte, Fische wären schon immer rückwärts geschwommen, schon von Noahs Kindertagen an.

Bedingt durch Noras Unfähigkeit, sich auf die ihr aufgetragenen Pflichten zu konzentrieren, war das Servieren des Frühstücks an diesem Morgen mit Schwierigkeiten verbunden. Sogar der untadelige Thomas schien ein wenig abwesend und gedankenverloren. Mrs. Lamb gab sich alle Mühe, die Goldfische zu ignorieren, aber Hebes Begeisterungsrufe machten es schwer vorzugeben, daß nicht alles wie gewöhnlich war.

Die Schildkröte war von Abscheu erfüllt. Als Mr. Lamb sie mit verzeihlichem Stolz fragte, was sie davon halte, gab sie zurück, daß es »dämlich, verdammt unsinnig« wäre, und es nichts Gutes zeitigen würde, ginge man gegen die Naturgesetze an.

Mit der Schildkröte konnte Mr. Lamb keine Verständigung erzielen. Wann immer sie versuchten, sich zu unterhalten, fingen sie zu streiten und zu zanken an. Die Schildkröte ließ nicht davon ab, das Mobiliar und die Einrichtung des Eßzimmers zu kritisieren. Ganz besonders sarkastisch äußerste sie sich zum Teppichmuster. Mr. Lamb nahm sich das natürlich zu Herzen, war das Eßzimmer doch mehr oder weniger seines, und obgleich er für die Anordnung der Einrichtungsgegenstände nicht verantwortlich war, fand er sich, sie mit dem Eifer eines Fanatikers zu verteidigen. Hätte man ihn mit der Schildkröte streiten hören, hätte man denken mögen, Mr. Lamb hätte jedes Stück Möbel in diesem Zimmer persönlich ausgesucht. Die beiderseitigen Beziehungen wurden endgültig abgebrochen, als die Schildkröte in der abfälligsten Weise einen »langen Schluck Wasser« erwähnte, der sich normalerweise in dem Zimmer herumtrieb und dessen Abwesenheit sie mit Dankbarkeit zur Kenntnis nahm. Mr. Lamb, der sich der Tatsache, daß er selber der lange Schluck Wasser war, um den es hier ging, voll und ganz bewußt war, verfluchte die Schildkröte rückhaltlos und wurde, im Gegenzug, ebenso rückhaltlos verflucht.

Als Mr. Lamb eines Abends, um seiner Frau eins auszuwischen, die folgende beunruhigende Meldung schrieb, war absolut der Teufel los:

HEUTE EIN FISCH: MORGEN EINE SCHLANGE

Nachdem sie diese Warnung gelesen hatte, war Mrs. Lamb klar, daß es höchste Zeit zum Handeln war. Ihr Ehemann als Schlange, das wäre etwas weitaus Riskanteres als ihr Ehemann als Goldfisch. Und indem sie sich zum Handeln aufraffte, bemühte sie sich, die düstere Stimmung der Lady Macbeth an einem ihrer schlechten Tage in ihren Geist zu absorbieren.

Als es an diesem Abend still geworden war im Haus, schnürte sie ihren Morgenmantel um die Hüften und schlich die Treppe hinab nach unten. Wunderbarerweise schlief Mr. Lamb und lag gut balanciert auf ebenem Kiel in einer privaten Ecke. Diesmal war Mrs. Lambs Hand schnell und sicher. Mit einem scharfen Atemholen ergriff sie ihren arglosen Ehemann und trug ihn in die Küche. Dort blickte sie sich verzweifelt nach etwas um, in das sie ihn hineintun konnte – nicht den Abfalleimer, dort könnte man seine

Überreste womöglich finden und das Verbrechen auf sie zurückverfolgen. Mrs. Lamb wollte einen bescheidenen, aber sicheren Sarkophag für den Leichnam ihres Mannes. Eine leere Sardinenbüchse wäre geradezu ideal gewesen. Eine Seifenschachtel wäre in diesem Augenblick eine große Hilfe gewesen. Sie erwog sogar die Möglichkeit, ihn in eine kleine Flasche zu stopfen, als Mr. Lamb sich mit einem energischen Satz in Freiheit und ins Leben katapultierte. Diesem Unterfangen war allerdings nur teilweise Erfolg beschieden. Es beförderte ihn aus Mrs. Lambs Hand auf Mrs. Lambs Bauch, wo er weiterzappelte, indes die Kordel um die Hüften seiner Frau einen tieferen Fall glücklicherweise verhinderte.

Mrs. Lamb war in keiner guten körperlichen Verfassung, und man kann ihr keine Schuld zuschieben. Mit einem nassen und entschlossenen Goldfisch, der klamm an ihrem Bauche zappelt, ist keine Frau in Hochform. Es bleibt zu bezweifeln, ob viele Männer unter diesen Umständen die Gelassenheit und Würde des eher unsensiblen starken Geschlechts bewahrt hätten.

Das Bild, das Mrs. Lamb bot, war das einer hemmungslosen Bauchtänzerin, einer, die völlig aufging in ihrem Beruf. Es war ein belebtes Bild. Noch war es unbegleitet von Ton. Kleine ekstatische Schreie, spitze Ausrufe, keuchende Geräusche lebensgefährlicher Pein fielen von den Lippen der von Zuckungen geschüttelten Dame. Dies machte das Bild komplett. Wenigstens dachte Hebe das, als sie so unter der Tür stand und den Verrenkungen ihrer Mutter beiwohnte.

Dann geschah vor den erstaunten Augen des jungen Mädchens etwas Verblüffendes. Sie sah Mrs. Lamb zu beinahe zweifacher Größe anwachsen. Sie hörte, wie ihr das Nachthemd platzte und bevor sie noch Zeit hatte zu realisieren, was geschah, sah sie ihre Mutter flach auf dem Rücken am Küchenboden liegen und ihren Vater, pitschnaß, neben ihr stehen. Der kleine rostrote Mann hatte ihn nicht im Stich gelassen. Mr. Lamb war in buchstäblich letzter Minute errettet worden.

Mr. Lamb atmete schwer, und seine Frau schien überhaupt nicht

zu atmen. Und als sie wieder atmete, geschah dies, um einen wüsten Schrei auszustoßen.
»Mord!« verkündete sie. »Mord! Dein Vater versuchte, mich zu erwürgen.«
»Um ein Haar hättest du mich erwürgt«, sagte Mr. Lamb.
Er wandte sich um und grinste seine Tochter an.
»Hebe«, fuhr er fort, »sei ein gutes Mädchen und mix mir einen steifen Drink. Kannst dir selbst auch einen genehmigen, wenn dir danach zumute ist. Diese blitzhaften Veränderungen sind alles andere als gut für die Nerven.«
Er streckte eine Hand aus und half seiner Frau wieder auf die Beine.
»Tut mir leid, Sappho«, bemerkte er entschuldigend, »aber in diese Flasche hätte ich niemals reingepaßt.«
Sappho war sprachlos.
Nachdem sie erbärmlich versagt hatte, dem Beispiel der Lady Macbeth nachzueifern, meinte die Frau des Ex-Fischs, wenigstens ihrem Rat zu folgen. Sie hielt sich nicht damit auf, nach ihrer Art einen Abgang zu gestalten, sondern ging sofort. Mr. Lamb nahm die Flasche in die Hand und betrachtete sie mit einem sonderbaren Gefühl.
»Dies«, sagte er und hielt Hebe die Flasche hin, »sollte deines Vaters letzte Ruhestätte sein. Möglicherweise bin ich ja mal ein Flaschenkind gewesen, aber verdammt will ich sein, als Flaschenleiche zu enden.«
»Nächstes Mal wird sie vielleicht einen Käfig benutzen müssen«, schlug Hebe vor.
»Vielleicht«, sagte ihr Vater gleichgültig, »aber jetzt kannst du mal diese Flasche benutzen.«
Hebe tat's.

XV

Sandy kriegt ihren Lamb

Mr. Lamb war nicht gerade bester Verfassung. Weit entfernt, geistig oder körperlich gut beieinander zu sein, war er aus dem Büro nach Hause gekommen. Sein Leben als Goldfisch hatte seine Gesundheit reichlich strapaziert. Er hatte zuviel abgestandenes Wasser verschluckt und es mit seinen Loopings ein wenig übertrieben. Darüber hinaus erwiesen sich die Anforderungen des ständigen Sich-Anpassens insgesamt als zu anstrengend.
Bruder Douglas, soeben von einem Konvent der Gruppenführer der Amerikanischen Jugend heimgekehrt, überreichte ihm einen Brief. Mr. Lamb nahm ihn kommentarlos entgegen und fing an zu lesen. Hebe behielt ihren Vater im Auge. Als er zu Ende gelesen hatte, fluchte er, mehr aus Verblüffung als aus Ärger.
»Hört mal her«, sagte er. »Gute Nachrichten.«
Dann fing er zu lesen an:
»Ich kann nicht länger mit einem Mörder unter einem Dach leben. Deshalb fliehe ich. Ich habe jede denkbare Demütigung über mich ergehen lassen, jede Form der Mißhandlung, aber ich fühle mich nicht dazu berufen, mein Leben einem Mann zu opfern, der sich jederzeit in irgendwelches Viehzeug verwandelt. Mein Leben ist in Gefahr. Deshalb fliehe ich. Versucht nicht, mich zu finden. Versucht nicht, mir nachzugehen. Ich fliehe. Verfolgung ist zwecklos. Dies ist das Ende.«
Dem Verlesen dieser tragischen Epistel folgte ein benommenes Schweigen. Es wurde von Mr. Lamb gebrochen.
»Also, wer zum Teufel«, fragte er fast flehend, »wer zum Teufel, meint sie, käme auf die Idee, ihr nachzugehen?«
»Ich bin froh, daß sie nicht vergessen hat, ihrer widernatürlichen Tochter liebste Grüße zu senden«, sagte Hebe.

Douglas stand auf, spitzte die Lippen und pfiff »Kein Ruf, kein Ton; still und stumm das Telefon«.
Mr. Lamb sah ihn an und grinste.
»Douglas«, fragte er, »wie bringst du es nur fertig, ohne jede Unterbrechung ein solch verdammter Narr zu sein?«
Bruder Dug erwiderte Mr. Lambs Blick und grinste ebenfalls.
»Ich habe nur versucht, dich vor einem Nervenzusammenbruch zu bewahren«, erwiderte er. »Wenn Aug in Aug mit tragischem Geschick, sing, pfeif oder such in beidem Glück. Hebe, spiel uns was auf dem Klavier, und wir alle werden gemeinsam singen.«
Hebe ging wortlos ans Klavier und schlug einen schallenden Akkord an. Wäre Mrs. Lamb nicht so mit Fliehen beschäftigt gewesen, sie hätte das große Vergnügen gehabt, wie aus den Fenstern ihres verlassenen Heims Text und Melodie jenes altbekannten Lobgesangs drangen: »Lobet den Herrn und dankt ihm seine Gaben.« Die Stimmen der drei Sänger paßten vorzüglich zueinander, und die Wiedergabe des Lobgesangs war gekennzeichnet von einer gewissen Aufrichtigkeit der Gefühle, wie man es in der Kirche nur selten findet.
»Nun, Douglas«, fragte Mr. Lamb, nachdem sie die Hymne mit einem Crescendo beendet hatten, »wirst du uns nun verlassen?«
»Nein«, sagte Douglas und ließ eine unerwartete Anwandlung von Bestürztheit erkennen. »Das heißt, nur wenn man es von mir verlangt. Fürs Fliehen bin ich ein wenig zu fett, und außerdem glaube ich nicht, daß mich so schnell einer umbringen will. Obwohl ich einmal vor lauter Angst beinahe gestorben wäre.«
Als er dies entgegnete, war er sorgfältig darauf bedacht, Mr. Lambs Blick nicht zu begegnen.
»Eine solche Loyalität, von Heldentum mal ganz zu schweigen, verlangt, daß man wenigstens einmal miteinander anstößt«, sagte Hebe. »Vielleicht auch mehrere Male.«
Sie stießen mehrere Male miteinander an.
Als das Abendessen aufgetragen wurde, strahlte Mr. Lamb Thomas an.
»Thomas«, sagte er, »Mrs. Lamb wird in nächster Zeit kaum unter

uns weilen. Ihre Anwesenheit ist auf unbestimmte Zeit verschoben.«
Dieses eine Mal war Thomas aus der Fassung gebracht. Mit eifrigen Händen eilte er an den Tisch und fing an, das Gedeck der nicht anwesenden Lady abzuräumen, wie um die Erklärung seines Herrn zu unterstreichen. Sein Gesicht strahlte vor Freude und Zufriedenheit. Mr. Lambs Stimme unterbrach seine Aktivitäten.
»Nicht so herzlos, Thomas«, mahnte er. »Es muß ja nicht gleich geschehen. Denk nur in Zukunft daran. Und, Thomas«, fügte er hinzu, »gibt es noch irgendwas aus dem alten Bestand, dem Wein, den du in meiner Jugend so schätztest?«
»Ich dachte nicht, Sie würden sich erinnern, Sir«, entgegnete der alte Mann.
»Unglücklicherweise für dich, doch«, sagte Mr. Lamb.
»Es gibt noch ein paar Flaschen«, sagte Thomas. »Ein paar wenige, Sir.«
»Eine«, ordnete sein Dienstherr an.
Thomas ging unter vollen Segeln los, und als Nora in der Speisekammer an ihm vorbeieilte, fühlte sie sich gänzlich unerwartet gekniffen und hörte ihn ein Liedchen summen, das er irgendwo aus tiefsten Tiefen seiner Erinnerung ausgegraben hatte.
»Dafür kriege ich den Abend frei«, versprach sich das tüchtige Dienstmädchen zuversichtlich.
Während des Abendessens schweiften Mr. Lambs Blicke immer wieder zum Aquarium, wo die drei Goldfische, die er so gut kennengelernt hatte, untätig umherschwammen, wie in matter Erwartung eines verlorenen Führers. Es vermittelte ihm ein Gefühl der Befriedigung zu wissen, daß sein alter Feind, die Schildkröte, nun wieder gezwungen war, auf den »langen Schluck Wasser« hinauszublicken, von dem er in so abfälliger Weise gesprochen hatte. Impulsiv stand Mr. Lamb vom Tisch auf und schubste das Tier mit seinem Messer quer über den Aquariumboden.
Wie ihn das empören muß, dachte Mr. Lamb. Ich wünschte nur, der Kerl könnte den vollen Umfang der Situation begreifen.

Dann suchte er die Goldfisch-Lady heraus und betrachtete sie einen Augenblick lang.
Ich hätte der Vater ihrer Kinder sein können, überlegte er sich, indem er an den Tisch zurückkehrte. Das wäre vielleicht ein Durcheinander!
Bis das Abendessen beendet war, konnte er den Gedanken nicht loswerden, daß er erst vor kurzem in jenem Aquarium herumgeschwommen war und hinausgeblickt hatte auf seine Frau und Tochter und den allgegenwärtigen Mr. Gray. Für den kleinen rostroten Mann würde es schwierig sein, mit einer noch neuartigeren Erfahrung aufzuwarten. Lamb hoffte von ganzem Herzen, daß es die letzte gewesen war. Inzwischen war er mehr als gewillt, bis ans Ende seines Lebens ein ganz normaler Mensch zu sein. Sein Verlangen, er selbst zu sein, wurde dadurch, daß seine Frau nicht anwesend war, nur noch verstärkt, und er hoffte, sie würde es auf Dauer sein. Diese Gedanken brachten ihn automatisch auf Sandra Rush, und ein düsterer, brütender Ausdruck stahl sich in seine Augen. Er erinnerte sich ihrer verzückten Miene, als sie an jenem Morgen die Landschaft betrachtet hatte und der Geschichte, die sie ihm von den beiden Teichen erzählt hatte. Sie war nicht immer nur verdorben. Manchmal konnte sie ziemlich anständig sein. Wenn auch sehr selten. Meistens war sie übergeschnappt und verrückt und rücksichtslos.
»Zu alt«, sagte er und war sich nicht bewußt, daß er laut sprach. »Verdammt zu alt.«
»Ich bitte um Verzeihung, Sir«, meldete sich Thomas. »Ist Ihnen das Huhn zu zäh?«
»Huhn ist in Ordnung«, erwiderte Mr. Lamb. »Warum?«
»Ich dachte, ich hätte Sie sagen hören, es wäre zu alt, Sir«, sagte Thomas. »Ich war im guten Glauben, es wäre im passenden Alter, Sir.«
»Aber ich bin es nicht, Thomas«, entgegnete Mr. Lamb. »Ich bin verdammt zu alt. Denkst du nicht?«
»Das kommt darauf an«, antwortete Thomas. »Zu alt für was, wenn ich mir die Frage erlauben darf, Sir?«

»Ach, fahr doch zur Hölle, du vorsintflutlicher Sündenpfuhl«, sagte Mr. Lamb. »Ich habe ja nicht an Sechstagerennen gedacht.«
»Nun, dafür wären Sie wohl in der Tat zu alt«, lautete Thomas' unerschütterliche Entscheidung, »aber für Ihren Anteil an... äh... Sport sind Sie immer noch gut; wenn ich mich verständlich mache, Sir.«
»Auf das Delikateste, Thomas«, warf Hebe ein. »Ich bin ganz deiner Meinung. Es schmeichelt unserm Major, zu glauben, er sei ein alter Jahrgang. Indem er solche Gedanken pflegt, hofft er, sich Abenteuern zu entziehen.«
»Bei Gott, Abenteuer habe ich zur Genüge erlebt«, sagte Mr. Lamb.
»Aber nicht von der Art, die ich meine«, gab seine Tochter zur Antwort. »Die liegen noch vor dir.«
»Ihr seid beide schlecht und durchtrieben«, erklärte Mr. Lamb und setzte seine Kaffeetasse ab. »Ihr werdet mich entschuldigen, wenn ich mich zurückziehe. Douglas, ich hoffe, du wirst unbestechlich bleiben, jetzt, wo deine Schwester nicht länger hier weilt, um dich zu beschützen.«
»In der Richtung habe ich nichts zu befürchten«, bemerkte Douglas. »Meine Abenteuer liegen weder vor noch hinter mir. Das ist eine der Tragödien eines fettleibigen Mannes.«
»Er pulst seinen Sex mit seinen Liedern heraus«, sagte Hebe, als Mr. Lamb das Zimmer verließ.
Indem er den viel unterbrochenen Kai Lung wieder hervornahm, arrangierte Mr. Lamb seine Gliedmaßen geschickt auf seinem Sessel und betete zu Gott, es möge ihm diesmal vergönnt sein, wenigstens ein paar Seiten in seinem Buch voranzukommen, bevor er erneut in ein Tier verwandelt wurde, in Vogel, Reptil oder Fisch. Er hatte genau zwei Absätze gelesen, als die Tür aufflog und Sandra ins Zimmer stürzte.
»Ich dachte mir, es würde dir Freude machen, mich zu sehen«, rief sie, als sie mit strahlendem Gesicht vor ihm stand.
»Was hat dich dazu verleitet, einen solchen gänzlich irregeleiteten

Eindruck zu gewinnen?« fragte Mr. Lamb und blickte die junge Frau über seinen Buchrand hinweg an.
»Wieso, Sappho ist abgehauen«, fuhr sie glücklich und zufrieden fort, »und jetzt wird alles zu einem guten Ende kommen.«
»Einem guten Ende für wen?« fragte Mr. Lamb unnachgiebig.
»Für uns«, sagte Sandra atemlos. »Die Luft ist rein.«
»Für mich ist überhaupt nichts rein«, entgegnete Mr. Lamb. »Welche Form der Verworfenheit schlägst du diesmal vor?«
»Jede nur denkbare«, sagte Sandra. »Du bist jetzt mein Lamb.«
Gegen seinen Willen konnte Mr. Lamb ein Grinsen nicht unterdrücken.
»Verschwinde, zum Teufel, aus meinem Zimmer«, war alles, was er sagte.
»Setz mich raus«, forderte sie ihn auf.
»Los jetzt«, warnte Mr. Lamb. »Scher dich raus.«
»Scher du mich zum Teufel raus, wenn du kannst«, antwortete sie.
Mr. Lamb stand langsam auf und blickte auf das Mädchen herab. Ohne Hast, ohne jede Anstrengung nahm er sie in seine Arme und hielt sie in der Luft.
»Ich weiß nicht, ob ich dir den Hintern versohlen oder dich küssen soll«, bemerkte er, indem er, ohne zu lächeln, in ihre unergründlich tiefen und verwirrend provokanten Augen blickte.
»Ich bin bereit für ein bißchen von beidem«, sagte Sandy.
Lamb tat letzteres. Er tat es äußerst gut, so gut sogar, daß Thomas, als er mit einer Karaffe Whisky eintrat, unbemerkt unter der Tür stehenblieb. Sachte schloß der Alte die Tür und ließ sich auf einem der Eßzimmerstühle nieder, eine Freiheit, die er sich niemals genommen hatte. Dann hob er die Karaffe an seine Lippen und trank einen stillen Toast. In der Tat, es schien aufwärts zu gehen im Hause Lamb.
Ein wenig später saßen Sandra und Mr. Lamb irgendwie überwältigt auf der kleinen, an sein Zimmer angrenzenden Veranda.
»Ich hoffe nur, du verwandelst dich nicht in einen Bären«, sagte Sandra.

»Ich hoffe, damit ist jetzt Schluß«, sagte Mr. Lamb.
»Ich auch«, antwortete sie. »Ich fände es unerträglich, dich jetzt zu verlieren.«
Mr. Lamb drehte sich in seinem Sessel um und fand ihre Augen in der Dunkelheit.
»Bist du sicher, daß du mich nicht zum Narren hältst?« fragte er. »Du weißt selbst, du bist eine so übertriebene Person. Ich bin mir niemals sicher, ob du dich lustig machst über mich oder nicht. Weißt du, junge Frauen bin ich nicht gewohnt. Irgendwo habe ich immer ein wenig daneben gestanden und war treu – nicht so sehr ihr gegenüber als mir selbst gegenüber. Dies hier verwirrt mich irgendwie. Ich weiß nicht, wo ich mit einem so gutaussehenden Mädchen wie dir lande. Ich könnte ja dein Vater sein.«
Es gab etwas so ausgesprochen Hilfloses und Täppisches in dieser kleinen Ansprache, etwas so verblüffend Unschuldiges und Aufrichtiges, daß Sandra, aus keinem ihr verständlichen Grund, sehr zum Weinen zumute war. Verschwommen spürte sie die unterdrückte Jugend, die Sehnsucht hinter all den unappetitlichen Jahren, die dieser lange, zynische, still beobachtende Mann, der hier neben ihr saß, durchlebt hatte. Während seine Frau mit übertriebenem Pathos von Schönheit geredet und selbst ein recht unschönes Leben geführt hatte, hatte Mr. Lamb immer nur sein verhaltenes, irritierendes Grinsen gegrinst und seine Sehnsüchte still für sich bewahrt. Und war dazu anständig und eher gewöhnlich gewesen. Ja, Sandra war sich mehr als sicher, daß sie ihn nicht zum Narren hielt. Aber auf seine Frage erwiderte sie nichts. Sie wollte ihre eigene Stimme nicht hören. Sie ergriff lediglich seine lange schmale Hand und hielt sie gegen ihre Brust.
Weit unter ihnen, gegen die andere, im Dunkel liegende Talseite, funkelten die Lichter der Stadt. Selbst der Schandfleck trug seinen Teil zur allgemeinen Illumination bei.
Mr. Lamb war nicht unglücklich; auch das Mädchen nicht. Beide schwiegen. Es schien besser so.
Einige Stunden später, als Thomas Mr. Lamb seinen stets gleichbleibenden Schlaftrunk einschenkte, hielt der alte Diener mit

halberhobener Karaffe inne und betrachtete den Mann, dessen Spielzeug er einst repariert hatte.
»Sie sind kerngesund und putzmunter, Mr. Lawrence«, bot er an. »Selbst für Fahrradrennen, oder ich müßte mich schwer täuschen, Sir.«
»Was verleitet dich zu dieser Annahme, Thomas?« fragte Mr. Lamb mißtrauisch.
»Allgemeine Beobachtungen, Sir«, sagte Thomas. »Allgemeine Beobachtungen. Weiter nichts, Sir. Gute Nacht.«
Mit irritierend selbstzufriedenem Gesichtsausdruck ließ Thomas den leicht verwirrten Mr. Lamb stehen und zog sich leise zurück.
Tja, schon sitze ich tief in der Patsche, dachte Mr. Lamb, indes er wohlgemut über seinem Glas brütete.
Sogar Kai Lung lag vergessen auf seinem Knie.

XVI

Geringer als Staub

Als Mr. Lamb am nächsten Morgen erwachte, fühlte er sich krank wie ein Hund. Und er war ein Hund. Schwach, wie er war, warf er sich aus dem Bett und kroch quer durchs Zimmer zu seinem Spiegel. Er hatte nicht die leiseste Ahnung, was er war. Er wußte nur, daß er was war. Er wußte, er war nicht er selbst. Er war irgendein vierfüßiges Tier mit Fell, und den Blicken auf seine Füße zufolge, war Mr. Lamb überzeugt, daß er als Tier nichts Besonderes war.

Dieser Spiegel, dachte er bei sich, hat schon manche komischen und verblüffenden Bilder reflektiert, aber diesmal, glaube ich, wird er den Schock seines Lebens erleben. Und ich, ich vielleicht auch.

Bei früheren Anlässen hatte der kleine rostrote Mann es mit Mr. Lamb stets gut gemeint. Er war von allem immer nur das Beste gewesen, ganz gleich, was es war. Er war ein imposanter Hengst gewesen, eine ausgezeichnete Möwe, ein mit zwei Fäusten versehenes Känguruh, und ein ganz besonderer Goldfisch. Aber jetzt, jetzt war er der schlimmste Hund, den er jemals gesehen hatte; offensichtlich der Sohn einer Mutter, die über unbegrenzte Experimentierfähigkeiten verfügt hatte, ein wenig gemäßigt durch eine gewisse heitere Launenhaftigkeit.

An diesem Hund, mit dem er nun konfrontiert war, erkannte Mr. Lamb wenig von sich selbst, außer vielleicht dem düster spekulativen, seitlich gerichteten Blick. Seine Ohren waren lang, schwunglos und gelb, und schienen wie ein nachträglicher Einfall an seinen Kopf genäht. Sein Haar wuchs in unkleidsamen Büscheln, hier ein paar, da ein paar, über seinen schwarzen und lohfarbenen Körper. Seine Füße waren breit und wollig. Vorn gingen sie auseinander, was den Eindruck machte, als hätte er alte, ausgefranste Stoffgaloschen an. Er war ein langer, niedriger, ausgemergelter Hund. Eine Gesichtshälfte war schwarz, die andere gelb. Den Körper entlang war dieses Farbschema umgekehrt. Er hätte ein bestechendes Modell für Damenbademoden abgegeben, mit seinen schwarz und gelben Hüften und seinem gelb und schwarzen Brustkorb. Wenn man ihn insgesamt betrachtete, war er ein Hund, bei dem man schon mal stehenblieb; ein Hund, um den man herumgehen und über den man Vermutungen anstellen würde; den man im Detail aus der Nähe prüfen und dann, um einen Gesamteindruck zu gewinnen, ein paar Schritte zurücktreten würde.

Mr. Lamb betrachtete sich nicht in diesem Licht. Krank, wie er sich fühlte, war sein Herz voller Scham. Er spürte das Verlangen fortzukriechen, in irgendeine dunkle Ecke und dort allem ein Ende zu machen. Das Leben, das ihm letzte Nacht noch so süß vorgekommen war, verbreitete jetzt einen üblen Geschmack in seinem Mund. Sein langer, dünner, wirbelloser Schwanz hing verzagt auf den Boden herab.

In diesem abscheulichen Zustand kann ich mich auf keinen Fall blicken lassen, beschloß er, indem er seinen von leichtem Schwindelgefühl ergriffenen Kopf in einen Mop von einer Pfote stützte. Als er sich letzten Abend zurückgezogen hatte, wußte er bereits, daß er krank werden würde, aber die Tatsache, daß er ein Hund – noch dazu ein Hund, wie er jetzt einer war – sein würde, hatte er bei seinen Erwägungen unberücksichtigt gelassen.

Wo nun seine Frau nicht im Hause weilte, hatte er die Tür zwischen den beiden Zimmern offengelassen. Mit unkoordinierten Bewegungen schlurfte er hinaus und gelangte mit geschickten, aber erschöpfenden Pfotengriffen in die Eingangshalle hinab. Dort fand er ein offenes Fenster, durch das er einen verstohlenen und nicht gerade glorreichen Abgang machte. Mit einem Plumps landete er auf dem Rasen. Einen Augenblick lang lag er da, um wieder zu Atem zu kommen und Kräfte zu sammeln. Dann machte er sich auf schwachen Beinen auf den Weg über die Rasenfläche, wobei sein Körper schmerzte und seine Zunge heraushing.

Hebe verfolgte den Weg dieser unglücklich aussehenden Kreatur von ihrem Fenster aus und hatte nicht die geringste Ahnung, daß es ihr Vater war, den sie dort sah; ihr Vater, dabei, den Blicken derer zu entfliehen, die ihn kannten.

An das, was ihm nach Verlassen seines Hauses widerfuhr, konnte Mr. Lamb sich später nur noch äußerst schwach erinnern. Gewisse Episoden blieben ihm jedoch im Gedächtnis haften, wie kurze Bilder aus einem rasch vergehenden Traum gefischt.

Er erinnerte sich beispielsweise daran, daß er auf der Schattenseite eines Weges dahinschlich, bis er an eine längliche Brücke gelangte, wo zwei Männer eine hitzige Debatte zum Thema Religion abhielten. Der Tag war ein Sonntag, und ihre Flachmänner waren wohlgefüllt mit Apfelschnaps. Hier ließ Mr. Lamb sich in einem unbenutzten Flecken Sonnenlicht nieder, um auszuruhen und sich ein bißchen zu wärmen.

»Glaub doch an dein Wunder, wenn du willst«, sagte einer der religiösen Fanatiker, »aber was mich angeht, glaube ich, daß es nichts weiter ist als 'ne Menge Blödsinn, ausgedacht von einer Bande gepfropfter alter Propheten, die nicht mal sagen könnten, was es morgen für Wetter gibt.«

»'türlich könnten sie das«, sagte der andere. »Ham se nich haufenweise Plagen und Hungersnöte vorausgesagt? Du solltest ma lesen, was die alles rausgefunden ham – Überschwemmungen, Pest, die Zerstörung von Städten, Schlachten und Überfälle und ... und alle Sorten Kalamitäten.«

»Muß 'n lustijer Haufen von Vorhersagern gewesen sein«, bemerkte der Ungläubige ironisch. »Ham die nie ma was Erfreuliches von sich gegeben?«

Der andere blieb still, um sich diese schwierige Frage durch den Kopf gehen zu lassen. Für ihn war das schon eine harte Nuß, dennoch fühlte er sich an seine Pflicht gemahnt, für seine Propheten ins Feld zu ziehen. Mit einem Mal hellte sein Gesicht sich auf. Licht war auf ihn gefallen.

»Aber sicher taten se das«, antwortete er. »Das Jüngste Gericht.«

»Das wird einen schönen Tag geben«, sagte der andere. »Vor allem für dich. Und wenn sie's voraussagten, dann war's Raterei, reine Raterei.«
Er nahm einen Schluck aus seinem Flachmann und schaute seinen Freund triumphierend an. Dann glitt sein Blick hinüber zu dem Hund, der zusammengerollt auf Gräsern und Blättern dalag.
»Well, wenn alle die Sachen keine Wunder waren«, wollte der Verteidiger des Glaubens wissen, »was würdst du denn 'n Wunder nennen.«
»Das hier würde ich 'n Wunder nennen«, war die prompte Antwort. »Wenn der Köter da jetzt aufstehen würde, auf die Brücke gehen, seine Nase mitten auf die Brücke tun und mit seinem lausigen Körper ein' kompletten Kreis ziehen würde, das wäre ein Wunder.«
Krank wie er war, konnte Mr. Lamb der Versuchung nicht widerstehen. Er stand auf und tappte mitten auf die Brücke. Und indem er dann seine Nase in den Staub plazierte, hielt er sie in dieser Stellung und beschrieb mit seinem Körper einen vollständigen Kreis. Mit der Nase immer noch im Staub, hob er ein wenig die Augen, um zu sehen, ob er den gewünschten Effekt erzielt hatte, oder ob er weitermachen sollte. Die Männer waren wie gelähmt. Sie erwiderten den fragenden Blick des Hundes aus Augen voller Apfelschnaps, Staunen und Verzagtheit. Der Ungläubige war zudem voller Angst. Er nahm noch rasch einen Schluck aus seinem Flachmann und fixierte den Hund mit scheuem Blick. Ohne jede Hast beschrieb Mr. Lamb einen weiteren Kreis, ließ sich dann in dessen Mitte nieder und erhob eine Pfote, als wollte er sie segnen.
»Allmächtiger Gott, ein Wunder«, hauchte der Ungläubige. »Meinst du, wir sollten niederknien und beten?«
»Wir sollten erst mal die Flachmänner loswerden«, schlug sein Freund vor. »So sieht es nicht ganz rechtens aus.«
Die beiden Männer warfen ihre Flachmänner in die Büsche und sahen Mr. Lamb an, ein Zeichen seiner Billigung zu erheischen. Mr. Lamb nickte dreimal mit dem Haupt, stand auf und machte

sich auf schwachen Beinen davon. Die Männer blickten dem sich zurückziehenden Hund nach, bis er hinter einer Wegbiegung verschwand. Einen Augenblick lang sahen sie sich schweigend an, um dann, wie die große Mehrheit der Konvertiten, sogleich wieder abtrünnig zu werden. Sie hechteten in die Büsche und kehrten mit ihren Flachmännern wieder daraus hervor, und leerten sie, blitzschnell und mit großem Geschick. Als später die Nacht hereinbrach, erzählten sie allen ihren Freunden von einem Hund, der Hymnen anstimmte, und Predigten hielt.

Mr. Lambs nächste Erinnerung ist weit weniger angenehm. Es war Nacht, und er stand auf dem Rasen eines flachen, windschiefen, hellerleuchteten Hauses. Laute Rufe und Gelächter drangen durch die Fenster. Irgendwer sang, oder versuchte zu singen, »Frankie und Johnny«. Hinter dem Haus erhob sich eine Wand aus hohen dunklen Bäumen. Schweigend standen sie da, als hörten sie zu.

Lamb schleppte sich zur vorderen Veranda und spähte durch die offene Tür. Er sah drei Frauen und vier Männer, die sich in trunkener Hemmungslosigkeit herumfläzten. Einer der Männer lag auf Kissen gestützt auf einer schmalen Chaiselongue. Obwohl die Nacht lau war, hatte er einen Bademantel um die Schultern geworfen. Er hustete und rauchte und trank. Von Zeit zu Zeit rief er nach einer Frau, offenbar seiner Ehefrau, und bat sie, sein Glas nachzufüllen. Von dieser zärtlichen Aufmerksamkeit abgesehen, ließ sie den kranken Mann völlig links liegen. Sie war ganz und gar mit einem hochgewachsenen, gleichgültig dreinschauenden Mann beschäftigt, und betrunken genug, dies auch zu zeigen. Ihre Form der Gunstbezeigung bestand darin, ihre Beine zur Schau zu stellen und allem zu widersprechen, was der Gegenstand ihrer Zuneigung von sich gab. Überall lagen Gin- und Whiskyflaschen sowie umgekippte Gläser herum. Von Zeit zu Zeit brach zwischen einem der Pärchen Streit aus, und dann war die Luft erfüllt von Schmähungen und Beschuldigungen.

»Zieh den Rock tiefer«, rief der kranke Mann schließlich seiner Frau zu und zeigte auf ihre bloßen Oberschenkel.

»Ach, sei kein Waschweib«, antwortete sie quer durchs Zimmer und warf sich mit dem Auserwählten dieses Abends auf eine Couch zurück. »Jeder weiß, daß ich Beine hab. Was ist denn schon dabei, wenn man sich's gemütlich macht?«
Dann fing sie an, allen, die zugegen waren, zu erzählen, wie eifersüchtig ihr Mann doch war und zitierte ein paar Bemerkungen, die er über einen der anwesenden Männer gemacht hatte.
Mr. Lamb schleppte sich über den Fußboden und setzte sich neben die Couch, auf der der Kranke ruhte. Der kranke Mann reichte nach unten und kraulte eines der langen, planlosen Hundeohren. Von den anderen schien keiner von Mr. Lamb Notiz zu nehmen. Sie waren allzusehr mit ihren eigenen Dingen beschäftigt. Als die Blicke des kranken Mannes sich mit den seinen trafen, las Mr. Lamb nichts anderes darin als in Alkohol getränkte Verzweiflung.
Das wird kein gutes Ende nehmen, sagte Mr. Lamb bei sich. Dieser Mann ist nicht nur krank und betrunken, sondern auch noch außer sich vor Eifersucht. Kann nicht sagen, daß ich's ihm verübelte. Irgendwas wird passieren.
Einen Augenblick lang gewahrte er die dunklen, düster brütenden Bäume hinter dem Haus warten und lauschen.
Kurz darauf rief der kranke Mann ein anderes Mädchen herbei. Er flüsterte der jungen Frau etwas ins Ohr, und sie brachte ihm eine Flasche Gin, die er neben sich stellte und von Zeit zu Zeit unverdünnt daraus trank. Inzwischen war er sehr betrunken, kaum, daß er noch etwas sehen konnte. Auf einer anderen Couch, ihm genau gegenüber, war seine Frau dabei, unverhohlen herumzuknutschen. Es war still geworden im Raum. Einige der Lampen waren gelöscht.
In der Stille war die gebrochene Stimme des kranken Mannes zu vernehmen, der einen Kinderreim zu singen versuchte:

»›Zu Bett. Zu Bett‹, sagt' Schläfrig Haupt
›Verweil ein wenig‹, sagt' Butz.«

Das klagend hervorgebrachte Lied schien unvereinbar mit der ganzen ungesunden Atmosphäre. Das Mädchen, das ihm die Flasche Gin gebracht hatte, küßte ihren Partner und weinte zugleich.
Mr. Lamb fing an, sich entschieden unwohl zu fühlen, aber irgendein Instinkt hieß ihn, an der Seite seines Gefährten zu verweilen. Hastig hustend griff der Mann zur Flasche hinab, tastete ein wenig herum, bis er sie gefunden hatte, und brachte sie dann an die Lippen. Als er sie wieder absetzte, war die Flasche leer und das Gesicht des Mannes in Schweiß gebadet. Aus seiner Brust drang ein gebrochenes Keuchen.
»›Zu Bett. Zu Bett‹, sagt' Schläfrig Haupt.« Die Stimme brach ab, und der Mann sackte in sich zusammen und hörte auf zu husten.
Seine Frau blickte ein paar Minuten zu ihm hinüber, drehte sich dann um zu ihrem Freund und nickte mit dem Kopf. Sie standen auf und schlüpften rasch durch eine Tür, die in ein dunkles Zimmer führte. Eine halbe Stunde verging, und immer noch rührte der betrunkene Mann sich nicht. Eine Hand hing schlaff von der Couch herab. Mr. Lamb schnupperte daran und zuckte zurück. Er wußte, daß der Mann tot war.
Als die Frau mit ihrem Partner zurückkehrte, ihre Augen dunkel, schwer und trunken, seine schläfrig triumphierend, ging sie hinüber und schüttelte ihren Mann bei den Schultern.
»Wach auf, du altes Weib!« gellte es. »Du verpaßt den ganzen Spaß.«
Das Entsetzliche der Situation jagte eiskalte Schauer über Mr. Lambs Rücken.
»Wie denn, das alte Weib ist voll wie eine Schnapsleiche«, verkündete seine Frau, als der tote Mann halb von der Couch rutschte. »Los, liebe Leute, drehen wir ein bißchen auf. Der Spaßverderber ist erledigt für die Nacht.«
Mit diesen Worten nahm sie einen Schluck Gin und, indem sie ihren eh schon kurzen Rock noch höher zog, warf sie sich ihrem Liebhaber um den Hals und fing an, wie wild im Zimmer herumzutanzen. Die andern folgten ihrem Beispiel.

Es wurde weitergetrunken, weitergetanzt. Ein Mädchen ging zu der regungslosen Figur auf der Couch hinüber und nahm seine Hand. Sie erschrak und beugte sich vor, um sein Gesicht zu untersuchen, und betastete mit zitternden Fingern die kalte Haut. Dann rief sie hastig einen der Männer herbei, und gemeinsam untersuchten sie die in sich zusammengesunkene Figur noch einmal. Der Mann legte eine Hand auf das stillstehende Herz. Als er sich erhob, war sein Gesicht weiß wie die Wand.

»Du sagst es ihr«, war alles, was er sagte.

»Komm mal her«, rief das Mädchen die Frau.

»Zur Hölle«, erwiderte sie. »Ich sitz hier grad so gemütlich auf der Couch. Er wird die ganze Nacht durchschlafen. Laß ihn zufrieden.«

Sie trank aus einer Flasche und fiel auf die Couch zurück, bis über die Ohren voll mit Gin. Das andere Mädchen näherte sich ihr und blickte auf die beiden ineinander verschlungenen Menschen hinab.

»Dein Ehemann ist ziemlich tot«, sagte sie mit ruhiger Stimme.

»Sag das noch mal«, entgegnete die andere, indem sie sich aufsetzte und ihren Kopf zwischen ihren Händen hielt. »Tot, sagst du?« Dann fing sie an zu lachen.

»Tot, sagst du? Mein Gott, ist das lustig! Das wär ihm zuzutrauen. Immer Spaßverderber sein.«

Der Tag brach an, und als Mr. Lamb hinausschlüpfte, wollte ihm das Lied des toten Mannes nicht aus dem Sinn, »Zu Bett. Zu Bett, sagt' Schläfrig Haupt.«

Als nächstes erinnerte Mr. Lamb sich, wie er, selbst schwach vor Erschöpfung und Übelkeit, vor einer kleinen Hütte in der Sonne lag. Durch die Tür konnte er einen Mann und eine Frau sehen, die sich über den Frühstückstisch hinweg anblickten. Ein gutaussehendes, aber feindseliges Paar. Ihre Blicke begegneten sich mit einstudierter Gleichgültigkeit. Kein Wort fiel. Als der Mann sich erhob, um seinen Hut zu nehmen, kam ein neuer Ausdruck in die Augen der Frau, während sie verstohlen seine Bewegungen verfolgte. Es war etwas Sanftes in ihnen, eine Art stiller Schrei. Ohne ein Wort des Abschieds ging der Mann zur Hüttentür und blieb dort stehen, als er den kranken Hund entdeckte. Mit leise gemurmelten freundlichen Worten beugte sich der Mann über Mr. Lamb und hob den matten Kopf. Dann brachte der Mann den Hund ins Innere der Hütte.

Mit einem bitteren Zug um den Mund stand die Frau am Herd und sah zu, wie ihr Mann den Hund streichelte und kraulte. In einer Hand hielt sie einen Topf mit heißem Wasser. Als der Mann sie um ein bißchen warme Milch bat, zuckte sie die Achseln und wandte sich ab.

»Verflucht«, sagte der Mann mit leiser Stimme. »Gib mir 'n bißchen warme Milch für diese arme, kranke Kreatur.«

Lamb haßte warme Milch, erkannte die guten Absichten des Mannes aber an.

»Wirst du mir jetzt endlich die Milch geben?« forderte der Mann, immer noch mit leiser und unpersönlicher Stimme.

Plötzlich brauste die Frau auf und drehte sich um zu ihrem Mann. Ihr Gesicht war weiß vor irgendwas Tieferem als Wut.

»Nein!« schrie sie und spritzte das heiße Wasser auf Mr. Lamb. »Nein! Nein! Nein!«

Mr. Lamb stöhnte vor Schmerz leise auf, bewegte sich aber nicht. Seine Augen ruhten auf der Frau. Sie zitterte, schauderte vor Abscheu. Er sah den Mann vorspringen und der Frau eine schallende Ohrfeige verpassen. Die Frau schwankte ein wenig, blieb dann stocksteif stehen und blickte mit demselben bitteren Lächeln um die Lippen starr geradeaus.

Dann sah Mr. Lamb, wie der Mann der Frau langsam seinen Rükken zudrehte. Sein Kopf hing herab, und zwei Tränen flossen über seine Wangen. Die Hände hielt er geballt an seinen Seiten. Nach und nach verging das bittere Lächeln auf den Lippen der Frau und an seine Stelle trat eine gewisse Zärtlichkeit.

»Komm«, sagte sie schließlich und streckte ihre Arme dem Mann entgegen. »Komm, komm her zu mir.«

Und der Mann kam in die Arme seiner Frau. Sie hielt ihn heftig an sich gedrückt, und Lamb betrachtete ihr Gesicht mit Wohlgefallen.

Das war eine schöne Frau, dachte er, und stolz. Vielleicht eine Spur zu impulsiv.
Er verweilte gerade lange genug, um zu zeigen, daß er keinen Groll hegte. Dann schlüpfte er still hinaus und ließ den Mann und seine Frau mit endlich gelösten Zungen zurück. Wieder einmal machte er sich auf den Weg und fühlte sich wie ein Pfadfinder, der gerade seine tägliche gute Tat vollbracht hatte.
Wann genau es war, konnte Lamb nie genau sagen. Alles, was er noch erinnern kann, ist, daß er eine geräumige, wohleingerichtete Eingangshalle sah, an deren einem Ende sich die offene Tür zu einer Bibliothek befand. Auch vermag er sich noch einer weitausladenden Treppe erinnern, die in majestätischem Bogen zu einem Balkon hinaufführte. Ein feingliedriger hagerer Herr mit weißem Haar war in einer Auseinandersetzung mit einem gleichermaßen gepflegtem und hager aussehendem Sohn begriffen. Beide äußerten Dinge, die sie in dem Moment, da sie sie aussprachen, bereits bereuten.
»Deine politischen Ideen – wie alle deine Ideen – sind durch und durch trügerisch«, sagte der alte Mann. »Und deine radikalen Freunde, mit denen du dich in letzter Zeit zu umgeben pflegst... Man sollte sie allesamt an die Wand stellen und erschießen. Jawohl! Erschießen. Sind alles Rote... Abschaum. Außerdem, in diesem Haus sind sie nicht gern gesehen. Ich verbiete ihnen, es jemals wieder zu betreten.«
»So darf ich also meine Freunde nicht mehr mit nach Hause bringen«, fuhr der junge Mann auf und stand jetzt seinem Vater Auge in Auge gegenüber. »Dann gehöre ich von heute an nicht mehr hierher. Das Haus, in dem meine Freunde nicht gern gesehen sind, verbiete ich mir selbst.«
Der alte Mann verhärtete sich. Ein kaltes Lächeln lag auf seinen Lippen.
»Verbiete und sei verflucht«, sagte er klar und deutlich. »Geh und leb mit den Freunden deiner Wahl.«
Ohne ein weiteres Wort zu verlieren, stürmte der junge Mann die Treppe hinauf. Mr. Lamb erinnert sich, wie er von seinem ver-

steckten Beobachtungsposten aus die Augen des alten Mannes sehen konnte, als sein Sohn davonstürzte. Jetzt, da die Maske aus Stolz für einen Augenblick gelüftet war, waren sie von Furcht und Einsamkeit erfüllt. Er schritt auf dem dicken Teppich hin und her, hilflos rang er die Hände. In Mr. Lambs Augen sah er jetzt wirklich alt aus – alt und irgendwie kleiner.
Kurz darauf kehrte der Junge mit zwei Koffern zurück, und wieder verhärtete sich der alte Herr und drängte mit einer Anstrengung seines dickköpfigen alten Willens, seinem Stolz auf Rasse und Herkunft, seinem Glauben an vergangene Traditionen, seine Jahre und seine Einsamkeit zurück.
»Man wird Ihnen nicht länger zur Last fallen«, sagte der junge Mann. »Good bye, Sir.«
»Man weiß Ihre Entscheidung zu würdigen«, erwiderte der Vater. »Good bye!«
Der junge Mann drehte sich noch einmal um, zögerte, indem er aber seinen Vater ihm den Rücken zukehren sah, wandte er sich um und entschwand durch eine Tür in der Halle. In dem Augenblick, da die Tür sich schloß, änderte der alte Gentleman seine stocksteife Haltung und stand da, als lauschte er. Sogleich hörte er, wie ein Motor gestartet wurde, und etwas wie ein Seufzer fuhr über seine Lippen. Mit ungeschickten Fingern tastete er in einer Zigarrenschachtel herum und wählte mechanisch eine Breva. Dann sank er in einen Sessel und blickte wie benommen auf die unangezündete Zigarre.
An diesem Punkt stahl Mr. Lamb sich aus seiner Ecke und wankte auf den kiesbestreuten Fahrweg zu. Was er tun würde, wußte er nicht, aber irgendwas würde er tun, dazu war er fest entschlossen. Diese törichte Sackgasse, in die sich der alte Narr und der junge Narr begeben hatten, mußte aufgebrochen werden. Lamb sah den Scheinwerferstrahl von hinter dem Haus her um die Kurve wischen, und er fing zu bellen und zu heulen an, so gut er konnte. Er schleppte sich in die Mitte des Fahrwegs, stellte sich auf die Hinterbeine und winkte gebieterisch mit seinen lächerlichen Vorderpfoten.

Zu spät. Die Lichter brachen scharf seitlich aus. Mr. Lamb fühlte sich ergriffen und durch die Nacht geschleudert. Dann hörte er das Krachen des Automobils, als es mit einem der Bäume auf dem Rasen kollidierte. Mr. Lamb war immer noch bei Bewußtsein.
Er sah den von mehreren Dienstboten gefolgten alten Gentleman den Fahrweg hinuntereilen.
»Mein Junge!« rief der alte Gentleman in die Dunkelheit. »Bist du verletzt?«
»Alles in Ordnung, Vater«, kam die erleichternde Antwort. »Ich suche nach einem alten Köter, den ich angefahren habe. Hilf mir doch bitte, hilf mir, ihn zu finden.«
»Es ist ein Wunder, daß du dir deinen verdammten Hals nicht gebrochen hast«, sagte der alte Gentleman, als er ins Scheinwerferlicht trat.
Er legte seinem Sohn einen Arm um die Schultern.
»Sicher?« fragte er.
»Sicher, Sir«, sagte sein Sohn. »Aber, ich fürchte der Hund... Merkwürdig, was der da machte. Es schien, als hätte er bewußt versucht, das Auto zu stoppen.«
»Ein guter Kerl«, sagte der alte Gentleman. »Hoffentlich können wir ihn wieder zusammenflicken.«
Unter Zuhilfenahme einer Taschenlampe wurde Mr. Lamb schließlich aus einem Busch gepflückt. Der alte Gentleman trug ihn eigenhändig ins Haus zurück. Ein Mann wurde mit einem anderen Auto zu einem Arzt geschickt. Kurz bevor Mr. Lamb die Kontrolle über die Situation verlor, hatte er das Vergnügen zu sehen, wie zwei Koffer die breiten Stufen hinaufgetragen wurden. Dann überließ er die Welt einstweilen sich selbst. Für ihn barg sie viel zu viele Probleme. Kein Mensch konnte von ihm erwarten, daß er sich um alles kümmerte, alles wieder ins Lot brachte.

Als Mr. Lamb die Welt das nächste Mal mit seiner Anwesenheit beehrte, fand er sich auf der sauberen, warmen Erde wieder. Er war in einer Art umzäunten Auslaufs, an dessen Ende etwas stand, das sich als eine Hundehütte *de luxe* herausstellte. Ein weiches Kissen lag unter seinem Haupt und ein loser Verband hing an seinem linken Fuß. Was aber weit beunruhigender war, war das breite rote Gesicht eines Mannes in nächster Nähe seines eigenen.

»Was haben Sie sich eigentlich dabei gedacht, hier einfach so hereinzuschneien?« fragte das Gesicht vorwurfsvoll.

Mr. Lamb blickte an sich herab und realisierte mit Bestürzung, daß er kein Hund mehr war. Wieder einmal war er Mr. T. Lawrence Lamb, ein konservativer Anlagebankier, in einer äußerst peinlichen Lage.

»Ich wollte gar nicht hier rein«, war alles, was ihm als Antwort einfiel. »Wo zum Teufel bin ich?«

»Sie befinden sich in einem der besten Hundespitäler im ganzen Land«, entgegnete das Gesicht mit verzeihlichem Stolz. »Eines der modernsten und der feudalsten.«

»Auf einen Hund«, sagte Mr. Lamb, »mag das einen tiefen Eindruck machen, mich läßt es eher kalt. In einem Hundespital will ich nicht sein, ganz gleich, wie schick es ist.«

»Wieso haben Sie dann überhaupt Ihr Bett verlassen und sind in Ihrem Pyjama vorsätzlich über diesen Draht geklettert?« fragte das Gesicht.

Es stimmte. Mr. Lamb war mit nichts weiter bekleidet als seinem Schlafgewand. Diese unleugbare Tatsache mußte er anerkennen. Was ihm aber nicht paßte, war, flach auf dem Rücken zu liegen und zu diesem roten Gesicht zu sprechen, das wie eine Sonne über ihm hing.

»Hören Sie«, sagte Mr. Lamb nach kurzem Überlegen. »Wenn Sie nur Ihr Gesicht woanders hintun, werde ich versuchen, aufzustehen und auf meinen Füßen mit Ihnen zu reden.«

Das Gesicht wurde langsam und widerwillig zurückgezogen, und Mr. Lamb fühlte sich weniger wie ein Insekt unter einem Mikroskop.

»Nun?« sagte der Träger des Gesichts, als Mr. Lamb ihm gegenüberstand.

»Ach ja«, entgegnete Mr. Lamb frei heraus. »Man hat mich hier hineingeworfen.«

Der Mann schien mehr verletzt denn überrascht.
»Sagen Sie das noch mal«, meinte er mit brutalem Unterton.
»Also gut«, sagte Mr. Lamb. »Ich bin ein Somnambule.«
»Mit derlei Gerede werden Sie nicht weit kommen«, erwiderte der Mann.
»Ich bin Schlafwandler«, erklärte Mr. Lamb.
»Sie sind ein verdammter, armseliger Lügner«, sagte der Mann.
»Ich tue, was ich kann«, sagte Mr. Lamb. »Helfen Sie mir hier mal raus, ja?«
»Was haben Sie mit dem Hund gemacht?« fragte der Mann unnachgiebig.
»Der Hund muß rausgegangen sein, als ich reinkam«, sagte Mr. Lamb. »Einen Hund habe ich niemals gesehen. Ich hab fest geschlafen.«
»Und geschnarcht«, ergänzte der Mann sarkastisch.
»Jetzt machen Sie sich über mich lustig«, sagte Mr. Lamb. »Ich meine es ernst.«
»Ich weiß«, entgegnete der Mann. »Das macht es ja so lustig.«
Er blickte sich nach allen Seiten um.
»Well, der Köter ist weg«, bemerkte er. »Gott sei Dank ist dieses Miststück verschwunden. So einen Clown haben wir noch nie in unserm Zwinger gehabt. Es war eine Demütigung, für ihn sorgen zu müssen, so ordinär, wie er war. Irgendein reicher Gentleman hat ihn zu uns gebracht.«
Mr. Lamb hatte derweil genug von dem Hund gehört. Völlig perplex blickte er sich von oben bis unten an und wandte sich dann erneut an den Mann.
»Hören Sie«, sagte er, »so kommen wir nicht weiter. Borgen Sie mir einen Mantel und besorgen Sie mir ein Taxi, und ich werde Ihnen brieflich alles erklären ... und der Brief wird etwas enthalten, weitaus mehr als nur Neuigkeiten. Verstehen Sie?«
Der Mann verstand. Auch besorgte er einen Mantel, etwas Ähnliches wie Schuhe und ein Taxi.
Und mit Hilfe dieser Utensilien gelangte Mr. Lamb nach Hause ... erleichtert, erschöpft, und mit der größtmöglichen Diskretion.

XVII

In Sandras Bett

»Kehre gerade von einem kleinen Spaziergang zurück«, flüsterte Mr. Lamb, als er, indem er auf Zehenspitzen durch die Diele schlich, plötzlich Thomas Auge in Auge gegenüberstand. »Ein schöner, frischer Morgen.«

»So ist es«, erwiderte Thomas höflich. »Komme selbst gerade vom Baden zurück. Bin lange und ausgiebig geschwommen.«

Mr. Lamb schien diese überraschende Mitteilung des alten Dienstboten nicht mitbekommen zu haben. Er war dabei, in sein Zimmer zu eilen, als er sich plötzlich an etwas erinnerte.

»Übrigens«, rief er zurück. »Draußen steht ein Taxi. Geben Sie dem Fahrer ein gutes Trinkgeld. Ich war zu müde, und er brachte mich nach Hause.«

Thomas machte irgendeine unschuldige Bemerkung über das Finden eines Taxis, frühmorgens auf abgelegenen Landstraßen und machte sich an die Erfüllung der Mission, während Mr. Lamb die Abgeschiedenheit seines Zimmers aufsuchte. Er badete und rasierte sich, zog sich frisch an und begegnete der Welt aufs neue als ein respektables Mitglied der Gesellschaft. Dann setzte er sich hin und dachte nach.

Seine Erfahrungen als Hund hatten ihm genug Stoff zum Nachdenken geliefert. Nie zuvor hatte er realisiert, daß sich um ihn herum so viele Melodramen abspielten – so viele tragische, dumme und gemeine, so viele ergreifend menschliche. In der Zeit, als er ein schrecklich kranker Hund gewesen war, war Lamb unbewußt gewachsen. Schon immer tolerant, wurde seiner Toleranz jetzt ein tieferes Verständnis verliehen. Er konnte nicht ablassen, sich immer wieder zu fragen, wie die betrunkene junge Frau sich gefühlt haben mochte, als sie endlich wieder zu Sinnen kam und voll und ganz begriff, was sich abgespielt hatte. Würde ihr offener Treuebruch und der Tod ihres Mannes sie groß beschäftigen? Mr. Lamb bezweifelte das. Wahrscheinlich würde sie sich wieder betrinken und ihren verschlagen lasterhaften Lebenswandel fortführen. Auch fragte er sich, wie solche Frauen sich benahmen, wenn sie alterten, welchen Erinnerungen sie auswichen, welche Gedanken sie in ihren seichten Hirnen spuken ließen. Ihr Mann konnte kaum ein bewunderungswürdiger Mensch gewesen sein, dennoch hatte Lamb aus irgendeinem Grund Gefallen an dem Burschen gefunden, so betrunken er auch gewesen war. Langeweile und schlechter Gin waren an so vielem schuld.

Mr. Lamb schlug seinen Kalender auf und fand heraus, daß er ein wenig mehr als eine Woche Hund gewesen war. Wo er geschlafen und wo er während dieser Zeit überall herumgestreunt war, wie lange er unter der Obhut des mondgesichtigen Mannes im Zwinger gewesen war, er hatte nicht die leiseste Ahnung. Er setzte sich an sein Pult und schrieb diesem Individuum einen Brief. Eine Unterschrift trug dieser Brief nicht, dafür enthielt er eine Zehndollarnote. Als Thomas mit einer Kanne Kaffee und Eiern und Toast ins Zimmer trat, gab Mr. Lamb ihm den Brief und, indem er auf den Mantel und die Slipper zeigte, trug er ihm auf, was damit zu geschehen hatte. Thomas benötigte an sich gar keine Instruktionen, hatte er doch ein kurzes, aber aufschlußreiches Gespräch mit dem Taxifahrer geführt.

Obwohl der Gedanke ans Büro ihm zuwider war, fuhr Mr. Lamb mit einem späteren Zug in die Stadt. Gern hätte er seine Tochter gesehen, erfuhr jedoch, daß sie die Nacht bei Miss Rush zugebracht hatte, aufgrund der Abwesenheit ihres Vaters war es im Haus allzu einsam gewesen.

Er fand, daß sein Büro immer noch Geschäfte abwickelte, auch wenn vieles liegengeblieben war. Dies zu erledigen machte er sich, so gut es in den Stunden, die ihm zur Verfügung standen, ging, sogleich ans Werk. Nachdem er dann Billings, was seinen körperlichen wie geistigen Gesundheitszustand betraf, beruhigt hatte, eilte Mr. Lamb nach Hause. Die gesunde Atmosphäre des Büros hatte irgendwie dazu beigetragen, sein geistiges Gleichgewicht wiederherzustellen und die morbiden Betrachtungen, die ihn belasteten, zu zerstreuen. Der Kinderreim, den der sterbende Mann gesungen hatte, ging ihm immer noch nicht aus dem Sinn. Lamb vermochte nicht, den wachsenden Eindruck zu bekämpfen, daß er ein besonderer Mensch war, daß die Kommunikationslinien zwischen ihm und der übrigen Welt abgetrennt worden waren, vielleicht auf immer. Wenn der kleine rostrote Mann es wollte, könnte er ihn das gesamte Königreich der Tiere durchmachen lassen, Vögel, Fische und Reptilien gar nicht zu erwähnen – ja gar Insekten. Mr. Lamb war bei dem Gedanken entsetzt. Jede wie auch immer geartete Vereinbarung mit Sandra stand, solange er sich immer wieder verwandelte, gänzlich außer Frage. Sogar Hebe würde irgendwann einmal eines Vaters überdrüssig werden, der die Anlagen eines vollständigen Dschungels in sich trug.

Er war nicht gerade in heiterer Verfassung, als Mr. Lamb sich diesen Abend zum Essen setzte. Noch wurde seine Heiterkeit von dem, was Hebe zu berichten hatte, gesteigert.

Es schien, daß Mrs. Lamb, während seiner Abwesenheit, ins Haus zurückgekehrt war, die meisten ihrer Besitztümer gepackt und unter Zuhilfenahme zweier Taxis mit unbekanntem Ziel abgereist war. Sie war von ihrem Dienstmädchen begleitet worden. Diese Nachricht war für Mr. Lamb an sich nicht weiter unangenehm, was aber damit einherging, war nicht sehr beruhigend. Hebe gab ihrem Vater zu verstehen, daß, im Laufe eines kurzen Gesprächs mit ihrer Mutter, die gute Lady gezeigt hatte, daß sie ziemlich genaue Informationen über die noch nicht lange zurückliegenden Aktivitäten ihres Mannes besaß. Es stellte sich heraus, daß sie insgeheim verstreute, aber alarmierende Beweisstücke sammelte, wie auch gewissen Leuten Fragen stellte. Wie genau sie diese Beweise verwenden wollte, was letzten Endes ihre Absichten waren, vermochte Hebe nicht zu sagen. Jedenfalls waren Vater und Tochter sich darin einig, daß Sapphos Absichten, was sie beide betraf, kaum rosige Zeiten verhießen.

»Hättest du denn viel gegen eine Scheidung einzuwenden?« fragte Hebe.
»Nein«, antwortete Mr. Lamb bereitwillig genug, »aber gegen eine öffentliche Zurschaustellung hätte ich sehr viel einzuwenden. Ich habe nicht den Wunsch, Stoff für die Sonntagsbeilagen und medizinische Fachzeitschriften zu liefern. Noch möchte ich von Reportern befragt werden, wie man sich als Goldfisch fühlt oder was ein Känguruh vom New Yorker Nachtleben hält. Deine Mutter, mein Kind, ist nicht nur auf ihre Freiheit aus, sondern auch auf Rache. Du weißt, Hebe, wir haben sie wirklich auf unbarmherzige Art und Weise zum Besten gehalten, auch wenn sie versucht hat, mich in eine Flasche zu stopfen. Hegst du denn gar keine Sympathie für sie? Meine Gleichgültigkeit ihr gegenüber ist ja nur verständlich, aber du bist doch immerhin so was wie blutsverwandt. Ich verstehe nicht ganz...«
»Mutter hat niemals viel Zeit für mich gehabt«, fiel Hebe ihrem Vater ins Wort. »Das ist einer der Gründe, weshalb ich so hartherzig bin. Als ich ein Kind war, dachte ich, ich hätte sie gern, versuchte mir selber weiszumachen, ich hätte eine richtige Mutter. Diese hoffnungsvolle Phase währte aber nicht lange. Sappho hat sich nie wirklich um mich gekümmert, außer, es waren andere Leute zugegen. Und noch etwas, Major: ich bin auf dem besten Wege eine Frau zu sein, und gewinne einen rein fraulichen Einblick in die Funktionsweise ihres Denkvermögens. Sie ist eine unabhängige Frau, Major, daran gibt es nichts zu rütteln. Wenn sie nicht die Leitkuh sein kann, wird sie sich nicht von der Stelle rühren. Das ist alles. Wenn ich an diesen Wurm Leonard Gray denke, kann ich, in meinem System, keine Sympathie für Sappho finden. Wegen uns zweien wird ihr das Herz nicht brechen, das war schon die ganzen Jahre so. Was mich überrascht, ist, daß sie mich überhaupt in die Welt gesetzt hat. Ich weiß ganz genau, daß sie sich, seitdem ich eine sogenannte junge Dame bin, an meiner Existenz stets gestoßen hat. Sappho duldet keine Konkurrenz. Sie will nicht daran erinnert werden, wie die Jahre vergehen. Ich hoffe, dich stört es nicht, wenn ich so von meiner eigenen Mutter spreche,

aber ich wußte schon seit geraumer Zeit, daß ich darüber sprechen sollte. Man kann nicht zwei sich bekriegenden Parteien treu ergeben sein, ohne von emotionalen Kugeln durchlöchert zu werden. Wenn du, eher zufällig, mal bei uns bist, ziehe ich es vor, dir gegenüber loyal zu sein.«

Für Hebe war das eine gewaltige Ansprache. Völlig überrascht blickte ihr Vater sie an. Niemals zuvor hatte er sie so ernsthaft oder so lange sprechen gehört. Sie war tatsächlich eine junge Dame, mit einem so ausgewogenen Verstand, wie ihr Herz leicht war.

»Nun«, sagte er, indem er vom Tisch aufstand und seine langen Arme reckte, »ich wünschte mir nichts sehnlicher, als daß mal ein bißchen Ruhe einkehrte – vor allem bei mir selbst. Seit jenem Abend, da wir den kleinen rostroten Gesellen mitgenommen haben, ist mein Leben eine einzige lange atavistische Orgie gewesen.«

An diesem Abend hatte er reichlich Gelegenheit, ohne Unterbrechung sein Buch zu lesen. Tatsächlich war er sogar ein bißchen mehr ungestört, als er sich's wünschte. Eine Stunde oder so verbrachte er mit Warten auf Sandra. Als sie nicht erschien, gab er die Hoffnung auf, wandte sich seinem Buch zu und war schon bald darin vertieft. Gegen Mitternacht kam Thomas herein, um seinem Herrn einen Drink bereitzustellen, und um sich zu erkundigen, ob er sonst noch Wünsche hätte. Für Thomas war das eine Zeremonie, die durchzuführen er ganz besonders liebte. Und Mr. Lamb, der das wußte, gestattete seinem alten Freund, damit ausführlich zu Werke zu gehen.

»Sie fühlen sich recht beieinander, Sir?« erkundigte sich Thomas, im Begriff, sich zurückzuziehen.

»Ja«, antwortete Mr. Lamb trocken. »Zur Abwechslung.«

»Erfreut, das zu hören, Sir«, sagte Thomas. »Gute Nacht.«

»Gute Nacht«, erwiderte Mr. Lamb. »Und, Thomas, vergessen Sie nicht, in der Bibliothek ein Fenster offenstehen zu lassen. Dort unten im Haus braucht es ein wenig Durchzug.«

Thomas verstand. Schon vom ersten Tage an, seit dem Verschwinden von Mr. Lamb, hatte der alte Mann diese Vorsichtsmaßnahme getroffen. Hebe war es gewesen, die diesen Vorschlag gemacht hatte.

Nachdem Thomas still die Tür hinter sich zugezogen hatte, kehrte Mr. Lamb zu seinem Buch und seinem Drink zurück. Kurz darauf wurde der Kopf ihm schwer, und schließlich schlief er ein.

Ein paar Stunden später wachte er mit dem Gefühl wieder auf, daß nicht alles war, wie es sein sollte. Seine schlaftrunkenen Augen konzentrierten sich auf einen langen, gewissenhaft mit schwarzen und grauen Bändern gestreiften Schwanz.

Entweder dieser Schwanz gehört zu mir, dachte er traumverloren, oder eine Katze sitzt auf meinem Schoß. Er dachte den Schwanz in Bewegung, und er bewegte sich majestätisch. Es ist meiner, sagte er sich mit Bedauern. Es ist mal wieder soweit.

Er blieb, wie er war, auf dem Sessel, zusammengerollt und nachdenkend. Wäre er als Katze nur halb so ängstlich, wie er es als Hund gewesen war, würde er auf dem Sessel verharren, ohne sich zu rühren, bis der kleine rostrote Mann, wenn die Zeit gekommen war, es für richtig hielt, ihn in etwas anderes zu verwandeln. Er streckte eine Pfote aus und studierte sie sorgfältig. Das war eine ansehnliche, wirksame Pfote und schien gut ausgerüstet zu sein mit speziell für Hinterhofkampf gedachten Krallen. Soweit, so gut, beschloß er. Dann lenkte er seine Aufmerksamkeit auf seinen Schwanz. Auch der Schwanz war nicht zu verachten. Ein langer Schwanz mit dem es sich peitschen ließe, glänzend und bestens gepflegt. Mr. Lamb faßte sich ein Herz. Aber sich in voller Lebensgröße im Spiegel zu betrachten, davor schreckte er zurück. Der Schock vom letzten Mal steckte ihm noch in den Gliedern. Sich noch einmal auf so etwas einlassen? Nein, danke. Dann fiel sein Blick auf die Karaffe.

Nun ist es schon ein seltsames Beispiel von Verdrehtheit, daß Mr. Lamb als Mensch zwar regelmäßig, aber, von eher seltenen Gelegenheiten abgesehen, mäßig trank. Hatte er sich aber wieder mal in ein Tier verwandelt, so war das erste, woran er dachte, sich ordentlich einen zu genehmigen und dann irgendwo Streit vom

Zaun zu brechen. Nur extreme Übelkeit hatte ihn davon abgehalten, ein betrunkener, krakeelender Hund zu sein – von Natur aus ungestalt und von der Neigung her ein Rebell. Und jetzt grübelte und plante er, wie er der Karaffe am besten einen Drink entlocken konnte. Dies würde ihm einiges abverlangen – das war ihm völlig klar –, aber die Kniffligkeit des Unternehmens bewirkte, daß er sich um so ernsthafter seiner Durchführung widmete.
Endlich stand er auf, nahm mit seinen zwei Pfoten das leere Glas vom Tisch, und es glückte ihm, es auf die Lehne seines Sessels zu stellen, der, ein wenig niedriger, gleich neben dem Tisch stand. Dann führte er eine Pfote in die Öffnung der Karaffe ein und zog sie an die gewünschte Stelle. Und indem er die Distanz peinlich genau abschätzte, kippte Lamb die Karaffe behutsam, bis ein befriedigender Strahl herauskurvte und in das Glas fiel. Eine ordentliche Leistung, und Mr. Lamb konnte nicht anders, als seine eigene Geschicklichkeit zu loben.
Bei Gott! dachte er, von sich selber angetan. Kein Tropfen daneben. Nicht ein einziger. Also diesen Drink habe ich wirklich verdient.
Ob er den Drink nun verdiente oder nicht, er machte sich begierig darüber her und schlürfte das feurige Zeug mit langer roter, schöpflöffeliger Zunge hinunter.
»Die Mühe hätte ich dir abnehmen können, Major«, ließ eine verständige Stimme sich von der Tür her vernehmen.
Mr. Lamb unterbrach sein Schlürfen gerade lange genug, um seiner Tochter geschäftig zuzunicken, und fuhr dann fort, indem er seine Zunge bis an die Grenze ihrer Belastbarkeit trieb, seinen Drink wegzuputzen. Anschließend streckte er sich in seinem Sessel aus und richtete zwei glitzernde Augen auf Hebe. Das Mädchen trat vollends ins Zimmer und schloß die Tür hinter sich.
»Ich sah, du warst nicht in deinem Bett«, bemerkte sie, »also rechnete ich mit dem schlimmsten. Nun, als Katze siehst du nicht einmal übel aus«, fuhr sie fort. »Tatsächlich bist du das prächtigste Exemplar, das ich jemals gesehen habe – und eines der stattlichsten.«

Das brachte Mr. Lamb auf eine Idee. Lange schon grollte er dem unmanierlichen Hinterhofdespoten, der versucht hatte, das Schüsselchen Reisflocken an sich zu bringen, als Lamb eine Möwe gewesen war. Diesem Groll würde er ohne weiteres Überlegen Luft machen. Es mußte sein.

Mit einem Satz war er von seinem Sessel, lief an das offene Fenster in der Bibliothek und katapultierte sich förmlich hinaus in die Nacht. Das riesige Glas Whisky, das er konsumiert hatte, brannte heiß in seinen Adern. Er war bereit und gewillt, gegen jede beliebige Katzen-Gang in der Stadt anzutreten. Es dauerte nicht lange, und Hebes Ohren wurden von dem haarsträubendsten Sortiment Katzenflüche und Angstschreie durchbohrt, die sie jemals das Mißgeschick hatte, zu hören. Kurz nach diesem Ausbruch schwankte Mr. Lamb, nach Whisky duftend und ohne ein einziges gekrümmtes Haar, ins Zimmer und nahm mit triumphierend geschwenktem Schweif seinen Platz wieder ein. Vielsagend blickte er von seinem Glas zur Karaffe und fixierte dann seine Tochter.

»Eine Tasse warme Milch würde dir viel wohler tun«, sagte sie.

Mr. Lamb zuckte in seinem Sessel zusammen. In diesem Augenblick dachte er, daß das der billigste Vorschlag war, der ihm jemals zu Ohren gekommen war. Es schüttelte ihn geradezu, und Hebe mußte lachen, so beredt war der Abscheu ihres Vaters. Sie ging in die Speisekammer und kehrte mit einer Schüssel zurück, in die sie die einem Sieg gebührende Menge Whisky goß.

»Nicht so laut, Major, nicht so laut«, mahnte Hebe, indes Mr. Lamb erneut mit seinem raschen, ungestümen Schlabbern anfing. »Versuch doch mal zu schalten, ohne die Kupplung zu ruinieren.«

Mr. Lamb hielt einen Augenblick inne, um Luft zu schöpfen, blickte seine Tochter eulengleich an, dann machte er sich wieder über die Schüssel her und hob nicht eher den Kopf, bis sie trockengeleckt war. Dann wankte er ins Eßzimmer und, indem er sein Gesicht an die Scheibe des Aquariums drückte, funkelte er die Schildkröte böse an – ein erbauliches Beispiel trunkener, vergeblicher Liebesmüh. Die Schildkröte schlief den Schlaf des Gerechten, und war somit völlig interesselos, was diesen Versuch der Terrorisierung anging. Selbst wenn der alte Geselle hellwach gewesen wäre, hätte er Mr. Lambs schreckliches Gesicht wahrscheinlich für einen neuartigen Bettvorleger oder irgendeine andere Dekoration gehalten. Von der Teilnahmslosigkeit seines kürzlichen Gegners offensichtlich bis ans Maß des Erträglichen gereizt, streckte Mr. Lamb eine Pfote ins Wasser und schubste die Schildkröte mit heftigen Stößen durchs Aquarium. Angst und Schrecken verbreiteten sich unter den Goldfischen. In größter Verwirrung schossen sie hin und her. Dies gewährte ihm immerhin einiges an Befriedigung. Er hätte wohl weitergemacht, die armen Kreaturen bis zur völligen Erschöpfung zu quälen, hätte Hebe ihn nicht mit dem Versprechen auf einen Drink fortgelockt.

»Dein Fehler«, sagte sie, während er hastig seinen Whisky wegputzte, »ist der, daß du versuchst, wie ein Pferd zu trinken, dabei hast du nur das Fassungsvermögen einer Katze.«

Mr. Lamb zog eine Seite seines whiskybenetzten Katzenmauls etwas in die Höhe und miaute verächtlich. Dies war allerdings die letzte Demonstration seiner Verachtung. Als er die Treppenstufen zu erklimmen versuchte, schlief er auf der fünften Stufe ein, aber als Hebe ihn hochnehmen und in sein Zimmer tragen wollte, strampelte und wand er sich derart empört, daß sie gezwungen war, ihn wieder abzusetzen. Zwar schwerfällig, doch nicht ohne eine gewisse Würde, navigierte Mr. Lamb sich aus eigener Kraft weiter, wobei ihm seine Tochter hier und da behilflich war, das Gleichgewicht wiederzuerlangen. An seiner Zimmertür angelangt, pausierte er und nickte Hebe, an den Türbalken gelehnt, mit ernster Miene zu, zum Zeichen, daß sie jetzt entlassen war. Das Mächen nickte mit ebenso ernster Miene zurück, und so trennten sich Vater und Tochter für die Nacht.

Mr. Lamb bezwang den Gipfel seines Bettes in vier verzweifelten Sprüngen, die ersten drei brachten ihn, alle Viere von sich gestreckt, jäh auf den Fußboden. Aber einmal im Bett, blieb er dort liegen. Als Hebe das Licht ausmachen kam, lag er leise schnarchend auf seinem Kissen.

Zum Frühstück am nächsten Morgen erschien er mit einem leichten Kater. Entweder hatte er vergessen, daß er eine Katze war, oder er scherte sich nicht darum, Katze oder keine Katze zu sein, jedenfalls nahm er seinen Platz am Kopfende des Tisches ein und betrachtete wohlwollend seine Tochter.

»Eine besonders respektable Katze bist du nicht«, meinte sie, und erwiderte tadelnd seinen Blick, »auch wenn du mein Vater bist.«

Als Antwort öffnete er sein Katzenmaul, soweit es ging und streckte seine lange rote Zunge heraus, rollte die Zungenspitze ein ganz klein wenig zusammen und ließ sie dann wie ein Blatt erzittern. Es war ein bemerkenswertes, aber kein pittoreskes Spektakel, und Thomas, der gerade zum Eßzimmer hereinkam, beugte sich waghalsig weit vor, um es besser verfolgen zu können.

Nach dem Frühstück konnte man Mr. Lamb die Morgenzeitung über den Fußboden zu seinem Zimmer schleifen sehen, wo er, abwechselnd lesend und schlafend, den ganzen Tag zubrachte. Während er einmal mit letzterem beschäftigt war, kam Hebe leise herein und entfernte die Karaffe.

Ich werde nicht zulassen, daß eine betrunkene Katze im ganzen Haus Unruhe stiftet, sagte sie sich. Er könnte sich ja selbst ein Leid antun.

Bei Einbruch der Nacht, nachdem er einer keineswegs teilnahmslosen Hebe einen Drink abgeschwatzt hatte, machte Lamb sich aus dem Staub und begab sich in die Stadt. Der erste Mensch, der seine Aufmerksamkeit erregte, war Simonds, der mit seiner Familie friedvoll spazierenging. Pure Boshaftigkeit war es, die Mr. Lambs Vorstellungskraft wieder einmal zur Zündung brachte. Angenommen, er jagte Simonds einen ordentlichen Schrecken ein. Kaum war der Gedanke zu Ende gedacht, wurde er auch schon in die Tat umgesetzt. Er nahm Anlauf, rannte dem arglosen Simonds hinterher und landete, mit grellem Schrei vom Boden abhebend, zwischen den Schultern des Mannes, wo er ihn mit Krallen und spitzer Nase – zwar ohne ihn zu verletzen, aber wie ein Rasender bearbeitete. Die Simonds trennten sich wie Kugeln auf dem Billardtisch. Der Veräußerer auserlesener Grundstücke schlug lang hin aufs

Pflaster, wo er halb benommen liegenblieb. Bis sich ein Menschenauflauf gebildet hatte, war Mr. Lamb außer Reichweite und glitt schlangengleich die Straße entlang in Richtung Sandras Behausung. Unterwegs traf er auf einen großen Hund, der voll und ganz damit beschäftigt war, dringend benötigten Schlaf nachzuholen. Mr. Lamb näherte sich dem Tier und versetzte ihm einen wohlerwogenen Schlag gegen die Schläfe.

Nun, genau da beging Mr. Lamb einen Ermessensirrtum, wenn nicht gar eine Geschmacklosigkeit, denn dieser Hund, diese dahindösende Bestie von einem Hund hatte es sich zur Lebensaufgabe gemacht, Katzen zu erledigen. Er war spezialisiert, sie zu zerstören. In seinen Träumen zerfleischte er Katzen. In seinen wachen Stunden lebte er seine Träume. Aber Mr. Lamb hatte von alldem keine Ahnung. Ihn verlangte danach, die Theorie von den neun Leben einem Test zu unterwerfen. Seine Neugier wurde reichlich belohnt. Kaum, daß der Hund den Schlag erhalten hatte, ging er auch schon mit einem Satz auf Mr. Lamb los. Seine Bewegungen waren rasch und sicher, seine Technik makellos. Mr. Lamb lag unter dem Gewicht des enormen Hundes begraben. Die Welt schien sich in blitzende Zähne und zuschnappende Kiefer verwandelt zu haben.

Dies, sagte sich Lamb, indem er zwischen die Hinterbeine des Hundes kroch, ist absolut aussichtslos. Wer hätte gedacht, was für ein verrückter Hund das ist.

Was die Lage noch verschlimmerte, war, daß der Hund nicht ohne seine Gefolgschaft war, und diese Gefolgschaft folgte jetzt Lamb hinterher, als er die Straße entlangeilte.

Neun Leben würden gar nicht reichen, beschloß er, indem er über seine Schulter auf den bellenden Mob zurückblickte, den er dicht auf den Fersen hatte. Zwischen den Zähnen dieses Pöbels hätte ich noch vier Leben zuwenig.

Zum Lachen war es überhaupt nicht. Mr. Lamb war außer Atem und verlor rasch an Boden. Einer der Hunde holte ihn ein und kugelte ihn über. Das Rudel kam wie ein Donnerschlag auf ihn nieder, aber Lamb glückte es, den Hund mit einer verzweifelten

Bewegung abzuschütteln und ein wenig Vorsprung zu gewinnen.

Empört sah Sandra von ihrem Rasen aus der ungleichen Verfolgungsjagd zu, ohne zu wissen, daß Mr. Lamb es war, dessen Leben auf dem Spiel stand. Sie wußte nur, daß irgendeine arme Katze auf unfaire Weise attackiert wurde, und ihre Augen blitzten auf vor Zorn.

Die Hunde waren jetzt über ihm, und Lamb, der sich nur noch matt wehrte, wurde von ihrer Überzahl überwältigt. Auf einmal hörte er eine Stimme, und er erkannte die Stimme. Sandra war mitten in das brodelnde Knäuel Hunde getreten und versuchte, die Katze daraus zu befreien. Mit seinem letzten bißchen Energie wich Mr. Lamb einem weitgeöffneten roten Rachen aus, befreite sich mit einem Satz aus dem Hundepack und sprang in die ausgebreiteten Arme der jungen Frau, wo er keuchend und fix und fertig liegenblieb. Ein paar Minuten lang umkreisten die Hunde das Mädchen in bedenklicher Weise, dann wichen sie, gemächlich und fluchend, dem gebieterischen Blick ihrer Augen.

Dicht an ihren Busen gedrückt trug sie Mr. Lamb in ihr Zimmer und setzte ihn sanft auf ihr Bett. Ein wenig später holte sie ihm ein Schüsselchen Milch, die er dankbar zu sich nahm. Anschließend zog sie sich aus und ging zu Bett. Die Katze war längst eingeschlafen.

Als Sandra wieder erwachte, lag ein Mann neben ihr im Bett. Der Mann war Mr. Lamb. Dies war zwar besser als ein völlig Fremder, aber gut war die Sache nicht. Mit Erleichterung stellte sie fest, daß er ganz angezogen, wenn auch reichlich verknittert war. Auch sah sie, daß, was die Qualität der Kleidung anging, er ihr entschieden überlegen war. Sandras Schlafkombinationen waren stets skizzenhaft attraktiver Natur. Sie lächelte leise, als ein amüsanter Gedanke über sie kam.

Well, da bin ich also in einem Bett mit dem Mann, den ich liebe, sann sie nach.

Mr. Lamb öffnete die Augen und blickte sie gereizt an.

»Über wen lachst du da?« verlangte er zu wissen.

»Oh, über niemanden«, sagte Sandra. »Aber, und selbst du solltest das erkennen, die Situation ist äußerst kompromittierend.«

Mr. Lamb war eben dabei, wieder in Schlaf abzudriften, ohne sich auf eine Entgegnung einzulassen, als sie ihm einen Rippenstoß versetzte.

»Tu das nicht«, sagte sie. »Du kannst hier nicht schlafen.«

Mr. Lamb gab ein verdutztes Grunzen von sich und warf ihr erneut mißbilligende Blicke zu.

»Verschwinde aus diesem Bett«, sagte Sandy.

»Warum nicht du?« protestierte Mr. Lamb. »Ich brauche nicht zur Arbeit zu gehen.«

»Und ich kann nicht«, erwiderte Sandy.

»Stell dich nicht so an«, sagte Lamb. »Ich habe dich schon in weniger als nichts gesehen.«

»Das war eine berufliche Angelegenheit«, erklärte sie. »Dies hier ist was völlig anderes.«

»Und was sehr viel Besseres«, sagte Mr. Lamb.

»Außerdem«, entgegnete das Mädchen, »lauscht wahrscheinlich die ganze Zeit über jemand an der Tür. Mrs. Cummings hat nichts dagegen, wenn Hebe bei mir schläft, doch bezweifle ich sehr, daß sie ihre Toleranzgrenze dahingehend verschiebt, dir das gleiche Privileg zuzugestehen. Gestern Abend sah sie mich mit einer Katze im Arm ins Bett gehen. Sähe sie, wie ich heute morgen mit einem Mann ins Bett gehe, der die gleiche relative Position einnimmt, das ließe sich nur schwer erklären. Ihr Verstand arbeitet nicht orientalisch genug, um das zu begreifen.«

»Hör zu«, sagte Mr. Lamb, als seine Gedanken zurückwanderten zu den Ereignissen der vergangenen Nacht, »du hast mir, verdammt noch mal, das Leben gerettet.«

»Und zum Dank dafür kriechst du zu mir ins Bett und setzt damit praktisch alles, was mir noch an Ruf geblieben ist, aufs Spiel«, erwiderte sie.

»Du hast mich absichtlich in dein Bett gesteckt«, gab er zurück.

»Aber woher hätte ich wissen sollen, daß du ein Lamm in Katzenkleidern warst?« entgegnete das Mädchen.

»Hübsch, aber nicht ganz neu«, sagte Mr. Lamb. »Nun gib mir schon einen Gutenmorgenkuß, und ich werde versuchen, mich hier raus und zum Teufel zu scheren.«

»Du bist immerzu dabei, irgendwen, irgendwo raus zum Teufel zu scheren«, erwiderte Sandy, indem sie zwei liebliche Arme um seinen Hals schlang und ihn in nicht unentschlossener Weise küßte.

»Und jetzt raus mit dir«, murmelte sie und stieß ihn von sich. »Steh auf und scher dich raus zum Teufel.«

»Wir werden dies als Probelauf bezeichnen«, sagte Mr. Lamb und schlüpfte aus dem Bett.

»Schwein«, sagte Sandy mit funkelnden Augen.

»Nenn mich nicht so«, entgegnete Lamb bittend. »Ich könnte in jedem Augenblick eins sein, soweit ich im Bilde bin.«

»Du mußt damit aufhören«, sagte Sandy, »bevor wir handelseinig werden können.«

»Ich weiß«, sagte Mr. Lamb, »und ich bete zu Gott, daß es ein Ende hat.«

Er ging ans Fenster und spähte vorsichtig durch eine Seite der Gardine. Ein langes Schindeldach fiel schräg hinab, fast bis zum angrenzenden Hof. Wenn er dieses Dach ungesehen überwinden könnte, hätte er vielleicht eine Chance, neutrales Territorium zu erreichen. Es schien das einzig Mögliche zu sein.

»Ich muß es versuchen«, sagte er zu Sandra. »Gibt es viele Leute hier hinterm Haus?«

»Nicht mehr als sechs, sieben Augenpaare, aber um diese Stunde sollten die alle auf ihren Tellern haften«, antwortete sie unbekümmert.

Wenn es denn ans Tageslicht muß, so ist zu sagen, daß Sandra nicht das geringste dagegen einzuwenden hatte, offiziell kompromittiert zu werden. Sie war darauf aus, ihr hageres Lamm zu kriegen, und je früher sie ihn als Geschiedenen bekommen konnte, desto glücklicher würde sie das machen. Sie war hemmungslos genug zu hoffen, daß man ihn sehen würde, wenn er sich aus dem Hause stahl.

Mr. Lamb schob das Fenster bis zum Anschlag nach oben und warf ein paar prüfende Blicke nach draußen.

»Hast du nicht was vergessen?« fragte das Mädchen vom Bett her.

Lamb durchquerte eiligst das Zimmer und, indem er Sandras willigen Körper in seine Arme schloß, hielt er sie einen Augenblick lang an sich gedrückt, und ließ sie dann, als wäre sie ein alter Sack, plötzlich fallen und stieg, lang wie er war, aus dem Fenster. An der Dachkante angelangt, raffte er all seinen Mut zusammen und sprang ins Ungewisse, um dann sanft im angrenzenden Garten zu landen, gleich neben einer Frau, die damit beschäftigt war, Blumen zu schneiden. Zum Glück hatte die Frau das Gesicht abgewandt, als er seinen todesmutigen Sprung getan hatte, so daß sie keine Gelegenheit hatte, festzustellen, an welcher Stelle er vom Dach gesprungen war.

»Grrrr«, sagte die Frau, unfähig etwas anderes zu sagen, indem sie sich abrupt umwandte. »O-o-o-oh, wo kommen Sie denn her?«

»Ich war gerade im Begriff, Ihre Rosen zu bewundern«, erwiderte Lamb mit seinem charmantesten Lächeln.

Diese Bemerkung tat das ihrige, um die Dame in ihren normalen Zustand unbezweifelbarer Rechtschaffenheit zu versetzen.

»Das sind keine Rosen!« sagte sie. »Das sind spanische Wikken.«

»Der Irrtum liegt ganz bei mir«, entschuldigte sich Mr. Lamb. »Sehen Sie, ich bin stark kurzsichtig.«

Die Frau betrachtete einen Augenblick lang Mr. Lambs Augen, als wären sie aus Glas. Ihr Gesichtsausdruck war ganz und gar unsymphatisch.

»Nun«, bemerkte sie schließlich, »das nächste Mal, wenn Sie meine spanischen Wicken bewundern wollen, die Sie anscheinend nicht in der Lage sind, von Rosen zu unterscheiden, dann schleichen Sie sich gefälligst nicht von hinten an wie ein Dieb in der Nacht. Dabei hätten Sie wahrscheinlich ebensoviel Freude, wenn Sie einfach zu Hause blieben und eine Zwiebel bewunderten, oder einen Kohlkopf – der ist noch größer.«

Woraufhin sie sich wie eine Aufziehpuppe auf ihrem Gartenweg davonmachte, und Mr. Lamb, der sich, trotz seiner heftigen Begegnung mit den Hunden, erstaunlich wohl fühlte, kehrte nach Hause zurück.

Ich habe schon immer geahnt, stellte er für sich fest, daß ein Anlageberater und ein katzenhafter Dieb eine Menge gemeinsam haben.

XVIII

Der Welt kläglichster Alkoholschmuggler

Melville Long war endlich soweit, seine Fähigkeit unter Beweis zu stellen. Er war jetzt stolzer Besitzer einer nicht unerheblichen Menge schlechten Whiskys und Gins. Verantwortlich für die Qualität war ein Mann aus dem Schandfleck der Gemeinde, der sich trotz dieser verdammungswürdigen Tatsache weiterhin eines tiefen und ungebrochenen Schlummers erfreute. Mr. Long hatte bereits drei Kunden. Sein Herz war von Hoffnung erfüllt und das Hebes befand sich in ziemlich demselben Zustand. Doch wußte Hebe nicht alles über ihren Melville. Zwar hatte sie eine dunkle Ahnung, aber keine genaue Kenntnis von der hochgradigen Unkenntnis dieses einnehmenden jungen Mannes, was weltliche Dinge betraf. Alles war bereit für die erste Lieferung.

Die Liste künftiger Kunden hatte Melville Long mehr oder weniger auf gut Glück zusammengestellt. Dies hatte er skizzenhaft vorgenommen, je nachdem, welchen Eindruck ihm die Häuser, die er auf seinen planlosen Streifzügen passierte, machten. Ein Haus hatte ihn besonders interessiert, und in dieses Haus hatte er seine einschmeichelnde Persönlichkeit hineinlaviert. Daß in diesem Haus Mr. Brickett residierte, der bedeutendste Alkoholschmuggler im Umkreis von zwanzig Meilen, war Mr. Long fremd.

Mr. Brickett empfing seinen Besucher mit der ihm eigenen Weltgewandtheit, da er ihn für einen neuen Kunden hielt. Um so größer war sein Schock, als Mr. Long sich anerbot, ihm Gin und Whisky in unbegrenzter Menge zu verkaufen, und das zu einem Preis, der weit unter Mr. Bricketts Minimum lag.

Der Alkoholschmuggler erholte sich rasch von dem Schlag und lieh den Plänen seines jungen Konkurrenten ein aufmerksames Ohr. Es schien, daß Mr. Long zufolge, alle Alkoholschmuggler der

Umgebung schwerfällige und übermäßig teure Giftmischer waren. Er, Melville Long, würde all dem ein Ende bereiten. Von jetzt an würden alle anderen Schmuggler mit ihm zu rechnen haben. Er hegte keinerlei Zweifel, daß sie in ein oder zwei Monaten entweder das Feld räumen oder ihr Spiel aufgeben würden. Nun, dies alles interessierte Mr. Brickett weitaus mehr, als Melville Long realisierte. Und der verhängnisvolle Teil dieses Zweiergesprächs bestand darin, daß beide den Worten Mr. Longs eine gewisse Glaubwürdigkeit einräumten. In diesem eleganten, wohlgestalten jungen Gentleman sah Mr. Brickett die Möglichkeiten eines gefährlichen, wenn nicht gar erfolgreichen Rivalen. In sich selbst sah Mr. Long die eventuelle Lösung des Alkoholproblems, und je länger er seinen eigenen Worten lauschte, um so näher rückte die unumstößliche Lösung.

Das Gespräch endete in einer Atmosphäre beiderseitigen Vertrauens und Respekts, und Mr. Brickett bat Mr. Long, noch am selben Abend zwei Kisten Gin und eine mit Whisky zu liefern. Nachdem der angehende junge Schmuggler gegangen war, setzte Mr. Brikkett sich mit zahlreichen Häschern in Verbindung, die allen Grund dazu hatten, ihn gut zu mögen, und mit eben diesen Häschern arrangierte er für Mr. Long eine kleine Überraschungsparty für den Abend seiner allerersten Lieferung.

Und es war diese Party, zu der Mr. Lamb in seliger Unwissenheit mitgenommen wurde. Hebe hatte ihm gesagt, daß es sich lediglich um eine Spazierfahrt handelte, eine kleine Spritztour, um die Kühle des Abends zu genießen. Sie wollte ihren Vater dabei haben, um einer eher zweifelhaften Unternehmung den Anstrich erhabener Respektabilität zu verleihen. Und weil sie ihrem Vater etwas Gutes tun wollte, fuhr sie bei Sandra vorbei und lud sie mit ein. Auf diese Weise eilten sie in freudiger Erwartung und frohen Herzens zur Stätte des verräterischen Hinterhalts. Später bemerkte Mr. Lamb, daß diese Stelle dick markiert werden müsse.

Der Wagen fuhr vor Mr. Bricketts Wohnhaus vor, und Melville Long, der am Steuer gesessen hatte, ließ die andern unter irgendeinem fadenscheinigen Vorwand wissen, daß er jemanden kurz sprechen müsse. Er eilte in das Haus und wurde von dem doppelzüngigen Mr. Brickett auf das herzlichste begrüßt. Wenn Mr. Long so gütig wäre, die Kisten auszuladen, würde Mr. Brickett ein paar Dienstboten hinausschicken, um sie entgegenzunehmen. Daraufhin kehrte Mr. Long zum Auto zurück und zog, zu Mr. Lambs großer Überraschung, eine Kiste aus dem rückwärtigen Kofferraum. Wie sich herausstellte, trugen Mr. Bricketts Dienstboten die Amtstracht der Polizeibranche, und als Mr. Long mit einer Kiste im Arm vorwärtseilte, fand er sich auf einmal dabei, wie er sie einem dieser Gentlemen anvertraute.

Nun kann man Mr. Long zugute halten, daß, als ihm ein Licht aufging, selbiges mit unerwarteter Klarheit geschah. In Nu wußte er, woran er war und begriff die Situation. Mit einem Warnschrei warf er Mr. Lamb die Kiste auf den Schoß – deren Empfang dieser verdutzte Gentleman mit einem Schmerzenslaut quittierte – und forderte, indem er sich aufs Trittbrett schwang, Hebe auf, das Steuer zu übernehmen und mit höchstmöglicher Geschwindigkeit – wo immer auch hin – abzuhauen. Der Gesetzeshüter spurtete vor, um seine Hände auf Melville Long zu legen, mit dem Resultat, daß er den Fuß des behenden jungen Mannes in seiner ungeschützten Magengrube wiederfand. Als mehrere andere Beamte auf den Wagen zustürzten, startete Hebe den Motor und preschte los. Das Knattern einer Polizeimaschine setzte sie davon in Kenntnis, daß sie nicht unbegleitet sein würden.

Mr. Lamb nahm die Kiste von seinem Schoß und stellte sie vorsichtig auf den Fußboden des mit hoher Geschwindigkeit dahineilenden Autos. Dann wandte er Sandra fragende Blicke zu.

»Soll dies etwa die Art und Weise sein, mit der wir uns fortan fortbewegen werden?« erkundigte er sich. »Denn wenn dem so ist, ziehe ich es vor auszusteigen und das fröhliche Treiben ohne meine Anwesenheit fortgehen zu lassen.«

»Und ließest mich hier ganz allein?« fragte Sandra.

»Ohne auch nur mit der Wimper zu zucken, wärst du verrückt genug, zu bleiben«, erwiderte Mr. Lamb. »Natürlich würde ich auf deine Gesellschaft nicht gern verzichten.«

Inzwischen war Melville hinten in den Wagen hereingeklettert und dabei, sich zu der reichlich beschäftigten Hebe auf den Vordersitz zu gesellen.
»Melville, mein Junge«, fragte Mr. Lamb, »darf ich erfahren, was in dieser Kiste war, die den Polizisten so verärgerte?«
»Der ist nun mal so«, brummelte Long, bemüht, seine Verwirrung zu verbergen. »Die sind alle so, Mr. Lamb. Schenken Sie denen einfach keine weitere Beachtung.«
»Ich würde denen nicht die geringste Beachtung schenken«, entgegnete Mr. Lamb, »zeigten sie nicht ein derart lebendiges Interesse an uns.«
Derweil fing in Mr. Bricketts Haus die Telephonleitung an heißzulaufen. Die Schlüsselstellungen in Bezirk und Bundesstaat wurden angewiesen, nach Mr. Lambs Automobil Ausschau zu halten, dessen Kennzeichen sowie eine Beschreibung des Fahrzeugs und seiner Insassen mit geschäftsmäßiger Sachlichkeit durchgegeben wurden.
Hebe war in einen unbefestigten Feldweg abgebogen, und einige Minuten lang glaubten sie, die Motorradstreife abgehängt zu haben. Als sie den Wagen aber zum Stehen brachte, damit Long mit ihr Plätze tauschen konnte, vernahmen sie ein schwaches, aber hartnäckiges Motorengeräusch hinter sich. Und als sie sich umwandten, konnten sie das Motorrad und seinen unerbittlichen Fahrer ausmachen, die in einiger Entfernung dahinholperten. Beide hatten größte Mühe damit.
Dann begann eine wilde Verfolgungsjagd, auf die Mr. Lamb, bis auf den heutigen Tag, mit Bestürzung und Mißbilligung zurückblickt. Auf dem gefurchten Feldweg konnten sie dem Motorrad mehr als Paroli bieten, als dieser Weg sie aber unvermittelt einer Hauptverkehrsstraße überließ, fing der beharrliche Polizist an, mehr und mehr Terrain zu gewinnen. Und als diese Straße sie mitten in ein blühendes Dorf führte, gerieten sie erst recht in Schwierigkeiten, denn hier geschah es, daß sich zwei, ebenfalls mit Motorrädern ausgerüstete Staatspolizisten der Verfolgungsjagd anschlossen. Diese wachsamen und entschlossenen Gentlemen

waren von einem anderen Kaliber als der vorherige Häscher der Verfolgten. Sie setzten ihr Vertrauen darein, Revolver zu tragen und sie auf Ziele zu richten. Das Geräusch ballernder Kanonen brachte Freude in ihre Herzen, und jetzt fingen sie an, sich nach Herzenslust zu freuen. Als das Automobil eiligst aus der Siedlung kurvte, rissen sie ihre Eisen aus den Halftern und verpaßten der flüchtenden Gesellschaft das, was zuweilen bekannt ist als Bestrafung, beziehungsweise ein Stück ihres kollektiven Herzens. Die Revolver führten in Mr. Lambs Ohren eine beredte Sprache. Er hörte die mit Hochgeschwindigkeit vorüberpfeifenden Kugeln und wußte, daß die nämlichen Kugeln sie eifrigst zu treffen suchten. Dies Wissen brachte ihm nur geringe Befriedigung.

»Unsere beiden neuen Eskorten«, bemerkte er an seine Tochter gewandt, »scheinen über eine noch größere Kapazität für Zorn zu verfügen als der andere Bursche. Hast du eine Ahnung, weshalb sie uns geschlossen zu ermorden versuchen?«

»Well, Major«, rief seine Tochter nach hinten zurück, »zufällig ist dies Automobil bis an die Oberkante des Kofferraums mit Gin und Whisky beladen, und es sieht aus, als sei unser strafbares Geheimnis praktisch dem ganzen Universum bekannt.«

»Ich habe davon nichts gewußt«, erwiderte Mr. Lamb und schlingerte schwer gegen Sandra.

»Du bist der praktische Teil«, sagte Hebe. »Inzwischen weiß es jeder, mit Ausnahme vielleicht eines alten Gentleman auf dem äußersten Gipfel des Berges der Tugendhaftigkeit.«

»Verhält es sich möglicherweise so«, fuhr Mr. Lamb fort, als das Automobil durch eine Kurve schlidderte und die Knallerei verstummte, »daß sich ein paar Muster in bequemer Reichweite befinden?«

Hebe förderte aus einer Seitentasche eine Flasche hervor und reichte sie ihrem Vater. Mr. Lamb nahm den Gin mit unverhohlener Erleichterung entgegen.

»Ich könnte ebenso gut betrunken wie erschossen sein«, bemerkte er, und hob die Flasche an die Lippen. »Und wenn ich denn dem Tod von Angesicht zu Angesicht gegenübertreten muß, ziehe ich es vor, das mit einem breiten, einfältigen Lächeln zu tun.«

»Da stehst du nicht alleine da«, sagte Sandra. »Meine Kehle ist vor lauter Schreck wie ausgetrocknet.«

»Denk dran, keine Dummheiten«, warnte er sie. »Hier wird ernsthaft getrunken.«

Sandra stürzte ein paar Schluck extrem abscheulichen Gins hinunter, überließ Hebe die Flasche und blickte aus dunklen, leidenschaftlichen Augen den Mann neben sich an.

»Wie gern würde ich gemeinsam mit dir dem Tod gegenübertreten«, murmelte sie. »Mit deinem Kuß auf meinen Lippen, und unsere von Kugeln durchsiebten Leiber verschmolzen in einer letzten Umarmung.«

»Und verschwenderisch aus allen Poren blutend«, fügte Mr. Lamb hinzu. »Hebe, reich mir mal schleunigst die Flasche. Diese Frau macht mich ganz benommen.«

Mit einer Hand klammerte er sich an den schaukelnden Wagen und nahm einen tiefen Zug. Sandra befreite ihn von der Flasche und folgte seinem Beispiel. Melville Long war zum Trinken zu beschäftigt. Wenn es eines gab, von dem dieser junge Mann Ahnung hatte, dann waren es Straßen. In seinem eigenen Roadster hatte er die Haupt- und Nebenstraßen des gesamten Bundesstaats erkundet. Long war so etwas wie ein lebendiger Straßenatlas. Jetzt klappte er sein Wissen auf und spielte den, immer noch durch eine Wegbindung den Blicken entzogenen Polizisten einen kleinen Streich.

Er riß das Steuerrad scharf herum und jagte mit voller Geschwindigkeit einen, wie sich herausstellte, Privatweg entlang, der zu einem Farmhaus führte. Der Weg beschrieb eine Kurve um das Haus herum und führte überraschenderweise durch ein Maisfeld weiter, einen kurzen, aber steilen Hang hinab, folgte der geschwungenen Kontur einer Weide und tauchte schließlich in das Dunkel eines Waldes ein. Es war überhaupt nicht der Weg für ein großes, schweres Automobil, aber Mr. Long machte ihn heute zu

einem solchen. Einmal im Wald hielt er den Wagen an und nahm Hebe wortlos die Flasche aus der Hand. Als er sie von seinen Lippen absetzte, hatte sie nur noch den Wert einer Pfandflasche. Hebe zog eine volle Flasche hervor und reichte sie ihrem Vater nach hinten. Melville Long stieg aus und lauschte. Für den Augenblick schienen sie vor ihren Verfolgern sicher zu sein.
»Die hinteren Kotflügel haben fünf Kugeln durchschlagen, und in der Karosserie sind zwei Löcher«, zählte er, von seinem üblichen optimistischen Lächeln umrahmt, auf. »Nur gut, daß sie den Kofferraum nicht getroffen haben.«
»Eine Fügung Gottes«, hauchte Sandra.
Das Tageslicht schwand, und der Spätsommerabend fing an, seine Pforten zu öffnen. Mr. Lamb machte sich über die neue Flasche her. Der Gin zeigte Wirkung. Er hätte sich kaum wohler fühlen können.
»Melville«, fragte er, »würde es dir etwas ausmachen, mir den Namen deines Beinahekunden zu verraten? Mein rasch zurückweichender Verstand wurde soeben von einer flüchtigen Erinnerung gestreift.«
»Der Name ist Brickett«, antwortete Long mit einer Spur Bitterkeit in der Stimme. »Schien ein so angenehmer Mensch zu sein.«
»Oh, das ist er«, fuhr Lamb fort. »Er ist einer der angenehmsten und fortschrittlichsten Alkoholschmuggler in dieser Gegend. Ich selbst habe schon mit ihm zu tun gehabt.«
Ein Ausdruck endlosen Mitleids stieg in Hebes Augen auf, als sie ihren zukünftigen Ehemann ansah.
»Darling«, sagte sie, »du hast dich, fern jeden plausiblen Zweifels, endlich einmal bewiesen. Und was du bewiesen hast, ist, daß du, niemanden ausgenommen, der Welt kläglichster Alkoholschmuggler bist.«
»Nicht einmal das«, entgegnete der junge Mann bedrückt. »Nicht eine einzige Flasche verkauft. Hab ja nicht einmal angefangen.«
»Und was, wenn ich fragen darf, war der Anlaß für dieses unzulässige Unternehmen?« meldete sich Mr. Lamb.

Melville blickte hilflos Hebe an, und sie legte ihm ihre Hand auf die seine.
»Tja, weißt du, Major«, erklärte sie. »Wir versuchten zu heiraten, und die ganze Schuld liegt bei mir. Ich hatte die Idee zu diesem riskanten Spiel, mit der Absicht, rasch zu möglichst viel Geld zu kommen. Ich dachte, das wäre immerhin besser als sein Nichtstun. Er hat sich absolut dagegen verwahrt, mich zu ruinieren.«
Mr. Lamb blickte die beiden aus traurigen, vorwurfsvollen Augen an.
»Mich hat er absolut ruiniert«, sagte er schließlich. »Und mit eurer Abmachung habt ihr uns alle für volle Mitgliedschaft im Atlanta Country Club qualifiziert. Eure Wegabkürzung in den Ehestand führt geradewegs ins Kittchen. Sollte es euch gelingen, mich aus dieser Klemme zu befreien, werde ich euch beiden auf meinen eigenen Armen in die nächstbeste Kirche tragen und den Laden nicht eher wieder verlassen, bis ihr aufs vorzüglichste verheiratet seid.«
»Darauf trinken wir einen«, schlug Sandy vor. »Für mich hört sich das wie ein faires Angebot an.«
Die zweite Flasche nahm den Weg der ersten, und eine dritte wurde in Angriff genommen. Diesmal wechselten sie mit Hilfe eines Korkenziehers, der Teil eines vielseitig anwendbaren Taschenmessers im Besitz des Mr. Long war, zu Whisky über. Mr. Lamb probierte, aus reinem Interesse, auch dieses verabscheuungswürdige Gesöff und lehnte sich alsdann auf seinem Sitz zurück.
»Pfeif auf die Torpedos«, zitierte er, an seinen mutmaßlichen Schwiegersohn gewandt. »Bring mich heil nach Hause in mein Bett, und ich werde ein Vermögen auf Hebe übertragen.«
Er bettete seinen Kopf auf Sandras Schulter und wurde ein sehr stiller und zufriedener Mensch. Und als der Wagen den Wald durcheilte, machte der Schlummer ihn sich zu eigen. Sandra hatte nichts Besseres zu tun und dämmerte ebenfalls ein, und so entging es ihr, wie der Kopf auf ihrer Schulter schwerer und schwerer wurde. Hebe und Long konzentrierten sich aufs Fahren.

Einige Zeit später, als das Automobil an die Zapfsäule einer am Wege gelegenen Autowerkstatt fuhr, um den nahezu aufgebrauchten Benzinvorrat zu erneuern, schlief das Paar einfach weiter. Und keiner der beiden Schläfer wachte auf, bis der Klang rauher, gebietender Stimmen ihre Abgeschiedenheit durchdrang.
Mit einem Ruck setzte Sandra sich auf, um festzustellen, daß das Auto vollständig von Staatspolizisten umringt war. Sie drehte sich um zu Mr. Lamb, um ihn über diese entmutigende Tatsache in Kenntnis zu setzen, dann hielt sie mit offenem Munde inne.
»Hebe«, sagte sie mit leiser Stimme, »dreh dich mal um und sieh dir deinen Vater an.«
Hebe hörte auf, die Hüter des Gesetzes zu beleidigen, und folgte Sandras eindringlicher Bitte. Auch ihr blieb der Mund offenstehen. Dann schloß sie ihn wieder und schluckte ein paarmal trokken. Mr. Lamb wachte auf und blickte sich hilflos um. Er wußte, er war wieder mal was anderes, aber er konnte sich um alles in der Welt nicht vorstellen, was er war.
»Nun steigen Sie schon aus«, unterbrach eine unangenehme Stimme. »Wir wollen den Wagen durchsuchen.«
Hurtig schob der Mann einen forschenden Kopf ins Wageninnere und brach dann, gänzlich unvermittelt, seine Nachforschungen ab. Es ist fraglich, ob jemals ein Mensch seine Pläne so rasch und grundlegend änderte. Kaum war sein Kopf drinnen, da war er auch schon wieder draußen. Und kaum war er draußen, machte seine Stimme entsetzte Geräusche.
»Gott sei uns allen gnädig«, verkündete er. »Die haben einen lebendigen Löwen hinten im Auto!« Und indem er sich auf das nächstbeste Motorrad schwang, machte er sich aus dem Staub.
Das also bin ich, dachte Mr. Lamb, von Stolz durchbebt. Well, dann will ich meine neuen Fähigkeiten mal richtig zur Geltung bringen.
Mit einem ohrenbetäubenden Gebrüll gespielter Wut sprang er schwertatzig auf die Straße und stiftete außerordentliche Unordnung unter den Motorradstreifen. Einige von ihnen flüchteten zu Fuß, andere flohen auf ihren Zweirädern, wieder andere schienen

beide Methoden des Abgangs zu verwerfen, nur um fortzukommen. Tatsache ist, daß da, wo es einst eine kompakte, kleine Polizeiversammlung gegeben hatte, sich jetzt kein einziger Ordnungshüter mehr befand. Ein paar zurückgelassene Motorräder standen noch herum, und hätte es diese nicht gegeben, einen anderen Anhaltspunkt dafür, daß sich jemals ein Polizist in einem Umkreis von mehreren Meilen an diesem Ort aufgehalten hatte, gab es nicht. Der Werkstattinhaber, hoch oben auf seiner Zapfsäule, blickte auf die Stätte der Verwüstung hinab und fühlte sich in der Tat sehr einsam. Auch weigerte er sich, trotz Sandras und Hebes inständigem Bitten und der offenbaren Gutmütigkeit des Löwen, herunterzusteigen. Sie ließen den Mann in seiner luftigen Höhe zurück und fuhren geräuschvoll davon. Alle redeten auf einmal, außer Mr. Lamb, der sich im Brüllen übte und sittsam die Gratulationen seiner drei Fluchtgenossen entgegennahm.
Dann dachte sich Melville Long, ohne große Mühe, eine andere brillante Idee aus. Rasch und ohne Umwege fuhr er ans Meer – an einen Ort mit Sand und Pinien, wo ein abseits gelegenes Hotel zwischen Bäumen, die in ihren Armen, ohne Unterlaß, das von weit draußen hereindringende Brausen der Brandung hielten, eine friedvolle, duftige Existenz vor sich hin träumte. Als das Automobil die kiesbestreute Auffahrt hinaufrollte, lag das Hotel im Dunkel. Kurz zuvor hatten sie beschlossen, was sie mit Mr. Lamb anstellen sollten. Der Löwe mußte ein Hund werden. Sie hatten sich in allen Einzelheiten ausgedacht, wie das zu geschehen hatte. Mr. Lamb war als einziger skeptisch. Er vermochte sich nicht vorzustellen, wie er sich auf die Größe eines Hundes zusammenziehen konnte, ganz gleich, wieviel Mühe er sich gab. Da die Gesellschaft aber beschlossen hatte, einen Hund aus ihm zu machen, war er gewillt und bereit, nach besten Kräften zu kooperieren. Es hatte fast eine halbe Kiste Schnaps gekostet, um ihn derart gefügig zu machen. Und jetzt war er ein wenig unsicher auf den Beinen. Anstatt in aller Ruhe aus dem Auto zu steigen, fiel er aus der Tür, die Sandra für ihn offenhielt, und lag, alle Viere von sich gestreckt, auf dem Kiesweg.

»Steh auf, Major«, bat Hebe eindringlich. »So kommen wir nicht weiter. Warte, bis wir oben sind.«
Der Gedanke an ein bequemes Bett gab dem Löwen die nötige Kraft, sich zu erheben. Dann fing die Verwandlung an. Als hätten sie die Szene vorher geprobt, machte sich jedes Mitglied der Gruppe mit einer Autodecke über Mr. Lamb her. In diese hüllten sie ihn vollständig ein. Sogar Melville Longs Regenmantel mußte herhalten.
»Jetzt zwäng dich schön zusammen, Major«, drängte seine Tochter. »So ist es brav. Noch ein bißchen. Und jetzt den Rücken krumm und so dicht du kannst am Boden entlang.«
Die junge Lady war vor Eifer ganz rot im Gesicht, als sie die Dekken um die gequälte Gestalt des Löwen zurrte. Von Zeit zu Zeit mußte Sandra, wenn ihre Frohnatur die Oberhand gewann, sich zurückziehen. Leises Keuchen und Grunzen drangen aus der Kehle des Löwen. Inzwischen waren nur noch seine Nase und die Augen sichtbar, sein Schwanz war ihm fest an den Bauch gebunden. Sehnsüchtig, ja hoffnungsvoll blinzelten seine Augen unter der Decke hervor auf die drei Gefährten. Sandy konnte diesem Blick, der die stumme Frage enthielt, »Sehe ich auch wirklich wie ein Köter aus?« nicht begegnen.
Als Hebe mit allem fertig war, trat sie einen Schritt zurück und musterte ihre Schöpfung.
»Er sieht zwar nicht wie ein richtiger Hund aus«, mußte sie eingestehen, »aber andererseits sieht er auch nicht wie ein richtiger Löwe aus, und weiter wollen wir ja schließlich nichts.«
»Er gleicht aber auch nichts auf Gottes weiter Welt«, kommentierte Melville Long. »Wir können ihn also als Hund bezeichnen oder sonst ein beliebiges Tier.«
»So, Major«, fuhr Hebe fort, »und nun denk daran, und um Himmels Willen, lach nicht. Du bist ein kranker Hund, und ein äußerst zurückhaltender dazu. Du bist scheu und magst keine Fremden. Und jetzt zeig uns mal, wie du gehen kannst. Du brauchst nur an einen Käfer zu denken und zu krabbeln.«
Mr. Lamb dachte ganz fest an einen Käfer, drückte sich dicht an

den Boden und machte, indem er sich so weit er konnte, nach oben krümmte, ein paar Probeschritte. Die Wirkung war unwiderstehlich. Die drei Zeugen dieser komischen Situation setzten sich auf das Trittbrett des Automobils und hielten sich die Bäuche. Sandra tat es überall weh. Und als der Löwe sie über seine Schulter hinweg aus betrübten Augen ansah, um irgendein Zeichen der Anerkennung zu finden, brach sie in Hebes Armen vor lauter Lachen zusammen.

»So. Alle Mann vorwärts«, sagte Hebe mit leiser Stimme. »Ich habe mir mit diesem Löwen entsetzliche Mühe gegeben, jetzt müssen wir ihn ins Haus bugsieren. So wird das bestens klappen, Major«, fuhr sie fort und ging hinüber zu dem dicht an den Boden gekauerten und eingewickelten Gegenstand. »Du brauchst das Trugbild nur solange aufrechterhalten, bis wir in unsern Zimmern sind.«

Long versammelte mehrere Koffer um sich, die nichts anderes enthielten als Gin und Whisky, läutete die Nachtglocke des Hotels und wartete auf der breiten Veranda, bis von der Rezeption her ein Licht nach draußen drang. Als der schlaftrunkene Nachtportier mit zerwühltem Haar und großem glatten, gutgenährten Gesicht an der Tür erschien, gab der junge Mann seine Wünsche bekannt und wurde gebeten, samt Anhang einzutreten.

»Ach, übrigens«, sagte Long, an den Nachtportier gewandt mit soviel Unbekümmertheit in der Stimme, wie er aufbringen konnte, als der vermummte König der Tiere zierlichen Schritts in die Halle trat. »Das wichtigste Mitglied hätte ich beinahe vergessen – ein kranker Hund. Ich werde mich persönlich um ihn kümmern.«

Voller Erstaunen blickte der Nachtportier hinter seinem Tresen auf Mr. Lamb, der seinen Blick gesenkt hielt und mit ernster Miene den Boden anstarrte.

»Sie sagen, das ist ein Hund?« erkundigte sich der Nachtportier.

Melville Long lachte zum Schein, während Hebe sich über ihren Vater beugte und ihm einen ermunternden Klaps gab.

»Natürlich ist das ein Hund«, warf Sandy ein. »Wie würden Sie ihn denn nennen, wenn es kein Hund ist?«
»Nun, Fräulein«, entgegnete der Nachtportier in Gedanken versunken, »ich weiß nicht recht, wie ich ihn nennen würde. Er ist so anders wie alles, was ich jemals sah, oder jemals zu sehen hoffe. Sind Sie sicher, daß mit ihm alles in Ordnung ist? Dies ist ein ausnehmend ruhiges Hotel, wissen Sie, eine Art Heim für nervöse Personen – Wracks.«
Alle, Mr. Lamb eingeschlossen, wußten, daß sie an den rechten Ort gelangt waren. Als Melville Long sie ins Hotelregister eintrug, in der Weise, daß Hebe seine Schwester und Sandra Rush ihre Freundin wurde, erinnerte Mr. Lamb sich mit einemmal der Ermahnung, die seine Tochter ihm bezüglich des Lachens eingeschärft hatte. Kaum, daß er sich erinnerte, wurde er auch schon von einem unkontrollierbaren Verlangen zu lachen ergriffen. Seine Beine verloren vollends den Halt und, indem er auf den Boden sank, schüttelte sich sein Körper vor unterdrückter Heiterkeit, und ein keuchendes Geräusch kam ihm über die Lippen.
Den Tintenlöscher in erhobener Hand vergaß der Nachtportier, in seinem Interesse an dem von Krämpfen geschüttelten Tier, was er gerade im Begriff zu tun gewesen war.
»Was ist jetzt mit ihm los?« fragte er.
Eifrig darauf bedacht, die unförmige, zitternde Masse zu seinen Füßen zu ignorieren, blickte Long den Nachtportier ungerührt an.
»Ein leichtes Frösteln, nehme ich an«, sagte er. »Das ist die Abendluft. Ein sehr empfindlicher Hund... und kostspielig. Es gibt nur wenige Exemplare in Gefangenschaft – ich meine, nur wenige erreichen das Mannesalter.«
»Oder die Volljährigkeit«, warf Hebe sarkastisch ein.
Voller Zärtlichkeit beugte sie sich zu dem inzwischen hysterischen Löwen hinab und versetzte ihm einen boshaften Rippenstoß, woraufhin das arme Geschöpf einen derart explosiven Grunzlaut von sich gab, daß der Nachtportier einen Satz rückwärts machte.
»Na, na! Fifi!« sagte sie. »Sei ein liebes Hündchen, sonst bekommst du nicht deine warme Medizin zum Einschlafen.«

Bei der unpassenden Benennung Fifi brach Sandra vollends zusammen. Sie warf die Arme auf den Tresen, verbarg ihr Gesicht darin und schüttelte ihren Körper in heftiger Erregung hin und her. Der Nachtportier war völlig perplex, er kratzte seinen Wuschelkopf, warf einen prüfenden Blick auf das Hotelregister und wies dann, nachdem er alles als hoffnungslos aufgegeben hatte, den Weg zu den Zimmern.

Dies war mit dem Erklimmen mehrerer Treppen verbunden, für Mr. Lamb, in seiner gegenwärtigen verschnürten und höchst zusammengezwängten Lage, eine schwierige Aufgabe. Um sein Unbehagen noch zu vergrößern, fingen die Decken an, herabzurutschen, und Hebe und Sandra waren gezwungen, sie festzuhalten, als er sich die nicht endenwollenden Stufen hinaufschleppte. Einmal wandte der Hotelangestellte sich um, und der Anblick des sich abmühenden Löwen reichte aus, ihn davon abzuhalten, sich noch einmal umzudrehen.

Nachdem sich endlich die Tür hinter dem genasführten Mann geschlossen hatte, sprengte Mr. Lamb seine Fesseln und lag erschöpft am Boden. Sandra warf sich aufs Bett, und Hebe sank auf einen Stuhl. Melville Long war der einzige, der Haltung bewahrte. Mit flinken Griffen öffnete er einen Koffer, zog eine Flasche Whisky hervor, entkorkte sie geschickt und steckte sie Mr. Lamb in den Rachen. Dort hielt er sie, bis ihr Inhalt halb geleert war. Vom Bett drang unterdrücktes Keuchen. Sandra war immer noch am Lachen. Vom Whisky zu neuem Leben erweckt, schritt Mr. Lamb, Decken hinter sich herziehend, zum Bett hinüber und versetzte Sandras hingestreckter Gestalt einen leichten Klaps. Leicht wie er war, war der Klaps doch ausreichend fest, um sie zur Besonnenheit zurückzurufen. Sie setzte sich auf, und plötzlich warf sie ihre Arme um den Hals des Löwen.

»Fifi!« rief sie. »Fifi, wir Mädchen müssen zusammenhalten.«

Mr. Lamb wich zurück, und als er mit einem Blick über die Schulter seine Tochter ansah, gab er mit einem Wink seiner Tatze zu verstehen, daß er sich jetzt zurückzuziehen wünschte. Sandra war voll dafür, mit ihrem Fifi zu schlafen, begnügte sich aber damit, ihn unter die Decke zu stecken. Widerwillig ließ er dies über sich ergehen.

»Mit einem betrunkenen Löwen in einem Zimmer schlafen, das mag ich überhaupt nicht, auch wenn es dein Vater ist«, sagte Melville Long mit leiser Stimme zu Hebe. »Jetzt ist er ja nett und freundlich, aber angenommen, ihm träumte, er sei in seinem Dschungel zurück. Er könnte mich glatt zu seiner Mahlzeit machen und sich später nicht einmal mehr daran erinnern.«

»Der Major«, erwiderte Hebe mit Würde, »ist, was die Qualität dessen betrifft, was er zu sich nimmt, äußerst wählerisch. Ein einziger Bissen von dir, und seine Kiefer würden automatisch ihren Dienst versagen.«

Mit dieser kleinen Abschiedsrede führte Hebe Sandra zu ihrem eigenen Zimmer. Sandra warf ihrem Fifi, der aus großen glasigen Augen hinter ihr herstarrte, eine Kußhand zu.

Trotz der Vorsichtsmaßnahme, die Hebe am nächsten Morgen getroffen hatte, indem sie den Löwen einschloß, bevor sie zum Frühstück hinuntergingen, betrat das Zimmermädchen nach mehrmaligem Klopfen mit Hilfe ihres Hauptschlüssels ohne Schwierigkeit das Zimmer. Es ist zu bezweifeln, ob der liebe Gott selber deutlich mitkriegte, was sie da betete, so unzusammenhängend war das, was ihr in den Kopf kam, als sie die zerwühlte Bettdecke abzog und sich von Angesicht zu Angesicht einem Löwen gegenübersah. Selbst in diesem Augenblick rührte sie sich nicht. Der entsetzliche Anblick hatte ihre Glieder aller Willenskraft beraubt. Erst als der Löwe erwachte und sie, halb verschlafen, an einer Stelle knuffte, die gewöhnlicherweise mit der Züchtigung Jugendlicher assoziiert wird, kam es ihr in den Sinn, zu gehen. Und indem sie das Zimmer verließ, bewegten ihre Gliedmaßen sich so unbeholfen, als ginge sie mit Schneeschuhen an den Füßen.

»Auf 46 ist ein Löwe«, informierte sie den Kollegen an der Rezeption. »Er schläft, und er hat ein Maul.«

Der Kollege von der Tagesschicht belächelte das Entsetzen des Zimmermädchens mit Nachsicht, hatte der Nachtportier es doch

unterlassen, ihn von den Spätankömmlingen der vergangenen Nacht in Kenntnis zu setzen.
»Ja, ich weiß«, entgegnete er beruhigend. »Und auf 82 ist ein Elefant. Geh hinauf und laß ihm ein Bad ein.«
Das Mädchen liebte seinen Job, also ließ es nicht locker und argumentierte weiter, aber innerhalb erstaunlich kurzer Zeit machte das Gerücht die Runde, daß das Hotel, neben seinen anderen illustren Gästen, auch einen Löwen beherbergte. Dieses Gerücht wurde noch erhärtet, als um die Mittagszeit von Nummer 46 eine telefonische Bestellung durchgegeben wurde, ein halbes Dutzend großer Steaks hinaufzuschicken. Die Bestellung wurde prompt ausgeführt und konsumiert, aber der Kellner, der die Steaks brachte, hatte keine Gelegenheit, den Konsumierer zu Gesicht zu bekommen. Als Sandra, Hebe und Mr. Long im Speisesaal erschienen, um ihr Mittagsmahl einzunehmen, wurde die Küche in einen Zustand fieberhafter Spekulationen gestürzt. Ein kranker Hund, ganz gleich, wie rasch sein Gesundheitszustand sich besserte, konnte unmöglich sechs große Steaks verzehren. Damit war es ein klarer Fall, daß der Hund kein Hund, sondern ein Löwe war.
Den restlichen Nachmittag las Sandra Mr. Lamb, der abwechselnd trank und döste, aus der Zeitung vor. Als es Zeit zum Nachtessen war, verabschiedete sie sich mit dem Versprechen, ihm bei ihrer Rückkehr reichlich zu essen zu bringen. Und da sie nicht Hebe war, vergaß sie, die Tür abzuschließen.
Es dauerte nur wenige Minuten, bis Mr. Lamb einsam, ganz schrecklich einsam wurde. Er kroch aus seinem Bett und überlegte sich, was er, so ganz allein, anfangen sollte.
Viel anfangen kann ich mit einem Löwen nicht, dachte er unwirsch. Keiner will einen haben, keiner versteht einen.
Dann fingen seine Augen, indem sie einen Koffer streiften, an, ein wenig zu leuchten.
Könnte ebensogut trinken, fuhr er in seinen Überlegungen fort. Alleingelassen. Nichts zu tun. Will gar nicht trinken, aber es scheint, als gäbe es keine andere Wahl.

Er öffnete den Koffer und fischte mit seiner Tatze eine Flasche Gin heraus. Whisky ging wegen des Korkens über seine Fähigkeiten. Mit geschickter Lippe entfernte er den Schraubverschluß und, indem er die Flasche tief in seinen Rachen nahm, hob er das Haupt in die Höhe. Ein Strom unverdünnten Gins rann seine große Kehle hinab, nicht ohne ihm heftiges körperliches Unbehagen zu verursachen. Nichtsdestotrotz nahm er seine Strafe mit Standhaftigkeit an, bis der Strom zu fließen aufhörte. Anschließend setzte er sich hin, um nachzudenken. Dies ist, im Fall eines nicht allzu nüchternen Löwen, nicht sonderlich empfehlenswert. Den ganzen langen Tag war er im Haus eingesperrt gewesen. Ein kleiner Spaziergang würde ihm mächtig guttun. Es war inzwischen dunkel, und jedermann kleidete sich fürs Abendessen an. Seine Leutchen waren bereits früher gegangen, um sich um seine Bedürfnisse zu kümmern. Er zweifelte keine Minute lang daran, daß es ihm gelingen würde, das Haus zu verlassen, ohne daß ein einziges Menschenauge ihn beobachten würde.

Mr. Lamb ging zur Tür und probierte den Knauf. Unter dem Druck seiner Tatze ließ er sich mühelos drehen. Im Nu war er aus dem Zimmer. Nun war der Gang ein schmaler Gang, und Mr. Lamb hatte mit der Annahme, die Mehrzahl der Gäste befände sich in ihren Zimmern, um sich umzuziehen, völlig recht gehabt. Hinzu kam, Mr. Lambs Schweif war lang und buschig. Und dieser lange Schweif pochte gebieterisch gegen die Türen auf beiden Seiten, indes Mr. Lamb würdevoll den Gang hinabschritt. Es war eine interessante Studie menschlicher Reaktionen auf die unerwartete Präsenz eines Löwen.

Die Antwort auf die erste Aufforderung seitens des Löwenschweifs kam von einem ältlichen Gentleman, der eine horngefaßte Brille und ein Unterhemd trug. Vor diesem Gentleman machte Mr. Lamb zum Zeichen der Entschuldigung eine tiefe Verbeugung. Einen Augenblick lang rührte sich der alte Geselle nicht vom Fleck. Kurzsichtig blinzelte er den Löwen an, als traute er seinen Augen nicht; dann, als sein Mißtrauen sich zur Gewißheit auswuchs, schloß er langsam die Tür. Die anderen Gäste waren

rascher in ihren Reaktionen. Eine zum Dinner eilende Dame empfing den Löwenschweif voll in der Magengrube und purzelte zu Boden. Ihr Entsetzen wurde noch gesteigert durch Mr. Lambs kunstvolle Versuche, ihr zu beweisen, daß der ganze Zwischenfall rein zufälliger Natur gewesen war. Ihr Zetern bewirkte, daß andere Türen geöffnet wurden, und man entdeckte den Löwen bei, wie es schien, einem Angriff auf eine am Boden liegende Frau, was in Wirklichkeit aber nichts anderes war, als ein höfliches Bemühen, für einen unvermeidbaren Vorfall die eines Gentleman würdige Genugtuung zu leisten.
Was einst ein geheimnisumwittertes Gerücht war, wurde nun zu einer entsetzlichen Gewißheit. An diesem Abend erschienen nur wenige Gäste zum Essen. Sie zogen es vor, hungrig, aber sicher hinter verriegelten und verbarrikadierten Türen zu bleiben. Einige der rührigeren Gäste, denen diese Vorsichtsmaßnahmen nicht reichten, ließen sich später nur widerwillig unter Betten und aus den Tiefen von Kleiderschränken hervorziehen.
Während dieses kurzen Zwischenspiels war das Hotel entschiedenermaßen kein Ort für nervöse Menschen, obwohl es deren jede Menge gab.
Nicht gänzlich in Unkenntnis der Verwirrung, die er gestiftet hatte, machte Mr. Lamb seinen Abgang durch eine Seitentür und spazierte jetzt nachdenklich unter Kiefern umher. Schließlich gelangte er ans Meer und postierte sich auf einem Felsvorsprung. Es war eine wunderschöne Nacht – eine Nacht voller Sterne, voller Ruhe und verführerischen Brisen, beladen mit dem heilsamen Duft von Salz und Nadelhölzern.
Ein Mann und eine Maid, zum erstenmal an diesem Ort, aber offensichtlich nicht das erste Mal miteinander, gingen am Strand spazieren.
»Welch ein hübscher Fleck für eine Statue«, rief das Mädel aus und zeigte mit dem Finger auf den regungslos auf seinem Fels verharrenden Löwen.
»Komisch«, sagte der Mann, »wir haben ihn auf noch keiner Ansichtspostkarte gesehen.«

Sie liefen zu dem Löwen hinauf und betrachteten ihn in der Dunkelheit.

»Bemerkenswert lebensnah«, murmelte die Maid.

»Genau wie du«, sagte der Mann, lehnte sich gegen die Flanke des Löwen und schloß die Maid in seine Arme.

Prompt setzte Mr. Lamb sich hin, und das Pärchen rutschte auf den Fels hinab.

»Hast du ihn umgestoßen?« fragte die Maid.

»Mein Gott, nein«, flüsterte der Mann. »Das verdammte Ding lebt.«

Schon verbargen sie ihre Köpfe mit den Armen und blieben regungslos liegen, jeder in Gedanken bei der Frage, wieviel von dem anderen wohl unverzehrt bliebe. Und als sie schließlich genug Mut faßten, die Köpfe zu heben, war der Löwe nicht mehr da. An diesem Abend führten sie sich mit einem gewissen Maß an Taktgefühl auf.

Mr. Lamb fand das Hotel in einem Zustand fieberhafter Betriebsamkeit. Während seiner Abwesenheit war die Staatspolizei angerückt, diesmal unterstützt von einem Maschinengewehr. Er kam gerade noch rechtzeitig, um zu sehen, wie sein Automobil, mit Hebe, Sandra und Long an Bord, wie verrückt die Auffahrt entlang und davonpreschte. Aus allen Richtungen eilten Polizisten herbei, und das Maschinengewehr wurde in Stellung gebracht. Die Polizisten zeigten keinerlei Absicht, sich zu dicht an den Löwen zu wagen, den sie im Auto wähnten.

Und Mr. Lamb war gleichermaßen nicht gewillt, mit einem Maschinengewehr und einem Chor Polizisten allein gelassen zu werden. Er sehnte sich nach der Gesellschaft seiner Freunde. Alle Würde in den Wind schlagend, stimmte er ein lautes Protestgebrüll an und wirbelte Kies durch die Luft.

Lauf, Löwe, lauf, feuerte er sich selber an. Jetzt zeig mal, was du kannst.

Kieselsteine flogen hinter ihm weg. Sein Schweif hing dicht am Boden. Dies verhinderte aber nicht, daß ihn eine Maschinengewehrkugel leicht streifte.

Am Ende der Auffahrt wartete das Auto auf ihn, und, ohne für die Formalität des Türöffnens abzubremsen, sprang er darüber hinweg ins Innere. Das Automobil schoß davon und eilte die Straße entlang von dannen.

»Mal wieder unterwegs, Major«, sagte Sandra mit Resignation in der Stimme. »Wie geht es deinem Kopf?«

Um seinen Kopf machte Mr. Lamb sich keine Sorgen. Seine Gedanken weilten bei seinem Schweif.

»Keinerlei belastendes Material hinterlassen«, informierte ein optimistischer Mr. Long die Gesellschaft. »Habe beide Koffer herausgeschafft. Hebe, mach eine Flasche auf.«

XIX

Oberhalb der Schlacht

Sandra blickte von ihrer Trommel auf.
»Jammerschade, daß wir keine Kamera haben«, bemerkte sie.
Es war jammerschade.
Mr. Lamb lag majestätisch neben einem umgestürzten Baum ausgestreckt, dessen ausgebreitete Äste immer noch lebensnotwendigen Saft heraufpumpten, der frische grüne Blätter nährte. Das lohfarbene Fell des Löwen war mit spitzen Schatten gesprenkelt. Diese schoben sich auf dem großen, bewegungslosen Körper hin und her, indes eine wißbegierige Brise um die Arme des umgestürzten Baumes spielte.
Um die Spitze des Löwenschweifs war ein zierlicher, inzwischen allerdings angeschmutzter Büstenhalter gebunden. Zweifellos hatte er seiner Trägerin einst gut gestanden. Trotz dieser Tatsache vermochte er der Würde des Löwen nichts hinzuzufügen. Sandra hatte darauf bestanden, diesen zügelnden Einfluß zum Schutz des von einer Kugel angeschlagenen Schweifs zu opfern.
Die Stille des Waldes war, bis auf das gelegentliche Wummern der Trommel, auf der Sandra, wann immer der Geist sie anrührte, spielte, ungebrochen. Der Klang der Trommel verlieh dieser an sich ausreichend phantastischen Waldszenerie eine barbarische Note.
Durch einen Spalt zwischen den Bäumen entrollte sich tief unten eine grüne Welt. Die schrägstehende Sonne sandte eine goldene Flut auf den Lauf eines gewundenen Flusses. Einzelne Gehöfte gab es dort unten, Äcker und Weiden. Abendstille schien sich über Farmen, Feld und Flur gelegt zu haben. Von wo sie saßen, blickten sie den Wolken ins Gesicht. In den Strahlen der sinkenden Sonne gefangen fielen sie brennend vom Himmel herab.

Mr. Long stakste mit langen Beinen in seiner Unterhose herum. Sandra und Hebe, selbst halb- bis dreiviertelnackt, saßen kreuzbeinig am Boden und waren eifrig bemüht, den Mangel an Kleidung durch das Knüpfen von Waldblumenkränzen für ihr Haar wettzumachen. Sandra hatte dem Löwen ebenfalls einen versprochen, aber der Löwe rollte, ohne sich die Mühe zu machen, sein massiges Haupt zu bewegen, nur mit seinen großen, mißbilligenden Augen in ihre Richtung und kehrte dann erneut zu kontemplativer Betrachtung der goldgrünen Welt, in der er sich befand, zurück.

Es hatte heftig geregnet. Ein schwerer Schauer hatte sie bis auf die Haut durchnäßt. Zierliche wie absurde Kleidungsstücke schmückten die Glieder der benachbarten Bäume.

»Ich finde es verflixt frisch«, jammerte Melville Long, den es in seinen Unterhosen überzeugend schüttelte.

»Brich die letzte Kiste an«, schlug Hebe vor. »Deine Sachen werden schon bald wieder trocken sein.«

Bei diesem Vorschlag hob der Löwe sein Haupt. Er wandte es seiner Tochter zu und nickte ihr mit ernsthafter Miene als Zeichen seiner uneingeschränkten Zustimmung mehrere Male zu. Sandra legte ihren Blumenkranz beiseite und schlug einen begeisterten Trommelwirbel.

Es klang unheimlich, wie der Trommelschlag die Stille des Waldes durchdrang. Ein wandernder Naturfreund hörte den unterbrochenen Rhythmus von weitem und ließ vor seinem geistigen Auge das Bild einer bestimmten Dschungellichtung auf einem entfernten tropischen Eiland wiedererstehen.

Welch sonderbare Laute in diesem Teil der Welt, dachte er laut, als er ein paar äußerst nutzlos aussehende Steine in seinen Rucksack steckte und seine Wanderung fortsetzte.

Zurück auf dem Berggipfel, stellte Hebe Fragen.

»Was geschieht mit der Kleidung des Majors, wenn er sich verwandelt?« wollte sie wissen.

Interessiert blickte der Löwe auf. Dies Thema berührte ihn ganz besonders.

»Was geschieht insgesamt mit ihm?« fragte Sandra. »Seine Kleider müssen den Weg allen Fleisches gehen.«
»Nein«, widersprach Hebe. »Seine Arme und Beine und so weiter verwandeln sich in die entsprechenden Körperteile des Tieres, das er jeweils gerade ist; mit seinen Kleidern verhält es sich aber anders. Die müssen irgendwo hingehen, weil sie ja jedesmal zurückkehren.«
Sandra brütete mehrere Minuten lang über diesem Problem, dann hellte ihr Gesicht sich auf. »Ich weiß, was mit seinen Kleidern geschieht«, verkündete sie. »Die verwandeln sich natürlich in Fell, Federn oder Schuppen, je nachdem.«
»Aber da bliebe noch seine Haut«, warf Hebe ein.
Mr. Lamb war es gar nicht zufrieden, welche Richtung die Unterhaltung nahm. Ihm kam es kaum schicklich vor, daß diese beiden jungen Ladies dasaßen, als wäre er gar nicht vorhanden, und leidenschaftslos Betrachtungen über seine Haut und seine anderen Körperteile anstellten. Er hüstelte, wie um zu protestieren, aber die Mädchen fuhren einfach fort.
»Seine Haut bleibt seine Haut«, erklärte Sandra. »Manchmal weitet sie sich, dann wieder schrumpft sie. Seine Kleider dienen bloß zur Dekoration.«
»Nun, ich wünschte bei Gott, ich könnte ihm jetzt mal in die Hosentaschen greifen«, meldete Melville Long sich zu Wort.
Sein Wunsch war der Feststellung entsprungen, daß das Geld in seinen eigenen Hosentaschen immer weniger wurde. Es war nur noch ein Notgroschen da, ein kleiner.
Um Nahrungsmittel und sonstigen Proviant zu erlangen, hatten sie sich gezwungen gesehen, zu eher willkürlichen Methoden zu greifen. Diese Methoden waren ebenso simpel wie erfolgreich gewesen. Mr. Lamb hatte sich lediglich im Einkaufsladen des kleinen Dorfes am Fuße des Berges gezeigt. Lange warten mußte er nicht. Jedermann machte sich, so schnell er konnte, davon und blieb, wo es ihn hinführte. Dann erschien Sandra mit einer Liste, die die umsichtige Hebe zusammengestellt hatte, und mit dieser Liste in der Hand suchte sie voller Bedacht die gewünschten Artikel aus.

Die Trommel hatte nicht auf dem kleinen Zettel gestanden. Die Trommel war von einem Mitglied der örtlichen Dorfkapelle zurückgelassen worden. In der Eile des Aufbruchs hatte man sie völlig vergessen. Eine von Sandras vielen unterdrückten Sehnsüchten war schon immer das Beherrschen des Trommelspiels gewesen, und indem sie nun eine in bequemer Reichweite herumliegen sah, eignete sie sie sich an. Eines Tages, nahm sie sich vor, würde sie auch Querpfeife erlernen. Eines nach dem anderen. Tatsächlich ausnehmend schlecht, aber mit großer Befriedigung die Trommel schlagend, war sie dem Löwen durch das Dorf und den Berg hinauf vorangegangen. Der Löwe hatte das Bündel mit Proviant getragen. Durch die Schlitze in den Fensterläden hatte die gesamte Dorfbevölkerung dieser unglaublichen Prozession mit gebannten Blicken beigewohnt und inbrünstig zu ihrem unterschiedlich begriffenen Gott gebetet. Es erübrigt sich zu sagen, daß beide, der Löwe und die Lady, leicht angetrunken waren – nicht viel, aber immerhin genug, sie glauben zu machen, sie seien über alle Maßen amüsant.

Fünf Tage lang waren sie nun sozusagen auf Außenaufnahme gewesen. Nachdem sie die Küste als ungastlich empfunden hatten, hatten sie sich dem anderen Extrem zugewandt und waren in die Berge gezogen. Aufgrund der gewagten Fahrweise Mr. Longs und der Anwesenheit Mr. Lambs waren sie den Staatspolizisten aus dem Wege gegangen, aber nicht gänzlich deren Gedächtnis entschlüpft. Das Automobil hatten sie am Fuße des Berges versteckt, dies war aber, ohne Wissen seiner Besitzer, bereits entdeckt und gemeldet worden. Mehrere unerschrockene Beamte hatten die Position der Flüchtlinge ausgekundschaftet, und bestimmte Pläne wurden gegenwärtig in die Tat umgesetzt.

Diese ganze Entwicklung wäre für den Löwen und seine drei Gefährten, glücklich, wie sie sich in ihrer trügerischen Sicherheit wähnten, in höchstem Maße beunruhigend gewesen, hätten sie nur die leiseste Ahnung davon gehabt.

An jenem Abend leerten sie die letzte Flasche Whisky und versteckten die verbleibende Kiste Gin geschickt in einem hohlen

Baum. Mr. Long ging jetzt kein Risiko mehr ein. Er hatte sich einverstanden erklärt, sie aus dem Schlamassel, in das er sie hineingezogen hatte, heil herauszuholen. Der Erfolg seiner Bemühungen hing von nichts geringerem als der sonnengebräunten Hand Hebes ab.

Der Löwe bettete sein Haupt auf den umgestürzten Baumstamm und streckte seine kraftvollen Glieder. Ein pfeifender Seufzer entrang sich seinen Lippen. Sandra, die eine Autodecke hinter sich herzog, kroch dicht an ihn heran und legte ihren Kopf auf eine weiche Stelle gleich hinter seinem linken Vorderbein. Aus dem Innern des Löwenkörpers drang das starke, gleichmäßige Pochen seines großen Herzens. Dieser Klang vermittelte dem Mädchen ein Gefühl der Zuversicht und Geborgenheit. Einmal kitzelte sie seine Rippen, und der Löwe, der seinen Kopf von den Blättern hob, zwickte sanft, aber bestimmt das Ohr, das Anlaß zu so viel Ungemach gegeben hatte. Sandra tat einen kleinen Schrei und legte dem Löwen ihre Arme um den Hals.

Auf der anderen Seite der schwelenden Feuerstätte schickte Hebe sich vergeblich an, Mr. Long für ihre Pläne zu gewinnen. Mr. Long gab sich mannhaft Mühe, dem Geplapper des Mädchens zuzuhören, aber Schlaf war eines jener Dinge, die er höchst heilighielt. Alles, an das er sich erinnerte, war eine lange Kette Schimpfwörter, die ihm Hebe mit monotoner Stimme ins Ohr murmelte. Der Klang ihrer Stimme trug das seinige dazu bei, ihn endgültig einzulullen.

In der Dunkelheit des Waldes leuchtete eines der großen Löwenaugen hell, als reflektierte es die Strahlen eines scharfgeschnittenen Sterns, der direkt über den Bäumen am Himmel hing. Stille... nur die Stimme Sandras, die dem Löwen leise vorsang.

»Hebe«, flüsterte sie auf einmal. »Wie findest du das: der Löwe und das Lamm liegen beieinander – tatsächlich als ein und dasselbe Geschöpf.«

»Ein bißchen zu vollkommen, um komisch zu sein«, entgegnete Hebe. »Sag diesem ungeschlachten Klotz von einem Tier gute

Nacht für mich. Mein kleiner Hauptgewinn ist schon entschlummert.«

»Meiner auch«, sagte Sandra, und sogleich folgte sie seinem Beispiel.

Seiner Gewohnheit gemäß stand Mr. Lamb frühmorgens auf und unternahm einen Bummel durch den Wald. Er kannte da ein bestimmtes Bergflüßchen, in das er seinen Körper teilweise eintauchen konnte. In der Stille des Morgens war das eine großartige Sache. Er lag da und lauschte den Vögeln und gestattete einem alten Eichhörnchen, ihn aus sicherer Entfernung zu betrachten. Jeden Morgen hatte diese Entfernung ein wenig abgenommen. Heute war der alte Geselle schon fast zutraulich.

Mr. Lamb lag fast bewegungslos da und ließ das Wasser um seine Lenden sprudeln und glucksen. Keine Züge, die man erreichen mußte. Keine Wertpapiere, die zu verkaufen waren. Keine wohlgeordneten Häuserreihen. Keine bedeutungsleeren Worte, die man sagen mußte. Nicht einmal das Geräusch von Autos oder der Gestank von Benzin. Lambs Nerven erholten sich, setzten eine schützende Fettschicht an. Jetzt wurde ihm klar, daß sein Leben mit Sappho zu keinem Zeitpunkt erholsam gewesen war. Unterschwellig hatte stets eine Atmosphäre verhaltenen Ärgers vorgeherrscht. Raum für befreiendes Lachen und unbekümmertes Entspannen hatte es nie gegeben. Kein rasendes Entfesseln von Leidenschaft. Keine Gemeinschaft in Stunden des Schlafs. Wie so viele insgeheim unmoralische Frauen hatte sie ihre wahre Natur hinter einem Schleier der Schüchternheit und Nettigkeit verborgen. Mit ihr konnte man ebensowenig auf vulgäre Weise natürlich wie selbstvergessen hingebungsvoll sein. Sie war lasterhaft, ohne zu wissen, wie man lasterhaft war. Das Leben war nur ein ganz klein wenig in sie eingedrungen. Es hatte sich in ihrem Körper nie so recht angesiedelt, noch hatte es ihren Geist stimuliert. Er selbst war nur halb am Leben gewesen. Insgesamt hatte er die Dinge viel zu leicht akzeptiert, und war Auseinandersetzungen stets viel zu bereitwillig aus dem Wege gegangen. Wäre er anders gewesen, wäre Sappho vielleicht ebenfalls anders gewesen. In einem war er sich jedoch sicher, daß er sich niemals dazu herabgelassen hätte, mit den Woodbine Players zu verkehren oder symbolisch über Sex zu reden, als würde er das mit seinen Händen wahrnehmen. Der Gedanke an Sex rief ihm Sandra in Erinnerung. Da war eine richtige Frau – Sex mit Fröhlichkeit und mit anderen interessanten Oberlichtern, um Sonnenschein hindurchzulassen.

In Gedanken bei dieser hübschen jungen Sünderin mit ihren entblößten Armen, erhob sich der Löwe so abrupt, daß er das Eichhörnchen aufschreckte und in helle Aufregung versetzte. Es war höchste Zeit, die Gefährten zu wecken. Er schüttelte die glitzernden Wasserperlen von seinen Flanken und schritt im Bewußtsein seiner Würde und seiner Macht durch die Bäume von dannen.

Das Lager war leer – verlassen. Kein Kleidungsstück wehte von den Gliedern der Bäume. Sogar die Autodecken waren weg. Mit wachsendem Argwohn und Bestürzung beschnüffelte er den Lagerplatz. Die Welt, die vor wenigen Minuten noch in so heiterer Manier geordnet schien, war augenblicklich zu einer Stätte unermeßlichen Mißvergnügens geworden. Dann fiel sein Blick auf eine, an einen Baum geheftete Nachricht. Sie war hastig hingeschmiert und von Hebe unterschrieben. Mr. Lamb las:

Überrascht und gefangengenommen. Die unverbesserlichen Hohlköpfe bringen uns auf einen Besuch beim Richter nach Brookford. Rettung empfohlen. Beweismaterial haben sie keines, diese Gauner!

HEBE

Sofort machte der Löwe sich an den Abstieg. Als er aus dem Dikkicht der Bäume hervorbrach und auf die Straße sprang, bot er einen Anblick, der der unerschrockensten Seele Angst und Schrecken einflößen konnte. Ein gemächlich vorübertuckerndes Automobil kam einen Fußbreit vom Löwen entfernt zum Stillstand, dann wurde der Motor wieder angelassen, und es fuhr im Rückwärtsgang wieder los. Mr. Lamb nahm das Auto nicht einmal wahr. Hebe hatte Rettung vorgeschlagen. War er nicht der Herrscher über all das, was er überblickte? Oder war dieser Titel nichts weiter als schiere Schmeichelei? Schon bald würde er es herausfinden. Mit kraftvollen Sätzen entschwand er in Richtung Brookford, etwa fünf Meilen entfernt, den Blicken.

Ein Löwe wird selten von einer Menschenmenge umringt, das heißt, ein Löwe auf freiem Fuß. Um ihn herum findet man gewöhnlicherweise eine beträchtliche Fläche unbesetzten Territoriums. Als Mr. Lamb die Hauptstraße von Brookford entlangeilte, verstellte ihm niemand den Weg. Das bißchen Verkehr, das herrschte, zog sich auf die Gehsteige zurück oder bog in Seitenstraßen ein. Ein eifriger Gentleman fuhr seinen Wagen geradewegs durch das Schaufenster eines Möbelladens, wo er sich teilweise unter den Trümmern eines vollständig demolierten Bettes versteckte. Ein vor ein Fuhrwerk gespanntes Pferd fand man später auf dem Wagen selbst, und es mußte von einem etwas mutigeren Roß nach Hause gefahren werden.

Das kleine Aufsehen, das er erregte, völlig außer acht lassend, trottete Mr. Lamb die Straße hinab und betrat das Gerichtsgebäude, vor dem er sein geparktes Automobil erkannte. Der Richter hinter seinem gewichtigen Pult hatte alle Mühe, gegen die jugendlichen Gefangenen Anklage zu erheben. Rasch verlor er den Mut. Weder im Auto, noch im Lager hatte man Schnaps gefunden, weder war Schnaps ausgeliefert worden, noch hatte man überhaupt welchen gesehen. Stichhaltige Gründe, sie wegen Alkoholschmuggels vor Gericht zu stellen, konnte er keine finden. Er fing an, die Staatspolizisten wie auch diejenigen, die sie gefangengenommen und ohne das geringste Belastungsmaterial vors Gericht geschleift hatten, von ganzem Herzen nicht zu mögen. Der Richter versuchte zum zwanzigstenmal herauszufinden, was mit dem Schnaps geschehen war.

»Nun, Miss«, sagte er, »wie sagten Sie, lautet Ihr Name?«

»Doon«, erwiderte Hebe prompt, »Lorna Doon.«

»Well, Miss Doon«, fuhr der Richter fort – der offiziell gar kein Richter war, sondern lediglich ein Protokollführer und nicht in dem Maße *au courant*, wie er es hätte sein können – »Ihr Gesicht wirkt ehrlich genug. Warum helfen Sie uns nicht und erzählen uns, was Sie mit dem Schnaps gemacht haben?«

»Warum sollte ich Ihnen helfen, wenn Ihnen nicht mehr zu helfen ist?« fragte Hebe mit ihrem süßesten Lächeln.

Der Richter blickte ärgerlich drein und wandte sich mit entmutigtem Blick Sandra zu.

»Wollen Sie sich nicht freimachen und von der Leber weg erzählen, was vor sich gegangen ist?« fragte er.

»Aber, Euer Ehren«, sagte Sandra und senkte die Augen. »Was Sie da verlangen. . . !«

»Was meinen Sie damit?« fragte der Richter peinlich berührt.

»Das möchte ich lieber nicht sagen«, entgegnete das Mädchen.

»Wissen Sie, was Sie mit dem Schnaps gemacht haben?« wiederholte der Richter, wobei sein Gesicht, als er in Sandras inzwischen alarmierend auf ihn gerichtete Augen blickte, sich nach und nach rötete.

»Angesichts der Tatsache, daß wir den Schnaps tranken, Euer Ehren, scheint Ihre Frage reichlich taktlos zu sein«, entgegnete die sittsame junge Lady.

In diesem Augenblick ertönte im hinteren Teil des Gerichtssaals ein tiefes Brüllen. Diesem Brüllen folgte, seitens jedes einzelnen Zuschauers, eine allgemeine und vereinte Bewegung in Richtung Fenster. Der Richter war soeben im Begriff, für Ruhe zu sorgen, als er, sein Hämmerchen halb erhoben, sich in den geöffneten Rachen eines rasenden Löwen blicken fand. Niemals zuvor hatte er ein solch wütendes Tier zu Gesicht bekommen, und niemals hatte er sehnlicher gewünscht, keines zu sehen. Und als er seine Gefangenen dem Löwen und der Gnade Gottes überließ, zog er sich mit seinen Gehilfen in sein Beratungszimmer zurück, wo er in aller Eile eine eigene Flasche hervorzauberte und das tat, was jeder feinfühlige Gentleman unter den gegebenen Umständen getan hätte.

Der Löwe und seine dankbaren Gefährten wanderten ein paar Minuten lang im Gerichtssaal umher, dann verließen sie das Gebäude und traten auf die ebenfalls menschenleere Straße hinaus. In aller

Ruhe bestiegen sie das Automobil und fuhren unbehelligt davon. Auch blieben sie auf der übrigen Fahrt zurück zum ursprünglichen Ausgangspunkt, dem Wohnsitz der Lambs, unbehelligt, einem Ort, von dem sein Besitzer zu fürchten begonnen hatte, er könne ihn niemals wiedersehen.

»Entschuldige unseren Löwen, Thomas«, sagte Hebe lebhaft, als der bejahrte Diener ihnen entgegeneilte. »Er ist gar kein übler Bursche, wenn du Löwen magst.«

»Habe nie groß Gelegenheit gehabt, mit einem Löwen Bekanntschaft zu schließen«, erwiderte Thomas. »Gibt es irgend etwas, das ich für diesen hier tun kann, Miss Hebe?«

»Ja«, sagte Hebe. »Gib dem armen Tier alles Fleisch, tot oder lebendig, das du in der Küche finden kannst. Die vergangenen fünf Tage hat er Bohnen gefressen, und möglicherweise wird er sich über uns hermachen, wenn wir nichts dagegen unternehmen.«

Thomas eilte von dannen, und Mr. Lamb ging hinein, sich der Schildkröte zu zeigen, die wie gewöhnlich unbeeindruckt war.

XX

Ein entschieden anderes Etwas

Mr. Lamb war jetzt einige Wochen lang ziemlich er selbst gewesen. Diesen Morgen wünschte er, er wäre es nicht, denn er hatte sich sogleich vor Gericht einzufinden, um sich in einem Scheidungsverfahren zu verantworten, das die rachsüchtige Sappho gegen ihn angestrengt hatte. Diese taktvolle Lady war endlich soweit, den Weg in die Freiheit einzuschlagen. Und, was Mr. Lamb betraf, schlug sie auf denkbar schlimmste Art und Weise zu. Die Vorladung hatte ihn informiert, daß er bereit und gewillt sein solle, sich gegen die Beschuldigungen schweren Ehebruchs, Hexerei, Animalismus, seelische Grausamkeit, versuchten Totschlags, Folter und Nichterfüllung der Unterhaltspflicht zu verteidigen. Als Lamb den offiziellen Wortlaut des unangenehmen Dokuments studierte, wurde ihm schwindlig. Niemals zuvor hatte er sich Rechenschaft darüber abgelegt, was für ein wandlungsfähiger Lump er gewesen war. Wie diese Frau gelitten haben mußte! Und wie sie es alle Welt wissen lassen würde!

Sandra Rush war als die andere Hälfte des Anklagepunkts Ehebruch genannt worden, und obwohl sie nun wirklich völlig unschuldig war, war sie mit dem Lauf der Dinge höchst zufrieden. Ihr Verhalten fügte Mr. Lambs Unbehagen beträchtliches hinzu. Sie nahm es auf sich, eine Ehebrecherin zu sein, und spielte ihre Rolle so gut, daß der arme Mann zu glauben anfing, es müsse wahr sein. Häufig sprach sie mit niedergeschlagenen Augen von ihrer verbrecherischen Liebe und gab freimütig bekannt, daß sie voll beabsichtige, mindestens die halbe Schuld auf sich zu nehmen. Als Mr. Lamb an ihre bessere Natur appellierte, beschuldigte sie ihn des Versuchs, sie wie ein schwankendes Rohr beiseite zu schieben, und fluchte heftig bei Gott, daß sie ihn wegen dauernder tätlicher

Angriffe, Verführung und Bruch des Eheversprechens belangen würde. Und indem seine eigene Tochter Sandras Anschuldigungen vehement unterstützte, hielt er seinen Mund und fiel in dumpfes Schweigen zurück. Alles in allem ein schreckliches Durcheinander.

Die Nachricht von der Scheidung hatte Mr. Lamb am Morgen nach seiner Rückkehr aus den Bergen erreicht. An diesem Morgen war er ziemlich als er selbst, und gänzlich bekleidet, aufgewacht. Seine Kleidung befand sich in einem Zustand größter Unordnung, und eine Woche alte Bartstoppeln schmückten sein Gesicht. Nachdem er das Schreiben durchgelesen hatte, wünschte er sich irgendwie zurück auf jenen stillen, vom Wind umspielten Berggipfel, wo das Leben auf so angenehme Weise natürlich und einfach gewesen war. Schon fingen die Zeitungen an, sich der von der Frau eines prominenten Finanzfachmanns gegen ihren Ehemann vorgebrachten erstaunlichen Anschuldigungen anzunehmen. Offensichtlich war diese Frau, gegen die so arg gesündigt worden war, willens, die Reporter zu jeder beliebigen Stunde, bei Tag oder bei Nacht, in ihr Vertrauen zu ziehen. Mr. Lamb war, fast über Nacht, zu einer Figur des nationalen Interesses geworden. Sein Bild erschien in verschiedenen Zeitungen, aber nicht so groß wie das von Mrs. Lamb.

Lediglich ein Lichtstrahl durchdrang das tiefe Dunkel. Aus der Anklage wegen Alkoholschmuggels hatte sich nichts weiter ergeben. Es schien, daß der Bericht des Protokollführers in solch einer Weise abgefaßt worden war, weitere Nachforschungen zu entmutigen. Ein Nachhall dieser Episode erschien ebenfalls im Druck. Die Namen von Mr. Lamb und Sandra Rush wurden darin noch enger miteinander verknüpft. Die Tatsache, daß die besagte Frau Modell für Unterwäsche war, wurde nicht übergangen. Viel zu berichten gab es nicht in jener Zeit, und Mr. Lamb und und seine Angelegenheiten wurden von der Presse dankbar aufgenommen.

Hebe und Melville Long begleiteten Mr. Lamb zum Gericht. Sandra weigerte sich zu erscheinen, sie meinte, daß ihre Abwesenheit

den Eindruck eines Schuldgeständnisses vertiefen könne. Mit entwaffnendem Blick auf Mr. Lamb versicherte sie ihm, daß sie, nach allem, was zwischen ihnen geschehen war, niemandem mehr ins Antlitz schauen könne. Ein Ausdruck ungehaltenen Protests entfuhr Mr. Lambs Lippen.
»Und damals, die Nacht, als du dich von meinem Fenster fortgestohlen hast«, flüsterte Sandy. »Wow!«
»Ah!« sagte Hebe, begleitet von einem tiefen Atemholen.
»Um Gottes willen, Hebe«, bat ihr Vater sie flehentlich. »Siehst du denn nicht, daß dieses Mädchen, diese Frau in Schlangengestalt, vorsätzlich darauf aus ist, mich zu ruinieren?«
»Sie wird dein Werk sein, Major«, sagte Hebe ruhig.
»Und ich würde andere Leute nicht Schlangen und dergleichen nennen«, warf Sandra ein. »Wenn du das sagst, klingt das gar nicht gut, und übrigens, du bist noch nicht über den Berg.«
»Ich wünschte bei Gott, ich wäre wieder oben drauf«, erwiderte der von allen Seiten sehr bedrängte Mann inbrünstig.
Nun betrachtete der Richter Mr. Lamb mit amüsiertem Interesse. Mr. Lamb war sich bewußt, daß der Richter mit seinen prüfenden Blicken nicht alleine war. Lediglich Mrs. Lamb neben ihrem Rechtsanwalt weigerte sich, ihren Mann anzusehen. Sie war zu diesem Anlaß in künstlerischer Manier gekleidet. Ihr Anwalt ergriff das Wort.
»Euer Ehren«, sprach er ein wenig befangen, war er sich der Lächerlichkeit der Anklagepunkte, die er vorzubringen hatte, immerhin bewußt, »ich werde beweisen, daß der Ehegatte meiner Klientin sich nicht nur, in genannter Reihenfolge, in ein Pferd, eine Möwe, ein Känguruh, einen Goldfisch, einen Hund, eine Katze verwandelte, sondern auch, daß er die Verwegenheit besaß, die Gestalt eines Löwen anzunehmen – ein gefährliches und destruktives Tier.«
Das amüsierte Lächeln des Richters vertiefte sich. »Für mich hört sich das wie eine Menge Ammenmärchen an«, sagte er. »Warum plädieren Sie nicht auf Ehebruch und lassen es dabei bewenden?«

»Meine Klientin pocht auf Gerechtigkeit«, entgegnete der Rechtsanwalt. »In unserem Schriftsatz haben wir nicht einen einzigen Punkt aufgenommen, den wir nicht beweisen können.«

»Wenn sie darauf besteht, alle ihre Beschuldigungen zu beweisen, so fürchte ich, wird dieser Fall zu einer permanenten Institution werden«, sagte der Richter. »Nun legen Sie schon los mit ihren Tiergeschichten und sehen Sie zu, daß ich mir nicht allzu albern vorkommen muß. Trotz der merkwürdigen Dinge, die ich mir gelegentlich anhören muß, bin ich ein ernsthafter Mensch.«

Zu Mr. Lambs Erstaunen und Entsetzen wurde seine Tochter gefragt, ob sie freiwillig aussagen wolle. In seiner Verzweiflung klammerte er sich an ihren Rock, als die junge Lady sich eilfertig erhob, um in den Zeugenstand zu treten.

»Ruhig Blut, Major«, flüsterte sie, »oder du wirst deine Tochter als Zeugin in dem fadenscheinigsten Vorwand eines Lendenschurzes auftreten sehen.«

Mr. Lamb ließ sie los, und das Mädchen nahm mit Schwung auf dem Zeugenstand Platz und lächelte, nachdem sie einen Eid geleistet hatte, den sie in keiner Weise zu halten beabsichtigte, den Richter unschuldsvoll an.

»Miss Lamb«, fragte er sie mit ausgesuchter Höflichkeit, »was kam Ihnen als erstes in den Sinn, als sie im Bett Ihres Vaters ein Pferd entdeckten?«

»Nun, ich kam natürlich zu dem Schluß, daß Sappho den Hengst eingeladen hatte«, entgegnete sie mit unwiderstehlicher Offenheit.

Der Richter hüstelte ein wenig hinter vorgehaltener Hand und blickte den äußerst überraschten Anwalt mit leicht gerunzelter Stirn an. Der Anwalt befand sich in einem Zustand schmerzlicher Verwirrung. Er hätte die Zeugin nur allzu gern aufgefordert, den Zeugenstand zu verlassen, war aber besorgt um den Eindruck, den ein solcher Schritt hervorrufen würde. Mrs. Lamb hatte sich halb erhoben und starrte ihre Tochter aus mordlustigen Augen an.

»Ich schweife ein wenig ab«, bemerkte der Richter. »Sie erwähn-

ten eben jemanden mit Namen Sappho. Ich dachte, der Name Ihrer Mutter wäre Tilly, Miss Lamb?«
»In Wirklichkeit heißt sie Mary«, erläuterte Hebe mit geduldiger Stimme, »aber Mutter hat diesen Namen nie gemocht. Also nannte Vater sie Tilly. Sie dachte, Tilly wäre nicht romantisch genug; um also ihrem wunderlichen Einfall nachzugeben, nannte ich sie Sappho, weil sie stets in Vaters bestem Pyjama schauspielerte und auf dem Fußboden mit...«
Die Hände des Anwalts der Klägerin mahlten wild in der Luft. Seine Klientin saß weiß wie die Wand und mit zitternden Gliedern an ihrem Tisch. Hinter sich konnte sie das Geräusch unterdrückten Gelächters hören. »Ich protestiere«, stammelte der Anwalt. »Die Zeugin führt eine Menge irrelevantes Beweismaterial an. Ob Mrs. Lambs Pyjama...«
»Es war nicht Mrs. Lambs Pyjama«, fiel Hebe ihm ins Wort. »Ich habe klar und deutlich gesagt, daß sie ihn meinem Vater stibitzte.«
Daraufhin verlor der Anwalt vollends die Kontrolle.
»Wozu die Spitzfindigkeiten?« verlangte er wütend zu wissen. »Was für einen Unterschied macht es schon, ob der Pyjama Ihrem Vater oder Ihrer Mutter gehört?«
»Den entscheidenden Unterschied«, entgegnete Hebe, indem sie den Anwalt mitleidsvoll ansah. »Sehen Sie, ein Damenpyjama ist nach einer völlig anderen Konstruktionsmethode geschneidert als ein Herrenpyjama. Ein Damenpyjama zum Beispiel...«
Gelächter hatte im Gerichtssaal inzwischen die Oberhand gewonnen und wurde, was den Richter betraf, nicht unterbrochen.
»Euer Ehren«, sagte Mr. Wilson mit aus Hoffnungslosigkeit gesenkten Schultern, »wenn ich auch nur noch ein Wort über Pyjamas höre, werde ich mich von der Anklage zurückziehen.«
»Also gut«, erwiderte der Richter in liebenswürdigem Ton. »Sprechen wir von etwas anderem.«
Mr. Wilson erholte sich ein wenig und wandte sich erneut an die willige und gespannte Hebe. Aus irgendeinem Grund wollte er ein Datum bestimmen.

»Miss Lamb«, fragte er, »bitte beantworten Sie diese Frage so knapp wie möglich: Nach dem Auftauchen des Pferdes – können Sie sich genau erinnern, an welchem Tag Sie Ihren Vater das nächste Mal in seinem Bett vorfanden?«

»Am Morgen des Vierundzwanzigsten«, antwortete das junge Mädchen, ohne einen Augenblick zu zögern. »Ich erinnere mich, weil Leonard Gray Mutter übers Wochenende besuchte, und obwohl sie wußte, daß ich es wußte, und...«

»Sie dürfen den Zeugenstand verlassen«, unterbrach sie der Anwalt mit erstickter Stimme, »es sei denn, die Verteidigung wünscht noch Fragen zu stellen.«

Die Verteidigung wünschte es.

»Miss Lamb«, fragte der Verteidiger ihres Vaters, »Ihnen fällt nicht zufällig ein Grund ein für das in verwerflicher Weise ersonnene Gerücht hinsichtlich irgendeines unschuldigen Verhältnisses zwischen Ihrem Vater und jener Frau, Sandra Rush?«

»Einen Augenblick«, rief der Richter und unterbrach vorübergehend die Arbeit an einem Bild, das er gerade zeichnete. »Solange ich lebe, habe ich noch keine solch bösartig formulierte Frage vernommen. Stellen Sie sie noch einmal von vorn, Mr. Hedges, und versuchen Sie diesmal nicht, derart subtil führend, oder besser gesagt, irreführend zu sein.«

»Gern, Euer Ehren«, sagte Mr. Hedges höflich. »Miss Lamb, das kindliche Geschwätz, daß Ihr Vater und Miss Rush jemals mehr als nur oberflächliche – fast feindselige Bekannte waren, entbehrt natürlich jeder Grundlage?«

»Ich bitte Sie«, unterbrach der Richter. »Möglicherweise versuchen Sie, unsere Gefühle zu schonen, Mr. Hedges, aber gebessert haben Sie sich nicht im geringsten. Ich fürchte, Sie werden die Fragen so stellen müssen, als wünschten Sie Information und nicht Bestätigung zu finden.«

»Nun gut«, sagte Mr. Hedges eine Spur übellaunig. »Haben diese Rush und Ihr Vater jemals einen Fehltritt begangen?«

»Gemeinsam oder jeder für sich?« wollte die hellwache Hebe wissen.

»Gemeinsam«, erwiderte der Anwalt. »In gegenseitiger Gesellschaft und zur gleichen Zeit am gleichen Ort.«
»Well, überraschen würde es mich nicht«, bekannte das Mädchen. »Nun, da Sie sich klar ausgedrückt haben, muß ich sagen, daß es mich nicht im geringsten überraschen würde. Natürlich nicht in meiner Gegenwart, aber mein Vater ist auch nur ein Mensch, und diese Rush ist derart *laissez-faire*. Auf der anderen Seite – Mutter war stets so beschäftigt. Man kann doch nicht die ganze Nacht herumsitzen und Däumchen drehen, verstehen Sie.«
»Was mich angeht, kann sie den Zeugenstand verlassen«, sagte Mr. Hedges und wandte der jungen Lady den Rücken zu.
Der Richter nahm ein Taschentuch vom Gesicht und blickte Hebe aus übervollen Augen an.
»Es scheint, als wollte man nicht mehr mit Ihnen spielen, Miss Lamb«, sagte er. »Sie können den Zeugenstand jetzt verlassen, und das mit der Genugtuung zu wissen, daß Sie für beide Seiten absolut verhängnisvoll waren.«
Hebe war weder bei Mrs. noch bei Mr. Lamb beliebt, als sie neben letzterem wieder Platz nahm.
»Warum mußt du nur all die Lügen auftischen?« fragte ihr Vater, seine geflüsterten Worte mit Empörung geladen.
»Ich habe keine Lügen aufgetischt«, erwiderte Hebe. »Woher soll ich wissen, was du und Sandy in eurer Freizeit tut? Ich habe nicht gesagt, du hättest was getan, und ich habe nicht gesagt, du hättest nichts getan.«
»Nein«, knurrte Mr. Lamb sarkastisch. »Es fehlte nur noch eine graphische Darstellung. Und warum hast du sie diese Rush genannt?«
»Das hörte sich verzweifelter an«, sagte Hebe. »Sandy meinte jedenfalls, ich solle keine Rücksicht auf ihre Gefühle nehmen. Die halbe Schuld an der ganzen Sache wolle sie auf sich nehmen.«
Mr. Lamb würgte seinen Zorn herunter. Lieber hätte er seine Schelmin von Tochter erwürgt. Er wandte seine Augen dem nächsten Zeugen zu und fuhr zusammen. Der Zeuge war jener Mann, der ihn bei der Pferdeschau gekauft hatte.

»Mr. Rudd«, fragte der Anwalt der gegnerischen Partei, »haben Sie am vierundzwanzigsten des vergangenen Monats bei einer Pferdeschau ein Pferd erstanden?«
»Damals dachte ich, ich hätte es«, entgegnete Mr. Rudd.
»Ist Ihnen, als Sie es erstanden, irgend etwas Besonderes an ihm aufgefallen?« fuhr der Anwalt fort.
»Ja, Sir«, sagte der Zeuge. »Das Pferd war betrunken, stockbetrunken und schnarchte.«
»Und wo ist das Pferd jetzt, Mr. Rudd?«
Mr. Rudd blickte Mr. Lamb lange und durchdringend an, indes dieser Gentleman den Blick mit ironischer Miene erwiderte. Dann zeigte der Farmer mit grobknochigem Finger auf ihn.
»Ich wäre nicht überrascht, wenn er nicht das Pferd wäre, das ich kaufte«, sagte Mr. Rudd.
Bei diesen Worten schlug der Richter sich mit der flachen Hand aufs Knie und lehnte sich weit vor über sein Pult.
»Verzeihung«, sagte er, »aber habe ich Sie eben richtig verstanden, als Sie sagten, das Pferd wäre stockbetrunken gewesen?«
»Das war es, Euer Ehren.«
»Und Sie, Mr. Rudd?«
»Nüchtern wie ein Richter, Euer Ehren.«
»Danke für das Kompliment, Mr. Rudd, aber wollen Sie mir weismachen, Sie könnten nicht zwischen jenem Gentleman und einem Pferd unterscheiden?«
»Well, ich fand ihn zwischen den Deichselarmen, Euer Ehren, und das, was ich für ein Pferd gekauft hatte, war spurlos verschwunden. Hab's seitdem auch nich gesehn.«
An diesem Punkt griff Mr. Wilson ein.
»Wie erklärte der Gentleman seine Anwesenheit zwischen den Deichselarmen Ihres Karrens, Mr. Rudd?« fragte der Anwalt.
»Er sagte, er spielte Pferd«, erwiderte Mr. Rudd. »Erzählte mir 'ne lange Lügengeschichte, wie er nicht loskommen konnte von seiner Gewohnheit, Pferd zu spielen.«
Mr. Wilson lachte verächtlich auf und wandte sich dem Richter zu.

»Da hören Sie selbst, Euer Ehren«, sagte er, »was für eine lahme Entschuldigung das gewesen ist.«
»Pferd zu spielen verstößt gegen keinerlei Gesetz«, bemerkte der Richter mit milder Stimme. »Für einen stattlichen, hochgewachsenen Mann wie Mr. Lamb ist es ein eher merkwürdiges Amüsement. Trotzdem, wenn er auf einem Besenstiel reiten oder gar einen Karren ziehen will, so hat er das gute Recht, es zu tun.«
Er hielt einen Augenblick im Reden inne und blickte Mr. Wilson neugierig an. »Schenken Sie der Geschichte dieses Mannes wirklich Glauben?« fragte der Richter.
»Gewiß, Euer Ehren«, entgegnete Mr. Wilson. »Der Zeuge sagt unter Eid aus.«
»Ja, ja, ich weiß«, erwiderte der Richter ungeduldig. »Ich unterstelle keinen Meineid, aber ich habe Leute gesehen, die einen Eid darauf geschworen hätten, daß sie Schlangen und rosa Elefanten und grüne Teufel gesehen haben, die allein in ihren fieberkranken Seelen existierten. Der Richter, von dem Mr. Rudd sagte, er sei so nüchtern wie er selbst gewesen, muß ein Whiskykenner gewesen sein. Nur so und nicht anders lassen sich seine offensichtlich unmöglichen Aussagen rechtfertigen. Und nun, Mr. Wilson, kommen wir mal zur Sache. Wenn Sie nicht in der Lage sind zu beweisen, daß der Beklagte ein Pferd war, wird Ihnen der Versuch, zu beweisen, daß er ein Goldfisch oder ein Löwe war, weitaus schwerer fallen. Und, was mich angeht, wird es Ihnen praktisch unmöglich sein, mich zu überzeugen, daß dieser Gentleman, der mit seiner anmutigen, unschuldigen jungen Tochter dort sitzt, jemals ein Känguruh war. Dies ist der absurdeste Scheidungsfall, über den ich bislang zu entscheiden hatte. Er hat seine amüsante Seite, aber ich bin nicht hier, um mich zu amüsieren. Warum kehren Sie diese ganze Tiergeschichte nicht einfach unter den Tisch und bringen eine Anklage vor, bei der Sie sich ins Zeug legen können – etwas Heimischeres und Verständlicheres..., zum Beispiel Ehebruch.«
»Einen Augenblick, Euer Ehren«, sagte Mr. Wilson hastig. »Hören Sie.«

Der Anwalt rückte nahe an das Pult des Richters und flüsterte ihm etwas zu. Beide sahen interessiert auf Mr. Lamb, dem unter dem vereinten Blick der beiden Vertreter des Gesetzes entschieden unwohl zumute wurde.
Plötzlich brach der Richter zusammen und vergrub sein Gesicht in den Händen. Seine Schultern bebten, und erstickte Geräusche drangen durch seine Finger. Dann wischte er sich das Gesicht mit einem Taschentuch und heftete tränenvolle Augen auf den Rechtsanwalt. »Das sind doch nur Vermutungen, Mr. Wilson«, sagte er. »Und abgesehen davon, haben Sie nicht einmal die Tatsachen belegt, daß er ein Pferd war. Sie werden sich schon große Mühe geben müssen, oder ich werde diese Akte schließen.«
Mr. Lambs Gesicht glühte. Merkwürdige Dinge gingen in seinem Innern vor. Hatte seine Frau ihn demütigen wollen, so war ihr dieser Wunsch reichlich erfüllt. Aus brennenden Augen sah er, daß Mr. Rudds Platz im Zeugenstand von der Frau eingenommen worden war, die Sandras Unterwäschegeschäft führte. Sein Mut sank dahin. Sollte diese Szene in aller Öffentlichkeit wiederholt werden? Mr. Lamb wünschte sich sehnlichst, woanders zu sein. Nur allzu gern hätte er sich zur Abwechslung in einen Stein verwandelt oder in irgendeinen anderen leblosen Gegenstand. Madame war prunkvoll herausgeputzt. Sie schien die Gelegenheit im Licht einer angenehmen Abwechslung zu betrachten.
»Es war ein teilweise tätlicher Übergriff«, sagte sie als Antwort auf eine vom Anwalt der gegnerischen Partei gestellten Frage. »Kein vollständiger tätlicher Übergriff. Einen Augenblick länger und es hätte schlimmer kommen können.«
»Wie war das Opfer dieses brutalen Angriffs gekleidet?« fuhr Mr. Wilson fort.
»Die Angegriffene war in ein höchst enthüllendes Kostüm gekleidet«, erklärte Madame. »Eine meiner eigenen unwiderstehlichen Kreationen. Würden Sie alle Ihre äußeren Kleidungsstücke ablegen, M'sieur, und das wenige, das bliebe, in Streifen schneiden und nur den kleinstmöglichen Schutz behalten, würden Sie etwa die gleiche Wirkung erzielen.«

»Versuchen Sie das nicht«, warf der Richter ein. »Ich habe für diesen Tag genug durchgemacht.«
»Und was machte Mr. Lamb?« fuhr Mr. Wilson fort, im Bemühen, angesichts des stillvergnügten Gerichtssaals seine Würde zu bewahren.
Madame schien von dieser Frage höchst überrascht. Sie hob vielsagend die Schultern und schien den Gerichtssaal ins Vertrauen zu ziehen.
»Aber, M'sieur«, entrüstete sie sich. »Was würden Sie tun? Was würde der Richter tun? Was würde irgendein Mann unter solchen Umständen tun?«
»Ich hasse die Art und Weise, wie diese Frau spricht«, sagte der Richter. »Die Situation ist hinreichend klar, meinen Sie nicht, Mr. Wilson?«
Aber Madame war mit Feuer und Flamme bei ihrer Beschreibung und nicht gewillt, sich Einhalt gebieten zu lassen. »In dem Augenblick, da ich wieder ins Zimmer kam...«
An diesem Punkt schienen die in Mr. Lamb enthaltenen menschlichen Elemente zusammenzubrechen und in Unordnung zu geraten. Der kleine rostrote Mann hatte schließlich alle seine vorangegangenen Bemühungen übertroffen. Sei es aus Mitleid mit Mr. Lamb oder aus irgendeiner Laune heraus, er hatte ihn in ein, grob gesagt, Kombinationstier verwandelt. Lamb trug den gefiederten Kopf eines riesigen Hahns, den höchst merkwürdig zugeschnittenen Leib einer prähistorischen Kreatur und den Schwanz einer Eidechse. Was für einen Anblick er bot, wußte er nicht, allerdings konnte er sich, angesichts der Tatsache, daß sogar seine eigene Tochter vor ihm zurückschreckte, einen annähernden Begriff davon machen. Die Anwälte der gegnerischen Partei waren mit einem gleichzeitigen Sprung über die Gerichtsschranken und nahmen, gemeinsam mit dem Richter, hinter dessen Pult Zuflucht. Ihre hervorquellenden Augen starrten über die Pultkante, als würden die drei Gentlemen erdrosselt. Mrs. Lamb schien die Besinnung verloren zu haben. Der Gerichtssaal befand sich in Aufruhr. Mit einem eigentümlich pfeifenden Keuchen blickte Mr. Lamb

umher, wandte sich dann um und schlurfte linkisch zwischen den Stuhlreihen entlang. Keine einzige Seele erhob einen Finger, um ihm Einhalt zu gebieten.

»Ich nehme alles zurück«, sagte der Richter, nachdem die Ordnung wiederhergestellt worden war. »Es scheint, als hätte ich unrecht gehabt. Wissen Sie, was für ein Ding das war, Mr. Wilson?«

»Ich bezweifle, daß irgendwer es weiß«, erwiderte der Gentleman.

»Nun, was immer es gewesen ist«, fuhr der Richter fort, »ich bin sicher, daß man von Ihrer Klientin nicht erwarten kann, mit so etwas zusammenzuleben. Ich selbst würde das nicht tun, um alles in der Welt nicht. Die Scheidungspapiere werden unverzüglich ausgestellt. Das Gericht ist offiziell vertagt, aber denjenigen, die zu bleiben wünschen, bis sie ihre Sinne wieder beisammen haben, steht es frei, dies zu tun.«

Mit der seinem erhabenen Amt angemessenen Würde raffte der Richter seine Robe um die Schultern und zog sich zurück.

XXI

Der kleine rostrote Mann

Als Mr. Lamb sich in einem Schaufenster erblickte, sprang er drei Fuß hoch in die Luft, so groß war der Schock, den er bekam. Noch einmal drang ihm jenes sonderbare pfeifende Geräusch aus dem Schnabel, als er die Straße entlanghüpfte und schlurfte. Mehr denn je zuvor fühlte er sich jetzt von der Menschheit abgeschnitten. Sogar die Automobile schienen vor ihm zurückzuweichen. Was würde Sandra von ihm denken? Würde auch sie mit Abscheu erfüllt sein wie Hebe? Er würde es herausfinden.

Sandra, die aus dem eingebildeten Heer der Angestellten ausgeschieden war, saß vor ihrem Haus auf der Veranda. Niemand sonst schien in Sicht zu sein, als Mr. Lamb die Stufen hinaufhüpfte und sich neben sie hockte. Vor Erschöpfung ging sein Atem keuchend – ein quälendes Schnaufen und Pfeifen. Aus einsamen, angsterfüllten Augen sah er Sandra fragend an, dann wandte er sich ab, als schämte er sich, ihrem Blick zu begegnen. Jetzt, da er bei ihr war, wünschte er, er wäre nicht gekommen.

»Setz dich und ruh dich aus«, sagte Sandra leise. »Meinst du nicht, daß du ein wenig dick aufträgst? Als Löwe und als Känguruh habe ich dich ertragen, ohne mit der Wimper zu zucken. Als du eine Möwe warst und ein Goldfisch, habe ich das wenige, das ich tun konnte, um deine Interessen zu wahren, getan. Als du eine Katze warst, habe ich dich sogar mit ins Bett genommen. Nicht zufrieden mit deinen vergangenen Heldentaten, scheint es jetzt, als hättest du angefangen, dir Tiere auszudenken, sie zu kombinieren, zu versuchen, drei Tiere auf einmal zu sein. Das ist zuviel, das ist mehr, als eine potientielle Ehefrau oder Liebhaberin ertragen kann. Ich finde es sehr albern, sich Tiere auszudenken. Hast du dich überhaupt schon mal gesehen? Hier, guck.«

Sie nahm einen kleinen Spiegel aus ihrem Kosmetikköfferchen und hielt ihn Mr. Lamb vors Gesicht. Mit einem erstickten, röchelnden Aufschrei stapfte er schwerfällig die Stufen hinab und schlurfte, so schnell ihn seine sonderbaren, widrig geformten Füße tragen konnten, von dannen. Ein dünner Film schien sich auf seine Augen gelegt zu haben. Er konnte nur noch schwach sehen. Für die Welt, in der er sich befand, war er völlig untauglich. Sein Herz war jedoch schwer vor lauter menschlicher Verzweiflung.
Sandra erhob sich rasch von ihrem Stuhl und blickte dem sich entfernenden Tier hinterher. Einmal rief sie ihn, aber Mr. Lamb schien sie nicht gehört zu haben. Von bösen Ahnungen erfüllt, was die Sicherheit dieser wehrlosen Kreatur anging, eilte sie zu Mr. Lambs Zuhause, aber dort war er nicht. Hebe begrüßte sie an der Tür und gab ihr einen Bericht dessen, was sich vor Gericht abgespielt hatte. Anschließend setzten sie sich und überlegten, was aus Mr. Lamb geworden war.
Der Gegenstand ihrer Überlegungen wußte weder, was tun, noch wohin sich wenden. Die Nachricht eines absonderlichen Tiers auf freiem Fuß verbreitete sich in der Gegend wie ein Lauffeuer. Gruppen wurden organisiert, dieses Tier zu fangen oder zu töten. Grobschlächtige, aufbrausende Hunde mit scharfem Gebiß wurden eingesetzt. Das Tier war anders, folglich gehörte es nicht hierher. Es war die unveränderliche Haltung der Menschen – vernichte, was du nicht begreifen kannst. Mr. Lamb wurde zum Gejagten.
Seine Spur wurde am Stadtrand aufgenommen. Bald schon hörte er das Verfolgungsgeschrei hinter sich. Schiere Panik schwächte seine Anstrengungen, als er schwerfällig vorwärts hüpfte. Er war gerade im Begriff, in einen Wald einzutauchen, als er eine kleine Hütte erspähte, vor der ein Mann saß, ein Mann mit verschwommenem, kummervollem Blick und einem Schopf verfilzten Haars. Mr. Lamb erkannte den Mann. Es war der Schwachsinnige der Stadt, fast ebenso weit entfernt von seinen Mitmenschen, wie Mr. Lamb selbst es war.
Als der Schwachsinnige die atemlose und hartbedrängte Kreatur

erblickte, zeigte er weder Überraschung noch Schrecken. Er stand vom Boden auf und blickte, auf Mr. Lamb zugehend, voller Mitgefühl in dessen trübe Augen. »Müde«, sagte er wie zu sich selbst, »und durstig. Zu Tode erschreckt.«

Die Schreie der Verfolger kamen näher und näher. Drei Hunde, die Nase an den Boden geheftet, stürzten quer übers Feld, dicht gefolgt vom Pöbel der Stadt. Der Schwachsinnige zog die Augenbrauen hoch und blickte auf Mr. Lamb.

»Sie sind hinter dir her«, sagte er leise. »Hinter mir sind sie schon seit Jahren her. Komm.«

Mr. Lamb hüpfte ihm nach in die Hütte und trank, als der Mann ihm einen Becher Wasser gab, in gierigen Zügen. Dann ging der Mann hinaus und stellte sich vor die Tür. In der Hand hielt er einen kräftigen Knüppel.

Innerhalb weniger Minuten hörte Mr. Lamb die Stimmen seiner Verfolger und das Knurren der Hunde. Das Haus war umstellt, und laute Rufe erschallten.

»Laßt das arme Wesen in Frieden«, hörte er den Schwachsinnigen sagen. »Es tut niemandem was zuleide, und ich werde euch nicht zu ihm lassen.«

Die Hunde wurden vorwärtsgetrieben, und die Menge fiel über den sich wehrenden Schwachsinnigen her. Trotz seines Entsetzens versuchte Mr. Lamb, ihm zu Hilfe zu kommen.

Ein großer Stein krachte Mr. Lamb seitlich an den Kopf, und das sonderbare Tier sank in sich zusammen, eine zerkrumpelte, ungeschlachte Masse. Ein Hund zerrte an seinem Schwanz, und neben ihm mühte der Schwachsinnige sich ab, wieder auf die Füße zu kommen. Durch aufgeschlagene Lippen murmelte er etwas von der Kreuzigung Christi. Die Menge stand mit dem Gefühl, etwas Großartiges vollbracht zu haben, über dem regungslos verharrenden Tier, vor allem der Mann, der den Stein geworfen hatte.

Als Mr. Lamb das Bewußtsein wiedererlangte, lag er auf einer riesigen Marmorplatte. Eine Gruppe kurzsichtig aussehender Gentlemen war dabei, ihn aufs Genaueste zu untersuchen. Einer dieser Gentlemen war in Weiß gekleidet. In seiner Hand befand sich ein langes dünnes und extrem sachliches Messer. Abrupt setzte Mr. Lamb sich auf und blickte umher. Der Raum, in dem er sich wiederfand, war als Labor hergerichtet. Mr. Lamb kam er wie eine Folterkammer vor. Die Herren schienen höchst erregt. Sie starrten Mr. Lamb mit größtem Interesse an.

»Oh, ich muß schon sagen«, sagte einer von ihnen in vorwurfsvollem Ton, »das war aber gar nicht nett von Ihnen.«

»Was, gar nicht nett?« fragte Mr. Lamb, eine Spur benommen.

»Nun«, fuhr der Mann fort, »vor einer Minute waren Sie noch eine höchst bemerkenswerte Tierart. Und jetzt sind Sie nur eine eher alltägliche Sorte Mensch.«

»Besonders bemerkenswert sind Sie aber auch nicht«, erwiderte Mr. Lamb, erzürnt über das Benehmen dieses Mannes.

Er drehte sich auf dem Tisch rasch um und sprach ein anderes Mitglied der Gruppe an.

»Ich wünschte, Sie nähmen diesem unzuverlässig aussehenden Individuum das Messer aus der Hand«, sagte er. »Was haben Sie überhaupt mit mir vor? Wollen Sie mich gemeinsam umbringen?«

»Nein«, entgegnete der andere. »Dies ist eine Versammlung von Wissenschaftlern. Wir waren gerade dabei, herauszufinden, was für eine Tierart Sie waren. Sie schienen ziemlich tot zu sein.«

»Nun, jetzt scheine ich nicht ziemlich tot zu sein«, sagte Mr. Lamb. »Und ich bin kein Tier. Ich fürchte, Sie müssen das Messer in jemand anderen stecken. Ich will nach Hause. Mein Kopf tut mir weh.«

»Aber werden Sie nicht wieder so sein wie eben?« protestierte einer der Männer.

»Kommen Sie«, drängte ein anderer. »Verwandeln Sie sich doch noch mal rasch für uns, ja?«

»Alles, was ich sagen kann«, meldete sich ein Dritter, »ist, daß, so wie Sie waren, Sie ein großer Gewinn für die Wissenschaft waren, und daß, so wie Sie sind, Sie kein besonderer Beitrag für die menschliche Rasse sind.«

»Wollen Sie es nicht wenigstens versuchen?« flehte ein bärtiges

Individuum inständig. »Kommen Sie, geben Sie sich ein wenig Mühe. Versuchen Sie's. Seien Sie ein Tier.«

»Ja«, drängte ein weiterer Mann aus der Gruppe. »Nehmen Sie sich zusammen.«

»Damit Sie mich auseinandernehmen«, erwiderte Mr. Lamb.

»Am liebsten würde ich ihn trotzdem aufschneiden«, bemerkte der Mann mit dem Messer. »Irgend etwas Sonderbares muß in ihm drinnen sein. Kein Mensch würde es je erfahren.«

Hastig glitt Mr. Lamb von der Marmorplatte.

»Jedermann würde es erfahren«, kündigte er an. »Wenn Sie mit diesem gräßlichen Messer auch nur einen Schritt auf mich zukommen, werde ich einen Schrei ausstoßen, der die ganze Nachbarschaft herbeirufen wird, Sie kaltblütiger, langgesichtiger Mörder. Sie sehen selbst aus wie ein Pferd. Warum schlitzen Sie nicht Ihr eigenes Fell auf?«

Nach diesem kleinen Ausbruch fühlte Mr. Lamb sich wohler. Mit würdevollem Schritt bewegte er sich zur Tür, drehte sich dann um und blickte die bestürzten und enttäuschten Wissenschaftler noch einmal an.

»Das nächste Mal, wenn ich mich in ein Tier verwandle«, sagte er, »werde ich einen Osteopathen rufen.«

Als Mr. Lamb nach Hause kam, war es schon ziemlich spät. Das Haus schien wie ausgestorben. Er begab sich geradewegs in sein Zimmer und ließ sich, ohne erst das Licht einzuschalten, in seinen Sessel sinken. Er wollte seinen Augen Ruhe gönnen, um zu sehen, ob er seine Kopfschmerzen nicht loswerden konnte. Durch die Tür auf seine kleine Terrasse hinaus schien Sternenlicht ins Zimmer. Mit einemmal bemerkte Mr. Lamb, daß, ihm gegenüber, ein rotes Fünkchen gleichmäßig glühte. Er nahm das Aroma von Zigarrenrauch wahr.

»Sind Sie zufrieden?« kam eine Stimme durch die Dunkelheit.

Mr. Lamb erkannte die Stimme, und sein Herz fing an, ein wenig hoffnungsvoller zu schlagen. Er stand auf, schaltete das Licht ein und blickte auf den kleinen rostroten Mann hinab. Dieser muntere Bursche saß genauso da, wie Mr. Lamb ihn zuletzt gesehen hatte.

In einer Hand hielt er eine halbgerauchte Zigarre, in der anderen ein halbgeleertes Cocktailglas. Sein Schirm lag sorgfältig neben ihm auf den Boden gelegt.

»Ich hoffe, Sie sind zufrieden«, entgegnete Mr. Lamb. »Ich habe die Nase voll. Sie haben mir alles verdorben, den Zoo eingeschlossen.«

Der kleine rostrote Mann lächelte.

»Nun, Mr. Lamb«, sagte er, »das haben Sie mal hinter sich. Es hat Ihnen ungemein gutgetan. Ehrbarkeit hatte sie schon fast in ihren Fängen. Diese Belastung hätten Sie niemals ertragen können.«

»Ehrbar bin ich jetzt weiß Gott nicht«, sagte Mr. Lamb. »Im ganzen Land wird über mich am meisten geklatscht und getratscht. Ich bin geschieden, entehrt und auf alle Zeiten gebrandmarkt als eine Laune der Natur.«

»Bedauern Sie Ihre Erfahrungen?« fragte der kleine rostrote Mann.

»Nein«, entgegnete er. »Eigentlich nicht.«

»Die Menschen haben ein kurzes Gedächtnis«, nahm sein Besucher den Faden wieder auf. »Außerdem sollten Sie eine Weile auf Reisen gehen. Etwas Neues sehen, Mr. Lamb. Als Tier schienen Sie das Talent zu haben, sich selbst in Schwierigkeiten zu stürzen. Als Mensch sollte sich Ihr Leben als nicht gänzlich uninteressant erweisen. Ihre beste Seite ist Ihre schlechte Seite – schlecht, meine ich, vom Standpunkt ehrbarer Leute aus gesehen. Entwickeln Sie diese Seite. Trinken Sie, essen Sie, lieben und lachen Sie nach Herzenslust. Kümmern Sie sich nicht um Leute, die durch Fensterritzen spähen. Verletzen Sie niemanden anderen, aber lassen auch Sie sich von niemand anderem verletzen. Man wird es jedesmal versuchen, wenn man sie auf der Flucht ertappt. Die Menschen beneiden Leute, die mit Erfolg unmoralisch sind. Auch hassen sie sie. Was Ihre Generation als einen Kater bezeichnet, ist nicht unbedingt ein Zeichen der Schande. Es gibt Platz genug auf dieser Welt für einen anständigen Trunkenbold. Nüchternheit ist nur für bestimmte Menschen gut. Sie gehören nicht dazu. Und, nebenbei gesagt, an Ihrer Stelle würde ich jenen schwachsinnigen Burschen einmal aufsuchen, der Ihnen beizustehen versuchte. Ich finde, er ist einer der liebenswürdigsten Vertreter Ihrer Gemeinde.«

Mr. Lamb ging an den Tisch und nahm die Karaffe in die Hand. Er dachte über das, was sein Gast soeben gesagt hatte, nach. Ein Windhauch ging durchs Zimmer, und Mr. Lamb sah, als er sich umwandte, daß die Türflügel zu seiner Veranda offenstanden. Offenbar war der kleine rostrote Mann durch sie hindurchgeschritten, denn er war nicht mehr da. Nur sein Regenschirm lag noch neben dem leeren Sessel, und wie Mr. Lamb da stand und ihn betrachtete, erhob sich der Regenschirm vom Fußboden und bewegte sich langsam durchs Zimmer.

»Diesmal hätte ich ihn beinahe vergessen«, kam die Stimme des mysteriösen kleinen Gesellen aus keiner bestimmten Richtung.

Mr. Lamb ging auf seine Veranda hinaus und setzte sich hin. Eine kleine Hand glitt durch die Dunkelheit und legte sich auf die seine. Mit einem erstickten Schreckensschrei sprang Mr. Lamb auf.

»Warum, um Gottes willen«, jammerte er, »schleicht sich im dunkeln nur jeder an mich heran? Ich bin nervös wie sonstwas.«

»Dagegen werden wir etwas unternehmen müssen«, sagte Sandra. »Setz dich wieder hin und bewahr die Ruhe.«

XXII

Im Kielwasser

Sandra und Mr. Lamb standen zu sehr im Mittelpunkt des öffentlichen Interesses, als daß sie hätten heiraten können, also beschlossen sie, so zu tun als ob. Allerdings hatte Mr. Lamb, in Gegenwart Hebes und Melville Longs, Sandra das Versprechen entlockt, ihn, sobald sie Paris erreichten, zu einem ehrenwerten Mann zu machen.

Mr. Lamb hatte ohne weiteres zugestimmt, für einen unbestimmten Zeitraum auf Auslandsreisen zu gehen.

»Wenn ich hierbleibe«, hatte er während des Frühstücks, in dessen Verlauf Sandra den Vorschlag zum erstenmal unterbreitet hatte, geäußert, »werden alle meine Freunde herumsitzen und nur darauf warten, daß ich mich für sie in irgend etwas verwandle. Was die Geschäfte angeht, bin ich aus dem Rennen. Ein Mensch, der die schreckliche Furcht hegt, daß ich mich jeden Augenblick in einen Tausendfüßler oder einen Panther verwandeln kann, ist kaum in aufnahmefähigem Zustand, um sich auf eine Liste von Effekten zu konzentrieren. Billings wird den Laden aufrechterhalten müssen, und Thomas wird hier, zu Hause, nach dem Rechten sehen.«

»Möglicherweise werde ich mit einem Kontingent Pfadfinder herüberkommen«, verkündete Bruder Dug. »Ihr werdet es schon mitkriegen, wenn wir ankommen, weil wir alle singen werden.«

»Sag uns, wo du nicht sein wirst«, sagte Hebe, »und wir werden dort hingehen.«

Douglas grinste liebenswürdig.

Hebe und Mr. Long waren verheiratet. In den vergangenen zehn Tagen hatte er sich bewährt, indem er die falschen Passagen für

das richtige Schiff oder die richtigen Passagen für das falsche Schiff besorgt hatte. Die tüchtige Hebe hatte sich schließlich genötigt gesehen, die Verantwortung zu übernehmen, um die Gesellschaft in Bewegung zu bringen. Mr. Long senior hatte sich bei der Aussicht, seinen Sohn für eine Zeitlang loszuwerden, derart erfreut gezeigt, daß er erhebliche Geldmittel lockergemacht hatte.
»Ich hoffe, daß du endlich in die Lage versetzt werden wirst, dich als Vater zu bewähren«, hatte der alte Gentleman geäußert, als er den Scheck überreichte.
Die drei jungen Leute schoben Mr. Lamb jetzt die Landungsbrücke hinauf. Um die Zeitungsreporter zu überlisten, trug er einen falschen Bart, über den hinweg er aus schuldbewußten Augen die Welt betrachtete. Unglücklicherweise fiel der Bart ihm auf halber Höhe der Landungsbrücke vom Gesicht. Er steckte ihn rasch in die Tasche und ließ einen Zipfel herausragen.
»Ich dachte, Sie hätten einen Bart getragen, Sir«, bemerkte sein Steward, nachdem er das Gepäck in der Kabine verstaut hatte.
»Nein«, erklärte Mr. Lamb. »Das war jemand, der mich hierher begleitete.«
Als der Steward sich zum Gehen wandte, erschien Mr. Long, den falschen Bart im Gesicht, und schüttelte seinem Schwiegervater feierlich die Hände. Der Steward ging völlig verdutzt von dannen.
Es erübrigt sich zu sagen, daß die Gesellschaft sich zu diesem Anlaß gut getränkt hatte.
Auf dem Tisch in der Lamb-Suite stand eine Schüssel mit Gebäck in Tiergestalt und eine große Arche Noah.
»Vergiß nicht zu singen«, lauteten die begleitenden Zeilen von Bruder Dug. »Alles Liebe und Gute.«
Unterdessen war das Schiff ausgelaufen. Mehrere Meilen flußaufwärts verließen zwei eigenartig aussehende Gestalten das Abfertigungsgebäude – der alte Thomas und der verschwommen dreinblickende Schwachsinnige, die Mr. Lamb beide schon vermißten. Dieser Gentleman und Sandra standen am Heck des Schiffes. Sandra schmiegte sich dicht an ihn. Beide blickten sie auf das Kielwasser des Schiffes. Es war dasselbe Schiff, auf dem Mr. Lamb einst

ein so störender blinder Passagier gewesen war. Sandra drängte sich stärker an ihren Gefährten. Aus Protest zwickte sie Mr. Lamb.

»Wirf dich nicht so an mich heran«, klagte er und schaute sich nervös um. »Du sitzt ja praktisch schon auf mir drauf. Ich bin doch keine offene U-Bahntür.«

Sandra hörte ihn offenbar nicht. Sie drängte sich sogar noch dichter an ihn heran. Plötzlich zeigte Mr. Lamb auf einen vom Wetter abgehärteten alten Möwerich, der dem Schiff mit heiserem Geschrei folgte.

»Siehst du den alten Teufel?« sagte Mr. Lamb. »Well, ich glaube, ich kenne ihn. Er hat mich mal eingeladen, Dünger mit ihm zu speisen.«

»Wißt ihr zufällig, wer sich an Bord befindet?« fragte Hebe, die mit einem Mal strahlend neben ihnen stand.

»Ich hoffe nicht«, erwiderte ihr Vater. »Wer?«

»Sappho und Leonard Gray«, verriet Hebe.

Mr. Lamb stand da, als würde er einen raschen Abgang in die See erwägen. Sandra schien von der Nachricht höchst erfreut zu sein.

»Verheiratet oder nicht?« fragte sie.

»Nicht«, sagte Hebe kurz. »Leonard hat keine Ahnung, was das Wort bedeutet.«

»Dies ist ein hübsches Schiff«, beobachtete Mr. Lamb.

»Wo werdet ihr an Land gehen?« wollte seine Tochter wissen.

Mr. Lamb drehte sich wieder zur Reling um und folgte mit seinen Blicken dem Kielwasser, wo der alte Möwerich und seine Kumpane gierig zwischen den Wellen herumeilten. Ganz langsam zeichnete sich in seinen Mundwinkeln der Anflug eines Lächelns ab.

Well, dieses Spiel kann von zweien gespielt werden, dachte Mr. Lamb. Beziehungsweise von vieren... und welch amüsantes Spiel es ist.

Dann wandte er sich an seine Tochter.

»Hebe«, sagte er, »wirst du, mit der dir eigenen Tüchtigkeit, einmal nachsehen, ob die Bar ihre Pforten geöffnet hat?«

»Nun geh schon«, drängte Sandra. »Er hat seinen Kopf schon so oft in den Rauchsalon gesteckt, daß die Stewards meinen, er versuche, Guck-guck mit ihnen zu spielen.«

Und Hebe machte sich auf, den erbaulichen Auftrag auszuführen.

CUM GRANO SALIS